KB044437

암___50인의 용기

30년간 암 환자를 밀착 취재한 집념의 기록

야나기다 구니오 지음 | 김성연 옮김

바다출판사

내가 암을 둘러싼 문제에 초점을 맞추어 일본인의 '삶과 죽음'에 대해 깊이 생각하기 시작한 건 1970년대 후반이다. 그리하여 암 의학에 관한 본격 논픽션이라고 할 만한《암 병동 회랑의 아침》을 썼고, 뒤이어 암에 걸린 각계각층 사람들의 '삶과 죽음'을 그린《암 50인의 용기》(원제: ガン50人の勇気)를 썼다. 또한 말기 암으로 죽음을 앞둔 한 정신과 의사와 2년간 교류하면서 인간은 죽음 앞에서 어떻게 살아야 하는가, 의료인은 어떻게 죽음을 받아들이는가를 사색한《'죽음의 의학' 서장》을 썼다.

암에 관련된 글을 20여 년에 걸쳐 꾸준히 써 오면서 강렬하게 느낀 점은 암 의학의 놀라운 발전뿐만 아니라 '질병과 죽음'에 대응하는 사람들의 엄청난 의식변화였다.《암 50인의 용기》를 쓸 때만 해도 일반적으로 의사나 가족은 환자에게 암을 명확히 밝히지 않았다,

말기 암 환자를 돌보는 의료 현장은 대체로 비장감이 감돌았다. 본격적인 '종말기終末期 의료'가 도입되지 않은 시기였다.

그러다 1977년 발족한 〈죽음 임상연구회〉가 활발한 활동을 전개하면서 1980년대부터 비로소 '종말기 의료'를 의료 현장에서 실천하기 시작했다. 1990년대에는 의료법 조항 속에 '완화 케어'라는 용어가 들어갔고, 호스피스 완화 의료 병동 등의 의료시설이 생기면서 종말기 의료도 의료보험 혜택을 받을 수 있게 되었다. 이를 계기로 완화 케어 병동이 전국 각지에 계속해서 들어섰다. 게다가 1990년대 이후로 '재가 호스피스 의료'를 전담하는 의사와 요양병원도 나날이 늘어났다.

그리고 1980년대 초반 알폰소 데켄(당시 조치대학교 교수)이 만든 '삶과 죽음을 생각하는 모임'을 비롯해 암 환자나 사별가족이 중심이 되어 '암과 죽음'에 관한 각종 모임과 활동을 적극적으로 펼쳤다. 이는 곧 범국민적 관심을 불러일으키며 시민운동처럼 전국적으로 퍼져나갔다.

이런 시대의 흐름에 따라 사람들이 죽음을 바라보는 시각도 크게 바뀌었다. 암에 걸린 환자에게 암을 사실대로 밝히게 되었고, 사람들은 '암과 죽음'을 터놓고 이야기하는 문화가 형성되었다. 이는 적어도 일본인에게 있어 '삶과 죽음'을 새롭게 해석하는 혁신적인 문화의 변화라고 말할 수 있다.

《암 50인의 용기》를 발표하고 사반세기가 지나갈 즈음 월간지 《문예춘추》의 편집장이 똑같은 주제로 또 하나의 새로운 작품을 써 보지 않겠느냐는 제안을 했다. 이는 내가 오랫동안 매달렸던 '암 문제'를 오늘날의 관점에서 갈무리해야 하는 개인적인 과제이기도 했다.

2006년 여름부터 문예춘추 편집부의 협력을 얻어 말기 암으로 투병 중인 이들이 죽음을 마주하는 자세, 인생의 마지막 장을 살아가는 자세에 대해 취재하기 시작했다. 이들의 다양한 모습에서 시대의 변화가 뚜렷이 드러났고, 삶과 죽음을 해석하는 저마다의 개성도 뚜렷이 드러났다. 그야말로 '풍부한 삶, 풍부한 죽음'이라는 표현이 어울릴 법한 인상을 받았다.

지금 이 시대는 의학·의료가 너무나도 전문화하여 환자를 바라보는 의료인의 눈길이 생명의 신체적, 생물학적 측면에만 치우치는 경향이 심해지고 있다. 이런 의료 환경 속에서 죽음을 앞둔 환자는 어떻게 살아야 하는가, 그리고 그런 환자와 마주하는 의료진과 가족은 어떻게 대응해야 하는지 우리 모두 깊이 생각해 볼 과제다. '풍부한 죽음'의 문화를 만들어 내는 것은 곧 '풍부한 삶'의 문화를 만들어 내는 것이다.

이 원고는 《문예춘추》 2007년 1월 호부터 10월 호까지 10회에 걸쳐 연재한 것이다. 이것을 가다듬어 《암, 50인의 용기》(원제: 新·ガン50人の勇気) 라는 한 권의 책으로 묶었다.

취재를 도와준 많은 분들에게 진심으로 감사드린다.

차례

● 일러두기

1. 《암, 50인의 용기》는 《新ガン50人の勇気(신·암 50인의 용기)》(2009년)를 우리말로 옮긴 것
   이다. 저자 야나기다 구니오는 《암, 50인의 용기》를 쓰기 전 1970년대 후반에 이 책의 전신
   이라 할 수 있는 《ガン50人の勇気(암 50인의 용기)》를 썼다. 《ガン50人の勇気》 또한 이 책 본
   문에서 언급되는 경우가 있는데, 그때 원서 제목 그대로 '암 50인의 용기'로 옮겼다. 쉼표
   가 있고 없고의 차이로 두 권의 책을 구분할 수 있다.

2. 본문 내 괄호는 저자의 부연 설명이며 각주는 모두 옮긴이주이다.

3. 본문에 나오는 인명 및 지명은 국립국어원의 표기법을 따랐다. 관습적으로 굳어진 경우에
   는 예외를 두었다.

4. 일본의 천황은 일왕으로 표기했다. 단 제도로서의 '천황제'를 설명할 때만 예외적으로 '천
   황'이라고 표기했다.

1 장

의미 있는 우연

"암과 함께 지내는 날이 시작되었다"

다케미쓰 도루 (1930-1996 작곡가)

세상이
내일 끝날지라도

비록 세상이 내일 끝날지라도 나는 사과나무를 심겠다.

하라사키 목사가 아내 모모코(당시 43세)에게 폐암 말기라는 사실을 밝혔을 때 모모코는 일기 첫머리에 이렇게 적겠다. 1978년 6월 28일, 그날 일기는 이어진다.

어젯밤 아이들과 내일부터 시작하기로 한 일, 둘째 지로와의 영어 조동사 복습 그리고 첫째 다다오와 함께 공부하기로 했던 약속을 지키자.

그 다음다음 달, 세상을 떠나기 4일 전 8월 6일 일기에는 이렇게 적었다.

혼자서 할 수 없는 일이 점점 늘어 가고 있습니다. 누군가의 도움이 없으면 화장실도 갈 수 없습니다. 그래도 주님, 저는 아직 볼 수 있고 들을 수 있고 글자도 쓸 수 있습니다. 비록 입으로는 노래 부를 수 없어도 마음속으로 찬송가를 부를 수도 있습니다. 바람소리를 듣고 바람결을 느낄 수도 있습니다. 언제나 제 옆에는 친절한 사람들이 있으니 정말로 기쁩니다. 말씨가 어눌해졌지만 '고, 맙, 습, 니, 다'라고 한 글자, 한 글자씩 똑바로 말할 수 있습니다.

모모코는 16세기 독일의 종교개혁자 마르틴 루터가 말했다는 '비록 세상이 내일 끝날지라도 나는 사과나무를 심겠다'는 문장을 좋아했고 삶의 지표로 삼았다. 모모코는 루터의 말을 그대로 실천하듯 하루하루를 충실히 살다 떠났다. 죽음을 앞둔 모모코의 마지막 삶의 자세에 감명받은 나는 그녀가 세상을 떠난 이듬해인 1979년《문예춘추》11월 호에 〈암 50인의 용기〉를 기고했다. 원고 첫 장에 모모코의 마지막 날들을 자세히 소개했다. 시시각각 다가오는 죽음 앞에서 '어떻게 살아야 하는가'라는 명제에 대해 모모코는 완벽하리만치 확실한 답을 내놓았기 때문이다.

《문예춘추》11월 호 발매 직후인 10월 15일 국립 지바千葉병원 정신과 의사인 48세의 니시카와 기사쿠는 지난봄 수술한 전립선암이 재발해 다시 입원하게 되었다. 재입원을 앞두고 연구실에 들러 짐을 정리하다가 책상 위에 놓인 두꺼운 잡지 한 권이 눈에 띄었다. 잡지를 손에 들고 표지를 훑어봤다. 《문예춘추》 11월 호 앞표지에는 〈암 50인의 용기〉라는 붉은 활자가 새겨져 있었다.

"누가 이런 잡지를 놓고 갔지? 어지간히 오지랖이 넓은 작자로군."

니시카와는 불쾌한 마음이 앞섰다. 그럼에도 그 잡지를 필요한 물품 상자 속에 담아 병실로 옮겼다. 동료 의사와 간호사 등 병원 관계자들에게 두루 물어봤지만 잡지를 놓고 간 사람이 누구인지 끝내 밝혀지지 않은 채 영원한 수수께끼로 남았다. 그날 밤 니시카와는 아무래도 마음에 걸려 잡지를 펴 들고 〈암 50인의 용기〉를 읽기 시작했다. 한순간도 눈을 떼지 못하고 단숨에 모두 읽었다.

그러고는 내게 장문의 편지를 적어 보냈다. 루터의 말에 강렬한 인상을 받았다며 뜨겁게 이야기했다.

'비록 세상이 내일 끝날지라도 나는 사과나무를 심겠다'라는 문장은 암에 걸린 지금의 내 심정을 대변하고 있는 것만 같아 가슴속 깊이 파고듭니다.

국립암센터 스기무라 교수님(현 명예총장)의 견해하고도 일맥상통하는 것 같습니다. '죽음이란 한 사람의 일생이 단기간에 집약돼 일순간에 전체적인 모습을 드러내는 것이다'라고 하셨던 말씀도 내 마음속에 강렬하게 파고들어 힘을 북돋아 주었습니다.

니시카와 의사 역시 이 편지에 적힌 대로 충실한 말년을 보냈다. 50세로 세상을 떠나기 전까지 2년간 '사과나무를 심겠다'는 자세로 살았다. 정신과 의사의 눈으로 죽음을 앞둔 자신의 심리 상태를 면밀히 살폈다. 그것을 기록한 일기는 사후 《빛나는 내 생명의 날들》이라는 제목의 책으로 출간되었다. 마지막 순간까지도 '죽음의 심리'라는 주제로 강의와 강연에 온 힘을 쏟았다.

언어의 생명력

죽음을 앞둔 사람의 마음을 뒤흔드는 생명력을 지닌 루터의 말은 니시카와 의사가 사망하고 20여 년의 세월이 흐른 1990년대 중반에 또 다른 암 환자의 마음속에 파고든다. 그 말은 도쿄 고가네이小金井市시 성 요한 병원 부설 사쿠라마치병원 호스피스 병동에 입원한 M의 생명을 굳건히 지켜 주는 경구였다. 개성 넘치는 인생을 살아온 50대 초반의 남자 M은 젊은 시절에는 사상과 철학을 다루는 잡지사의 편집자로 일했다. 그러다 중년에는 프리랜서로 텔레비전 방송국에서 영상 편집도 했고, 시골에서 농사를 짓기도 했다. 하이쿠 시인이기도 했던 M은 스스로 호스피스 병동에 들어가 마지막 날들을 보내기로 마음을 굳혔다.

M은 아버지 작가 가이코 다케시[1]가 원고지에 친필로 쓴 글귀를 액자에 담아 병실 벽에 걸어 두었다. 그 글귀는 마지막 순간까지도 기품을 잃지 않고 살아갈 수 있는 버팀목이 되었다. 역시 루터의 말이었다. 다만 작가 가이코 다케시답게 약간 변형시킨 문장이었다.

지구가 내일 멸망하더라도 너는 오늘 사과나무를 심을 수 있다. 정말일까?

성 요한 병원의 호스피스 의사 야마자키 후미오는 M의 말년을 저서《나의 호스피스 1200일》속에서 이렇게 묘사했다.

루터의 말에 '정말일까?' 하고 한마디 덧붙인 건 겸연쩍음을 감추려는 일종의 농담일 것이다. (중략) 그는 아버지 가이코 다케시가 원고지에 적은 글귀를 왜 액자에 소중히 담아 날마다 바라보았을까? 아마도 자신이 지나온 인생길을 되돌아보며 앞으로 남은 날들도 그렇게 살자고 다짐했을 것이다.

'위대한 말'은 시대를 초월하는 생명력을 품고 있다. 한 생명 속에서 장엄하게 메아리친 말은 또 다른 생명으로 끝없이 이어진다. 이는

---

1   가이코 다케시開高健(1930—1989). 〈벌거숭이 임금님〉으로 1958년 아쿠타가와상 수상. 1968년 마이니치출판문화상을 받은 〈빛나는 어둠〉은《아사히신문》종군기자로서 체험한 '베트남전쟁'을 그린 소설이다. 1989년 식도암으로 58세를 일기로 사망. 2003년 슈에이샤集英社는 그를 기념해 훌륭한 기록문학 작품에 수여하는 '가이코 다케시 논픽션상'을 만들었다.

아버지와 아들이라는 혈육에게 이어질 뿐만 아니라 아무 연고가 없는 타자에게도 쇠사슬처럼 이어진다. 힘차게 고동치는 생명의 신비를 일깨워 주며 끊임없이 퍼져 나간다. 과연 그 연결고리의 실체는 무엇일까? 그건 거의 다 우연히 이루어진다. 도무지 헤아릴 길이 없는 신비한 우연이다.

의사 니시카와가 암이 재발돼 입원한 그날은 우연찮게도 《문예춘추》 11월 호가 발매된 직후였다. 잡지가 서점 진열대에 놓인 그날은 니시카와가 입원한 그날과는 아무 연관도 없다. 그리고 그 《문예춘추》에 실린 〈암 50인의 용기〉를 니시카와가 읽을 수 읽도록 잡지를 구입해 아무도 몰래 그이의 책상 위에 올려 놓은 사람은 또 누구일까? 그 글을 기고한 나 역시 전혀 모르는 사람일 뿐이다. 나하고는 아무 연관도 없다.

월간지는 한 달 단위로 서점 진열대에서 사라진다. 그리고 다음 호가 빈자리를 메운다. 이처럼 짤막한 시간에 이루어진 여러 만남을 그냥 단순한 우연으로 돌릴 수 있을까?

나는 작가 가이코 다케시가 어떤 계기로 루터의 말을 알게 되었는지 모른다. 왜 원고지에 옮겨 적었는지도 모른다. 어쩌면 M은 정신성을 깊이 추구한 젊은 시절부터 그 루터의 말을 좋아했는지도 모른다. 그리고 인생의 시간이 얼마 남지 않았다는 걸 직감하고 루터의 말을 실천하려고 아버지 가이코에게 속내를 털어놨는지도 모른다. 그래서 가이코는 아들 M의 유머 감각을 헤아려 루터의 말 속에 나오는 '나는'을 '너는'이라고 살짝 바꾸는 등 전체적으로 약간 비틀어 놓은 문장을 원고지에 적어 보냈는지도 모른다. 중압감을 갖지 말라는 뜻에서 '정말일까?' 하고 익살스럽게 한마디 덧붙였는지도 모른다. 그러나 어쨌든 '루터의 말'은 생명의 연결고리가 되었다. 가이코와 M은 피를 나눈 아버지와 아들이란 혈연관계를 뛰어넘어 더욱더 친밀한 사이로 묶어졌다. 영혼의 교류가 이루어진 셈이다. 깊이 생각해 보면 사람과 사람의 만남은 모두 다 기적이라 할 만한 우연에 의해 이루어진다. 그런 의미에서 인생이란 인과관계만으론 결코 설명할 수 없는 우연으로 가득 차 있는 것이다.

병실에 흐르는
'마태 수난곡'

이런 '신비한 우연'을 가리켜 심리학에선 '의미 있는 우연' 혹은 '의미 있는 우연의 일치'라고 표현한다는 사실을 알았다. 임상심리학자 가와이 하야오河合隼雄[2]의 책자를 통해서다.

가와이 선생이 말하는 '의미 있는 우연'이란 심리학 용어의 어원은 카를 구스타프 융이 제창했다는 '싱크로니시티Synchronicity'다. 지난날 일본 심리학계는 싱크로니시티를 '공시성共時性'이란 어휘로 번역했

---

2   전 교토대학교 명예교수.

다. 누가 최초로 번역했는지 몰라도 이해하기 힘든 생뚱맞은 어휘라고 본다. 말뜻을 엄밀히 정의하기 위해서라도 '공시성'보다는 '의미 있는 우연'이 훨씬 포괄적이고 알아듣기도 쉽다.

어떤 사건이나 일이 얼핏 단순한 우연처럼 보일지라도 거기에 이르기까지의 과정을 낱낱이 파헤치면 인과관계로는 도저히 설명이 불가능한 이차원적인 의미가 깃들어 있다고 한다. 우연처럼 보이는 우연 속에는 인간의 예지나 능력을 초월한 무수한 배경과 상황이 복잡하게 뒤얽혀 있는 것이다.

개인적 경험에 의하면 '의미 있는 우연'이란 무언가를 진지하게 추구하거나 무언가에 혼신을 쏟고 있을 때 불현듯 나타나는 것 같다. 전혀 예상치 못한 결과나 상황이 펼쳐진 뒤에야 비로소 그것이 '의미 있는 우연'이었음을 깨닫는다. 게다가 내 뜻에 전혀 아랑곳하지 않고 저절로 다가온 느낌이었다. 무언가에 온전히 파묻혀 있는 극도의 긴장감 속에서 이루어지는 뜻밖의 만남이었다.

'의미 있는 우연'은 머릿속으로 아무리 논리정연하게 따져 보아도 도무지 파악할 수 없는 영역에 속한다. 인생의 벼랑 끝에 내몰린 듯한 극한 상황이나 마음을 거세게 뒤흔드는 일생일대의 체험을 통해서만 비로소 알아차릴 수 있다. 밑바닥을 치고 나서야 얻을 수 있는 깨우침처럼 홀연히 나타나는 것이다. 그렇게 '의미 있는 우연'을 경험하면 마음가짐은 유연해지고 또한 대범해진다. 다시 말해 마음의 평온함을 얻어 평화로운 나날을 보낼 수 있는 것이다. 무언가 눈에 보이지 않는 위대한 신의 존재를 느끼는 동시에 신의 보살핌을 받고 있다는 느낌이 들기 때문이다.

실제로 '의미 있는 우연'이라고 일컬을 만한 사건이나 일은 누구에게나 수시로 일어나고 있지만 대다수의 사람이 이를 알아차리지 못할 뿐이라고 가와이 선생은 말한다.

내가 '의미 있는 우연'에 숨겨진 깊은 뜻을 깨우친 건 아들 요지로가 25세로 세상을 떠난 날에 일어난 특별한 '우연' 때문이다. 나중에 더 자세히 얘기하겠지만 그날 분명히 겪은 불가사의한 체험은 지금도 또렷이 기억하고 있다. 한데 그것은 내 앞에만 나타난 '의미 있는 우연'이 아니었다. 아주 비슷한 체험을 했던 사람이 있는데, 나는 그가 마주친 '의미 있는 우연'에 전적으로 공감했다. 그건 작곡가 다케미쓰 도루가 죽음 직전에 체험한 극적인 일화였다. 다케미쓰가 사망한 날은 1996년 2월 20일. 암 치료를 위해 도쿄 도심에 위치한 도라노몬虎の門병원에 입원하고 있었는데, 세상을 떠나기 이틀 전 2월 18일 새벽부터 눈이 내렸다. 적설량 14센티미터를 기록한 폭설로 도심의 교통이 마비될 정도였다. 다케미쓰는 전날 밤 아내 아사코에게 "내일은 눈이 내려 전철이 다니지 못할지도 모르니 병원에 오지 말고 집에서 쉬어" 하고 미리 일러두었기에 날마다 병원에 찾아와 남편을 돌보던 아사코는 오랜만에 집에서 휴식을 취했다. 집이 도심에서 상당히 떨어진 다마 호 근처였기에 다케미쓰는 아내를 위한 사려 깊은 배려를 한 것이다.

온종일 문병객도 없고 업무관계 내방객도 없는 조용한 병실에서 다케미쓰는 혼자 책을 읽다가 문득 라디오를 켰다. NHK FM에서 오후 3시부터 시작하는 고전음악 프로그램에서 귀에 익은 선율이 흘러나왔다. 다케미쓰가 아주 좋아하는 〈마태 수난곡〉이었다.

〈마태 수난곡〉은 다케미쓰의 개인사에서 절대 빼놓을 수 없는 각별한 곡이었다. 전쟁이 끝난 직후 공습으로 생활터전을 잃은 다케미쓰 일가는 세타가야 구 요다 마을의 친척 집에서 더부살이를 하고 있었다. 그 집에서 다섯 채 떨어진 집에 아사코의 가족이 살고 있었다. 스무 살 다케미쓰는 아사코의 남동생과 친구였다. 그래서 아사코도 자연스레 알게 되었다. 마침내 둘이 결혼하고 얼마 후 다케미쓰는 아사코가 갖고 있던 〈마태 수난곡〉의 합창 악보를 처음 보았고, 직접 피아노로 치기 시작했다.

아사코는 게이센惠泉여학원대학에 다닐 때부터 합창단에서 활약했기 때문에 전쟁이 끝나고 몇 년 후에 결성된 KAY합창단(게이센여학원대학, 아오야마학원대학, YMCA 3개의 합창단이 통합)에 소속돼 NHK 교향악단의 연주회에도 자주 출연해 〈메시아〉, 〈천지창조〉, 〈마태 수난곡〉 등에 나오는 합창곡을 노래했다. 그래서 〈마태 수난곡〉의 합창 악보도 갖고 있었던 것이다.

음악을 거의 독학으로 배운 다케미쓰는 그때 처음으로 바흐의 명곡을 접할 수 있었다. 고결한 종교음악은 그의 영혼을 뒤흔들었다. 훗날 가루이자와 근처에 자리한 미요타 작업실에서 작곡에 전념할 때

겉표지에 아사코의 이름이 적힌 빛바랜 〈마태 수난곡〉의 악보를 언제나 피아노 앞에 놓았다고 한다. 그는 새로운 작품 구상에 들어갈 적마다 으레 일종의 종교의식처럼 〈마태 수난곡〉 중에서 특히 좋아하는 부분을 피아노로 연주했다.

순간의 진실

그런 인생의 날들에 대해 다케미쓰 사후에 발간된 저서《침묵의 정원, 병상보고, 단두대의 제전》그리고 아내 아사코가 쓴 책《작곡가 다케미쓰 도루와 살아온 날들의 이야기》에도 나와 있듯이 그가 특히 좋아했던 곡은 〈마태 수난곡〉에 나오는 한 대목이었다. 그 곡은 베드로가 예수의 제자로 지목받았을 때 예수의 예언대로 닭이 울기 전에 예수를 모른다고 세 번 부인한 뒤에 부르는 노래다.

나를 불쌍히 여기소서, 나의 하느님, 이렇게 눈물이 흐릅니다.
내 마음과 눈을 보소서, 당신 앞에 엎드려 울부짖고 있습니다.

알토가 노래하는 이 장면은 예수의 고난이 절정으로 치닫는 대목이다. 또한 예수가 십자가에 처형당하는 장면에서 부르는 성가 역시 다케미쓰가 피아노로 자주 연주하던 곡이다.
아사코의 추측이지만, 다케미쓰가 새로운 작품을 만들 때마다 〈마태 수난곡〉에 잠겨든 것은 음악적인 영감을 얻기 위해서가 아니었다고 한다. 오직 마음을 가라앉히고 음악의 세계에 빠져드는 행복감을 누리고 싶었기 때문이라고 한다. 다케미쓰가 작곡한 음악의 탄생 배경에 대해 아사코는 회상한다.

음악 중에서도 작곡은 특히 종교적인 특성이 강하다. 기도하는 마음처럼 진실한 간구에 의해 태어나는 것이다. 자신 내면의 빈자리에서 나오는 것이 아니라 무언가 자신 속에 가득 채워진 것이 넘쳐날 때 그것을 그대로 옮기는 것이 작곡이다. 문학은 엄청난 고통 속에서 태어난다고 하지만, 작곡도 마찬가지다. (중략) 베토벤은 귀가 멀어 소리를 듣지 못하는 절망의 밑바닥에서도 막상 작곡에 임할 때만큼은 결코 그런 절망감에 휩싸이지 않았다고 한다. 그런 극심한 고통 속에서도 마음을 움직이게 만드는 사랑을 느끼며 무언가 희미한 빛을 보았다. 음악은 거기에서 태어나는 거다. 그런 신비한 힘에 이끌려 남편 다케미쓰도 작곡을 할 수 있었다.

《작곡가 다케미쓰 도루와 살아온 날들의 이야기》 중에서

다케미쓰의 마음속에서 언제나 울려 퍼졌던 〈마태 수난곡〉이 뜻밖에도 라디오에서 흘러나왔다. 인생의 장막이 내려가고 있는 다케미쓰의 병실에 조용하고도 장엄하게 〈마태 수난곡〉이 흘렀다. 그는 워낙 장대한 곡이라 좀처럼 방송에서 틀어 주지 않는 〈마태 수난곡〉 전곡을 혼자 병상에 누워 들었다. NHK FM의 음악 선곡 담당자는 당연히

다케미쓰가 처한 상황을 전혀 알지 못한 채 그날 〈마태 수난곡〉 전곡을 내보냈다. 또한 대개 그랬듯이 병실에 누군가가 찾아왔다면 다케미쓰는 라디오를 켜지 않았을 것이다.

하지만 그날은 폭설로 아내 아사코조차 오지 않았다.

도쿄에 1년에 한두 번쯤 내린다는 폭설을 이른 새벽부터 쏟아지게 만든 건 누구일까? 그건 아무도 모른다. 모두 하나하나 독립적으로 생긴 일인데도 기적처럼 모두 동시에 일어났을 뿐이다. 그래서 다케미쓰는 아무런 방해도 받지 않고 혼자 〈마태 수난곡〉에 잠겨들 수 있었다.

이렇게 결코 두 번 다시 일어날 수 없는 '순간의 진실'이야말로 '의미 있는 우연'이라고 말할 수밖에 없다. 달리 어떻게 설명할 수 있겠는가. '순간의 진실'이란 말도 가와이 하야오 선생의 책에서 배운 것이다. 과학의 세계에서 '진실'이라고 단정할 때는 어떤 실험이나 시험을 통해 실제로 '사실'을 재현할 수 있는 일반성과 보편성을 갖추어야만 한다. 사람은 평생 살아가면서 몇 번이나 그런 '진실의 순간'을 만날 수 있을까?

때로는 시시각각 다가오는 죽음 앞에서 생명과 영혼을 뒤흔드는 신비한 사건이나 일을 만날 수도 있다. 설령 그것이 환각이나 우연일지라도 혹은 기적이라 일컬을 만한 신비한 우연에 우연이 연거푸 겹쳐서 생긴 일일지라도 분명 그건 그 사람에게 절대적 의미를 부여한다. 주위 사람은 물론이고 자신도 두 번 다시 맛볼 수 없는 일회성으로 끝나는 체험인 것이다. 결코 개인적으론 부정할 수 없는 명백한 진실이므로 그것을 '진실의 순간'이라고 말한다.

어떤 사람의 일생일지라도 충분히 장편소설로 묶을 수 있을 만큼 파란만장하다. 그러기에 사람은 누구나 이야기를 만들어 낸다. 그런 이야기의 종결 지점에 다다른 사람은 누구나 '삶과 죽음'의 의미를 전달한다. 그건 바로 '의미 있는 우연'이나 '순간의 진실'을 통해 드러 난다.

다채로운 레시피

다케미쓰의 음악적 소재는 풍부했다. 그만큼 다채로운 성격의 작품 을 남겼다. 스트라빈스키가 절찬한 젊은 날의 대표작 〈현악을 위한 레퀴엠〉(26세), 뉴욕 필하모니 창립 125주년 기념작품 위촉을 받고 작곡한 〈노벰버 스텝스〉(37세)는 지금도 일본 및 해외 오케스트라가 해마다 연주하고 있다. 서양의 관현악 편성에다 동양 악기 비파와 퉁 소를 협주악기로 곁들여 동서의 음악이 어우러지는 〈노벰버 스텝스〉 는 음악사에 길이 남을 것이다. 또한 영화를 사랑한 다케미쓰는 전 생 애에 걸쳐 〈불량 소년〉(30세), 〈모래 여자〉(33세), 〈란亂〉(54세) 등 무 수한 영화음악을 만들었다.

노래도 많이 작곡했다. 내가 좋아하는 동요 〈작은 하늘〉과 〈날개〉 의 노랫말도 직접 지었다.

푸른 하늘 보면

솜 같은 구름이

슬픔을 싣고 흘러가네

친구들이 너무 놀려 대

분해서 울었지

어린 시절이 떠오르네

〈작은 하늘〉

'희망'이란 글자를 사람들은 꿈꾸지

 먼 여행을 떠나서 언젠가는 하늘을 날아야지

〈날개〉

베트남 반전운동이 한창이던 1960년대 학생들이 즐겨 부르던 〈죽은 남자가 남긴 것〉은 친구 하세가와 준타로의 노랫말에 곡을 붙인 것이다.

이렇게 정력적인 활동을 펼친 화려한 작곡가의 인생이었지만 젊은 날에는 결핵을 앓으며 수시로 죽음을 넘나드는 경험을 했다. 병이 깊어진 23세 때는 도쿄 게이오대학병원에 아홉 달 동안이나 입원하기도 했다. 오직 '퇴원하고 싶다'는 일념으로 완치되지도 않은 상태에서 퇴원하여 아사코와 함께 살기 시작했다. 아직 정식으로 결혼하지 않은 아사코가 곁에서 보살핀다는 조건부 퇴원이었다.

일찍이 결핵은 '국민병'이라 불릴 만큼 널리 퍼졌으며 누구나 두려워하는 '죽음의 병'이었다. 내 작은형도 결핵에 걸려 열아홉 살에 세상을 떠났다. 그러나 1950년대로 접어들어 미국에서 개발한 항생제가 일본에도 들어오기 시작하면서 결핵은 서서히 '고칠 수 있는 병'으로 바뀌었다. 그런데도 다케미쓰는 자주 결핵이 재발하는 바람에 수시로 기력을 잃고 쓰러졌다. 특히 27세 때는 병세가 악화되어 수저를 들 수 없을 정도로 기운을 잃기도 했다. 아사코가 작은 수저로 죽을 떠먹이며 극진히 간호한 덕에 죽음의 수렁에서 벗어날 수 있었다.

그런 참담한 투병 생활 속에서도 다케미쓰는 라디오 드라마 음악을 작곡했고, 〈현악을 위한 레퀴엠〉을 완성했다. 서른이 지난 뒤에야 비로소 결핵을 완치하고 건강을 되찾았다.

그로부터 35년이 지난 1995년 2월, 다케미쓰는 방광암에 걸렸다. 결핵을 치료한 의사가 줄곧 주치의를 맡았는데, 정기검진에서 이상 징후가 나타나 도쿄 도라노몬병원에 입원해 정밀 검사를 받은 결과 방광암 진단을 받았다. 한동안 방광 안에 직접 주사약을 투입하며 통원 치료를 받았으나 5월 말부터 배뇨 장애와 급격한 체력 저하로 인해 재입원할 수밖에 없었다. 배뇨 장애 요인을 제거하는 시술을 받으며 적극적 정밀 검사도 받았는데, 이미 암세포가 목의 림프절로 전이된 상태였다. 게다가 전혀 예상치 못한 교원병膠原病[3]에 걸려 있었다. 결국 암이 더 이상 넓게 퍼지지 않도록 항암제 치료에 들어갔다. 그런데 항암제 부작용 탓인지 교원병에 의한 간질성 폐렴이라는 아주 치료가 까다로운 합병증까지 나타났다.

긴급을 요하는 간질성 폐렴의 치료를 최우선 순위에 두고 일시적으로 항암제 투여를 중지했다. 일시적으로 몹시 위독한 상태에 빠지기도 했으나 다행히 치료 효과가 있어 가까스로 위기를 넘길 수 있었다. 그는 병원에서 여름을 보내고 10월에 퇴원했다.

넉 달 남짓한 입원 생활을 하면서 다케미쓰는 날마다 일기를 썼다. 또한 작은 스케치북에 먹고 싶은 음식을 상상으로 그렸고, 그 음식을 만드는 방법도 자세히 적었다. 입원 생활을 하면서 먹고 싶었던 음식의 재료인 야채, 고기, 오징어 등을 먹음직스럽게 색연필로 그리곤 했다. 본래 타고난 그림 솜씨로 직접 요리책을 만든 것이다. 그림에 곁들인 요리법을 읽어 보면 다케미쓰가 얼마나 긍정적인 마음가짐으로 병원생활을 하려고 노력했는지 엿볼 수 있다.

이 요리법에 대해 외동딸 마키는 수필 〈침묵의 정원〉 속에 이렇게 썼다.

아무튼 항암제를 투여하면서도 날마다 음식 생각을 했다. 오직 놀라울 뿐이다. 의사들도 놀라워했다. 대개 암 환자는 항암제 부작용으로 음식은 아예 쳐다보기도 싫다는데 말이다.

---

3   피부·힘줄·관절 등의 결합 조직이 변성되어 교원 섬유가 늘어나는 병.

다케미쓰가 병상에서 생각해 낸 요리법은 기상천외한 데다 음식 이름도 매우 독창적이었다. 딸 마키가 이렇게 썼다.

요리 이름도 하나같이 모두 재밌다. '이국의 새', '배구공·말방울', '단두대의 제전', '가난한 채소' 등등

힘든 병상 생활 속에서도 다케미쓰는 특유의 유머 감각을 잃지 않았다. 아니, 충분히 발휘하고 있었다.
입원 직후인 6월 1일에 적은 일기다.

<u>약과 싸운다.</u>
이미 <u>강 건너 불이 아니다.</u>
<u>암과 함께 지내는 날이</u> 시작되었다.

음률을 맞춘 시어 속에는 유머 감각이 빛나고 있다. (밑줄은 원문 그대로)
6월 27일엔 이른 새벽에 일어나 더 잠들지 못하고 '퇴원한 뒤 천천히 지으려고 했던 작품의 제목'을 생각했다. 피아노 연주곡 〈비에 젖은 나무 소곡Ⅲ〉, 관현악곡 〈Awakening〉, 바이올린과 관현악을 위한 곡 〈Song Line〉, 기타 연주곡 〈Folios(Ⅳ—Ⅵ)〉, 혼성 기악곡 〈침묵의 정원Silent Garden〉등 새벽녘 머릿속에 섬광처럼 번뜩 떠오른 작품

의 제목을 일기에 옮겨 적은 것이다.

아사코의 글에 따르면 남편 다케미쓰는 '책을 읽거나 그림을 보다가 영감을 얻는 적도 많았다'고 한다. 그리고 '제목을 지었을 때는 이미 악기와 음색, 연주가까지도 떠올리면서 악상을 결정한 상태였다'고 한다.

일기에 적혀 있는 곡목들, 즉 병상에서 지은 곡의 제목은 하나같이 다케미쓰 특유의 독창적인 분위기가 감돌고 있다. 그것은 단지 언어의 유희가 아님을 그의 오랜 작곡 활동의 이력을 살펴보면 금방 알수 있다. 언제나 제목에 걸맞은 명곡을 만들어 냈기 때문이다. 머릿속에서 폭풍처럼 휘몰아치는 악상뿐만 아니라 일기 속에 적힌 곡의 제목 역시 깊은 사색의 결과인 것이다. 〈침묵의 정원〉이란 제목을 붙인 배경이 그의 일기 속에 담겨 있다. 그 일부를 인용한다.

어둠에 덮인 밤의 정원은 사색적이다. 우주의 움직임에 가만히 귀를 기울인다. 한밤중의 어둠은 아직 잠들지 못한 채 눈을 뜨고 있는 새들과 짐승들의 행방을 뒤쫓는다. 미로와 같은 밤의 손금 속에서 언제까지라도 뒤쫓고 있다. 밤의 정원은 두런두런 말하고 있다. 나의 내면을 향해서.

크나큰 은총

물론 죽음에 대한 불안은 사라지지 않았다. 암 환자라면 누구라도 안고 있을 듯한 불안감이 때때로 고개를 쳐들곤 했다. 7월 23일의 일기다.

암에 소멸된 세포는 곧바로 되살아나지 못하는 걸까? 아무래도 불안하기 짝이 없다. 이제 어떤 죽음, 어떤 고통을 치르게 될까? 과연 어떤 죽음이 찾아올까? 아무리 생각해 봐야 소용없는 줄 알면서도 갑자기 쓸데없는 망상에 사로잡힌다. 어서 여기서 나가 일하고 싶다.

그래도 대체로 하루하루를 평온하게 보냈다. 자주 찾아오는 가족, 친구, 업무 관계자 등에 둘러싸여 지내며 작곡이나 음악 활동에 대한 구상을 멈추지 않았다. 그리고 웬만큼 기력을 되찾은 10월 5일 퇴원해 12월 중순까지 휴양을 겸해 나가노 현의 고원마을 미요타御代田에 머물며 플루트 곡과 기타 곡을 작곡했다. 그해 연말연시는 다마 호반에 자리한 자택에서 지내면서 가까운 사람들을 초대해 떠들썩한 술자리를 갖기도 했다.

해가 바뀌어 1996년이 되었다. 1월 중순께부터 고열이 심해 도라노몬병원에 또다시 입원해 정밀 검사를 받았다. 암세포는 간에도 퍼져 있었다. 의사는 항암제 치료로 간암은 웬만큼 억제할 수 있지만 부작용으로 인해 약간의 청각 장애가 생길지도 모른다고 말했다. 항암제 치료를 받아들이느냐 마느냐는 다케미쓰의 선택에 맡겼다.

남편 옆에서 의사의 설명을 듣고 병실에 돌아온 아사코는 마음을 군세게 먹어야 한다고 다짐했다. 그럼에도 자꾸만 쏟아지는 눈물은 억누를 수 없었다. 그러자 다케미쓰는 "괜찮아질 거야. 해 볼 만큼 해 볼게. 지난번에도 항암제 치료로 큰 효과를 봤잖아"하며 아사코의 힘을 북돋워 주려고 애썼다.

2월 초부터 항암제 치료를 시작했다. 백혈구 수치가 급격히 줄어들었기에 감염 예방을 위해 병상을 멸균실로 옮겼다. 그리고 2월 18일 폭설이 쏟아진 날이 찾아온 것이다. 그 이튿날, 아사코가 소독한 흰 가운을 입고 멸균실로 들어서자 다케미쓰는 평온한 표정으로 중얼거리듯 말했다.

"어제 모처럼 〈마태 수난곡〉을 처음부터 끝까지 전부 들었지. 역시 바흐는 대단해. 어쩐지 몸도 마음도 맑아진 것 같아."

그리고 그 이튿날 새벽 아사코는 병원에서 걸려 온 전화를 받았다. 다케미쓰가 위독하다는 전갈이었다. 아사코가 첫 전철을 타고 급히 달려갔을 때, 다케미쓰는 이미 아무리 불러도 대답하지 못하는 혼수상태에 빠져 있었다. 먼저 와 있던 딸 마키가 절규하듯 "아빠! 아빠!"하고 외쳤으나 아무 응답도 하지 못하고 눈물만 흘렸다고 한다.

그날 오후 1시 15분 갑자기 다케미쓰의 혈압이 내려갔고 그것이 마지막이 되었다. 65년 4개월의 인생이었다. 병리해부 결과 암은 깨끗이 사라졌으나 교원병에 의한 간질성 폐렴을 수반한 급성 폐수종이 직접적인 사망 요인이었다.

어떤 곡보다도 친근했던 〈마태 수난곡〉 전곡을 혼자 조용히 들을 수 있었던 날로부터 이틀 뒤 눈을 감았다. 실로 얼마나 극적인가. 그 날의 기억을 더듬으며 아사코는 이렇게 말했다.

"〈마태 수난곡〉을 듣고 평화로운 마음을 되찾고 나서 어떤 위대한 존재에게 자신의 생명을 맡긴 게 아닐까요. 마지막 길을 고요히 떠날 수 있도록 〈마태 수난곡〉이 이끌어 준 것 같아요. 왠지 뭔가 크나큰 은총을 받았다는 생각이 들어요."

그렇게 남편을 떠나보낸 아사코의 감성도 대단하다.

나를 불쌍히 여기소서

다케미쓰의 죽음에 얽힌 극적인 일화는 내 마음을 거세게 뒤흔들었다. 그가 사망하기 3년 전인 1993년 여름, 내 아들 요지로가 하늘로 떠난 날의 기억이 되살아났기 때문이다. 실로 뜻밖의 우연이었다.

마음의 병이 깊어져 스스로 생명을 끊으려 했던 아들을 병원 응급실로 옮겨 심폐소생술을 시도했다. 일시적으로 심장의 기능을 되살리기도 했지만 끝끝내 의식은 되돌아오지 않았다. 결국 뇌사 상태를 거쳐 심장이 멎었다. 남몰래 마음의 병을 앓고 있으면서도 남의 아픔은 외면하지 못하고 어떻게든 도와주려고 애쓰던 아들의 뜻을 살리기 위해 심장이 멎은 뒤 콩팥을 기증했다.

그리고 나서 깊은 밤중에 아들의 시신을 집으로 옮겨 거실에 뉘였다. 장남 켄이치로가 무의식적으로 텔레비전을 켰고, 채널은 NHK

BS2에 맞춰 있었다. 위성 영화극장이 끝나갈 즈음이었다. 그날 밤 영화는 요지로가 열렬히 좋아했던 옛 소련의 망명 영화감독 타르코프스키의 〈희생〉이었다. 엔딩 자막이 올라가면서 영화의 테마음악으로 썼던 〈마태 수난곡〉의 애절한 바이올린 선율이 거실에 흘러넘쳤다. 〈나를 불쌍히 여기소서, 나의 하느님〉이었다.

요지로는 기독교인은 아니었지만 〈마태 수난곡〉을 유난히 좋아해 평소에도 음반으로 수없이 들었다. 특히 영화 〈희생〉의 삽입곡으로 쓴 아리아는 영화의 내용과 더불어 깊은 감동을 자아낸다고 내게 말한 적도 있다.

나치 독일이 제2차 세계대전을 일으킨 직후의 긴박한 상황 속에서 네덜란드의 암스테르담 콘서트헤보우 관현악단이 멩겔베르크의 지휘로 연주하는 비장미 넘치는 〈마태 수난곡〉의 음반을 나도 갖고 있었기에 그 연주에 대해 요지로와 이야기를 나눈 적도 있었다.

그 영화는 왜 그가 하늘로 떠나간 날에 방영되었고, 왜 그가 주검으로 집에 돌아온 시각에 때맞춰 끝났고, 왜 그 비통한 아리아의 바이올린 선율이 집안 가득 흘러넘친 걸까. 이것은 신 혹은 위대한 힘이 그를 위해 눈물을 흘린 증거가 아닐까. 나는 그 자리에 그대로 얼어붙은 듯 한참 동안 우두커니 서 있었다.

이런 불가사의한 체험을 가리켜 '의미 있는 우연'이라고 말한다는 것을 나중에 알았다. 다케미쓰가 세상을 떠나기 이틀 전 기적적으로 〈마태 수난곡〉의 전곡을 들을 수 있었다는 사실을 전해 듣고 나는 온

몸에 전율이 일었다.

한 사람의 죽음은 남겨진 이들에게 견디기 힘든 슬픔에 빠지게 만들지만 세월이 흘러 돌아보면 죽음은 결코 끝이 아님을 일깨워 준다. 남겨진 이들의 마음속에 거듭 태어나 영원히 살아가기 때문이다. 세상에 태어난 이상 누구나 반드시 통과할 수밖에 없는 죽음, 그러나 거기에는 긍정적인 측면도 숨겨져 있을 것이다.

2 장

시련에 감사

"쓰러져도 일어서면 돼"
야마모토 시치헤이 (1921-1991 출판인, 평론가)

죽음을 받아들이는 자세

암에 걸려 죽음을 앞둔 이들의 말년을 기록해 온 지도 어느덧 30년의 세월이 흘렀다. 그사이 일본은 급속히 고령화 사회로 치달았고, 일본 국민의 전체 질병구조도 크게 달라졌다. 암에 의한 사망은 여전히 증가하는 추세로 이제는 3명 중 1명이 암으로 죽는 시대가 되었다. 암으로 인한 사망자는 연간 30만 명이 넘는다.

암에 대한 의료사정도 서서히 바뀌기 시작해 이젠 가벼운 위암이나 대장암은 제때에 잘라 내면 거의 고칠 수 있다. 소아암 · 유방암 · 성인 혈액암 · 간암 등은 항암제나 각종 치료요법으로 치유할 수 있는 길이 열렸다. 설령 완치가 되지 않더라도 재발할 때마다 적절한 치료를 되풀이하여 암 환자의 장기 생존율도 높아졌다. 과거에는 예후 몇 개월로 보았던 말기 암 환자가 몇 년을 더 살아가는 사례도 드물지 않다.

그리고 말기 암 환자가 통증이나 고통 없이 평온한 날들을 보낼 수 있도록 보살피는 호스피스 시설이 전국적으로 늘어나는 추세다. 또한 임종의 순간까지 자택에서 가족들과 함께 지낼 수 있도록 의사와 간호사가 가정을 방문해 암 환자를 돌보는 재가 호스피스 제도도 점점 확산되고 있다. 말기 암 환자의 통증을 완화시키는 치료법도 크게 발전했다.

이런 변화와 더불어 의사가 직접 암 환자에게 암을 밝히는 비율도 높아졌다. 위암 · 대장암 · 유방암은 100퍼센트에 가깝고 폐암 · 간암 · 신장암 · 백혈병 등도 대개 환자에게 직접 병명을 알리고 있다. 좀처럼 환자에게 밝히기 어려운 암은 치료가 곤란한 진행성 췌장암 등 극히 일부에 지나지 않는다.

사반세기가 지나면 세상은 변하기 마련이다. 이처럼 의료 사정은 달라졌고 사람들의 생사관도 달라졌다. 죽음을 받아들이는 자세, 다시 말해 죽음을 앞둔 사람들의 삶의 자세도 상당히 달라졌다. 시대가 바뀌면서 개인의 권리 의식은 강해졌고, 자신의 인생은 자신이 결정하겠다는 의식도 강해진 것이다.

그래서 그 변화를 짚어 보고 싶었다. 지난 사반세기 동안 세상을 떠난 작가 · 예술가 · 예능인 · 학자 · 종교인 · 기업인 등 각계각층 사람들의 마지막 모습을 살펴보았다. 이들의 유족과 지인을 만나 이야기를 나눴고, 이들이 쓴 투병기나 유고집을 읽었다. 학술적인 논문을 쓰려는 마음은 추호도 없었다. 단지 이들 한 사람 한 사람의 '생과 사'를 있는 그대로 기록하고 싶었다.

이 책에 등장하는 이들은 모두 지난 사반세기인 1980년대, 1990년대, 2000년대에 세상을 떠났다. 시대배경에 따라 달라지는 '삶과 죽음'의 자세에 대한 사회학적 분석 등은 일체 접어 두고 오로지 사실만을 기록하려고 했다. 여기 등장하는 이들은 60명이 넘는다. 그 한 사람 한 사람의 말년을 있는 그대로 글로 옮겨 적었다. (제목의 '50인'[1]은 전작의 속편임을 표시하는 상징적인 숫자이다.)

감사 또 감사

1970년대부터 1990년대에 걸쳐 20년간 '야마모토학山本學'이란 말이 생겨날 정도로 독특한 일본인론을 전개한 야마모토쇼텐 출판사의 대표 야마모토 시치헤이山本七平가 췌장암으로 사망한 건 1991년 12월 10일. 향년 69세였다.

유소년 시절이나 청년 시절에 가혹한 시련을 겪은 사람은 훗날 인생길에서 또다시 가혹한 시련에 처했을 때도 쉽사리 굴복하지 않는 강인한 정신력을 발휘한다. '맞을수록 강해진다'는 옛말이 있다. 그

---

1   원서의 제목을 의미한다.《신·암 50인의 용기》

간 수많은 사람의 예사롭지 않은 인생을 엿보면서 비로소 이 말에 전적으로 수긍하게 되었다. 우리 세대는 '사람은 숱한 고난을 겪어야만 큰 인물이 된다'는 말을 어릴 적부터 귀에 못이 박히도록 듣고 자랐는데 과연 요즘 젊은이들도 이런 인생 교훈을 순순히 받아들일 수 있을까? 그러나 파란만장한 야마모토의 생애를 헤아려 보면 그 말에 깊이 공감할 것이다.

야마모토는 태평양전쟁 당시 육군 병사로 징집돼 필리핀 전선에서 싸웠다. 생지옥이나 다름없는 전쟁터에서 여러 차례 죽음의 고비를 넘겼다. 야마모토는 그 처절한 체험을 통해 어떤 상황에서도 흔들리지 않는 강인한 정신력을 키웠다. 뜨거운 햇볕이 내리쬐는 밀림 속에서 패잔병으로 쫓길 때는 굶주림과 말라리아로 쓰러지는 병사가 속출했다. 연합군의 빗발치는 폭격 속에서 오도 가도 못 하고 그냥 꼼짝없이 드러누워 죽음을 기다릴 수밖에 없었다. 신경도 체력도 극도로 쇠약해진 병사들은 특히 배변의 고통에 시달렸다. 야마모토는 지독한 변비로 발버둥치는 전우들의 항문에 손가락을 집어넣어 변을 파냈다. 생지옥 속에서 죽음을 눈앞에 둔 병사들은 일순간이나마 평안을 얻을 수 있었다. 돌덩이처럼 굳은 변이 빠져나오면 누구나 진심으로 머리 숙여 감사인사를 했다. 그러고는 죽어 갔다. 30명의 부대원 가운데 살아서 고국 땅을 밟은 병사는 오직 야마모토 혼자뿐이었다.

야마모토는 필리핀 전선에 복무할 때부터 이미 담석으로 인해 끊임없는 격통에 시달렸다. 한마디로 까무러칠 정도로 엄청난 통증이었다. 결국 고질병이 된 담석증은 종전 이후에도 거듭 재발해 평생을 괴롭혔다. 게다가 위경련으로 개복 수술도 받았다. 가혹한 시련은 이후에도 계속 들이닥쳤다.

전후 혼란기, 야마모토는 회사원으로 일했다. 그러나 곧 퇴직하고 출판업에 뛰어들었다. 출판업을 시작한 지 10년, 어느 정도 자리가 잡혔을 때 갑자기 어린 딸아이 둘이 잇따라 병에 걸려 숨졌다. 또한 사업이 본격적으로 궤도에 오를 무렵 누전에 의한 화재로 자택 겸 출판사가 모두 불타 버렸다. 그동안 공들여 출간한 서적의 재고도, 귀중한 기독교 관련 자료도, 살림집의 가재도구도 삽시간에 잿더미로 변했다.

아내 레이코는 그때 화재 현장에서 절규하던 남편의 모습을 결코 잊을 수 없다고 한다. 그건 아무나 쉽사리 흉내 낼 수 없는 초인같은 모습이었다. 불타는 집 앞에서 아내 레이코가 어린 아들 요시키를 안고 울고 있을 때 야마모토는 활활 타오르는 불길을 똑바로 쳐다보며 단호히 외쳤다.

"쓰러져도 일어서면 돼. 쓰러져도 일어서면 돼. 쓰러져도 일어서면 돼……."

그리고 정말로 야마모토쇼텐 출판사를 재건했다. 또한 1970년대 초반 야마모토가 번역 출간한 이사야 벤 다산 저 《일본인과 유대인》²이 평단의 주목을 받으며 제2회 오야 소이치 논픽션상을 수상한다. 이를 계기로 평론가로서 본격적인 집필 활동을 시작한다.

야마모토가 췌장암 진단을 받은 시기는 1990년 9월, 68세였다. 견디기 힘든 복통 때문에 도쿄 도심 K병원에 입원해 정밀 검사를 받았다. 그간 수없이 경험한 담석의 통증과는 확연히 달랐다.

담당의는 야마모토 본인한테는 아무것도 밝히지 않고 그의 아내 레이코를 불렀다. 의사는 거두절미하고 "90퍼센트 악성종양입니다"이라고 했는데 레이코는 췌장암을 직감했다고 한다. 병실로 돌아오자 야마모토는 호탕한 말투로 "의사 선생님이 뭐라고 하셔?" 하고 물었다. 아내가 선뜻 대답하지 못하고 우물쭈물하자 병자 특유의 예리한 감각으로 "아아, 암이구나" 하고 말했다. 그리고 한동안 침묵에 잠긴 뒤 벽을 바라보며 입을 열었다.

"맨 처음 위 수술을 받은 이후로 이렇게 40년이나 살아왔어. 지금까지 지낸 40년 인생은 덤이야. 감사한 일이지. 그럼 감사하고말고. 정말로 감사해야지!"

몇 번이나 벽을 향해 '감사'하다고 소리쳤다.

강인한 울부짖음이 아닌 담담한 외침이었다고 한다. 그때 레이코의 머릿속에는 일찍이 집이 불길에 휩싸였을 때 "쓰러져도 일어서면 돼" 하고 외치던 야마모토의 모습이 되살아났다.

그런데 K병원 담당의사는 충분한 통증치료를 시행하지 않았다. 심

---

2   이사야 벤 다산은 야마모토 시치헤이의 필명이다.

한 통증이 덮치면 야마모토는 온몸을 뒤틀며 고통에 몸부림쳤다. 때로는 "모르핀을 놓아 줘!" 하고 소리쳤다.

통증이 가라앉아 평온해졌을 때 야마모토는 '경막외 블록 요법'을 처치해 달라고 부탁했지만 담당의사는 "그건 마취과에서 관리하며 수술 전에 시행하는 겁니다" 하고 대답할 뿐 통증 완화를 위한 적극적 치료에 임하지 않았다. 이러한 담당의사의 설명은 명백한 잘못이며 태만에 지나지 않는다.

당시 나는 야마모토의 아내 레이코와 그 문제를 놓고 전화로 의논했는데, 절망에 찬 레이코의 목소리를 지금도 잊을 수 없다. 암의 통증을 완화하기 위한 치료법에 관한 조항은 이미 1980년대 중반에 세계보건기구WHO의 전문위원회에서 확립했고, 그 지침서는 전 세계 각국에 배포됐다. 암에 걸리면 '죽음은 두렵지 않지만 통증의 괴로움은 싫다'고 흔히 말하는데, 암 환자에게 있어 통증을 다스리는 치료는 매우 중대한 문제다. 한데 일본 의사의 대다수는 치료에는 열심을 다하지만 통증에는 별로 관심을 기울이지 않는 경향이 있다. 그러기에 WHO에서 만든 '암 환자의 통증에 관한 치료 지침서'가 엄연히 존재하는데도 불구하고 1990년 당시만 해도 이를 올바로 실천하지 않는 병원이 절반이 넘었다. 의사의 주관마다 편차도 컸다.

K병원은 유명한 종합병원인데도 격통에 시달리는 암 환자의 극심한 괴로움을 방치한 것이다. 나는 그 얘기를 듣고 분노심마저 일었다. 곧바로 국립암센터로 병원을 옮기라고 권했다. 야마모토는 사후 출

간된 투병기《심심풀이 병상 잡기》에 이렇게 적었다.

인간이란 동물이 남의 '아픔'에 얼마나 무덤덤한지를 새삼 알게 되었다.

슬픈 석양

주위 사람들도 강력히 권유했기에 야마모토는 구급차에 실려 국립암센터로 병원을 옮겼다. 국립암센터에선 마취과장 히라카 의사가 곧바로 경막외 블록을 시술했다. 그러자 통증은 순식간에 사라졌다. 그 후 아침저녁으로 가벼운 모르핀 성분의 마약성 진통제 'MS 콘틴'을 투약하면서 통증은 상당히 가라앉았다.

'지옥에서 천국으로 올라간 듯한 기분'을 확실히 경험한 야마모토는 '콘틴교教'라도 만들어 모든 암 환자의 통증을 덜어 주고 싶은 마음이 들 정도였다. 입원 중이든 통원 치료 중이든 격심한 통증에 시달릴 때마다 담당의사에게 "선생님, 콘틴 부탁합니다", "선생님, 경막외 부탁합니다" 하고 스스럼없이 요청할 수 있다면 일본 의료계 및 의사의 의식구조가 뒤바뀔 수 있다고《심심풀이 병상 잡기》에서 강조했다. 그건 일본 의료 사정의 실태를 꼬집는 신랄한 비판이었다.

1990년 11월 7일, 16시간에 걸친 대수술. 이후 몸을 추스르는 데도 상당한 시일이 걸려 퇴원한 날은 해가 바뀐 1991년 2월 24일이었다. 그때부터는 집에서 의료 서비스를 받을 수 있는, 회원제로 운영하는 '라이프 케어 시스템'에 가입해 이 시스템의 창시자인 사토 아카리 의사의 왕진 치료를 받았다.

대수술과 장기 입원 생활로 야마모토의 몸은 야윌 대로 야위어 신선 같은 풍모로 바뀌었다. "하루에 1그램이라도 좋으니 제발 몸무게가 늘었으면 좋겠다"며 레이코가 정성껏 만든 미음, 야채즙, 생선죽 등을 "맛있다, 맛있다" 하면서 조금씩 먹었다. 몸무게는 극히 조금씩 늘었다.

그는 날마다 짧은 교정 등 소소한 일거리를 손에서 놓지 않았다. 체력이 약해져 금세 지쳤지만 어떻게든 일상을 되찾으려고 노력했다. 5월 중순에는 집에서 나와 일터 야마모토쇼텐 출판사까지 걸어서 갈 수 있었다. 건강한 시절에는 17분이면 충분히 걸어갈 수 있었지만 이제는 서두르지 않고 천천히 걸었다. 힘들면 찻집에 들러 한숨 쉬고 나서 또다시 걸었다. 집에서 출판사까지 1시간 혹은 2시간이 걸린 적도 있었지만 스스로 일터에 도착했다는 사실만으로도 기쁨이 넘쳤다. 집에 돌아와 아내 레이코에게 "야마모토 쇼텐은 언제나 참 좋아" 하고 말했다.

1991년 9월 24일 국립암센터의 정기검진에서 암이 재발된 사실을 알았다. 레이코는 입원 치료를 권했으나 야마모토는 단호히 거부했다. "절대로 싫어. 사토 의사의 재가 치료에 모두 맡기겠어" 하며 마지막 순간까지 집에서 지내겠다는 결의를 분명히 밝혔다. 10월로 접어들면서 혼자서는 목욕도 하기 어려워 구청 복지과에 도움을 청했다. 자원봉사 간병인 셋이 집에 찾아와 자상한 손길로 목욕을 시켜주었다. 야마모토는 감격하여 "이렇게나 도움을 받다니, 면목 없습니다. 뭐라 감사드려야 할지 모르겠습니다" 하며 황송해하자 옆에 있던 레이코가 "필리핀 밀림에서 1년간 지옥 생활을 하는 바람에 그때의 체력 소모가 만병의 원인이 된 거예요. 귀국해서도 위장병과 결핵으로 9년간이나 생사를 헤맸는데 학도 동원이라고 연금도 위로금도 나오지 않았어요. 이 정도 목욕쯤은 정부의 도움을 받아도 충분해요" 하고 잘라 말했다.

야마모토는 "생각하면 분해서 피가 거꾸로 솟구치지. 그런 전쟁에 끌려가지 않았다면 내 몸이 이, 이렇게는……" 하며 눈물을 흘렸다. 그러나 곧 눈물을 거두고 의연한 얼굴로 또렷이 말했다.

"그렇지만 암에 지지 않을 거야. 내 정신과 혼은 암에 휘둘리지 않을 거야."

레이코는 왈칵 부둥켜안고 싶은 마음을 억누르며 조금만 만져도 부서져 버릴 것 같은 남편의 야윈 몸을 물끄러미 바라만 보았다.

이때부터 수시로 복부에 지독한 통증이 몰려왔다. 몸은 불덩이처럼 뜨거웠다. 10월 1일부터 거의 온종일 잠에 빠진 채 누워 지냈지만 결코 나약한 소리는 내지 않았다. 자연식 요법이 좋다는 말을 들은 레이코는 녹황색 야채로 즙을 만들었다. 야마모토는 "맛없어" 하고 중얼거리면서도 스스로 수저를 들고 떠먹었다. 그것은 '살겠다'는 의사표시였다. "야마모토 시치헤이는 암 따위에 지지 않아" 하고 거듭

힘주어 말했다.

어느 날 극심한 통증이 덮쳤다. MS 콘틴의 양을 늘려도 격렬한 통증은 가라앉지 않았다. 아들 요시키가 아버지의 환부에 손을 대고 성서의 한 구절을 큰 소리로 읽었다. 그리고 나서 기도를 올리자 통증은 사라졌다. 이런 일이 되풀이되던 11월 하순의 어느 저물녘, 야마모토는 혼자 힘으로 가까스로 현관까지 걸어가 문을 열고 밖으로 나갔다. 7층 아파트 복도의 난간을 붙잡고 하늘을 바라보았다. 때마침 서쪽 하늘에 노을이 가득 번지고 있었다.

야마모토의 기억 속에는 2개의 강렬한 석양이 새겨져 있었다. 하나는 전쟁터에 나갔을 때 필리핀 마닐라 만에서 바라본 장대하고 아름다운 노을이었다. 또 하나는 중동 시나이 반도를 찾았을 때 사막을 붉게 물들인 노을이었다. 마닐라 만의 일몰과 시나이 반도의 석양을 그는 평소에도 자주 이야기했다. 아파트 복도 7층에서 저무는 해를 끝까지 바라보면서 그간 살아온 인생의 이런저런 추억을 떠올렸을 것이다.

옆에 있는 레이코에게 가만히 말했다.

"마닐라 만의 노을은 정말 아름다웠지."

이날은 시치헤이가 자신의 발로 바깥에 걸어 나가 바람을 쐰 마지막 날이었다.

12월 8일 휠체어를 타기 시작하면 더 이상 다리를 쓰지 못하게 돼서 만사가 끝장이라고 말하던 야마모토도 마침내 휠체어를 탈 수밖에 없었다. 혼자서는 전혀 움직일 수 없었기 때문이다. 다소 쌀쌀한 날씨였지만 초겨울 햇살이 비치는 오후 레이코는 아들 요시키의 힘을 빌려 남편을 휠체어에 태우고 집 밖으로 나왔다.

감기에 걸리지 않도록 어깨를 담요로 감싸고, 일찍이 시나이 산에 오를 때 썼던 털모자를 씌웠다. 세 가족은 산책을 하며 기념사진도 찍었다. 아파트에 돌아와 엘리베이터를 타고 7층으로 올라갔다. 서쪽을 향한 현관 앞 복도에는 짙붉은 노을빛이 번지고 있었다. 야마모토는 해가 완전히 저물 때까지 아무 말 없이 노을에 물든 하늘을 바라보았다.

해가 저무는 광경은 사람의 마음을 고즈넉하게 만들며 사색에 빠지게 한다. 적어도 나는 그렇게 생각한다. 야마모토가 죽음을 2주 정도 앞둔 날, 그리고 그 이틀 전에 노을을 바라보았다는 일화를 들었을 때 문득 생텍쥐페리의 《어린 왕자》 속 한 장면이 떠올랐다. 비행사인 '나'와 소행성에서 온 어린 왕자가 나누는 대화. 노을 지는 풍경을 좋아한다는 어린 왕자는 아주 작은 별에 살았기에 의자를 조금만 움직여도 저무는 해를 계속 쫓아갈 수 있어서 노을이 번지는 하늘을 마음껏 바라볼 수 있었다고 이야기한다.

"언젠가는 해가 저무는 걸 44번이나 봤어."

그리고 잠시 뒤 이런 말도 했다.

"슬플 때는 노을이 참 좋아."

"하루에 44번이나 노을을 바라보았다니 그날은 굉장히 슬펐구나?"

야마모토는 인생의 마지막 노을을 바라보면서 무슨 생각에 잠겨 어떤 슬픔에 빠져 있었을까. 사랑하는 가족과의 작별을 앞두고 슬픈 감정이 복받쳐 올랐을 것이다.

이튿날 12월 9일 밤, 아들은 처음으로 아버지의 변을 자신의 손으로 직접 파냈다. 그전까지는 야마모토 스스로 배변을 처리했으나 결국 그것마저 불가능했다. 아들이 조심스럽게 변을 파내면 "아아 나온다, 나와. 그래, 좋아, 좋아" 하며 어린애처럼 기뻐했다. 아들은 아버지의 엉덩이를 알코올 적신 솜으로 공손히 닦았다. 그런 속에서도 야마모토는 유머를 잊지 않았다.

"그렇게 알코올로 자꾸 닦으면 엉덩이가 취하겠다."

세상을 떠나기 하루 전날 밤의 일이다. 그날 밤의 배변은 아들 요시키에게 큰 의미를 남겼다.

바로 그날, 그동안 아버지와 아들이 주고받은 편지글로 엮은 책 《도쿄—뉴욕 왕복 서간》 견본쇄가 나왔다. 야마모토는 "그래, 잘됐다. 내 책이 나온 것보다 훨씬 더 기쁘다"며 양손으로 책을 들어 가슴에 쓸어안았다.

야마모토는 이튿날 12월 10일 오전 8시 30분 조용히 눈을 감았다.

3장

인생의 미학

"슬그머니 찾아오는 불안감은 나도 의사도 막을 수 없지"
이노우에 야스시 (1907-1991 작가)

"어떤 죽음이 좋은 건지 내내 그것만 생각하고 있다"
야마구치 히토미 (1926-1995 작가)

"이상적인 죽음이란 것이 있기는 있는 것일까?"
시부사와 다쓰히코 (1928-1987 작가, 프랑스문학가, 평론가)

"내 생명은 누구의 것인가. 생사의 결정은 누가 하는가"
시라이시 이치로 (1931-2004 작가)

"누구나 죽을 수밖에 없는 인간세계에 대한 도전"
데즈카 오사무 (1928-1989 만화가)

병은 의사에게 맡기고
나는 소설을 쓰겠다

누구나 죽음을 피할 수 없지만 실제로 반년이나 1년 후에 자신이 이 세상에 존재하지 않는다는 사실을 알았을 때, 그럼에도 오늘을 꿋꿋이 살아갈 수 있도록 떠받쳐 주는 조건은 무엇일까. 그것은 사람에 따라 제각기 달라지고 시대에 따라서도 달라질 것이다.

돌연사가 아닌 암처럼 서서히 병세가 깊어지는 질병에 걸렸을 때 삶을 지탱할 수 있는 근원적인 조건 중 하나는 자신을 표현할 기회를 갖추고 있거나 혹은 자신을 표현할 만한 수단을 갖고 있는 경우가 아닐까.

자신을 표현한다는 건 작가가 글을 쓰고, 화가가 그림을 그리고, 작곡가가 음악을 만들고, 가수가 노래를 부르고, 배우나 무용가가 무대에 서고, 건축가가 설계를 하고, 영화감독이 영화를 찍고, 편집자가 책을 완성하고, 연구원이 논문을 쓰고, 기업인이 사업을 궤도에 올리고, 기술자가 신상품을 개발하는 등 자신만의 일에 몰입하여 눈에 보이는 성과를 거두는 작업이 아닐까.

물론 집안일이나 자녀 키우기에 전념한 주부나 딱히 할 일이 없어진 고령자의 경우에도 나름대로 자기표현의 길이 있지만 그건 나중에 논하기로 하겠다.

누구보다도 명확히 자기표현 일을 하는 예술가나 문필가가 맞이하는 생의 마지막 모습을 다케미쓰 도루와 야마모토 시치헤이의 '삶과 죽음'을 통해 짚어 보았다. 이제는 평생 글을 쓰거나 만화를 그린 다섯 명의 예술가가 인생의 대단원을 어떻게 마무리했는지를 살펴보겠다.

다섯 예술가는 이노우에 야스시井上靖, 야마구치 히토미山口瞳, 시부사와 다쓰히코澁澤龍彦, 시라이시 이치로白石一郎, 데즈카 오사무手塚治虫다.

내가 이노우에 야스시의 소설 가운데 처음 접한 작품은 젊은 날에 읽은《아스나로 이야기》였다. 이즈의 유가시마에 위치한 아버지의 본가에서 사실상 양어머니가 된 조모 밑에서 자란 작가 자신의 어린 시절, 그 굴절된 성장 과정을 배경으로 한 작품으로 한 소년이 몇몇 여성과의 만남을 통해 자아를 형성하며 청년에 이르는 과정을 그린 자

전적 청춘소설이다. 나는 이 작품에 완전히 매료돼 이노우에 문학의 열혈 독자가 되었다. 특히 이노우에 특유의 '인생의 미학'이라 일컫는 미의식을 장대한 스케일로 동아시아의 역사나 불교 전래 과정을 그린 소설《덴표의 용마루》,《둔황》,《누란》등은 나의 청년기 독서목록 중 각별히 빛나는 작품이었다.

이노우에 야스시의 수많은 걸작 중 아주 이채로운 작품은《화석》이라는 현대소설이다. 이제는 소설의 줄거리도 기억이 희미하지만 그래도 작중 인물의 성격을 묘사한 한 대목만큼은 선명히 떠오른다. 그건 암에 걸린 남자가 병고에 휘둘리지 않고 병실에서 담담히 논문을 쓰고 있는 장면이다. 그 소설 속의 주인공은 이노우에가 국립암센터 의사로부터 실제로 그런 환자가 있었다는 이야기를 듣고 만들어낸 인물이라고 한다. 그런데 훗날 기묘하게도 이 소설은 곧 자신을 그린 이야기가 되었다.

《화석》을 쓴 지 20여 년이 지난 1986년 9월 이노우에는 식도암 진단을 받았다. 식도암에 걸린 이노우에가 삶을 마주하는 자세는《화석》속에 나오는 주인공의 모습과 다르지 않았다. 바로 그 자체였다. 아니, 그 이상이었다. 작가가 자신이 소설 속에 그렸던 인물의 행적을 세월이 한참 흐른 뒤에 그대로 밟게 되는 건 극히 드문 일이다. 이를테면 자신의 만년을 오래전 무의식중에 예견하는 소설을 쓴 셈이다.

병실에서의 집필

아내 이노우에 후미가 이노우에 야스시 사후에 쓴 수필 〈수기, 야스시와 나〉(《문예춘추》 1991년 4월 호)와 장남 슈이치와 차남 다쿠야의 이야기에 따르면 이노우에는 음식물이 자꾸만 목에 걸려 국립암센터에서 정밀 검사를 했고 식도암 진단을 받았다. 국립암센터 시가와 원장(당시)은 이노우에에게 알리기 전에 먼저 장남 슈이치의 의견을 듣기로 했다. 장남 슈이치는 온 가족이 믿고 따르며 전혀 그릇된 판단을 하지 않는 강인한 남자 아버지가 암 통보를 받고 흔들리지는 않을 거라고 믿었다. 가족의 뜻에 따라 시가와 원장은 장남이 옆에 있는 자리에서 본인에게 병명을 사실대로 밝혔고, 이노우에는 전혀 흔들리지 않고 "나쁜 부위는 전부 떼어 내 주십시오" 하고 대답했다. 비교적 일찍 암을 발견했으므로 수술이 가능했다. 수술에 앞서 집안에 온 가족이 모인 자리에서 이노우에는 "어쩔 수 없는 일이지. 이제는 의사에게 맡기는 수밖에 없다. 수술로 나쁜 곳을 떼어 낸 다음엔 하늘에 맡기자" 하고 말했다.

아내가 "술을 너무 드셔서 이렇게 됐어요" 하며 울먹이자 이노우에는 "인생 80년쯤 살다 보면 술을 먹든 안 먹든 암 정도는 걸리는 법이야" 하고 담담히 말했다. 차남 다쿠야는 '암 정도'라는 표현을 쓰는 아버지의 낙관적인 모습이 믿음직스러웠다고 한다.

"인간은 어떻게든 그럭저럭 다 살아가는 법이야."

이는 평소 이노우에가 입버릇처럼 하던 말이다. 그런 대인이었기에 식도암이라는 큰 병에 걸렸어도 '병은 의사에게 맡기고 나는 소설을 쓰겠다'고 선언할 수 있었으며 정말로 그대로 실천했다. 암 수술을 받기 위해 입원한 1인용 병실의 바닥을 좌식으로 바꾸어 앉은뱅이책상을 들여놓았다. 그러고는 오랫동안 구상한 장편소설 〈공자〉의 집필에 매달렸다. 병실에 들어오는 간호사나 청소원의 인사말은 "작품은 잘돼 가세요?"가 되었다.

식도암 수술을 무사히 마치고 퇴원한 뒤에는 예전과 거의 다름없는 생활을 했다. 하지만 2년이 지난 1988년 5월 이번에는 오른쪽 폐에서 암세포가 발견됐다. 전이가 아닌 새로 생긴 암이었다. 또다시 병실 안에 앉은뱅이책상을 들여놓고 〈공자〉 집필을 이어 갔다. 더 이상의 수술은 무리였기 때문에 방사선 치료에 집중했다. 다행히 폐암도 거뜬히 물리칠 수 있었다. 엄청난 생명력이었다. 퇴원 후에도 오직 〈공자〉 집필에 온 힘을 쏟아 최후의 대작이 된 장편소설을 완결했다.

2년 뒤 1990년 겨울, 방사선 치료 후유증으로 폐에 물이 괴어 체력이 급속도로 악화되었다. 국립암센터 의사는 입원을 권유했고 가족들도 간곡히 설득했으나 "나는 입원하지 않는다. 이것만큼은 확실히 말해 두겠는데 내 집 내 방에서 죽겠다"고 단언했고 꿈쩍도 하지 않았다. 몇 개의 잡지에 원고를 쓰면서 새로운 작품도 구상하고 있었지만, 이제 죽음이 멀지 않았다는 것을 스스로 의식하고 있었다. 1991년 새해를 자택에서 맞이한 이노우에는 신년 인사를 하러 찾아온 손자들과 가까운 지인의 아이들에게 그동안 사회 각계에서 선물 받은 수많은 만년필을 꺼내 들고 한 자루씩 나눠 주었다. 그해 1월 중순에 쓴 《쓰바루》 3월 호에 실린 시 〈병상 일지〉가 마지막 글이 되었다.

1월 22일 아침, 갑자기 고열이 나고 몸 상태가 심상치 않아 구급차를 불러 국립암센터에 입원했다. 2월 23일 산소텐트[1] 속에 누운 이노우에는 지난 연말 아내가 쓴 글을 모아 출간한 수필집 《바람이 지나는 거리》가 호평을 얻어 중쇄를 찍는다는 말을 듣고 "잘 됐다"며 기뻐했다. 2월 27일에는 뒤이어 나올 아내의 수필집 제목을 '나의 야간 비행'으로 붙이면 좋겠다고 말했다.

짐짓 불안감을 감추고 있었지만 병상을 지키고 있던 차녀 게이코에게 "엄청난 불안에 휩싸이곤 한다. 이렇게 슬그머니 찾아오는 불안감은 나도 의사도 막을 수 없지" 하고 속마음을 내비쳤다. 그리고 이튿날 아침 눈을 뜨자마자 게이코에게 "임종이란 바로 이런 거야. 에도시대에 지은 책(제목은 밝히지 않았다)에도 이런 장면이 적혀 있으니 나중에 찾아서 읽어 봐라" 하고 말했다.

그리고 이튿날 1991년 1월 29일 밤 이노우에는 깊이 잠든 채 조용히 세상을 떠났다. 83세였다. 사인은 방사선 치료 후유증에 의한 폐수종이었다.

---

1 병상 환자의 상반신을 텐트로 덮고 산소의 농도, 습도, 온도 등을 조절하면서 장시간 신선한 공기를 공급하는 장치.

호스피스 병실에서
단 하룻밤

일본이 패전을 딛고 일어서 고도 경제 성장의 급물살을 타던 시대를 살아가는 월급쟁이의 애환을 그린 소설 〈에브리맨江分利滿 씨의 우아한 생활〉로 나오키상을 수상한 직후부터 쓰기 시작한 《주간 신초》의 칼럼 〈남성 자신〉은 필자 야마구치 히토미가 1995년 8월 30일 폐암으로 갑작스레 사망할 때까지 장장 32년간 단 한 번도 거르지 않고 1,614회나 이어졌다. 여기서 '갑작스런 사망'이라는 표현을 쓰는 건 그만큼 사태가 긴박하게 돌아간 탓에 본인이 제대로 의식하지도 못하는 사이에 수술을 받고 세상을 떠나기까지 불과 4개월 남짓한 투병 생활을 했기 때문이다.

야마구치가 폐암 징후로 게이오대학병원에서 수술을 받은 날은 그해 5월 1일. 폐를 열어 본 결과, 앞서 화상진단에서 정확히 포착하지 못했던 좌우의 폐 사이에 계란 크기의 종양이 숨어 있었다. 그러나 종양 바로 옆에 대동맥과 대정맥이 지나가고 있어 메스를 대면 매우 위험한 상황을 초래할 수도 있기 때문에 절제 불능 상태였다. 그 종양은 폐암의 원발소原發巢에서 전이된 암세포가 자란 것으로 진행 속도가 매우 빠른 급성 암인 데다 악성이었다. 이미 4기 말기로서 예측 여명은 길게 잡아도 6개월에 지나지 않았다.

수술 후 본인이 마취에서 깨어나기 전에 의사로부터 그런 사실을 전해 들은 아내 하루코와 장남 쇼스케는 야마구치에게는 암을 밝히지 말고 단지 악성 종양이라고 말해 달라고 부탁했다. 여명이 얼마 남지 않았다는 것도 비밀에 부쳐 달라고 덧붙였다.

"앞으로 4년 뒤 금혼식인데 그때까지는 살아 있기를 바란다"고 하루코가 안타까운 심정을 전하자 의사는 "그렇지만 아마 올해 안에는……" 하고 말끝을 흐렸다. 사태를 낙관할 수 없으니 마음의 준비를 하라는 뜻이었다. 하루코는 복받치는 슬픔을 가눌 수 없었다.

의사는 가족의 요청으로 야마구치에게는 병세를 다소 축소하여 설명했다. 그는 전혀 동요하는 기색이 없었다. 본디 야마구치는 주위 사람을 배려하는 천성을 타고났기에 가족들이 슬픔에 빠지지 않도록 충격을 억누르고 있었던 것이다. 얼마 후 야마구치는 병상 옆을 지키는 아내 하루코에게 어두운 표정으로 "지금 죽는 건 두려워" 하고 불안한 내면을 겉으로 드러냈다. 그러나 그때 단 한 번뿐, 이후에는 그런 말을 절대 꺼내지 않았다.

비록 겉으로는 그랬지만 역시 감각이 예리한 작가였으므로 의사의 애매모호한 설명을 듣고 나서 자신이 앓고 있는 질병의 심각성을 어렴풋이 알아차리고 있었음에 틀림없다. 6월에 쓴 〈남성 자신〉의 글 속에 이렇게 적고 있다.

암을 선고받으면 누구나 죽음에 대해 생각할 것이다. 나도 그랬다. (중략) 악성 종양이라는 말을 들었을 때 얼굴에 경련이 일어나고 온몸이 뻣

뻣해지고 등골이 서늘해졌다. 그런 내 자신이 한심스럽고 창피했다. (중략) 나는 평균 수명 정도는 살고 싶다는 소망을 품고 있다. (중략) 70세의 죽음은 서글프다. (중략) 인생이란 이토록 허망하다는 걸 가르쳐 주는 것 같다.

5월 31일 일단 퇴원했기에 〈남성 자신〉의 연재는 한 번도 빠뜨리지 않고 계속해서 쓸 수 있었다. 그러나 집에서 보낸 생활도 잠시뿐 7월 21일 하반신 마비가 왔기 때문에 다시금 입원했다. 종양이 신경을 짓누르지 않도록 금속판 삽입 수술을 했지만 암이 등뼈로 전이돼 병세는 점점 더 나빠졌다.

거동이 힘들어지자 병상에 화판을 세워 놓고, 거기에 글자 칸이 커다란 《주간 신초》 전용 16자 원고지를 집게로 고정시킨 채 간신히 원고를 썼다. 구술필기는 체질적으로 맞지 않아 마지막 순간까지 자신의 손으로 직접 글을 썼다. 작가의 자존심이었다.

8월 20일 《문예춘추》 편집자가 야마구치의 나오키상 심사평이 실린 잡지 《올 요미모노》를 전달할 겸 문병을 왔다 돌아가면서 "혹시 필요한 것이 있으면 뭐든지 말씀하십시오" 하고 말하자 야마구치는 곧바로 "아쿠타가와상!"[2] 이라고 농담을 던져 병실을 웃음바다로 만들었다. 이 일화를 나중에 전해 들은 장남 쇼스케는 "극도로 절망적

---

2   일본 최고 권위의 문학상.

인 상황에서도 아버지는 타인을 위한 배려심을 잊지 않았던 겁니다"
하고 말했다.

그 무렵에 쓴 마지막 〈남성 자신〉에는 '어떤 죽음이 좋은 건지 내
내 그것만 생각하고 있다. 이러다 불쑥 다른 세계로 들어가겠지'라고
썼다.

야마구치가 마지막 원고를 쓰기 직전에 아버지의 힘겨운 투병 과
정을 지켜보던 장남 쇼스케가 호스피스 완화 의료에 대한 이야기를
꺼냈다. 그러자 야마구치는 "아무 통증 없이 원고만 쓸 수 있다면 어
디든지 가겠다" 하고 말했다. 쇼스케는 즉시 도쿄 고가네이 시에 위
치한 성 요한 종합병원 호스피스 병동에 입원수속을 했다.

8월 29일 호스피스 병동에 빈자리가 생겼다는 연락을 받자마자 쇼
스케는 어머니와 함께 야마구치를 호스피스 병동으로 옮겼다. 성 요
한 종합병원 호스피스 병동의 야마자키 후미오 의사는 진단을 마치
고 "진정제를 점액주사로 조금씩 투여하면 편안히 숨을 쉴 수 있습니
다. 깊은 수면상태에 빠지면 아무 고통도 느끼지 않습니다. 어떻게 하
시겠습니까?" 하고 가족의 판단을 구했다. 어쨌든 육신은 편안해지
지만 의식은 영영 되돌아오지 않는다. '세데이션sedation'이라는 마지
막 완화 조치다. 장남은 마음속으로 '아버지, 제가 당신을 죽입니다'
하고 읊조리며 의사의 견해에 동의했다.

8월 30일 오전 9시 55분, 야마구치는 깊은 잠에 빠진 채 숨을 거뒀
다. 68세였다. 호스피스 병동에 들어와 단 하룻밤을 보냈을 뿐이다.

장남 쇼스케는 수기 《나의 아버지는 이렇게 죽었다》에 이렇게 적었다.

아버지는 옛날 사람들이 집에서 운명하듯 조용히 주무시면서 숨을 거뒀다. 이것만으로도 호스피스 병원에 모시기를 잘했다는 생각이 들었다. (중략) 아버지는 연재에 공백이 생기지 않는 절묘한 시기에 돌아가셨다. 마지막 승부에서 이긴 것이다. 〈남성자신〉 연재를 한 번도 거르지 않았다.

이는 아들이 아버지에게 바치는 오마주, 존경과 감사의 뜻을 담은 문장이다. 야마구치는 마지막 순간까지도 진정한 작가로 살아가며 글을 썼다. 쇼스케는 육체적으로 원고를 쓰지 못하게 된 아버지의 고통을 덜어 주기 위해 결단을 내린 것이다. 만일 연재에 공백이 생긴다면 그것은 32년 동안 단 한 번도 거르지 않고 연재를 이어 온 '아버지의 미학'에 어긋나기 때문에 깊이 생각하고 내린 결단일 것이다.

환상소설 속의 예언

프랑스 문학자 시부사와 다쓰히코가 사망한 건 1987년 8월 5일, 59세였다.

아직 젊은 나이에 세상을 떠나 안타까웠다. 이것은 나의 솔직한 심정이다. 59세를 젊다고 얘기하면 거북스런 느낌을 받는 사람도 있을 것이다. 그래도 어쨌든 환갑을 앞둔 나이니까. 그러나 그건 인간을 감성이나 정신의 측면으로 보지 않고 단지 육체의 측면만으로 보는 평가의 잣대에 지나지 않는다.

그렇다면 어째서 나는 시부사와를 아직 젊다고 느낀 걸까. 평생 시부사와가 탐닉했던 환상소설이나 기상천외한 이야기의 세계는 아무나 쉽사리 빠져들지 못하는 특별한 세계다. 아무리 나이를 먹어도 하잘것없는 지식이나 분별력으로 때묻지 않은 순진무구한 감성과 상상력을 간직한 사람만이 누릴 수 있는 세계이기 때문이다. 현실세계의 경계를 뛰어넘어 자유자재로 별세계의 낙원을 드나들 수 있는 감성과 상상력을 소유한 사람은 흔치 않다. 그런 별세계를 향한 동경심을 어른이 되어서도 시종일관 유지할 수 있는 사람은 아주 드물다. 요컨대 어른이 된다는 것은 흥미의 대상이 바뀐다는 것이다. 온갖 모양새로 변하는 구름을 바라보며 개, 토끼, 양, 괴수를 연상하거나 숲 속에 사는 정령과의 만남을 상상할 수 있는 사람, 길을 걷다 걸음을 멈추고 물웅덩이에 비치는 보름달이나 붉게 타오르는 저녁노을을 바라볼 수 있는 사람은 아직 어린아이의 순결한 영혼을 간직하고 있는 것이다. 하지만 이런 것에 아무 흥미도 없는 사람을 가리켜 소위 어른이라고 부르는 건지도 모른다.

물론 언제까지라도 순진무구한 어린아이의 마음을 지니고 살아간다는 건 어딘가 인격의 결함이 있다는 뜻일 수도 있다. 그렇지만 개성적이고 훌륭한 예술가나 과학자 중에는 한평생 순진무구한 감성과 상상력을 잃지 않고 오직 자신만의 길을 걸으며 놀라운 작품을 창조한 사람이 적지 않다. 이런 사람은 나이가 예순이든 일흔이든 언제나 청춘의 한복판에서 살고 있는 것이다.

시부사와의 문학은 바로 그런 환상의 세계에다 세련된 에로스의 물감을 풀어 넣어 화려하고 지적인 또 하나의 별세계를 만들어 냈다.

시부사와가 저세상으로 떠났을 때 오랫동안 친교를 나눴던 평론가 다니무라는 "기상천외한 작풍의 신비한 소설을 더더욱 다채롭게 쓰고 싶어 다른 세상으로 떠났을 거다"라고 말했다. 그것은 시부사와가 계속해서 새로운 경지를 구축할 싱그러운 가능성을 얼마든지 갖고 있었으나 애석하게도 이승을 하직했다는 뜻이다. 시부사와가 병상에서 마침내 완결한 장편소설 〈다카오카 신노 항해기〉[3]의 천일야화적인 기괴함과 환상이 교차하는 이야기 전개는 그의 다음 작품, 다다음 작품에 대한 기대를 안겨 주기에 충분했다.

시부사와의 마지막 투병 과정은 〈다카오카 신노 항해기〉의 집필 과정과 맞물려 진행되었다. 이 환상기담에 나오는 한 대목은 시부사와 작가 인생의 마지막 장 장면과 거의 일치했다. 이는 일종의 예언이었다. 현실이 소설보다 더 기이할 적도 있지만 대관절 누가 이런 시나리오를 쓴 것일까?

그 장면을 시부사와가 쓴 시기는 1986년 여름이었다. 잡지《분가

---

3   다카오카 신노는 일본 헤이안 시대에 살았던 실존인물로 황족이자 승려.

쿠게이》에 연재한 〈다카오카 신노 항해기〉의 5회 원고 '거울 호수' 속에 나오는 광경이다.

이 작품은 9세기 당나라 시대에 주인공 다카오카 신노가 광저우에서 천축으로 향하는 항해 도중에 벌어지는 파란만장한 이야기로, 신노가 배를 타고 윈난雲南의 호수를 건너갈 때 그 문제의 장면이 나온다. 신노가 무심결에 뱃전에서 고개를 내밀어 거울처럼 맑은 수면을 들여다보니 왠지 자신의 얼굴이 비치지 않는다. 다른 사람들의 얼굴은 선명히 비치는데 왠지 자신의 얼굴만 비치지 않는 것이다. 호수에 얼굴이 비치지 않는 사람은 1년 내에 죽는다고 옆에 있던 누군가가 말한다. 그 얘기를 듣고 신노는 가슴이 덜컥 내려앉았다. 소설의 마지막 장에서 신노는 그 예언대로 목숨을 잃는다.

매회 남편의 원고를 따로 깨끗이 옮겨 적어 잡지사에 보내던 아내 류코는 그 장면을 청서淸書하면서 소설 속 주인공 신노처럼 깜짝 놀라 가슴이 철렁 내려앉았다. 무언가 정체를 알 수 없는 불안감에 휩싸였다고 한다.

시부사와는 그 장면을 쓰기 1년 전인 1985년 7월부터 목이 아팠다. 기타가마쿠라에 살았던 시부사와는 인근에 있는 병원을 찾아가 진찰을 받았다. 인후염 진단을 받고 성대에 생긴 종기를 제거했으나 좀처럼 통증은 가라앉지 않았다. 그러다 도쿄 미나토 구에 위치한 지케이慈惠의과대학병원에서 진찰을 받은 건 이듬해 1986년 9월 6일. 목구멍의 통증과 기침이 너무 심했기 때문이다.

이비인후과 의사는 진찰을 마치고 그 자리에서 "악성종양이 의심됩니다" 하며 즉시 입원하라고 했다. 시부사와는 아내와 함께 일단 집에 돌아와 서둘러 밀린 원고를 마무리 짓고 이틀 뒤 입원했다. 정밀 검사 결과 하인두암으로 판명돼 그날 곧바로 기관지를 절개했다. 그 후 목소리가 나오지 않아 제대로 말을 하지 못하게 됐다. 종이에 글을 써서 필담으로 대화를 나눌 수밖에 없었다. 그럼에도 시부사와는 거친 숨소리가 뒤섞인 가냘픈 목소리로 힘겹게 말했다. 아내에게 "연명을 위한 불필요한 치료는 절대로 받지 않겠다고 당신이 확실히 말해 줘" 하고 당부했다. 연명 치료를 거부하고 존엄사를 택하겠다는 유언이었다. 아내 류코는 왈칵 눈물이 쏟아졌다. 류코는 울먹이며 "네, 알겠어요" 하고 말했다.

이런 상태에서도 시부사와는 잡지에 연재 중인 소설 〈다카오카 신노 항해기〉의 나머지 장을 쓰기 위해 온 힘을 쏟았다. 작품에 필요한 문헌이나 원고용지 등을 아내에게 부탁해 병원으로 옮겨 왔다. 1인용 병실은 책이 산더미처럼 쌓여 그야말로 서재가 되었다.

하인두암 수술을 받은 건 1986년 11월 11일로 10시간에 걸친 대수술이었다. 한 해가 저물어 가는 12월 24일에 퇴원했다.

시부사와는 대수술을 받을 당시 마취제의 영향으로 중국풍과 인도풍의 무시무시한 환각에 내내 빠져 있었다. 마취에서 깨어난 시부사와는 그때의 환각 체험을 이렇게 적었다.

도심의 병원에서 환각에 빠져 별천지를 보았다.

이듬해 1987년 4월 암이 재발돼 목에서 어깨까지 이르는 부위가 크게 부풀어 올라 목을 가눌 수 없었다. 그런데도 시부사와는 집에서 혼신을 다해 〈다카오카 신노 항해기〉의 연재를 이어 갔고 마침내 4월 20일 마지막 장을 탈고할 수 있었다. 침상에서 몸을 일으키지도 못할 만큼 쇠약해진 몸으로 연재소설을 마무리 지었다는 건 기적이나 다름없었다. 〈다카오카 신노 항해기〉의 청서를 끝마친 아내 료코는 너무도 기쁜 나머지 엉겁결에 남편을 부둥켜안았다.

시부사와는 암의 재발 부위에 방사선 치료를 받기로 결정하고 5월 2일 재입원을 했다. 그런 상황 속에서도 한시바삐 후속 작품에 착수하려고 또다시 필요한 문헌들을 병실로 가지고 왔다. 당시 그는 아내와 대화를 하거나 친구들과 편지를 주고받으면서 죽음을 앞둔 자신의 인생관과 생사관을 피력했다.

아내 류코는 "그이는 앞으로 쓰고 싶은 작품도 많았지만 암에 걸려 누워 있는 자신의 처지를 한탄한 적은 한 번도 없었지요" 하고 말했다. 그리고 시부사와는 평생 댄디즘⁴을 고수하며 살다 간 사람이었다고 회상한다.

죽음을 앞두고 시부사와는 이런 말도 했다고 한다.

---

4 정신적 귀족주의.

"어차피 이렇게 됐으니 이제 와서 발버둥 쳐 봐야 아무 소용없어. 사람들은 아쿠타가와 류노스케[5]나 나카하라 주야[6]가 너무 일찍 죽었다고 안타까워했지만 인간은 언제 죽든 나중에 돌아보면 다들 비슷비슷한 거야."

1987년 8월 5일 오후 3시 30분, 시부사와는 병실 침상에서 책을 읽다가 갑자기 경동맥류가 파열돼 생을 마감했다. '진주처럼 빛나는 눈물 한 방울이 왼쪽 눈에서 흘러내렸다. 일순간의 죽음이었다'라고 류코는 남편을 추도하는 책 《시부사와와 보낸 날들》에 적었다. 나는 눈을 감고 눈물방울이 진주처럼 영롱하게 빛나는 순간의 정경을 그려 봤다. 한없이 숙연해진다.

〈다카오카 신노 항해기〉 5장에서 주인공의 얼굴이 호수 수면에 비치지 않았던 장면을 쓰고 난 뒤 꼭 1년 만이었다. 이것도 '의미 있는 우연'이 아닐까?

평소 시부사와는 이탈리아 베수비우스 화산 폭발을 관측하는 도중 화산에서 날아온 바윗돌에 맞아 쓰러진 박물학자 플리니우스의 죽음을 '이상적인 죽음'이라고 말했다고 한다. 류코는 '자신의 육체가 폭발해 일순간에 쓰러진 시부사와는 이상적인 죽음을 맞이한 것일까?

---

5   아쿠타가와 류노스케芥川龍之介(1892―1927). 단편소설 〈라쇼몽〉, 〈코〉, 〈지옥변〉 등의 명작을 남기고 35세에 자살로 생을 마감했다. 아쿠타가와상은 그의 이름에서 유래했다.

6   나카하라 주야中原中也(1907―1937). 급성뇌막염으로 30세에 요절한 그는 자신이 편찬한 시집 〈산양山羊의 노래〉, 〈살아 있는 날의 노래〉를 통해 350여 편의 자작시를 발표했고 프랑스 작가 랭보, 앙드레 지드 등의 작품을 번역해 일본에 소개했다.

그런데 과연 이상적인 죽음이란 것이 있기는 있는 것일까?'라는 고뇌에 가득 찬 글을 추도 문집에 남겼다.

'이상적인 죽음'의 명제는 접어 두고, 아무튼 표현활동을 하는 이들의 죽음은 본질적으로 플리니우스의 죽음과 유사한 것 같다.

암과 싸우지 않고

표현활동을 하는 이들이 암과 맞서는 방식은 십인십색으로 저마다의 개성에 따라 달라진다. 다만 공통된 점은 암에 걸리면 누구나 삶과 죽음의 경계를 수없이 넘나들며 '인생이란 무엇인가'를 묻는 사색의 창을 열게 된다는 것이다. 그리고 병마와 처절한 사투를 벌인다. 그러나 처음부터 '투쟁'하려는 생각을 버리고 암을 운명으로 받아들이고 암과 더불어 살아가는 길을 택한 작가가 있었다. 바로 시라이시 이치로白石一郎다. 십인십색에서 멀찍이 벗어난 특이한 생사관이 아닐 수 없다.

시라이시는 해양 모험소설, 해양 역사소설을 개척한 작가다. 나는 초등학생 시절 미나미 요이치로[7], 운노 주자[8], 야마나카 미네타로[9] 등

---

7   미나미 요이치로南洋一郎(1893—1980). 아동문학가로 〈밀림의 메아리〉, 〈바루바 모험〉 등 모험소설을 썼고, 〈괴도 루팡〉 전집 30권을 번역했다.

8   운노 주자海野十三(1897—1949). 일본 SF문학의 시조로 불리는 작가로 〈적외선 사나이〉, 〈지구도난〉, 〈금속 인간〉 등 수십 편의 공상과학소설을 비롯해 소년소설 〈날아다니는 섬〉, 〈화성 전투단〉, 〈지구 요새〉 등을 발표했다.

9   야마나카 미네타로山中峯太郎(1885—1966). 육군사관학교 출신의 작가로 〈적중 횡단 300리〉, 〈만국의 왕성〉 등 전쟁소설을 썼고, 〈명탐정 설록 홈스〉 전집을 번역했다.

의 작가들이 아동용으로 쓴 모험소설을 가슴 설레며 읽었는데 이런 작품 중에는 해양 모험소설도 적지 않았다. 이렇게 바다를 무대로 하는 모험소설을 어른도 흥미롭게 읽을 수 있도록 지평을 넓힌 작가가 시라이시다. 시라이시 역시 미나미 요이치로, 운노 주자, 야마나카 미네타로의 작품을 어린 시절에 탐독했다고 한다.

그런데 시라이시의 작품은 분명 모험소설인데도 무대가 해양이든 전쟁터이든 살육 장면이 거의 나오지 않는 '훌륭한 결함'을 갖고 있었다. 그의 시대소설에는 사무라이가 사람을 죽이지 않았고, 따로 영웅이 등장하지도 않았다. 간혹 사람을 죽이는 장면을 쓸 수밖에 없을 때는 공손히 머리 숙여 죽음을 당하는 작중 인물의 명복을 빌었다고 한다.

이처럼 특이한 성향을 갖추게 된 요인은 한국 부산에서 태어나 종전 후 규슈에서 성장했기 때문인지도 모른다. 본격적으로 작가생활을 하기로 마음먹은 시라이시는 후쿠오카에 거처를 마련하고 바다를 바라보며, 아시아를 바라보며 글을 썼다.

그는 아무래도 도쿄에 살다 보면 권력의 핵심에 있는 인물이 눈에 들어오기 마련인지라 어떤 작품을 쓰더라도 영웅이나 지도자의 시점으로 세상을 보기 쉽다는 우려 때문에 규슈로 낙향했다고 한다. 영웅이나 지도자 밑에서 희생당한 순박한 민중의 고난을 잊지 않기 위해서였다. 의리와 인정이 넘치는 '규슈 사나이' 시라이시는 어떤 일이 있어도 결코 권력에 빌붙어 살지 않기로 다짐한 것이다.

그는 역사의 마디마디에서 중앙부의 부정부패를 응징하기 위해 민중이 일으킨 반란사건 기록을 곁에 두고 글을 썼다. 규슈 후쿠오카는 한반도와 중국 대륙에 인접한 지역이었기에 그는 밖으로 열린 의식을 갖고 있었다. 이런 배경 속에서 탄생한 시라이시 문학이 추구하는 사상과 행동은 그가 암을 다스리는 방식에서도 그대로 일맥상통했다.

시라이시가 식도암 확진 판정을 받은 건 2002년 2월 1일. 음식물이 가슴에 걸리는 듯한 증상이 계속돼 동네 병원에서 진료를 받고 엑스레이를 찍었다. 일직선으로 곧게 뻗어 있어야 하는 식도가 알을 삼킨 뱀처럼 부풀어 올라 있었다. 문외한의 눈에도 그것이 커다란 암덩어리임을 금방 알 수 있었다. 시라이시는 충격을 받았다. 그러나 곧 냉정을 되찾고 나서 남의 일처럼 무심한 눈길로 엑스레이 사진을 들여다보았다.

"이 사람은 이젠 틀렸군."

마치 자신을 타인처럼 여기는 말투로 즉석에서 죽음을 단정했다. 그때 이미 보통 사람과는 다른 마음가짐으로 '좁은 길'을 택한 것이다.

초진 의사의 소개로 규슈의료센터에 입원해 정밀 검사를 받았다. 내시경 사진을 통해 식도 내부를 생생히 볼 수 있었다. 식도 입구는 울퉁불퉁 솟아오른 종양으로 거의 완전히 뒤덮여 있었다. 그동안 음식물이 지나간 것이 이상할 정도였다.

"하늘에서 죽으라는 명이 내려온 것 같다. 그럼 이제 죽을 수밖에 없지."

마침내 각오를 했다. 의사가 속히 입원해 수술을 받으라고 권했으나 거절했다. 그때 그는 70세였다. 당시 머릿속에 휘몰아친 상념을 그가 생전에 쓴 수기와 대담 기록 그리고 아내와 두 아들(쌍둥이 아들 가즈후미와 후미오는 모두 작가가 되었다)의 이야기 등을 토대로 정리해 보겠다.

쓸데없는 것은 무조건 잘라 낸다는 발상은 유목민적인 생각이다. 암세포를 가차 없이 잘라 내 버리고, 또 나오면 잘라 내 버리는 일을 되풀이한다는 발상을 도저히 수긍할 수 없었다. 그건 너무도 공격적이다.
암은 악마이므로 암세포를 섬멸한다는 사고방식, 그렇게 모두 죽여 버리겠다는 발상이 싫었다.

내 일상생활을 돌아보니 중요한 것은 아무것도 없었다. 내 능력 안에서 할 수 있는 일은 그런대로 다 했다는 결론을 내렸다. 더 이상의 생각은 접기로 했다. 가족이나 지인들에게 별로 폐를 끼치지 않고 죽는 것을 고맙게 생각한다.

죽을 때는 죽고, 살 때는 살면 된다.

시라이시는 아내에게 "앞으로 반년 뒤에 죽으니 잘 부탁하네"라는 말까지 했다.

두 아들은 아무 치료도 받지 않으면 너무나 큰 고통을 겪는다고 설득했지만, 아버지의 생각을 돌릴 수 없었다. 그나마 한방 치료만은 받아들였지만 유동식밖에 넘길 수 없는 처지가 되자 2월 하순, 방사선 치료를 받는 것에 동의해 구루메久留米 대학병원에 입원했다.

2002년 3월부터 4월에 걸쳐 방사선 치료와 항암제 요법을 병용했다. 그러자 식도를 가로막고 있던 커다란 종양 덩어리가 거의 사라진 것을 내시경으로 확인했다. 이른바 관해寬解[10] 상태가 되어 뜻밖에도 일찍 퇴원할 수 있었다. 이때만큼은 시라이시도 매우 기뻐하며 일기장에 '아아, 잘됐다'라고 썼다.

그러나 시라이시는 그때까지 오직 죽음만을 염두에 두고 있었기에 퇴원해서 집에 돌아온 뒤, 앞으로 무엇을 어떻게 해야 좋을지 몰라 마음의 공백이 생기고 말았다.

행복하게 죽으려고 생각했는데 치료를 받아 더 살게 되었다. 그러자 일을 해야겠다는 생각이 들었다. 그 하잘것없는 글쓰기 말이다. 이제 어떻게 될 것인가? 이미 죽음이라는 비행기를 탔는데도 아직 죽음의 장소에 내려오지는 않았다.

장남 가즈후미의 이야기를 듣고 시라이시의 심정을 정리한 것이다.

---

10 병세가 일시적으로 호전되거나 정지되는 것.

자신이 글을 쓰던 서재에서 눈을 감는 것이 가장 바람직한 죽음이라고 생각했는데 병원에서 치료를 받고 어느 정도 회복하자 그 바람이 깨질 것만 같아 시라이시는 허탈감에 빠졌는지도 모른다. 전쟁터에서 죽기로 결심했던 특공대원이 갑자기 종전이 되어 '삶의 목표로 삼았던 죽음의 기회'를 잃어버렸기 때문에 생긴다는 심리적 공백 상태와 비슷한 경우가 아닌가 싶다.

관해 상태는 1년쯤 이어졌으나 2003년에 재발해 가족들의 설득으로 한방 치료와 몇 가지 의료 요법을 시행했다. 그러나 2004년 9월 20일 폐에 괴인 물을 빼내기 위해 입원한 구루메대학병원에서 숨을 거뒀다. 아내와 장남이 지켜보는 가운데 나직한 목소리로 "물" 하고 말했다. 그것이 마지막 말이었다. 시라이시는 물 한 모금을 마시고 이내 잠들었고, 다시는 깨어나지 않았다. 72세였다.

장남 가즈후미는 깊이 묻어 놨던 생각을 말해 줬다.

"저희 가족은 어떻게든 아버지의 암을 고쳐 드리려고 필사적으로 매달렸습니다. 그렇지만 아버지는 '어째서 너희들 일도 아닌데 그렇게 필사적으로 암을 물리치려고 하느냐'는 식이었습니다. 아버지의 인생관은 작품을 읽어 보면 알 수 있지만, 어쩌면 저희들은 아버지의 작품에 대한 이해력이 부족했던 건지도 모릅니다."

시라이시의 죽음은 '내 생명은 누구의 것인가?', '생사의 결정은 누가 하는가?'라는 근원적인 질문을 던지고 있다.

블랙잭의 한恨

아무도 모르는 사람이 없을 정도로 온 국민의 사랑을 받은 만화 〈철완 아톰〉을 그린 만화가 데즈카 오사무手塚治虫가 위암으로 사망한 건 1989년 2월 9일, 그의 나이 60세였다.

전후 일본 만화의 개척자 데즈카는 젊은 시절에 한때 오사카대학교 의학부에서 공부했다. 그런데 재학 중에 만화가로 명성을 날리면서 의학 공부를 접었다. 그때 습득한 의학은 만화세계에서 결실을 맺었다. 그 작품이 불멸의 명작 〈블랙잭〉이다.

데즈카는 웬만큼 의학적 지식을 갖고 있었지만 막상 자신이 암에 걸렸을 때는 적시에 병을 다스리지 못해 결국 진행성 암이 악화돼 최후를 맞이했다. 어느 병원에서도 데즈카 본인에게는 끝까지 암을 알려 주지 않았기 때문에 병이 더 깊어졌는지도 모른다. 그런 의료진의 일방적인 판단은 과연 현명한 조치였을까?

1980년대 일본 의료계는 아직 인폼드 콘센트[11]가 제대로 정착하지 못해 암 환자에게 병명을 사실대로 밝히지 않는 분위기가 있었다. 의사의 개인적인 판단이나 가족의 뜻에 맡기고 있었다.

데즈카의 병상 일지는 대략 다음과 같다. 데즈카의 일기와 아내 에쓰코의 저서 《남편 데즈카 오사무와 함께 살아온 눈부신 날》 그리고

---

11 informed consent. '충분한 설명과 납득에 의한 환자의 동의'라는 뜻의 의료용어.

에쓰코와 나눈 대담을 토대로 작성한 것이다.

○ 1984년 여름, 자주 복통에 시달리기 시작했다. 특히 8월 31일 일기에는 "결국 암에 걸린 건 아닐까? 식욕도 있고 멍울도 잡히지 않지만, 만일 초기 암이라면…… 위험하다"라고 적었다.

○ 그해 9월 3일 U병원에서 처음 진료를 받았고 십이지장궤양 진단을 받았다. 투약 처방만 했다.

○ 그해 11월 몹시 바빴지만 복통이 너무 심했기 때문에 T클리닉에서 엑스레이를 찍었는데, 간이나 췌장에 병의 요인이 있다고 했다. 그로부터 얼마 후 11월 22일 H병원에 입원해 담낭 검사를 받았다.

○ 그해 12월 H병원에서 담석을 제거하기 위한 수술을 권했으나 신중을 기하기 위해 도쿄대학병원에서 CT촬영검사 및 초음파검사를 받았다. 위암으로 판명됐기 때문에 도쿄대학병원에서도 수술을 권했지만 데즈카는 "담낭 속의 돌이라면 굳이 수술하지 않아도 되지 않느냐"며 의사와 대립했고 결국 수술을 받지 않았다. 딸 지이코가 "아버지는 〈블랙잭〉에서 수술하는 장면을 수없이 그렸으면서도 그렇게나 두려워요?"라며 묻자 "무섭지"라고 대답했다.

○ 그 후 H병원 의사가 식이요법을 권했고, 그것을 그대로 따랐다. 3개월 후 통증이 사라졌다.

○ 1988년 2월 다시 복통이 시작되었다.

○ 그해 3월 H병원에서 '난치성 위궤양' 진단을 받는 자리에서 "천공 위험

성도 있다"는 의사의 설명을 듣고 나서 데즈카는 마침내 수술을 받기로 결정한다. 피로감이 심해 기력을 완전히 잃었기 때문에 선뜻 동의했다.

○ 3월 7일 H병원에서 수술 직전에 의사는 아내 에쓰코를 따로 불러 '위암'임을 밝혔다. 일순 엄청난 충격을 받은 에쓰코는 "왜 이제야 밝혀진 건가요? 이미 몇 년 전부터 계속 통증을 호소했는데……"라며 병원에 대한 불신감을 강하게 나타냈다. 의사의 설명에 따르면 암은 생각보다 뿌리가 깊었고, 특히 가로로 크게 퍼져 있었다. 수술 후 의사는, 위의 3분의 2를 잘라 내 눈에 보이는 종양은 모두 제거했지만 안쪽의 보이지 않는 부위에 암세포가 숨어 있으면 언제 또다시 재발할지 모른다고 밝혔지만 사실 암이 워낙 넓게 퍼져 있어 모두 제거하지 못했다. 데즈카 본인에게는 사실대로 밝히지 않았다.

○ 그해 여름 암은 간에도 전이되었다.

○ 가을로 접어들자 병세는 더욱 악화됐지만 데즈카는 해외출장까지 다니며 계속 일했다. 데즈카가 암에 걸렸다는 사실을 단지 '무시虫 프로'[12] 사장만 알고 있었을 뿐 이외의 직원들은 아무도 몰랐다.

○ 그해 12월 5일 두 번째 바이패스 수술[13]을 받았다. 아내 에쓰코는 날마다 "누군가 제발 데즈카를 살려 주세요" 하고 마음속으로 외쳤다.

○ 해가 바뀐 1989년 쇼와[14] 시대 일왕이 서거한 날로부터 며칠 후 1월 15

---

12 데즈카 오사무의 작품과 관련된 일을 전담한 프로덕션.
13 심장·간장·십이지장 등의 장기에 별도의 통로를 만드는 수술.
14 히로히토 일왕의 재위 기간을 가리키는 연호.

일 일기에 이렇게 적혀 있었다.

오늘 멋진 아이디어가 떠올랐다! 〈화장실의 피에타〉라는 제목의 작품을 만들면 어떨까. 암 선고를 받은 환자가 아무것도 하지 못하고 멍히 죽음만을 기다리고 있다가 불현듯 병실의 화장실 천장에 그림을 그리기 시작한다. (중략) 그의 작품은 미켈란젤로에 버금가는 엄청난 힘을 내뿜는다. 놀라운 걸작이 탄생한 것이다. (중략) 그는 왜 피에타에 사로잡혀 있었는가? 이것이 이 작품의 주제가 된다. '정화와 승천', 누구나 죽을 수밖에 없는 인간세계에 대한 도전이다!

이 글이 마지막 글이 되었다.
"당신 옆에 가서 일하고 싶어. 연필을 줘."
데즈카가 희미한 의식 속에서 아내에게 건넨 마지막 말이다.
2월 9일 오전 데즈카는 영원히 잠들었다. 42년간에 걸쳐 그려 온 만화는 15만 장에 달했다.
데즈카의 병세의 경과나 만년의 일기 등으로 추측하건데 그는 자신이 암이라는 사실을 상당히 일찍 알아차린 것 같다. 그럼에도 전혀 말을 꺼내지 않은 건 아내에게 충격을 안기고 싶지 않았기 때문일 것이다. 또한 의학부 학생 시절에 익힌 의학 지식은 기본적으로 오래된 '낡은 암 의학'이었으므로 암을 고치기 힘든 병으로 단정하고 몸을 움직일 수 있을 때까지 일하기로 마음먹고 치료를 최대한 미뤘는지도 모른다.

데즈카의 위암 수술 후 에쓰코는 U병원 의사에게 이제는 본인에게도 암을 알려 주는 것이 좋겠다고 말했다. 그러나 의사는 "일은 남자의 삶의 보람이니 그걸 빼앗아 버리면 금방 기운을 잃어 오히려 역효과가 납니다. 알리지 말고 계속 일하게 하십시오"라고 대답했다.

에쓰코는 지금 되돌아보면, 남편 데즈카는 암에 걸린 사실을 알았더라도 계속해서 일을 했을 것 같다고 한다. 하지만 진작 밝히지 못한 것을 후회했다. 그 아픔을 지금도 털어 내지 못하고 있다.

4장

쇼와시대 일왕의 최후

"나가미야에겐 뭐라고 하지?"
히로히토 (1901-1989 일본 천황제의 124대 계승자)

평상심

국가의 중요한 위치에 있는 인물이 목숨이 위태로운 큰 병에 걸리면 대다수의 국민은 비상한 관심을 기울인다. 그것은 지극히 자연스런 일이다. 특히 막중한 지위에 있는 국왕이나 수상이 큰 병에 걸렸다면 사람들의 관심은 더욱 커지고, 관심의 성격도 달라진다.

만일 국가의 수상이 암에 걸렸다는 사실이 알려지면 정치나 경제에 미치는 현실적인 영향력은 실로 막대하다. 정권 교체는 필연적으로 뒤따르기 때문에 차기 수상 자리를 둘러싸고 정국은 숨 가쁘게 돌아가기 시작한다. 일찍이 이케다 하야토 수상이 후두암에 걸렸다는 사실이 알려졌을 때도 그랬다. 일반 국민은 순수한 마음으로 쾌유를 빌며 동정심을 표했지만 거기에는 색다른 감정도 뒤섞여 있었다. 정치에 대한 뿌리 깊은 불신감이었다.

이에 반해 일왕이 중대한 병에 걸린 경우에는 후계자의 권력투쟁이나 요동치는 정치적 행방에 따른 우려감 등 이른바 세속적인 요소가 끼어들 여지가 전혀 없다.[1] 정치적인 야심 따위와는 무관한 위치, 즉 국가의 상징으로서 추앙받는 인간이 중병을 앓으며 생명이 위태로운 사태가 발생했을 때는 사정이 다르다. 사람들의 관심사는 인간적인 면에 집중한다. 병의 가혹함에 가슴 아파하고 걱정하고 또 연민을 느낀다. 누군가는 기도를 바치기도 한다. 일본 국민들이 주시하는 존재이기에 그 동정심, 걱정, 기도의 질이 다르다. 게다가 이제는 국민병이라 불릴 만큼 급증하고 있는 암에 걸렸기 때문에 누구라도 병의 무게를 확실히 실감할 수 있다. 그래서 공감대는 더욱 커지고 높아져간다. 언론 매체가 뜨겁게 달아오를 만한 조건을 모두 갖추고 있다고 말할 수 있다.

1987년(쇼와昭和 62년) 쇼와시대의 히로히토 일왕은 암에 걸렸다. 언론 매체가 점차 과열되면서 풍문이나 입소문에 의한 오보, 전문지식 부족에 따른 잘못된 해석을 내놓는 보도 등이 쏟아져 나왔다. 일반 사람들은 정확한 사실을 파악하기 어려웠다.

당시 쇼와시대 일왕의 주치의 4인 중 주치의장을 맡았던 다카기 아키라 의사(1991년 작고)는 사망 직전에 "현장에서 직접 관여했던

---

1   일본 헌법에 명시된 천황제에 의해 천황과 황족에게는 피선거권과 선거권이 없다.

의사로서 잘못된 점은 잘못됐다고 바로잡고, 사실은 사실대로 확실히 밝히는 기록을 남기는 것이 옳다고 생각한다"고 말했다. 그러고는 《쇼와시대 국왕의 마지막 111일을 주치의가 밝힌다》(TV아사히, 1991년)라는 제목의 책을 출간했다.

투병

이제는 익숙한 병으로 받아들이는 암이 급증하는 오늘날, 쇼와시대 국왕은 어떤 암을 앓았고, 어떻게 투병했으며, 또 마지막 나날은 어떻게 보냈는지를 일반 사람들도 정확히 알아 둘 필요가 있을 것이다.

다카기 의사의 저서와 주치의의 한 사람이었던 이토 의사의 대담 기록을 토대로 핵심적인 내용을 정리해 보겠다.

진단과 통보

1987년 9월 초부터 이상한 구토 증세가 그치지 않았기 때문에 9월 13일 방사선 검사를 했다. 그 결과, 십이지장 끄트머리에서 소장 앞쪽에 이르는 부위에 '통과 장애' 요인이 있다는 사실이 밝혀졌다. 다카기 주치의장은 "이대로 방치하면 점점 더 쇠약해지므로 바이패스 수술을 할 필요가 있다"고 판단했다. 주치의 회의에서도 주치의장의 견해에 동의했다. 왕궁 관리 장관 및 왕실 의전 총책임자의 허락을 받은 후 국왕에게 진단 결과를 통보하고 외과 치료를 권유했다.

이때 국왕은 "나가미야(왕후)에겐 뭐라고 하지?" 하고 물었다. 아내가 충격을 받으면 안 된다는 배려심이 담긴 말이었다. 시종장侍從長이 "제가 잘 말씀드리겠습니다"라고 대답하자 국왕은 고개를 끄덕였다. 다카기 주치의장은 왕후를 염려하는 국왕의 인품에 감동했다고 한다.

수술

수술은 9월 22일에 시행됐다. 집도의는 도쿄대학교 의학부 모리오카 교수였다.

국왕의 수술은 일본 역사상 처음이었다. 개복을 하자 췌장이 심하게 부어올라 있었다. 뚜렷한 암의 징후가 나타난 것이다. 세포 정밀 검사 결과, 암세포가 확인되었다. 암의 발생 부위가 췌장일 가능성이 높았지만 종양 조직 전체를 잘라 내서 면밀히 살펴보지 않고서는 확정할 수 없었다. 그러나 이미 상당히 진행한 췌장암이었기에 섣불리 건드리면 암세포가 전신에 퍼져 심각한 상황이 벌어질 수도 있었다. 따라서 췌장은 그대로 놔두고, 통과 장애를 일으키고 있는 십이지장 부위를 절개하여 우회로를 만들어 연결시키는 것만으로 수술을 끝마쳤다.

왕궁 관리 장관 · 시종장 · 집도의 · 주치의장 네 사람은 회의를 거듭한 끝에 국왕이 86세의 고령인 데다 심리적으로 끼칠 영향을 고려해 '만성췌장염'으로 통보하기로 결정했고, 기자회견에서도 그렇게 발표했다. 당시만 해도 췌장암과 같은 난치성 암의 경우, 예후가 비관적이므로 환자에게 병명을 사실대로 알리지 않는 것이 일본 의료계의 관례였다. 실제로 당시 췌장암을 환자에게 사실대로 밝히는 의사는 거의 없었다.

국왕 주치의 이토 의사는 당시를 되돌아보며 "만일 전하에게 그대로 알려 드렸다면 어땠을까요. 분명 아무런 내색도 하지 않았을 겁니다. 어떤 일이 있어도 당황하지 않는 분이셨으니까요" 하고 말했다.

국왕은 수술 후, 수술에 관련된 이야기는 일체 꺼내지 않았다. 일단 신뢰를 하면 전적으로 믿고 맡기는 성품이었다. 다만 미국 방문을 마치고 10월에 귀국한 왕세자에게는 국왕의 용태를 사실대로 전했다. 왕세자는 냉정을 되찾고는 "그렇습니까. 부디 잘 부탁드립니다" 하고 말했다.

악화

십이지장 바이패스 수술은 증상 완화를 위한 치료로서는 성공했다. 국왕은 식사를 할 수 있게 되었고, 원기를 되찾았고, 간간이 공무를 수행했다.

그러나 수술을 받고 약 1년이 지난 1988년 9월 초순경부터 눈에 띌 만큼 체력이 떨어졌고 9월 11일에는 황달 증세가 나타났다. 그리고 9월 19일에 처음으로 대량의 객혈을 했다. 그때부터 객혈과 하혈이 멈추지 않는 나날을 보냈다. 정식으로 공표하지 않았는데도 신문에는 암이라는 단어가 등장하기 시작했고, 흥미 위주의 기사를 내보내는 언론 매체도 나오기 시작했다.

낙일落日

그런 와중에 국왕은 어떻게 하루하루를 보냈을까. 10월에는 때때로 칡즙, 물엿을 조금씩 먹었다. 어느 날 물엿을 아주 맛있게 먹는 모습을 보고 주치의장이 "하나 더 드시지요" 하고 권하자, "괜찮은가?" 하며 흐뭇한 표정을 지었다. 그 한마디 속에 '참고 견딜 수밖에 없다'고 자제하는 마음이 배어 나왔다.

"100미터 경주인데 100미터를 넘게 달렸고, 거리는 점점 늘어나 결국 마지막에는 마라톤 거리를 달렸다"고 주치의장은 말했다.

국왕은 마침내 '쇼와 64년'이라는 연호를 새기고, 1989년(쇼와 64년) 1월 7일 오전 6시 33분 임종의 순간을 맞이했다.

나는 청진기를 전하의 가슴에 대고 있었다. 심장소리가 들렸다 멎었다 되풀이하는 상태가 되었다. 몇 초 후, 옆에 있던 오바시 주치의가 '심정지입니다' 하고 말하는 소리가 들려 문득 심전도를 보니 평행선이 그어져 있었다.

방금 전까지 청진기를 통해 희미하게 들려오던 소리도 멈추었다. 천천히 손전등을 꺼내 눈동자를 살펴보았다. 동공이 열려 있었다.

주치의장은 저서에서 그 임종의 순간을 묘사했다.

암의 최종 진단 병명은 최초 발생 부위가 췌장인지 십이지장인지 명확하지 않은 탓에 양쪽의 접점 부근이라는 의미로 '십이지장 유두 주위 종양'이라는 명칭을 붙였다.

격동의 쇼와시대는 그 순간 종지부를 찍고 시대는 헤이세이平成로 넘어갔다. 시간이 흘러 2002년(헤이세이 14년) 12월 28일, 아키히토 일왕의 전립선암 발병 사실이 발표되었다. 다음 해 2003년 1월 18일 도쿄대학병원에서 전립선 적출 수술을 받았다. 아키히토 일왕은 '과학자'다운[2] 냉정함을 유지하며 수술에 임했다. 진료 자료도 치료 내용도 그때그때마다 언론에 상세히 공개했다.

아키히토 일왕 스스로 "국민들에게 사실을 정확히 알리라"고 당부했다고 한다. 또한 입원한 병원의 의료진에게는 "다른 환자들이 나 때문에 불편을 겪지 않도록 배려해 달라"고 조심스럽게 요청했다. 완치가 가능한 전립선암이라지만, 이처럼 정보를 투명하게 공개한 점에서도, 몸소 국민들에게 발언한 점에서도 시대의 변화가 선명히 드러나고 있다.

---

[2]   아키히토 일왕은 영국 옥스퍼드대학교에서 어류학으로 박사학위를 받았고 국제 학술지에 다수의 과학 논문을 발표하기도 했다.

5장

자신의 죽음을 공부하라

"머지않아 나도 그 길을 가야만 한다"
마루야마 마사오 (1914-1996 정치학자)

"자연스럽게 죽고 싶습니다"
나카가와 요네조 (1926-1997 의학자)

학문에 바치는 자세,
죽음에 응하는 자세

진정한 학문이란 누군가의 연구나 사상을 흉내 내지 않고 또한 방대한 최신 지식의 자료도 빌리지 않고 자기 고유의 사상과 사색에서 싹틔운 개성이 넘치면서도 보편성을 지닌 소우주를 창조하는 것이다. 그런 의미에서 학문 역시 문학작품이나 예술작품과 본질적으로는 똑같다고 말할 수 있다.

학문에 바치는 진지한 자세를 갖춘 학자는 죽음 앞에서도 자신의 병든 육신을 마치 학문 연구의 대상을 관찰하듯이 냉정한 눈으로 바라보며 정확히 파악하려는 자세를 잃지 않는다. 왠지 거창하게 들릴지 몰라도 그런 학자는 어떤 세상 풍파에도 흔들리지 않고 자연스럽고 담담한 자세로 일상을 보낼 수 있다고 생각한다.

정치학자로 전후 대표적인 리버럴파派[1] 지식인의 한 사람인 마루야마 마사오丸山眞男(도쿄대학교 명예교수) 그리고 폐쇄적인 당시 1970년대 일본 의학계에서 환자의 입장에 서서 의술의 윤리를 선구적으로 부르짖은 의학자 나카가와 요네조中川米造(오사카대학교 명예교수) 두 사람의 '인생의 최종장'을 살펴보면 그야말로 앞서 이야기한 학자의 면모를 느낄 수 있다.

내가 대학에 다니던 시절엔 학문적으로 극히 높은 수준의 전문서적임에도 많은 학생들이 마치 교양서적처럼 단숨에 읽고 매료돼 화제가 된 책이 있었는데, 마루야마 마사오(당시 도쿄대학교 법학부 교수)의 《현대정치의 사상과 행동》과 경제사학자 오쓰카 히사오(당시 도쿄대학교 경제학부 교수)의 《근대 구미 경제사 서설》이었다. 나는 두 사람의 강의를 들은 적은 없지만, 그 두 책은 읽었다. 내용은 물론이고 문장까지도 일반 전문서적과는 확실히 다른 독특한 매력이 넘쳐났다. 또한 학자로서 발산하는 고귀한 신비성에도 압도당했기에 사회에 나와 학문과 동떨어진 일을 하면서도 마음속에 깊이 새겨진 두 사람의 초상은 내내 사라지지 않았다. 그것은 세상이 두 사람을 가리켜 '마루야마 학파', '오쓰카 사학'의 원조, 혹은 카리스마적인 인물로 평가하는 것과는 상당히 결이 달랐다. 지난 청년 시절에 애독한 소설과

---

1   관대한 자유주의.

그 작가에게 품고 있는 그리움 같은 감정이었다.

그런 청년 시절로부터 사반세기가 지난 1996년 7월 9일, 오쓰카 히사오가 타계하자 동시대를 살아온 마루야마 마사오는 병상에서 구술필기로 조사弔詞를 보냈다. 조사에는 '머지않아 나도 그 길을 가야만 한다'는 문장도 적혀 있었다. 그리고 그 글귀대로 이듬해 8월 15일, 뒤를 쫓듯이 다시는 돌아올 수 없는 길을 떠났다. 82세였다.

마루야마는 1993년 간암 판정을 받았다. 큰 병을 처음 겪는 것은 아니었다.

40년 전 1954년에 진행성 폐결핵을 앓아 왼쪽 폐의 상엽上葉을 잘라 내고 흉곽 성형수술을 받았다. 다행히 항생제가 나오기 시작한 시대였기에 상당히 큰 병이었지만 수술과 약으로 목숨을 구할 수 있었다.

그러나 당시에는 수혈에 의한 바이러스 감염을 막는 대비책이 없었기 때문에 대다수의 수술 환자와 마찬가지로 바이러스성 간염에 걸리고 말았다. 마루야마 마사오에게 간염 증상이 본격적으로 나타나기 시작한 건 수술 15년 뒤 1969년이었다. 그해 1969년의 대학가는 대학 분쟁 사태로 혼돈의 도가니였다. 도쿄대학교 법학부 교수였던 마루야마는 몸도 마음도 극도로 지쳐 있었다.

만성 바이러스 간염은 대체로 간경변증으로 옮아가고 더 나아가 간암을 일으킨다. 마루야마의 경우도 그 과정을 그대로 밟아 결국 암에 걸렸다. 간염이 드러나기 시작한 시점으로부터 24년이 지난 1993

년에 호두알 크기의 간암이 발견된 것이다.

병소病巢 자체만을 놓고 보면 절제 가능한 암이었으나 고령인 데다 왼쪽 폐가 없어 호흡능력이 현저히 떨어지기 때문에 수술은 보류하고 '간동맥 색전술'을 시술했다.

인생은 '포름'이다

마루야마는 최초의 암 치료를 끝마쳤을 때 아주 가까운 친구들에게 현재 자신이 앓고 있는 병에 대한 보고서를 보냈다. A4 크기의 용지 6장에 자필로 빼곡히 쓴 병상 일지였다. 진단 과정과 치료 경과 등을 상세히 밝힌 '병상 보고서' 속에는 간의 병소 모양, 국소 항암제 주입으로 효과를 얻은 부위 등을 그린 도표까지 곁들여 있었다. 과연 마루야마다운 논리적인 설명으로 작성한 '의학 논문'이었다.

이 보고서를 받은 지인들 중 음악 프로듀서 나가노 다케시는 마루야마의 문하생으로 오랫동안 마루야마와 음악 담론을 나누는 사이였다. 나가노가 병문안을 오면 마루야마는 펜과 종이를 꺼내 간의 생김새를 그려 놓고 펜 끝으로 해당 부위를 짚어 가면서 "이쪽을 잘라 내면 문제는 금방 해결된다. 그러나 섣불리 그러지 못하는 건 간암이라는 질병이……" 하고 '강의'를 시작했다. 경과 보고서에서도 '병실 강의'에서도 마치 암 연구자가 환자의 간암에 대해 설명하듯 냉정하고 객관적인 태도를 취했다.

그리고 최초로 간암 진단을 받았을 때 '절망보다 흥미가 생겼다'며 간암에 관련된 국내외의 전문적인 문헌을 쌓아 놓고 병상에서 차근차근 읽어 나갔다. 마루야마가 고도의 의학적인 질문을 던지는 바람에 간혹 젊은 의사는 답변을 하지 못하고 진땀을 흘릴 정도였다.

무슨 분야에서든 흐리터분한 지식으로는 납득하지 못하고 철저히 문헌을 통해 입체적으로 알아내는 것이 마루야마의 기본 방식이었다. 자택을 신축할 때는 건축 관련 서적을 섭렵하여 스스로 설계도를 그릴 수 있을 정도였고, 좋아하는 클래식 곡은 독학으로 익힌 음악 지식으로 악보를 읽어 가며 들었다.

'도쿄대 분쟁' 당시 연구실에 난입한 전공투全共鬪[2] 학생들에게 마루야마는 "적어도 임명장을 들고 와라!" 하며 격노했다. 학생들이 "형식주의자!"라고 쏘아붙이자 마루야마는 "세상은 형식으로 이루어져 있다. 인생은 포름[3]이다" 하고 맞섰다는 일화가 있다.

나가노는 자신의 암까지도 연구 대상으로 삼은 마루야마의 지적 자세를 보고 "이것이 마루야마 포름인 것일까" 하며 탄복했다. "배우는 일, 표현하는 일을 인생의 마지막에까지 자신의 과제로 삼았습니다"라고 나가노는 이야기한다.

나가노는 1994년에 마루야마로부터 모두 여섯 통의 편지를 받았

---

2   1968년 일본에서 창설된 '전학공투회의全學共鬪會議'의 줄임말로, 사회 개혁을 외친 격렬한 학생 운동.

3   forme. 조형예술에서 하나의 공간을 구성하는 형식·형태·구조 등을 뜻하는 미술 용어.

는데, 이것을 읽어 보면 치료과정과 암의 축소, 재발이 시소게임처럼 전개되는 양상을 진료기록표를 보듯 자세히 알 수 있다. 마루야마가 시종일관 냉정한 눈으로 자신의 간암을 바라보는 것이 생생히 느껴진다. 투병이라기보다 정숙한 사색의 나날을 보냈다는 느낌이 든다.

마루야마는 앞서 말했듯이 암을 치료하기 시작한 날로부터 2년 후인 1996년 8월 15일 조용히 최후의 날을 맞이했다. 1945년 8월 15일, 전쟁이 끝나는 날 돌아가신 어머니의 기일이었다.

암 통보와 찹쌀떡

의학·의료의 세계 속에 몸담고 있는 의사가 다른 의사를 비판한다는 것은 상당한 용기가 필요한 일이다. 특히 서구의 첨단 의학에 뒤지지 않으려고 선진적 의료 연구에 앞장서는 의사가 각광받는 일본 의학계에서 생명 윤리와 의료 윤리의 중요성을 강조하며 현대 의학의 문제점을 의학계 내부에서 제기한다는 것은 아무나 할 수 있는 일이 아니다. 일본 의료 현장에서 의료 윤리의 정착이 늦어지고 있는 배경에는 이런 문제점이 도사리고 있다.

이런 의료계의 현실 속에서 오사카대학교 의학부 교수로 의학개론을 강의했던 나카가와 요네조는 1960년대 '모리나가 비소 우유 중독 사건' 피해자의 후유증 해명과 지원에 앞장섰고 일본의 첫 '와다 심장이식수술[4]'을 가리켜 '환자의 인권을 짓밟는 폭거'라고 규탄하는 등 행동하는 의료 윤리 선구자로서 일본 의료계에 신선한 바람을 일으켰다.

'환자의 인권을 존중', '환자의 입장에 선 의료', '의사와 환자는 대등한 관계'의 관점으로 의료 개혁에 앞장선 나카가와는 자신이 암에 걸린 뒤부터는 죽음에 대한 국민의 의식 개혁에 힘썼다.

건강검진에서 신장암 판명을 받은 건 1996년 4월. 나카가와는 오사카대학교를 정년퇴임하고 불교대학교에 출강하고 있었다.

같은 달, 그는 암에 걸린 왼쪽 콩팥을 떼어 내는 적출 수술을 받았다. 수술은 무사히 성공했으나 암이 등뼈에 전이돼 있을지도 모른다고 주치의가 말했다. 장남인 심료내과心療內科[5] 전문의 나카가와 아키라(오사카산업대학교 인간환경학부 교수)에 따르면 "아버지는 의사이므로 재발을 각오했다"고 한다. 수술을 받고 열흘 후쯤 퇴원한 나카가와는 기력이 떨어져 힘들어할 적도 많았지만 집필·강의·강연 등의 일은 여전히 줄어들지 않았다.

이듬해 1997년 3월, 조금만 움직여도 피곤하고 팔다리가 가늘어지기 시작했다. 체력도 계속 떨어졌기 때문에 아내 도미코의 권유로 선배 의사 N이 진료하는 교토 시내의 병원에서 진찰을 받았다. 암세포

---

4   삿포로의대 흉부외과교수 와다 주로의 집도로 1968년 뇌사자의 심장을 떼어낸 일본 최초의 이
      식수술. 심장을 이식받은 환자가 83일 만에 숨진 가운데 한의사 등이 와다를 살인죄로 검찰에
      고발했다. 와다는 혐의증거불충분으로 기소되지 않았지만, 뇌사와 장기이식의 개념조차 생소했
      던 시절 일본 사회에 큰 파문을 일으켰다.

5   내과적 증상과 관련되어 나타나는 신경증이나 심신증을 치료 대상으로 하는 진료과목.

는 간에도 넓게 퍼져 있었다.

"자네, 큰일 났어. 앞으로 6개월 정도밖에는……."

선배 의사 N이 가리키는 CT사진을 보고 나카가와는 "이거 너무 심하군요" 하고 담담하게 말했다. 곁에 있던 아들 아키라는 충격에 온몸이 굳어 버렸지만 나카가와의 표정에는 아무 변화도 없었다.

"아직 1년은 괜찮아요. 그때까지 책 두 권쯤은 쓸 겁니다."

나카가와는 접대용으로 나온 찹쌀떡 두 개를 맛있게 먹으면서 이렇게 말했다. 그러고는 "저희 집사람한테는 말하지 마십시오" 하고 당부했다. 나카가와는 병원에서 나와 예정대로 도쿄로 출장을 떠났다.

"정신은 죽지 않는다"

나카가와는 그날 이후 예전보다 더욱 정력적으로 일했다. "한 사람이라도 듣는 사람이 있다면 가겠다"며 강연 요청을 모두 받아들였고, 규슈에서 홋카이도까지 전국을 돌아다녔다.

"죽음이란 그렇게 거창한 것이 아니고 두려운 것도 아닙니다. 우리 모두에게 일어나는 일입니다."

"육체는 죽어도 정신은 죽지 않습니다."

"병과 싸우면 안 됩니다. 서로 사이좋게 더불어 살아가는 겁니다. 암과 싸우겠다는 모진 생각을 버리고 공존공영共存共榮 하십시오."

"인공적으로 목숨을 이어 가는 연명 치료는 받지 않고 자연스럽게 죽고 싶습니다. 돌아갈 곳으로 돌아가는 겁니다."

나카가와의 생사관이 담긴 어록이다.

《아사히신문》 기자가 심각한 표정으로 인터뷰를 할 때 이렇게 말했다.

"나는 아무렇지도 않은데 모두가 그런 어두운 표정을 짓습니다. 암이라는 '무거운 울림'에 무너지면 안 됩니다. 인간은 태어난 순간부터 날마다 죽음을 향해 가고 있습니다. 병에 걸렸든 건강하든 누구나 마찬가지입니다."

대학에서는 연구실에 간이침대를 들여놓고 틈틈이 휴식을 취하면서 강단에 섰고 각종 학술 모임에도 나갔다. 아내의 말에 따르면 특히 젊은이들한테 자신의 이야기를 들려주고 싶어 했다고 한다.

"임종이 다가오는 인간이 임종의료 강의를 하니 설득력이 있을 거야" 하며 죽음을 두 달쯤 앞둔 7월까지 강의를 계속했다.

연명 치료는 거부했지만 8월 말 황달 증세로 체력 소모가 심해졌기 때문에 투석을 받기 위해 오사카 시내의 병원에 입원했다. 그러나 9월 중순 자신의 마지막이 멀지 않았다는 것을 감지하고 가족에게 "지금 돌아가지 않으면 퇴원하지 못하게 된다"며 퇴원했다.

나카가와는 '집에서 죽는다'는 신념을 끝까지 지켰다.

그는 교토 외곽 나가오카쿄의 집에 돌아온 뒤부터 의식이 희미해질 적이 많았다. 1997년 3월 30일 낮, 그는 깊이 숨을 들이마시고는 다시 내쉬지 않았다. 나카가와는 평소 누누이 말한 대로 집에서 죽었다. 71세였다. 암 판정을 받은 날부터 1년 7개월 동안 '암과 죽음'에 휘둘리지 않고 꿋꿋이 살아가며 대중을 상대로 많은 '이야기'를 남겼다.

6장

여자들의 황혼

"새로운 일본 여성의 암 투병기"
지바 아쓰코 (1940-1987 저널리스트)

"맛있는 인생을 보냈어요. 고마워요"
미야자키 야스코 (1931-1996 배우)

"죽음은 피할 수 없는 현실"
모리 요코 (1940-1993 작가)

"병과 당당히 맞서야 한다"
시게카네 요시코 (1927-1993 작가)

"병과 싸우고 있는 환자는 나 자신"
나가오 요리코 (1946-1998 건축가)

죽음의 준비

'죽음의 준비'라는 키워드를 일본에 널리 전파한 '죽음의 전도사'는 조치上智대학교에서 철학을 가르친 알폰스 데켄 교수(현재 명예교수)다. 1980년대였다.

이는 단순한 철학 용어가 아니다. 인생을 적극적으로 살자는 '새로운 제안'이었다. 병이 있든 없든 누구한테나 언젠가는 반드시 찾아오는 죽음을 당연한 자연의 순리로 받아들이며 굳이 외면하지 말고 언제나 의식하고 살자는 것이다.

대개 죽음에 이르는 길은 몇 단계를 거친다고 한다. 따라서 '죽음의 준비' 역시 그때그때 상황에 따라 달라질 수밖에 없다.

첫째, 지금 활력이 넘치는 건강한 상태에 있을지라도 혹은 만성질

환을 앓고 있지만 당장 목숨이 위태로운 상황은 아닐지라도 언제 느닷없이 들이닥칠지 모르는 죽음에 대해 어떻게 대처할지 미리 생각해 놓고 사는 것이다. 어느 날 갑자기 뇌경색으로 쓰러져 거동을 하지 못하게 되었을 때 무엇을 의지하고 살아갈 것인가. 혹은 갑자기 말기 암에 걸리면 어떻게 운신할 것인가.

둘째, 암이나 난치병이 깊어져 앞으로 살아갈 시간이 1년이나 6개월밖에 남지 않았을 때 어떤 의료 기관을 선택하고, 그 마지막 시간은 어떻게 보낼 것인가. 마음의 짐 없이 홀가분하게 떠나려면 최소한 무엇을 실천해야 하는가.

셋째, 마침내 죽음이 눈앞에 다가왔을 때 어떻게 마지막 나날을 보내고 싶은가. 누가 옆에 있으면 좋겠는가. 연명 치료는 어느 정도 수준까지 원하는가. 자신이 원하는 존엄사는 어떠한 조건을 갖추면 되겠는가. 매장인가 화장인가 그리고 장지는 어디에 마련할 것인가.

이러한 것들이 '죽음을 위한 채비'로서 미리 마음속에 새겨 둘 내용이다. 얼마만큼 실행으로 옮기느냐는 전적으로 자기 자신에게 달린 문제다. '죽음의 준비'는 세상에 태어나 단 한 번밖에 살 수 없는 인생을 후회 없이 충실히 보내기 위해 자신에게 바치는 유언장인지도 모른다.

이 '죽음의 준비'라는 말을 일반 사람들의 머릿속에 깊이 각인시킨 여자가 있었다. 자유 기고가 지바 아쓰코天葉敦子. 지바는 유방암과 7년간 싸우며 자신의 병을 온 세상에 숨김없이 낱낱이 밝혔다. 병석에서도 꾸준히 글을 썼다. 세상을 떠난 해인 1987년, 한 주간지에 〈'죽음의 준비' 그 일기〉라는 제목의 병상 일지를 연재했다. 숨을 거두기 이틀 전까지 실시간으로 자신의 마지막 삶의 모습을 '실황중계'한 것이다.

새로운 여성 시대

해외에서 발행되는 영자 일간지나 잡지 등에 금융 문제에 관한 글을 쓰던 자유 기고가 지바 아쓰코가 맹렬한 기세로 유방암 투병기를 비롯해 '여자의 인생'에 관한 글을 쓰기 시작한 건 1981년이다.

수술 전과 수술 후의 유방 사진을 당당히 공개했고, 병든 자신을 돌보는 남자친구와의 사생활까지도 솔직히 밝혔다. 이처럼 유방암 치료 및 투병 과정을 사회에 공개하면서 암과 더불어 적극적으로 살아가는 모습은 '새로운 여성'의 상징으로서 일본 열도에 신선한 충격을 불러일으켰다.

암의 관해·재발·치료가 되풀이되는 과정 속에서 암에 굴복하지 않고 사회생활이 가능한 기간을 점점 늘려 나가는 모습은 흥분과 감동의 드라마였다. 결국 진행성 암으로 접어들자 미국에 건너가 세계 최대의 암전문병원인 뉴욕의 '메모리얼 슬론 캐터링 암센터MSKCC'에서 치료를 받는다. 그런 생사를 넘나드는 긴박한 상황 속에서도 그녀는 한시도 펜을 놓지 않았다. 각종 일간지나 주간지를 통해 자신의 상태를 실시간으로 보고했다. 당시만 해도 암은 어둡고 절망적인 병이란 인식이 강했고, 특히 여성들은 암 환자임을 드러내지 않고 투병하는 것이 일반적이었다. 그야말로 케케묵은 낡은 관습이었다. 따라서 지바의 강렬한 암 투병기는 일본 여성의 투병 자세에도 큰 영향을 미쳤다.

지바는 유방암에 걸려 1987년 7월 9일 사망할 때까지 7년간 무려 12권의 책을 썼다. 사후에 출판된 열두 번째 책《'죽음의 준비' 그 일기》는 주간지《뉴욕통신》에 연재한 글을 묶은 것이다. 죽기 전 마지막 글도 실려 있다. 숨지기 나흘 전과 이틀 전에 쓴 글을 소개한다.

(뉴욕 시간 7월 5일 오후 10시 02분 발신)
어제 퇴원. 몸 상태가 아주 나쁘고 힘들지만, (중략) 지금보다 조금이라도 더 몸이 편안해지는 날이 찾아오면 좋겠다. 정신생활은 전혀 하지 않고 그저 동물처럼 살아가는 고통은 견디기 힘들다.

(뉴욕 시간 7월 7일 오전 11시 11분 발신)
몸이 너무 아파서 더 이상 원고를 쓸 수 없습니다. 아마 또 입원할 것 같습니다. 죄송합니다.

지바는 그날 긴급 입원했고, 이틀 후 숨을 거뒀다. 이를 가리켜 작가의 혼이라고 말한다면 너무 진부하다. 암에 걸린 지바는 세상의 시선이나 평판 따위에 아랑곳하지 않고, 단지 순수한 한 인간으로서 이 세상에 존재하고 있다는 사실을 스스로 확인하면서 끝까지 인생을 포기하지 않고 꿋꿋이 살았다.

암이 모든 인간의 당면 문제로 떠오른 오늘날, 이 여성의 마지막 삶의 모습은 아무나 흉내 낼 수 없는 '전위前衛'라고도 말할 수 있다. 그러나 아무리 앞선 전위일지라도 시간의 흐름 속에서 그것은 금세 또 '보통'이 되어 뒤편으로 사라지는 것이 일반적이다. 왜냐하면 누군가가 '새로운 삶'에 도전하면 그 새로운 삶에 저마다 색다른 개성을 덧입혀 도전하는 사람들이 봇물 터진 듯 줄줄이 들이닥치기 때문이다.

실제로 그 무렵부터 일본 여성들이 암을 대하는 자세나 방식이 크게 달라지기 시작했다. 암 의학의 발전 과정 그리고 암 환자의 삶과 죽음을 30년간 지켜본 나는 그렇게 생각한다.

삶의 뚜렷한 증거

결핵을 '불치의 병'으로 여기고 두려워하던 시대에는 '투병기'라 하면 으레 결핵과의 싸움을 그린 기록으로서 '결핵 문학'이라는 장르까지 생겨났을 정도였다. 호리 다쓰오의 《바람이 분다》는 결핵 문학의 대표적인 작품이다. 그리고 결핵 환자보다 더 끔찍한 차별과 편견에 시달리다 인간 사회에서 완전히 소외당하는 한센병 환자의 비참한 실상을 그린 호조 다미오의 《생명의 초야》와 같은 문학작품도 나왔지만 문단에서 정당한 평가를 받은 건 극히 최근의 일이다.

결핵이 '고칠 수 있는 병'이 된 1960년대로 접어들면서 결핵 투병기는 순식간에 자취를 감추고 그 자리를 메우며 새로 등장한 것이 암 투병기다.

1965년 식도암으로 사망한 시인이며 소설가 다카미 준의 《시집, 죽음의 연못에서》, 《다카미 준 일기》는 시대적 변화를 상징적으로 나타낸 작품이었다.

일본인 암 사망이 연간 15만 명을 넘어선 1970대에는 다양한 직업의 사람들이 암 투병기를 발표하기 시작했다. 1980년대 이후 암에 의한 사망은 20만 명 시대가 되었고, 책자로 펴내는 암 투병기도 부쩍 늘어났다. 왜 암에 걸린 이들은 그렇게도 자신의 투병기를 쓰려고 하는가?

이제 전쟁터에서의 죽음이 사라지고 적어도 겉보기에는 평탄한 삶이 보장된 듯한 하루하루를 보내다가 어느 날 갑자기 죽음을 피할 수 없는 암에 걸렸다는 사실을 알았을 때, 인간은 불현듯 지금까지 살아온 날들을 되돌아보고 싶은 마음이 생기는 것이다. 그동안 이 세상에 살면서 무엇을 했는지 그리고 과연 어디에서 와서 어디로 가는지 깊이 생각해 보는 것이다. 이는 자아 성숙을 위한 최종 단계라고 말할 수 있다.

본래 '쓴다'는 행위는 자신을 객체화하는 작업이므로 투병기를 쓰는 행위를 통해 자신이 어떻게 존재하고 있는지를 객관적으로 바라볼 수 있다. 그러므로 자기 자신을 올바로 관찰할 수 있는 아주 유효한 방법이다. 그래서 투병기나 수기를 쓰는 과정에서 문득 자신의 진면목을 발견한 사람은 '이것이 내 인생이었다'라는 충만감에 휩싸여 전율을 느낀다.

'쓴다'는 것은 죽음을 앞둔 이들의 강력한 자기표현인 동시에 매우 상징적인 행위다. 또한 문장 대신 연극이나 영화 등에 출연해 연기를 통해 자기표현을 하는 예술가도 있다. 그리고 예술작품의 창작과 마찬가지로 과학자는 연구에 몰두하고, 실업가는 사업에 혼신을 쏟는 모습으로 자기표현을 하는 것이다.

나비의 가르침

이 원고를 쓰기 시작할 무렵, 문득 《침묵의 봄》의 저자 레이첼 카슨이 떠올랐다. 2007년은 레이첼 출생 100주년이 되는 해로서 레이첼의 전기 《레이첼 카슨》(폴 브룩스 지음)을 다시 한 번 읽어 본 직후였기 때문인지도 모른다. 레이첼은 숲이나 강에서 새와 곤충, 물고기가 자꾸 죽어 가고 자연에서 사라지는 현상에 위기감을 느끼고 생물학자로서 의문을 품는다. 그녀는 철저히 조사하여 DDT 등 강력 살충제의 대량 살포가 생태계를 파괴하는 결정적인 원인임을 밝혀냈는데, 그렇게 한창 생태 환경 연구에 힘쓰고 있을 때 진행성 유방암에 걸리고 말았다. 병이 깊어지면서 약물에 취해 잠들어 있을 적이 많았지만 그럼에도 불구하고 하루에 두세 시간은 기어 다니면서라도 일했다.

그런 몸으로 1962년 마침내 탈고한 책이 《침묵의 봄》이다. 환경파괴 · 환경오염의 실태를 최초로 고발한 이 책은 화학기업과 보수적인 학자로부터 맹렬한 공격을 받았지만 레이첼은 암을 앓고 있으면서도 결코 나약해지지 않고 정정당당한 반론을 펼쳤다.

레이첼은 1964년 4월 14일 56세를 일기로 생을 마감했으나 4년에 걸친 투병 기간 중 몇 차례의 입원 치료를 제외하고는 암에 무너지지 않고 적극적으로 사회 활동을 했다. 게다가 아주 짤막한 시간일지라도 몸 상태가 괜찮을 때는 글쓰기에 힘썼다.

자신의 운명을 확고한 자세로 '있는 그대로' 기꺼이 받아들인 것이다. 사망하기 1년 전 늦여름, 캐나다 국경에 인접한 미국 동부의 메인 주 바닷가 별장에서 보내고 있을 때, 바닷가를 산책하던 레이첼은 철새처럼 수천 킬로미터를 이동하는 진기한 곤충 모나크 나비가 남쪽을 향해 날아가는 광경을 바로 눈앞에서 지켜보았다. 영원히 두 번 다시 돌아올 수 없는 먼 여행이지만 검정색, 빨강색, 주황색 등 형형색색의 나비들은 스테인드글라스 무늬 같은 날개를 반짝반짝 빛내며 어마어마한 무리를 지어 날아갔다. 레이첼은 그 황홀한 광경을 넋을 잃고 바라보았다.

언젠간 자신도 그 길을 떠나야만 한다. 모나크 나비의 일생은 몇 개월이지만 자신의 일생은 얼마나 남았는지 가늠할 수 없었다. 레이첼은 그날 친구에게 보낸 긴 편지 속에 이렇게 적었다.

누구나 마지막 날을 가늠할 수 없는 인생이지만, 언제 일생이 끝날지라도 그건 자연스런 것이며 결코 불행한 일이 아닙니다. 찬란한 빛을 뿌리며 날갯짓하는 나비들, 그 작은 생명이 오늘 아침 제게 가르쳐 준 교훈입니다. 나는 거기에서 행복을 발견했습니다.

얼마나 아름답고 멋진 '생사관'이고 '생명관'인가. 나는 이 대목을 읽고 깊이 심호흡을 할 정도로 감명을 받았다. 아무리 암이 육신을 괴롭혀도 확고한 신념으로 환경운동을 멈추지 않았던 레이첼은 자신의 운명을 순순히 받아들였다. 다시 말해 심지가 굳은 여성이었다.

서양 사회에는 이처럼 강인한 여성이 일궈 낸 감동적인 이야기가 많다. 스스로 키운 독창적인 능력을 암묵적으로 요구하는 서양의 역사 속에는 레이첼처럼 어려운 상황이나 환경에 굴하지 않고 자신의 신념을 굳건히 지키며 옹골차게 살다 간 여성이 많이 등장한다.

요사이 일본인 여성 암 환자의 '삶과 죽음', 그 인생 마지막 무대에서의 모습도 점차 달라지고 있다. 최후의 순간까지 자존감을 잃지 않고 씩씩하고도 아름답게 일생을 마무리하는 여성이 많아졌다. 단지 하나의 시대적 현상이라고 치부할 수 없을 만큼 획기적인 변화다.

그런 의미에서 강렬한 인상을 남기고 떠난 여성들의 '삶과 죽음'의 자취를 짚어 보겠다. 연출가이며 배우였던 미야자키 야스코宮崎恭子

(65세), 작가 모리 요코森瑤子(52세), 작가 시게카네 요시코重兼芳子(66
세), 건축가 나가오 요리코長尾宣子(52세) 4명의 여성이다.

뒤로 미루고 싶은 심리

미야자키 야스코는 배우 나카다이 다쓰야와 '동지이자 부부'의 관계
를 평생 이어 갔다. 초대형 배우인 남편의 명성에 주눅 들지 않고 자
신만의 독창적인 연극 인생을 펼친 여성으로서 일본인이라면 모르는
사람이 없을 정도로 존재감이 넘치는 인물이었다. 둘은 모두 극단 하
이유자俳優座 출신으로 남편 나카다이는 아내 미야자키의 2년 후배였
다.

　미야자키는 결혼 후 배우 생활을 접고 각본가가 되었고 또 연출가
가 되었다. 1975년 미야자키가 처음 연출한 작품 〈딸 주리〉에서 남편
나카다이는 주인공을 맡았다. 그 후 셰익스피어, 입센, 고리키 등의
작품도 잇달아 연출했다. 또한 1975년부터 유망한 젊은 배우를 발굴
하여 육성하는 배우 양성소 '무메이주크無名塾'를 자비로 설립해 야
쿠쇼 고지, 류 다이스케, 와카무라 마유미, 와타나베 아즈사 등 명배
우를 배출했다. 낮과 밤을 가리지 않고 맹훈련을 거듭하는 '무메이주
크'의 특수한 지도 및 운영은 미야자키가 70퍼센트를 담당했다. 재능
있는 젊은이를 찾아내 배우로 키우는 일을 통해 미야자키는 예술적
자극도 받았고 살아가는 보람도 느꼈다.

대본을 쓸 때의 필명은 '류토모에隆巴'였다. 아버지 류조隆藏, 어머니 도모에巴에서 한 글자씩을 따와서 지은 이름이다.

"따뜻한 가정에서 자란 미야자키 언니는 부모님을 향한 사랑을 필명에 옮겨 놓았다"고 여동생인 아나운서 미야자키 후사코가 말했다.

자매인 야스코와 후사코는 어머니를 비롯해 집안에 암으로 사망한 친족이 많았기 때문에 언제나 암에 대한 경계심이 강했다. 둘은 서로 얼굴색이 나쁘거나 기운이 없어 보이면 반사적으로 "혹시 암 아니야?" 하고 말하곤 했다. 그럼에도 야스코는 속이 거북하고 금세 피로해지는 등 심상치 않은 증세가 나타나도 좀처럼 병원을 찾지 않았다. 정식으로 진찰을 받기 전까지 몇 달간이나 아무런 조치 없이 병을 키운 셈이다. 물론 텔레비전 드라마의 각본 작업 및 지방 공연 등으로 굉장히 바쁜 시기였다.

동네 병원 단골 의사의 진찰 결과, 당장 큰 병원의 정밀 검사를 권했다. 그때가 1995년 9월이다. 그런데도 곧바로 병원에 가지 않았다. 무슨 일이 있더라도 반드시 쓰고 싶었던 대본을 완성한 뒤에 정밀 검사를 받기로 스스로 결정한 것이다. 병보다 일을 우선에 두었다. 그 시점에서 야스코는 '암일지도 모른다'고 이미 짐작한 것 같다고 여동생 후사코는 회상한다.

대개 암일지도 모른다고 짐작하는 마음속에는 암이 아니기를 바라는 바람도 뒤얽혀 있으므로 확실한 결정을 최대한 뒤로 미루려고 하는 미묘한 심리가 작용하기 쉽다. 또한 혼신을 바쳐 어떤 일에 매달

려 있는 사람의 경우 일을 중단하기 싫어서 확실한 암 판정을 받고서
도 검사 결과를 부정하며 치료를 거부하기도 한다.

야스코는 단골 의사에게 정밀 검사를 받을 필요가 있다는 사실을
남편이나 여동생 등 가족에게는 비밀에 부쳐 달라고 부탁했다. 그건
병세가 예사롭지 않다는 것을 자각했기 때문에 내린 결정일 것이다.
거기에다 앞서 밝혔듯이 그런 미묘한 심리도 작용했을 것이다.

"나는 아무렇지도 않다"

역시 의사는 이대로 그냥 넘어갈 수 없었다. 남편 나카다이와 여동생
후사코에게 전화를 걸어 야마자키 야스코의 암에 대한 징후를 밝혔
다. 이미 황달이 비치기 시작한 상태였기 때문이다. 나카다이와 후사
코는 야스코를 설득해 도쿄 준텐도順天堂대학병원에 입원시켰다. 10
월에 받은 정밀 검사 결과는 췌장암이었다. 단골 의사가 정밀 검사를
권유한 날로부터 병원에 입원하기까지 한 달의 시간이 걸렸다. 그 시
간 동안 텔레비전 드라마 각본 작업을 매듭지은 것이다.

야스코는 11월에 수술을 받았다. 수술받기 전 남편, 딸, 여동생 앞
으로 각각 세 통의 유서를 썼다. 그 유서는 사후에 발견됐는데 남편
에게 보낸 유서에는 오랫동안 열정을 쏟은 무메이주크가 '계속 남아
있기를 바란다'고 당부하면서 '무메이주크의 젊은 배우들을 조금 더
따뜻하고 친절하게 보살펴 주라'고 적혀 있었다. 나카다이는 아주 엄

격해서 큰소리로 화를 낼 적이 많았는데 그때마다 야스코가 나서서 무메이주크 젊은이들의 마음을 풀어 주곤 했다.

수술 후 집도의는 남편 등 가족들에게 잘라 낸 종양을 보여 주면서 "수술은 대성공입니다. 이젠 괜찮습니다. 앞으로 2년은 괜찮습니다" 라고 설명했으므로 남편은 '이젠 완전히 나았구나' 하고 믿었다. 그런데 이튿날 주치의가 "이미 암이 전이돼 앞으로 6개월입니다" 하고 말했다. 이 예측은 실제로 거의 맞아떨어졌다.

야스코는 진행성 췌장암이었기에 통증이 몹시 심했지만 입원한 날부터 "아무렇지도 않다"며 아프다는 소리를 한 번도 꺼내지 않았다.

"행복은 조잡한 것이다"

1996년, 야스코는 새해를 집에서 가족과 함께 맞이했다. "집에서 가족과 함께 즐겁게 지내세요" 하고 의사가 권유한 데다 야스코 본인도 집에 돌아가고 싶었기 때문이다. 그런데 뭐라고 설명하기 어려운 특이한 일이 벌어졌다. 본래 채식주의자인 야스코는 집에 돌아와 각종 튀김과 비프스테이크를 아주 맛있게 먹은 것이다. 그러나 그건 잠시뿐, 이후 서서히 식욕을 잃어갔다.

3월에는 해마다 그랬듯이 무메이주크 신인배우 선발시험이 있었다. 1년에 한 차례씩 갖가지 심사를 거쳐 한두 명 정도, 많아야 세 명을 뽑았는데 지원자가 1천 명이 넘은 적도 있었다. 그해에도 8백 명이 몰려왔다. 야스코의 건강을 염려하는 주위 사람들이 "올해는 심사에 나가지 말고 푹 쉬세요" 하고 진심어린 조언을 했으나 "아니, 늘 하던 대로 하겠어요. 이건 제 인생에서 가장 값어치 있는 일이에요" 하고 분명히 말했다. 야스코는 지원자 8백 명을 일대일로 모두 만나는 면접시험을 치렀다. 대단한 체력을 요하는 중노동이었다. 면접시험 도중 몇 번이나 시험장에서 빠져나와 잠깐씩 승용차 안에 누워 휴식을 취했다.

그해 무메이주크의 가을 공연은 〈리처드 3세〉를 올릴 예정이었다. 야스코는 불쑥 나카다이에게 그 연극에 자신도 배역을 맡아 무대에 서고 싶다고 말했다. 그동안 창작과 연출에만 열정을 바친 야스코가 이런 얘기를 꺼낸 건 배우 생활을 접은 뒤 처음이었다. 나카다이는 아내 야스코의 마음을 충분히 헤아릴 수 있었다. 본디 타고난 배우였기에 인생의 마지막 시간만큼은 무대에 서고 싶었던 것이다.

그러나 집에서 날마다 항암제 링거를 맞고 있는 야스코의 체력은 극도로 쇠약한 상태였다. 더구나 의사가 예후를 '앞으로 6개월'이라고 선언했기에 언제 어떻게 될지 모르는 상황이었다. 나카다이 역시 아내의 마지막 꿈이 이루어지기를 바랐지만 아무래도 무리였다. "올해는 푹 쉬고 내년에 합시다" 하며 아내를 위로했다. 그래도 야스코는 좀처럼 물러서지 않았다.

"어떻게든 꼭 무대에 오르고 싶어요."

4월, 암은 간으로 전이되었다.

"올해는 쉬고 내년에 하겠어요."

결국 야스코도 단념했다. 그 무렵 야스코는 항암제 치료와 더불어 한방약이나 '마루야마 백신' 등 갖가지 대체 요법을 시도하며 그날 그날 무슨 치료를 했는지 수첩에 기록했다. 곤도 마코토 의사가 지은 책《환자여, 암과 싸우지 마라》를 읽고 "혹시 나는 암이 아니라 '암 비슷한 것'이 아닐까. 차라리 수술하지 말고 조금 더 지켜볼 걸 그랬 다" 하고 아쉬움을 토로하는 문장을 남기기도 했다. 동생 후사코는 이런 글들이 수첩을 펼쳐 보면 언니가 얼마나 살고 싶어 했는지를 생 생히 느낄 수 있다고 한다.

4월 22일 결혼 39주년 기념일에 야스코는 남편 나카다이에게 축하 글을 적은 색지色紙[1]를 선물했다.

땡큐, 39년간 땡큐. (중략) 지금까지 재밌게 잘 지냈어요. 당신이 잘 참았 으니까요. 맛있는 인생을 보냈어요. 고마워요.

여름이 다가오면서 야스코의 기력은 급격히 떨어졌고 의식이 희 미해질 적도 많았지만 여전히 '아프다'는 소리는 한 번도 꺼내지 않 았다. 여동생, 딸, 남편 그렇게 셋이 교대로 야스코를 보살폈다. "역시 가족은 좋아" 하며 야스코는 정말로 기뻐했다.

---

1   기념할 만한 글이나 그림을 적는 종이판.

야스코는 암으로 타계한 어머니가 그랬듯이 죽음을 두려워하는 말은 한 번도 하지 않았다. 그리고 남편에게 "나는 암에 걸려 다행이에요" 하며 "사고로 갑자기 떠나지 않고 이렇게 암에 걸려 무메이쥬크에 대해 또 가족에 대해 많은 이야기를 나눌 수 있으니 고맙죠" 하고 말했다.

6월 7일 야스코는 집 계단에서 넘어져 다리를 다치는 바람에 구급차에 실려 준텐도대학병원에 입원했다. 암은 예상보다 훨씬 넓게 퍼져 있었다. 야스코는 '기운을 내야지' 하고 굳게 마음먹었지만 열흘 뒤 6월 27일 오전 3시 27분, 잠자듯 조용히 숨을 거뒀다. 영화촬영을 중지하고 급히 달려온 남편 나카다이가 임종을 지켰다.

사후에 발견한 야스코의 수첩에는 병을 앓으면서 느낀 갖가지 상념이 적혀 있었다. 그 중에는 이런 글도 있었다.

흔해 빠진 행복은 조잡할 뿐이다. 오히려 슬픔은 마음속 깊이 촘촘히 스며들어 아름답다.

죽음을 앞둔 삶

작가 모리 요코는 1978년 소설 《정사》로 화려하게 문단에 등장했다. 37세였다. 도쿄예술대학교에서 바이올린을 공부했지만 음악가의 길로 들어서지 않고 광고대리점에서 일했다. 그리고 영국인 아이반 브

래킨과 결혼해 세 딸의 어머니가 되었다. 어린 시절부터 내내 가슴속에 품고 있었던 꿈, 언젠가 글을 쓰고 싶다는 꿈은 어느 날 갑자기 강력히 폭발했다. 세 딸의 뒷바라지에서 어느 정도 벗어난 30대 중반이 넘어설 무렵이었다. 이케다 마스오의 데뷔작 《에게 해에 바친다》의 아쿠타가와상 수상에 자극받은 모리는 여름이 끝나갈 즈음 홀로 찾은 휴양지 가루이자와에서 소설을 썼다. 무언가에 홀린 듯 2주 만에 탈고한 작품이 《정사》였다.

겉보기에 아무 문제도 없어 보이는 행복한 가정, 그러나 정작 자신은 무엇을 위해 살고 있는지 모른 채 고독하고 우울한 하루하루를 보내는 중년 여성. 마침내 삭막한 일상에서 스스로 빠져나와 불꽃처럼 타오르는 사랑에 빠지고, 사랑하는 남자로부터 비로소 한 여자로 인정받는 이야기다. 도시에 사는 여성의 심리를 과감한 성적 묘사와 시원시원한 문체로 그린 소설을 잇달아 발표해 많은 여성의 공감을 샀고 지지를 받았다. 여성 독자들은 모리 요코를 자신의 분신처럼 느끼며 작품을 읽었다.

소설가 모리 요코가 세상을 떠난 건 1993년 7월. 집필 활동 기간은 15년 남짓인데도 100권이 넘는 저서를 남겼다. 그야말로 질풍노도 같은 작가 인생이었다.

그녀가 위암 확진 판정을 받은 건 1993년 3월. 말기 암으로 여명은 3개월, 길어야 1년 반이었다. 스루가다이駿河台대학병원에서 위궤양 수술을 하려고 개복했는데, 암은 이미 넓게 퍼져 있어 위를 잘라 낼 수 없었다.

남편 아이반 브래킨, 비서 혼다 미도리, 남동생 이토는 머리를 맞대고 암이라는 사실을 밝히느냐 마느냐를 논의한 결과, 모리 본인에게도 있는 그대로 밝히기로 결론을 내렸다. 병을 감추지 않아야 다각도로 원만한 치료가 가능하고 모리 자신 역시 남은 인생을 후회 없이 보낼 수 있다고 판단했기 때문이다.

위궤양 개복 수술 뒤 한 달쯤 지난 1993년 4월 23일, 담당의사는 모리에게 암에 걸렸다는 사실을 밝혔다.

남동생 이토에 따르면 암 통보 이튿날 병실에서 모리는 "이제 죽음은 피할 수 없는 현실, 각오하고 있어. 환경이 좋은 병원에서 가족들과 손잡고 지내다 죽고 싶어. 고통 없이, 인간의 존엄성을 잃지 않고 죽음을 맞이하고 싶어. 암 통보를 받기 전까지는 불안과 희망 사이에서 괴로웠지만 이제는 모든 걸 알게 됐으니 앞으로 무엇을 어떻게 해야 할지 확실히 정했어" 하고 담담히 이야기했다. 이토는 "누나는 남은 인생을 자신의 미의식에 맞춰 살아가려고 결심한 겁니다" 하고 말했다.

모리는 일상생활에서도 미의식을 강하게 드러냈는데, 일례로 언제나 개성이 넘치는 모자를 쓰고 다닌 멋쟁이였다. 물론 미의식의 본질은 내면에 깃드는 것이지만 어쨌든 그녀는 외면적으로도 강렬한 미의식을 뿜어냈다. 암 투병 중 한 잡지사 기자와 나눈 대담에서 모리는 이렇게 말했다.

"나는 온몸에 안테나를 세우고 팽팽한 긴장 속에서 살아왔어요. 그리고 그 안테나에 걸려드는 것들을 작가라는 또 하나의 내가 냉철히 관찰했어요. '나'라는 살아 숨 쉬는 여자가 작가 모리 요코의 가장 흥미로운 대상이었죠."

이처럼 냉철한 자세로 자신을 바라보는 시선을 죽음 앞에서도 그대로 유지했다. 그리고 마지막 나날을 자신의 미의식으로 온전히 채우려고 했다. 역시 작가 모리 요코답다.

마지막 인사

모리는 주위 환경이 좋고, 손님을 편안히 맞이할 수 있는 아늑한 병실에서 마지막 날을 보내고 싶었다. 그래서 5월 초 도쿄 외곽에 조성된 신도시 다마 시多摩市의 드넓은 녹지대에 위치한 히지리가오카聖丘병원 호스피스 시설로 병원을 옮겼다.

호스피스 완화 의료로 통증은 적절히 다스릴 수 있었으나 병세가 점점 더 심해지는 것을 자각한 모리는 마지막 단계인 '죽음의 준비'에 들어갔다. 병실에서는 언제나 남편, 세 딸, 남동생 부부, 여동생, 비서 등 누군가가 곁에서 극진히 보살폈다. 장녀 헤저는 벨기에의 인테리어 디자인 회사에 근무했고(그 후 일본에 돌아와 인테리어 코디네이터가 됨), 차녀 마리아는 일본에서 집필 활동을 했으며, 삼녀 나오미는 영국 런던에서 대학을 다녔다. 세 자매는 뿔뿔이 흩어져 살았는데 엄마가 말기 암에 걸렸다는 연락을 받고 달려와 오랜만에 한자리에 모였다.

차녀 마리아에 따르면 죽음을 앞둔 모리의 '죽음의 준비'는 철저했다고 한다. 재산 상속에 대한 유서를 작성했고, 조형 전문가에게 묘지 조성을 맡겼고 스스로 영정 사진을 결정했다. 어느 날 병실 침상 위에 보석을 한가득 펼쳐 놓고 하나하나 살피며 누구에게 물려줄 것인지를 비서와 의논했다. 흡사 여왕처럼 즐거워하는 그 모습에 화가 치민 마리아가 "뭐 하러 그런 것까지 신경 쓰는 거야" 하고 발끈하자 "이제 곧 의식이 없어질 테니 그러기 전에 미리 정해 둬야지" 하고 평소와 다름없는 표정으로 말했다.

"엄마는 어쩌면 그런 식으로 어지러운 마음을 가다듬으려고 했는지도 몰라요. 자신의 죽음을 어떻게든 아름다운 예식으로 만들고 싶었던 거예요" 하고 마리아는 말했다.

6월 10일 지금껏 아무 종교도 없었던 모리는 병실에서 도쿄 요쓰야 성 이그나치오 성당의 신부로부터 가톨릭 세례를 받았다. 장례식을 화려하고 성대하게 치르고 싶어 가톨릭 세례를 받았는지도 모른다고 마리아가 말했다.

세상을 떠나기 보름 전 6월 24일, 모리는 세 딸을 한 명씩 따로따로 병실로 불러 "좋은 엄마 노릇을 못한 것을 용서해 다오. 엄마는 이제 곧 죽는다. 죽는 건 무섭지 않은데 너희들 마음속에 나쁜 엄마로 남는 건 싫다"고 말했다. 마리아도 엄마에게 용서를 구하고 싶은 게 너무 많았지만 결국 아무 말도 하지 못했다고 한다.

모리는 '마지막 작별인사'를 나누고 싶은 사람의 명단을 작성했다. 특별히 가까이 지냈던 사람들은 병실로 불렀고 나머지 사람들에게는 전화나 편지로 작별을 고했다. 장례식장에는 하얀 국화뿐만 아니라 빨간 장미도 치장해 달라고 부탁했고, 친구들에게 검은 상복 대신 화려하고 근사한 옷을 입고 찾아오라고 당부했다.

장녀 혜저는 최근 어느 잡지에 실린 대담 기사에서 이렇게 말했다.

"우리 세 자매는 엄마와 사이가 안 좋아 자주 싸웠고, 자매들끼리도 항상 티격태격했는데 엄마가 암에 걸리자 우리는 거짓말처럼 모두 친해졌다. 병실에서 다 함께 자는 날도 많았고, 서로 오순도순 이야기도 나눴다. 예전에는 그런 적이 한 번도 없었다. 엄마도 그런 우리들 모습이 기뻤는지 휠체어를 타고 공원을 산책하면서 "역시 가족은 최고야" 하며 정말로 환하게 웃었다."

'죽음은 화해를 만들어 낸다'고 터미널 케어[2] 전문가는 말한다. 죽음이란 신비한 힘을 지니고 있다는 생각이 든다.

1993년 7월 6일 오후 2시 모리 요코는 52년의 생애를 마감했다. 암 진단을 받고 불과 4개월을 살다 간 짧은 시간이었으나 자신의 죽음을 기획하고 연출한 말년이었다.

---

2   terminal care. 환자가 인생의 마지막을 편안히 보낼 수 있도록 돕는 말기의료.

"병과 싸우는 사람은
나 자신이다"

사람은 암에 걸렸다는 확진 판정을 받으면 당황할 수밖에 없다. 암을 어떻게 받아들이고 또 어떻게 살아가기로 마음먹을까? 물론 사람마다 다를 수밖에 없지만, 이는 최초로 암을 밝히는 의사의 자세나 설명 방식에 따라 크게 좌우되기도 한다. 초기 암이 아닌 이미 진행된 말기 암의 경우 환자가 직접 의사와 마주 앉아 검사 결과를 듣는 일은 상당한 용기가 필요하다.

암에 걸린 사실을 처음 전해 듣는 순간 의사 앞에서 똑같은 말을 꺼낸 두 여자가 있다.

한 사람은 아쿠타가와상 수상작가 시게카네 요시코. 1991년 3월, 시게카네는 64세였다. 검사 결과가 나온 날 의사로부터 '가족과 함께' 오라는 전갈을 받고 시게카네는 갑자기 화가 났다. 자신을 하나의 독립된 인격체로 보지 않는다는 느낌이 들었기 때문이다. 그래서 일부러 혼자 병원에 갔다. 진찰실에 들어서자 의사는 의아스런 표정으로 "혼자 오셨나요?" 하고 물었고, 시게카네는 분명히 잘라 말했다.

"제 몸은 제가 처리하겠습니다. 무엇이든 다 말씀해 주십시오."

그리고 또 한 사람은 롯폰기 아크 힐즈, 라포레 하라주쿠, 일본항공 도쿄호텔 등 거리풍경을 바꿔 놓은 신개념 건축으로 이름을 날린 여성건축가 나가오 요리코. 경쟁이 치열한 건축업계에서 당당히 선두를 달리고 있던 1993년 6월, 당시 47세였다.

나가오는 도쿄 사이세이카이濟生會 중앙병원에서 내과의 ○의사의 진찰을 받았다. 나가오는 자신의 지인인 외과의사에게 전달하라는 ○의사가 쓴 진단서를 받아 들고 복도로 나왔다. 그리고 곧바로 봉투를 뜯고 진단서를 꺼내 읽었다. 거기에는 '콜론 캔서(대장암) 징후'라고 적혀 있었다. 나가오는 이튿날 다시 ○의사를 찾아가 "제발 하나도 감추지 말고 모두 얘기해 주십시오" 하고 또렷이 말했다. ○의사는 "병에 대한 설명을 혼자 들어도 되겠습니까?" 하고 물었다.

나가오는 단호히 대답했다.

"네, 병에 걸린 건 바로 나예요. 모두 받아들이겠으니 자세히 말씀해 주세요." 그 전날 밤, 역시 건축가인 남편 에비네 데쓰오가 병원에 함께 가자고 말했지만 나가오는 "바쁜데 둘이 가는 건 시간 낭비에요. 혼자서 가도 충분해요" 하고 거절했다.

이처럼 시게카네도 나가오도 처음부터 '병과 싸우는 사람은 나 자신'이라고 확실히 선언하고 강인한 정신력으로 암과 맞섰다. 그러나 투병 자세는 극히 대조적이다. 특히 암 자체의 의학적 치료 방식에 대한 견해는 서로 완전히 달랐다. 그것은 인생관이나 살아온 길이 달랐기에 나타난 결과일 뿐 어느 쪽이 더 좋은가, 나쁜가의 문제가 아니다. 암과 맞서는 자세는 극단적으로 달랐지만 두 사람은 인생의 최종 장을 각기 자신의 뜻대로 살다 갔다.

확실히 알려 준 의사에 감사

두 사람이 남긴 투병기, 시게카네 요시코 저 《비록 병들었지만》(1993
년) 그리고 나가오 요리코 저 《끝까지 암세포를 불태우고—최상의 인
폼드 콘센트를 원한다》(1997년)는 한 사람이 마지막 순간까지 살아간
다는 것이 어떤 것인지를 고스란히 보여 주는 귀중한 기록이다.

먼저 시게카네의 장렬한 말년을 살펴보겠다. 시게카네의 암 원발
부위는 대장이었다. 처음 암을 발견했을 때 이미 간으로 전이된 상태
였다. 커다란 암 덩어리를 그대로 내버려 두면 여명은 6개월에 지나
지 않았다. 정밀 검사를 통해 의사로부터 악성 종양이라는 말을 듣고
시게카네는 충격보다 '결국 올 것이 왔다'는 생각이 스쳤고, 암에 걸
린 자신을 곧바로 인정했다. 그렇게 병명을 확실히 알게 돼 더 이상
혼란스러워하지 않고 자신의 병을 직시할 수 있었기에 감사한 마음
마저 들었다고 한다.

어떻게 이렇게도 냉정히 암을 받아들일 수 있을까? 시게카네는 자
신의 투병 기록을 엮은 책 속에 상세히 적었다. 시게카네는 발병 몇
년 전부터 호스피스 봉사활동을 하면서 많은 사람의 죽음을 보았다.
호스피스 완화 의료를 받으며 평온한 나날을 보내다가 고향으로 돌
아가듯 자연스럽게 세상을 떠나는 사람들을 옆에서 지켜봤다. 언젠
가는 자신도 그 길을 갈 수밖에 없다는 걸 알고 있었기에 암 진단을
받았을 때, 드디어 자신의 차례가 왔다는 것을 인정할 수 있었다.

올바로 알고 싶은
자신의 내면

그동안 온갖 어려움을 이겨 내며 살아온 시게카네는 암에 쉽사리 흔들리지 않았다. 숱한 고난을 겪어 본 사람은 어떤 고난이 닥쳐도 꿋꿋하게 맞설 수 있는 것일까. 생후 3개월 된 딸아이가 죽었을 때도, 두 살 터울의 오빠가 갑자기 죽었을 때도, 큰오빠가 오랫동안 병을 앓다가 죽었을 때도 지독한 아픔을 겪었다. 그런데 이번엔 자신의 육신에 가혹한 시련이 덮쳤다.

> 이번엔 나 자신에게 병명을 알려 줄 차례다. 내가 내 병을 받아들이지 않으면 누가 대신 받아 주겠는가. 이제부터 병과 당당히 맞서야 한다. 절대 뒷걸음질을 쳐서는 안 된다고 마음속으로 굳게 다짐했다.
>
> 《비록 병들었지만》 중에서

시게카네는 도쿄의 한 대학병원에서 암 진단을 받았지만, 사흘 뒤 비행기를 타고 홋카이도에 찾아가 삿포로대학병원에 입원해 수술을 받았다. 태어나고 자란 고향 홋카이도 삿포로에는 결혼한 딸 유코가 살고 있었다. 환자로 가득 찬 도쿄의 혼잡한 대형병원보다 차분하고 아늑한 삿포로병원에서 치료하며 딸의 보살핌도 받고 싶었기 때문이다. 아울러 의사와 간호사가 쓰는 홋카이도 사투리에서도 편안함을

133

느꼈다.

1991년 4월 24일 암 수술을 받았다. 대장의 환부와 간의 절반을 잘라 냈다. 그런데 4일 뒤 4월 27일, 전혀 예상치 못한 사태가 발생했다. 도쿄에 혼자 있던 남편이 몸 상태가 좋지 않아 입원했는데 급성 폐렴으로 별안간 숨진 것이다. 다리에 장애가 있는 자신과 언제나 함께 걸어온 남편의 죽음이 도무지 믿기지 않았다. 워낙 큰 충격을 받은 탓에 수술 후 경과는 급속히 나빠졌다. 삿포로병원에서 퇴원해 다시 도쿄로 돌아오기까지 반년이나 걸렸다.

도쿄에 돌아온 시게카네는 도쿄 고가네이시에 위치한 성 요한 사쿠라마치병원에서 호스피스 봉사활동을 계속하면서 집필과 강연에도 온 힘을 쏟았다.

자신의 죽음도 그리 멀지 않았음을 예감한 시게카네는 아들이 운전하는 차를 타고 남편의 유골을 묻을 묘지를 찾아다녔다. 하치오지시 외곽의 깊은 산골짝에 자리한 야트막한 언덕에 조성된 묘지가 마음에 들어 그곳을 남편의 안식처로 결정했다. 묘석에 새길 글귀도 직접 썼다. 마침내 묘지에 뼈를 묻는 날, 아들이 운전하는 차 안에서 시게카네는 남편의 유골함을 가슴에 쓸어안고 하염없이 눈물을 흘렸다.

남편의 뼈를 묻고 나니 시게카네는 비로소 자신의 죽음은 물론이고 어떤 죽음도 담담히 받아들일 수 있었다. 마음의 안정을 되찾은 것이다. 생후 3개월에 숨진 자신이 낳은 갓난아이를 비롯해 오래전 세상을 떠난 아버지와 오빠 등 가까운 사람들의 환영이 눈앞에 어른거렸다. 그때마다 이런 질문을 던졌다.

"과연 사후 세계는 있는 걸까? 만일 사후 세계가 있다면 그곳에서 먼저 떠나간 그리운 사람들을 다시 만날 수 있을까?"

암 수술을 받고 도쿄에 돌아온 시게카네는 사쿠라마치병원의 호스피스 전문의 야마자키 후미오 의사를 주치의로 정하고 재가 호스피스 완화 의료를 받았다. 야마자키 의사는 진단 자료 등을 토대로 병의 진행 상황을 최대한 자세히 밝히려고 했지만 그때마다 시게카네는 각종 검사 결과나 치료 내용에 대해 별로 알고 싶지 않다고 말했다. 그렇다고 치료를 거부한 적은 없었다.

다만 시게카네는 자신을 알고 싶었을 뿐이다. 바로 자신의 내면세계였다. 다시 말해 형이상학적인 자기 탐구를 통해 진정한 자신을 찾고 싶었다.

'생명은 신에게 맡기고, 육신은 의사에게 맡기고, 오직 자신이 주체가 되어 정신세계를 추구하는 삶'을 원했다. 그것이야말로 참다운 평화를 누리는 삶이라고 믿었다. 아무리 힘들어도 쓰러지지 않고 꿋꿋한 삶을 꾸려갈 수 있었던 원동력은 깊은 신앙심이었다.

시게카네는 열아홉 살 때 교회에서 세례를 받은 기독교인이었다. 처음 암 수술을 받기로 마음을 굳혔을 당시의 심정을 이렇게 글로 적었다.

이번 수술이 성공하더라도 전이, 재발 그리고 죽음을 떠올리면 등골이 오싹할 정도로 두렵다. 그렇지만 예수님이 지켜 주시니 두려울 것이 없다. 십자가에 못 박혀 처참한 고통을 당한 예수님이 나의 두려움, 나의 무거운 짐을 짊어 주실 것이다. 나 혼자 힘으로는 도저히 감당할 수 없지만 언제나 나를 돌보시는 예수 그리스도가 함께 계시니 두려울 것이 없도다.

이후 간암이 재발했다. 호스피스 전문의 야마자키 의사의 권유를 받아들여 암 전문병원에 입원해 간동맥 색전술 치료를 받았다. 퇴원 후에는 다시금 사쿠라마치병원에서 정기검진을 받으며 재가 호스피스의 보살핌을 받았다. 여전히 집필과 강연에 전념했고 호스피스 봉사활동도 멈추지 않았다.

믿음과 사랑

호스피스 봉사활동을 할 때도 '삶과 죽음을 생각하는 모임'에 참석할 때도 시게카네의 마음은 늘 활짝 열려 있었다. 타인의 고통과 슬픔에 깊이 공감하며 평생의 주제로 삼은 '삶과 죽음'에 대해 사색했다. 호스피스 봉사활동을 통해 많은 것을 느끼고 배웠다.

말기 암에 걸린 40대 여성이 극심한 통증 때문에 물 한 모금도 삼킬 수 없는 몸으로 호스피스 시설에 들어왔는데 통증 완화의료는 곧바로 효력이 나타났다. 사흘 만에 통증은 사라졌고, 스스로 일어나 앉아 자기 손으로 죽을 떠먹었다. 일주일째 되는 날에는 정상적인 식사가 가능했고 혼자 힘으로 화장실도 다녔다. 그로부터 넉 달가량 평온한 나날을 보낸 그녀는 어느 날 문득 바깥세상이 그리웠다. 의사와 간호사의 보살핌을 받으며 외출한 그녀는 먼저 백화점에 들러 짙은 분홍색 정장 한 벌을 샀다. 그러고는 그 정장을 말쑥하게 차려입고 일식집 카운터에 앉아 연어알초밥, 성게초밥 등 평소 좋아했던 음식을 골고루 주문해 먹었다. 곧이어 노래방에 찾아가 마이크를 잡고 마음껏 노래 불렀다. 동행한 의사와 간호사는 전율을 느끼며 감동했다고 한다. 그동안 마음속에 품고 있던 '소망'이 다 이루어지자 그녀는 "이제는 아무런 아쉬움도 없다"고 말했다. 그리고 6일 뒤 조용히 세상을 떠났다.

이를 처음부터 끝까지 고스란히 지켜본 시게카네는 새삼 인간의 위대함을 깨닫고 큰 감동을 받았다. 흔히 세상이 험하다고 하지만 그래도 호스피스 안에는 인간에 대한 믿음과 사랑이 살아 있었다. 그런 고귀한 믿음과 사랑을 확실히 실감한 시게카네는 언젠가 자신에게도 찾아올 죽음이 두렵지 않았다.

또한 '삶과 죽음을 생각하는 모임'에서도 마음의 평화를 얻었다. 그 모임에서는 학력이나 직업, 소득에 상관없이 누구나 스스럼없이 자신의 속마음을 털어놓았다. 그곳에는 슬픈 일, 괴로운 일, 힘든 일을 서로 허물없이 이야기 나눌 수 있는 인생의 길동무가 있었다. 시게카네는 뒤늦게 사회에서 만난 그들과 정신적 교류를 나누면서 진정한 형제애를 느꼈다.

시게카네는 1993년 6월 중순《비록 병들었지만》의 마지막 원고를 출판사에 넘기고 닷새 뒤 우쓰노미야 시에 위치한 도치기 현립栃木縣立 암센터에 입원했다. 그곳에서 그녀는 결국 퇴원하지 못한 채 두 달 뒤 8월 22일, 자녀들이 지켜보는 가운데 조용히 숨을 거뒀다. 최초로 암 진단을 받고 2년 5개월이 지나서였다.

총력전의 극치

나가오 요리코의 투병 기간은 5년. 첫 대장암 수술 이후로 암세포는 여러 장기로 전이돼 간 · 담낭 · 임파절 · 비정맥 · 콩팥 · 폐로 퍼졌다. 일일이 헤아릴 수도 없을 만큼 숱한 위기에 처했지만 그래도 나가오는 끝까지 포기하지 않고 완치의 가능성을 믿었다.

나가오는 검사 자료나 치료 내용을 토대로 자신의 손으로 꼼꼼히 정리한 병상 일지를 남겼다. 5년간의 암 투병 경과를 빈틈없이 기록한 진료 일람표다. 거기에는 병의 진행 상황이나 증상 변화 등 무엇 하나도 놓치지 않고 정확히 파악하고 대처해 암에 굴복하지 않겠다는 강인한 의지가 배어있다.

그리고 그 임상기록부와 함께 투병기《사랑으로 암세포를 불태우고》와 단가短歌[3] 모음집《끝없이 타오르는 사랑》을 읽어 보면 암과 맞서는 나가오의 정신 구조에 양면성이 있다는 것을 금세 알 수 있다.(본인은 의식하지 못했을 것이다.) 그 양면성이란 여성스러운 섬세함과 남성스러운 강인함이다. 병을 앓으면서 겪는 슬픔과 괴로움 등 내면의 감정을 꾸밈없이 솔직히 드러내고 있다. 아울러 자신의 병을 과학자가 연구 대상을 분석하듯 냉정한 눈으로 관찰한다. 이처럼 극히 대조적인 두 가지 면은 양극을 달리면서도 기묘한 균형을 이루며 공존하고 있다.

건축가는 건물을 설계할 때 (1) 건물의 명칭과 사용 목적에 어울리는 개성적인 디자인, (2) 사용 목적에 알맞은 기능을 발휘하는 세부 설계, (3) 공학적인 강도 및 내구성 확보, (4) 지역의 특성에 맞춘 조화로움 및 그 지역의 활성화에 기여할 수 있는 조건 등을 고려한다. 나가오는 이런 건축가의 사고개념을 암 투병 방식에도 그대로 적용했다. 그런 독창적인 투병 방식을 몇 가지 항목으로 나눠 살펴보겠다.

먼저 적을 알고

나가오는 자신이 싸워야 하는 막중한 상대인 암에 대한 정보를 정확하고 자세히 '알고 싶다'는 자세를 시종일관 고수했다. 초진 당시 담당의가 다른 의사에게 전달하라는 진단서 봉투를 중간에 미리 열어 보고 자신이 암에 걸렸다는 사실을 처음 알게 되었다. 그때부터 줄곧 '진실'을 추구했다. 다시 말해 병원이나 담당의가 바뀔 때마다 '병과 싸우고 있는 환자는 나 자신'임을 강조하며 자신의 병에 대해

---

3 5·7·5·7·7의 5구 31음으로 이루어진 일본 고유 형식의 시조.

속속들이 알려 달라고 요구했다.

첫 수술 당시 암은 이미 혈관에도 퍼져 있어 재발을 피할 수 없는 상태였으나 의료진은 한마디도 언급하지 않았다. 실제로 암은 재발되었다. 이를 나중에 알고 충격을 받은 나가오는 그때부터 의료진에 철저한 정보 제공을 요구한 것이다. 처음에는 그런 정보를 제대로 분석하지 못한 데다 '일이 우선, 암 치료는 2차, 모두 다 정신력으로 이겨 내자'는 느긋한 태도를 취했기 때문에 자신은 불성실한 환자였다고 투병기에서 털어놓는다.

어느 날 문득 암이 말을 걸었다. '당신의 분신인 나는 그렇게 대충 다스릴 수 있는 어수룩한 상대가 아냐. 정신 똑바로 차리고 나를 쳐다봐. 그렇지 않으면 나한테 금방 잡아먹힐 거야' 암은 단단히 화가 나 있었다.

그때부터 '이제는 총력전이다' 하고 결의를 다졌다. 나가오는 암에 관련된 의학 서적은 물론 각종 암 투병기를 읽기 시작했다. 책장 하나를 가득 채울 만큼 엄청난 분량이었다.

투병 생활 초기, 의사는 항암제 점액주사를 단시간에 투여했기 때문에 나가오는 심한 부작용에 시달렸다. 그러나 의학적 지식이 없었기에 의사의 지시를 그대로 따를 수밖에 없었다. 이처럼 잘못된 의료 행위를 문헌을 통해 짚어 내지 못한 점을 안타까워했다.

병실을 쾌적한 공간으로

입원 생활이 길어질수록 대부분의 환자는 병실에 갇혀 있다는 중압감에 빠진다. 장기 환자는 각종 의료 장비로 둘러싸인 병실에서 격리감과 고독감을 느끼며 심한 스트레스를 받는다. 반면 재가 의료 요법은 한마디로 인간적이다. 환자는 익숙한 환경에서 가족의 보살핌을 받으며 자신의 생활 습관에 맞춘 식사와 여가 활동 등 평소와 다름없는 일상을 보낼 수 있다. 말기 암 환자의 경우 병원 입원 치료보다 재가 의료가 생존 기간을 높인다는 통계도 있다. 그만큼 스트레스는 죽음을 앞당기는 치명적인 요소다.

나가오는 살풍경한 병실에서는 암과 맞설 의욕이 생기지 않는다며 병실을 쾌적한 공간으로 바꾸기로 마음먹는다. '둥지 만들기'라고 명명한 이 계획을 곧바로 실행에 옮긴다. 차가운 병실 벽에 커다란 물고기가 그려진 우아한 벽걸이를 걸었다. 차를 마시는 고풍스런 탁자를 들여놨고, 거기에 이탈리아 꽃병을 올려놓았다. 벽시계도 예술적인 고급 제품으로 바꿨다. 찻잔도 개인용과 손님용을 따로따로 갖출 정도로 세심한 신경을 썼다. 최대한 병원 분위기가 나지 않도록 했다. 자신이 직접 설계한 일본항공 도쿄호텔의 조감도를 한쪽 벽면에 걸어 놓은 병실은 마치 전람회장처럼 보였다.

간호부장이 침대 옆에 놓인 협탁은 진료에 방해가 되어 곤란하다고 말하자 나가오는 "그럼 이쪽으로 옮겨 놓으면 어떨까요?" 하고 양해를 구해 위치를 바꾸었다. 본래 형식주의를 싫어했고 거기에 따르지도 않았다.

병원을 옮길 때마다 그 병실용 살림살이는 이삿짐마냥 트럭에 실어 날랐다고 남편 에비네 데쓰오가 전했다.

자기표현에 의한 치유

첫 수술은 사이세이카이 중앙병원에서 받았는데 5개월 후(1993년 11월) 암이 간으로 전이되자 병원을 옮겼다. 새로 입원한 간켄아리아키癌研有明병원에서 니시 미쓰마사 의사와 만난다. 나가오는 단가 시인이기도 한 니시 의사의 권유로 단가를 짓기 시작한다. 진행 암에 걸린 환자의 심정을 직선적으로 생생히 표현했다.

주 1회 점액주사 맞는 날
느릿느릿 흐르는 시간 속에 평온함이 넘쳐 난다

끝없이 타오르는 사랑으로
암세포도 불태워 버려야지

간켄아리아키병원에서 나가오는 전이된 간암을 억제하려고 시행한 동주요법動注療法(암 부위의 동맥 혈관에 직접 항암제를 주입하는 화학요법)이 큰 효과가 나타나 일단 퇴원해 집에서 병원을 오가며 통원 치료를 했다. 그런데 몇 차례 집중적으로 암세포를 공략하면서 동맥에 이상이 생겨 더 이상 동주요법을 시행할 수 없게 되었다. 충격을 받은 나가오가 "자연의 섭리를 거스르면서까지 싸우는 건 어리석은 저항이 아닐까요?" 하고 묻자 "끝까지 싸우는 것도 자연의 섭리, 인간의 길입니다" 하고 니시 의사는 대답했다. 그 말을 듣고 나가오는 뚜렷한 삶의 이정표를 세우고 "끝까지 싸우자"고 결의했다. 앞에 소개한 두 편의 단가는 그 무렵 지은 것이다.

게다가 곤도 마코토 의사의 저서 《환자여, 암과 싸우지 마라》에 반발해 이런 단가도 지었다.

견해가 다르다고 함부로 말하다니
도대체 암과 싸우지 말라니

나가오는 사후에 출간된 저서에 이렇게 썼다.

단가를 지으면서 마음이 편안해졌습니다. 시를 짓는 일도 강렬한 자기표현입니다.

건축 공사 현장에서 마시는 커피 한 잔
어디론가 사라진 듯한 내 몸속의 암

암 치료 도중 일본항공 도쿄호텔 공사가 시작됐다. 병원에서 치료를 받고 웬만큼 몸을 움직일 수 있을 정도로 회복돼 현장에 나가 일을 했다. 바람에 실려 오는 바다 향기, 물새들의 노랫소리 속에서 나는 정말로 행복했다. 문득 가슴속에서 뜨거운 것이 솟구쳤다. "아아, 준공 날까지 살고 싶다"는 마음이 들면서 왈칵 눈물이 쏟아졌다.

그로부터 2년 3개월 후, 암은 간으로 전이돼 여전히 치료를 받고 있었지만 나가오는 일본항공 도쿄호텔 준공식에 참석했다. 니시 의사는 축하 단가를 지어 보냈고 나가오는 곧바로 지은 단가로 화답했다.

다시 태어나도 건축가가 되어
지금 이 길을 그대로 가고 싶을까?

의사와 한마음이 되어

나가오는 병원이나 의사가 바뀌면 반드시 직접 작성한 치료 경과 일람표를 새로운 주치의에게 건네며 자신의 투병 이력을 정확히 파악하고 진료에 힘써 달라고 정중히 부탁했다. 또한 자신이 그린 설계도나 조감도 등을 펼쳐 놓고 건축가로서 병에 임하는 자세, 즉 의학에 적용할 만한 건축학 이론을 밝히기도 했다. 자신의 투병 과정을 일목요연하게 설명하는 나가오의 담담한 자세에 모든 의사가 경탄했다고 한다.

간켄아리아키병원에서 시도한 동주요법이 결국 실패로 끝나자 담당의는 나고야대학병원에 협진을 구했다. 한계를 초월하는 간암 수술에 과감히 도전하는 의사로 유명한 나고야대학교 의학부 제1외과 니무라 유지 교수는 화상 진료로 나가오의 상태를 살펴보고 "잘라 낼 수 있다"고 회답했다.

그때부터 나가오는 간, 담낭 등에 암이 전이될 때마다 나고야대학 병원에 입원해 수술을 받았다. 몸이 회복되면 나고야에서 도쿄로 돌아와 다시 건축가로 일하는 생활을 되풀이했다.

나가오는 자신의 주치의가 주관하는 학술회의에 초대 손님으로 참가해 암 환자로서의 희망을 밝히기도 했다. 아마 일본 의료 역사상 이토록 적극적으로 치료에 매진한 환자는 전무후무할 것이다.

나가오는 1994년 11월부터 1997년 10월까지 약 3년간 나고야대학병원에서 아홉 차례나 수술을 받았고 그때마다 경이적인 회복력으로 무사히 깨어나곤 했다. 한마디로 첨단 의학을 모두 동원한 총력전이었다. 불굴의 정신력으로 암과 싸우며 죽음의 고비도 숱하게 넘겼다. 그런 장렬한 투병 생활은 결코 헛된 시간이 아니었다.

앞으로 남은 짧은 시간은 마지막 작품에 바치겠다. 이 세상에 나가오 요리코라는 건축가가 존재했다는 증거를 남기고 싶다.

나가오는 간켄아리아키병원에서 호스피스 완화 의료를 받다가 1998년 7월 5일 영원한 나그네가 되었다. 52세였다.

7장

쓰는 것이 사는 것

"고마워, 그렇게 울지마"
요네하라 마리 (1950-2006 러시아어 동시통역사, 작가)

"주치의라는 든든한 닻"
에몬 유코 (1957-2006 아나운서, 수필가)

"글을 쓸 수 있으니 사는 거야"
야마모토 나쓰히코 (1915-2002 수필가)

"이렇게 죽는다는 것이 너무 이상하다"
고사카 마사타카 (1934-1996 정치학자)

"영원 속으로 들어가는 것이 죽음이다"
요네야마 도시나오 (1930-2006 문화인류학자)

"우리가 잃어버린 빈자리에선 들꽃이 피어나네"
야나이하라 이사쿠 (1918-1989 철학자)

무슨 일이든
스스로 검증해야만 했다

《나를 때려눕힐 것 같은 굉장한 책》이란 책 제목을 붙이다니 실로 대단하다. 책의 두께에도 압도당했지만 그 제목에 제압당했다. 정수리에 미사일을 맞은 듯한 느낌이 들었다. 저자는 러시아어 동시통역사이며 작가인 요네하라 마리米原万里. 새 작품을 쓸 때마다 고단샤 에세이상, 요미우리 문학상 등을 잇달아 수상하는 활력 넘치는 작품을 집필했다. 아울러 잡지나 신문에도 꾸준히 서평을 쓰고 있었다. 10여 년간 쓴 모든 서평을 요네하라 사후에 편집자가 두꺼운 한 권의 책으로 묶은 것이 바로 이 책이다.

그 서평 중 절반을 차지하는 《주간문춘》에 연재한 〈나의 독서일기〉

는 나도 자주 읽었다. 러시아와 동유럽 국가의 역사 · 문학 · 정치 등에 정통한 필력에다 통렬한 풍자 그리고 성에 관한 풍부한 예화를 곁들인 요네하라의 서평은 그 책에 얽힌 개인적인 일화는 물론이고 자신의 지적 소양을 키워 준 자료까지도 줄줄이 밝히고 있다. 따라서 그 자체로 역동성 넘치는 문학작품이다. 10년에 걸쳐 발표한 서평을 한 권에 집약한 이 책은 단순한 서평집을 넘어 요네하라 월드가 빅뱅을 일으킨 듯한 강렬한 느낌을 받았다.

다방면에서 탐욕스러우리만치 지식욕을 불태웠고 그렇게 얻은 지식이나 정보를 스스로 정리하고 검증하지 않으면 그냥 넘어가지 못하는 성미였다. 이른바 '요네하라식 실천지향'은 이미 어린 시절부터 형성된 성격이었다.

누이동생 이노우에 유리에 따르면 요네하라는 어린 시절부터 무슨 일을 하더라도 철저히 집중하는 성격으로, 어떤 한 놀이에 몰입하면 마치 다른 세계에 사는 것처럼 보였다. 부모가 이름을 불러도 반응하지 않을 정도였다. "마리짱 듣고 있니?" 하고 재차 물으면 시선을 옮기지도 않고 "음음"이라고밖에 대답하지 않았다.

요네하라가 초등학교 3학년 때, 일본 공산당 간부였던 아버지가 당시 체코슬로바키아로 파견되어 가족 모두 프라하로 이주했다. 친자매 마리와 유리는 프라하의 소비에트학교에 5년간 다녔다. 그리고 마리가 중학교 2학년 때 일본에 돌아왔다.

마리는 책 읽기를 좋아했다. 어떤 소설을 읽고 흥미를 느끼면 그 작가의 전부를 알아내야만 직성이 풀렸다. 그래서 그 작가의 주요 작품을 엄청난 속도로 모두 읽고야 말았다. 그런 모습을 지켜본 누이동생 유리는, 자신은 도저히 독서가가 될 수 없다는 압도감에 사로잡혔다고 한다.

언니의 결정을
지지할 수밖에 없다

요네하라가 53세에 암 진단을 받고 투병할 때, 그러한 개성은 병마에 맞서는 방법에서도 낱낱이 드러난다. 암 진단을 받은 건 2003년 9월 말이다. 가나가와 현 Y병원에서 처음엔 난소낭종 진단을 받았는데 내시경(복강경)으로 병소를 적출해 검사한 결과, 그 자리에서 난소 명세포선암으로 판명됐다. S의사는 치료법으로서 난소 일부와 자궁, 복강 내 임파절과 복막을 절제한 뒤 항암제를 투여하기로 방침을 세웠다.

그러나 요네하라는 확답을 보류했다. 그러고는 인터넷으로 난소암에 대한 정보를 샅샅이 조사하기 시작했다. 국립암센터 홈페이지를 통해 명세포선암은 항암제가 효력을 발휘하기 어렵다는 사실을 알아냈다. 또 다른 사이트의 정보도 마찬가지였다. 의사는 한두 달 경과를 지켜본 뒤에 수술을 하자고 했다. 요네하라는 6일간 입원하고 일단 퇴원했다.

가마쿠라 집에 돌아온 요네하라는 암에 관련된 서적을 광범위하게 구입했고, 타고난 독서력으로 읽어 나갔다. 한편으론 폐암에 걸렸는데도 6년간 줄곧 일하고 있는 친구가 보내온 아가리쿠스[1], 상어 연골, 프로폴리스, 로열젤리 등을 다소 의문을 품으면서도 계속 먹었다.

그녀는 《주간문춘》에 연재했던 〈나의 독서일기〉(2003년 11월 27일 호)에 솔직한 심정을 이렇게 적고 있다.

정규 의료에 대한 반어로 대체 의료라 불리는 이런 종류의 상품이 어마어마하게 많다는 사실에 깜짝 놀랐고, 병자의 나약한 마음을 교묘히 이용하는 범죄적인 가격에 또 한 번 놀랐다. 배알이 뒤틀리면서도 거부하지 못하는 내 자신이 한심스럽다.

암 환자의 혼란스런 마음, 갈등에 휩싸인 마음을 적나라하게 밝히고 있다. 그러나 역시 비판 정신을 잃지 않고 대체 요법에 관한 각종 책도 독파하기 시작한다. 그 소감을 엄정하게 글로 썼다.

하나같이 놀라운 효과를 발휘한다는 과장스런 내용만을 열거할 뿐이다. 실패 사례는 없고 성공 사례만 늘어놓았다. 대체 요법과 함께 대체 식품을 끼워 팔기 위한 과대광고 등을 통해 오직 돈벌이만 하겠다는 심보를 노골적으로 드러내고 있기 때문에 곧이곧대로 순수하게 받아들일 수 없었다.

---

1   브라질 버섯.

요네하라는 온갖 문헌을 조사한 결과, 완전 치유를 기대할 수 없는 수술은 받지 않기로 결정한다. 일단 '활성화 자기임파구요법' 등 이런저런 대체 요법을 계속 시도했다.

여동생 유리는 "언니가 암에 걸린 걸 알았을 때 나는 당연히 수술로 종양을 잘라 낼 줄 알았어요. 하지만 언니는 무슨 일이든 스스로 결정해야만 비로소 실천하는 인생을 살아왔기 때문에 언니가 수술하지 않기로 결정한 이상 이에 맞추어 도와주는 수밖에 없었어요. 대체 요법에 대해서도 '그런 것까지 해야 하나?' 하면서도 언니의 선택을 존중하고 지지하는 수밖에 없었어요"라고 말했다.

그 후 요네하라는 1년 4개월가량 더는 상태가 악화되지 않아 집필 활동을 이어갔지만 2005년 1월 왼쪽 서혜부鼠蹊部[2] 임파절로 암이 전이됐다는 사실을 알았다. 그런데도 통증 등 자각 증상이 없었기 때문에 수술도 항암 치료도 방사선 치료도 받지 않고 대체 요법에 의존한 것이다. 그리고 항암제 치료를 받은 친구의 참혹한 모습을 본 기억도 작용하여 항암제만큼은 쓰고 싶지 않다는 거부감이 마음속 깊이 자리 잡고 있었다.

그때까지 시도한 대체 요법의 성과가 없었기 때문에 이번엔 네트워크나 책에는 아직 나오지 않은 대체 요법을 찾았다. 마이크로 파장을 이용해 암세포를 소멸시킨다는 소문을 듣고 그 전문클리닉에도

---

2 사타구니 부근.

다녔다.

2005년 여름, 종양 수치가 높아졌다. 암 진단을 받은 이래 주치의로 치료를 전담했던 J의과대학병원 의사의 권유로 마침내 항암제 투여를 받기로 결심했으나 고열로 인해 차후로 미루었다.

해가 바뀐 2006년 1월, 병원에 입원해 처음으로 항암제 치료를 받았다.

예상대로 구역질을 하기 시작했고 이틀에 한 번 꼴로 극심한 구토를 했다. 전신 쇠약감과 형언할 수 없는 불쾌감에 시달리며 진통제에 취해 거의 내내 잠들어 있었다. 암이 괴멸되기 전에 자신이 먼저 파괴될 것만 같은 공포감이 엄습했다. 요네하라는 2단계 항암 치료제 투여를 중단하고 퇴원했다. 그런 종류의 고통은 두 번 다시 겪고 싶지 않았기 때문이다.

최후의 투병 과정에 관해 요네하라는 〈나의 독서일기〉에 〈암 치료책을 내 몸으로 검증〉이란 제목을 붙여 3회에 걸쳐 열정적인 글을 썼다. (《주간문춘》 2006년 2월 23일 호, 3월 30일 호, 5월 18일 호). 꾸밈없이 속마음을 털어놓은 암 체험 보고서에는 특유의 신랄함과 유머가 곳곳에 번뜩인다.

식이요법 클리닉을 찾아가자 각종 건강강화식품과 약초차를 권했고, 금액은 10만 엔이 넘었다. 집에 돌아와 그 건강식품을 펼쳐놓고 물끄러미 바라보다가 터무니없이 수상쩍은 거금을 치렀다는 생각을 들어 종이상자에 도로 담아 반품했다. 온열 요법 클리닉에선 치료를 받으면서 의학적 질문을 던지자 원장은 "당신에겐 안 맞는 치료법이니 다시는 오지 마시오. 이미 지불한 비용은 돌려드리겠소" 하고 말했다.

면역세포(임파구)를 늘려 준다는 클리닉에선 환자용 비디오 영상에 대해 의구심을 품었다. 원장이 직접 임상 연구한 자료인지 가상실험에 의한 것인지 캐물었고, 영상에 비치는 암세포가 사람의 것인지 실험용 쥐의 것인지 따졌다. 그리고 그 허구성을 글로 폭로했다.

그야말로 '내 몸으로 검증'한 이 보고서는 대체 요법에 의존하려는 암 환자들이 꼭 읽어 봤으면 하는 귀중한 기록이다. 이처럼 자신이 직접 체험한 '인체실험'을 글로 발표한 암 환자는 전무후무하다.

가마쿠라 집에 돌아온 요네하라는 한방 치료와 혈관 요법을 계속 시행했다. 그러나 이미 완전히 기력을 잃었고, 집 근처 의원의 의사에게서 평균 주 1회씩 왕진 진료를 받았고, 그때마다 진통제와 조혈제 주사 등을 맞았다.

당시 《주간문춘》에 연재한 〈나의 독서일기〉에는 줄곧 암에 관련된 책을 다뤘지만 사실은 통상적인 서평도 쓰고 싶어 했다고 요네하라의 사촌동생인 작가 이노우에 히사시는 말한다. 왜냐하면 그에게 "뭐 좋은 책 없어?" 하고 협력을 구하기도 했으니까. 이제는 스스로 서점을 둘러볼 힘조차도 없었기 때문이다. 이노우에는 기운을 북돋아 주려고 유머가 넘치는 책을 몇 권 들고 찾아갔지만 요네하라는 이미 글을 읽을 힘마저 잃어버린 상태였다.

봄이 찾아와 벚꽃이 피기 시작할 무렵, 여동생 유리가 승용차에 요네하라를 태우고 수액주사를 맞히기 위해 집 근처 병원을 찾았다.

"꽃이 예쁘구나."

요네하라가 중얼거리듯 말했다. 유리는 언니가 그런 풍류적인 표현을 쓴 적은 한 번도 없었기에, 최근 병이 깊어지면서 풍경을 바라보는 눈이 바뀌었다는 사실을 깨닫고 가슴이 미어졌다.

그런 어려움 속에서도《주간문춘》과 또 하나의 잡지에 글을 썼다. 원고를 쓰는 2~3시간만큼은 통증을 참으면서 침실 옆의 서재로 건너가 컴퓨터 앞에 앉았다. '글을 쓰겠다는 생각이 들면 머릿속에 아드레날린이 솟아나는 걸까?' 하고 불가사의한 느낌이 들 정도로 언니가 그때만큼은 건강해졌다고 유리는 말한다.《주간문춘》5월 18일 호에 실린, 유작이 된〈나의 독서일기〉는 그렇게 쓴 글이었다.

'쓴다'는 행위는 자신의 내면에 소용돌이치는 갈등이나 혼돈을 정리하여 누에고치에서 한 줄기 실을 뽑아내듯이 문장화하는 작업이다. 그것은 진정한 살아 있음의 증거이며 앞으로 살아갈 힘을 이끌어 내는 행위인지도 모른다.

5월 초순, 황금연휴의 후반부터 요네하라는 급속히 쇠약해졌다. 5월 6일 반쯤 먹은 장어덮밥이 마지막 식사가 되었다. 그 이튿날 왕진 온 의사는 암성 빈혈이 상당히 진행된 상태이므로 수혈할 필요가 있다고 말했다. 5월 9일 집 근처 병원에 입원, 링거 주사로 수혈을 받았다. 그러나 별달리 개선되지 않았다. 몸에 부종이 나타나기 시작했고 통증은 점점 심해져 진통제 용량을 늘리지 않을 수 없었다.

5월 21일 집에 돌아가고 싶다는 바람에 따라 유리는 요네하라를 집으로 데려왔다. 진통제 용량이 늘어난 탓에 거의 온종일 몽롱한 상태로 잠들어 있었다. 그러다 통증에 각성돼 눈을 뜨면 아픔을 호소했고 다시금 진통제를 맞고 깊은 잠에 빠져드는 상태를 되풀이했다. 물도 넘기지 못하게 되었다. 5월 23일 문병 온 친구가 울음을 터뜨리자 요네하라는 눈물을 글썽이며 힘없이 말했다.

"고마워, 그렇게 울지 마."

5월 25일 요네하라 마리는 56년의 생애를 마감했다.

여동생 유리의 회상이다.

"언니는 어린 시절부터 과격한 기질에 공격적인 성격으로, 고집이 세고 자기주장이 강한 면이 있었어요. 그래서 친구들이 러시아 제정 시대의 여제 에카테리나의 이름을 본떠 '에·카테'리나'라고 부를 정도였어요. 예전엔 스스로 해결하려다 제대로 풀리지 않으면 다른 사람들한테 마구 화풀이할 적도 있었지만 인생에서 가장 힘든 병이라는 암에 걸렸을 때는 모든 사람들에게 너그러웠고 또한 모든 어려움을 스스로 해결하려고 애썼어요. 그리고 정말로 그랬어요. 언니는 훌륭했어요."

---

3   일본어로 카테는 '제멋대로'라는 뜻.

요네하라는 어느 글에서 '가만히 앉아 죽음을 기다릴 만큼 달관하지 못한 나는 필사적으로 또 다른 치료법을 찾았다'라고 썼다. 요네하라가 병상에서 남긴 이 문장은 자신의 마음속 깊이 자리한 '살고 싶다'는 보통 인간의 공통된 심정을 나타내는 동시에 자신의 생명은 어디까지나 스스로 결정하겠다는 요네하라 마리 특유의 '자기 결정에 의한 삶의 방식'을 궁극적으로 표명한 것이라고 나는 해석한다. 요네하라의 '생과 사'의 여정은 '어떻게 암과 맞서며 사느냐'를 생각하는 나의 두뇌 활동을 강하게 자극한다.

"꾹 참고 지냈군요?"

'낭독 콘서트 후 사인회 자리에서 50대로 보이는 몸집이 큰 여성이 나를 뚫어지게 바라보더니 난데없이 "많이 힘드시죠? 목도 안 좋을 텐데 너무 무리했어요." 하고 말했다.

"아니, 별로 힘들지 않아요."

"아휴, 설마 그럴 리가 있겠어요?"

나는 할 말을 잃고 그냥 멍하니 있었고 그녀의 동정심은 멈추지 않았다.

"도무지 기운이 없어 보이세요. 밖에선 이렇게 웃고 다녀도 집에 들어가 혼자가 되면 얼마나 마음이 무겁겠어요? 몸도 여기저기 아플 테고……."

NHK방송국 아나운서 출신의 작가 에몬 유코絵門ゆう子가 암 확진 판정을 받고 4년이 지난 시점에서 출간한《암에 걸렸어도 나는 건강하다》속에 나오는 한 장면으로 '내가 그렇게도 괴로워 보일까'라는 제목의 글이다.

암 환자는 어둡고 괴로운 얼굴로 우울하게 지낸다는 세상의 잘못된 편견을 바로잡고 싶은 에몬의 강직한 성품을 엿볼 수 있다. 그러나 에몬도 처음에는 '고뇌하는 환자'였다.

에몬이 유방암 진단을 받은 건 2000년 10월, 43세 때였다. 도쿄 시내 종합병원에서 검진을 받았는데 의사는 단지 촉진만으로 "90퍼센트 암입니다" 하고 말했다. 곧바로 유선乳腺외과에서 세포 검사를 했다. 정밀도를 높이기 위해 유방에 메스를 넣어 여러 부위의 조직을 도려냈다.

일주일 후 에몬은 남편 미카도 켄이치로와 함께 검사 결과를 들으러 갔다.

"검사 자극으로 인해 암이 급속도로 넓게 퍼질 수도 있으니 최대한 빨리 수술을 받으십시오" 하고 의사가 말했다.

환자 본인이 사태를 파악하고 차분한 마음가짐으로 깊이 생각하고 판단할 만한 여유를 주지 않았다. 오직 의사가 단정을 내리고 밀어붙이는 '의사의 일방통행'이었다.

에몬은 수술 후유증이나 부작용에 대한 불안감을 떨쳐 버리지 못해 수술에 선뜻 동의하지 않았다. 다시 말해 '적극적 치료'가 두려웠다. 그러자 의사는 심각한 얼굴로 말했다.

"이런 상태에서 치료를 미루다간 목의 임파절, 폐, 간은 물론이고 뼈에까지 퍼질 수 있습니다. 특히 뼈에 전이되면 굉장히 아프고 힘듭니다."

협박에 가까운 말투였다. 충격을 받은 환자의 마음을 헤아리기는커녕 자신의 생각을 앞세워 막무가내로 몰아붙였다.

에몬의 어머니는 7년 전 자궁암에 걸려 입·퇴원을 되풀이하다 타계했다. 당시 암에 걸려 모진 고통을 당하는 어머니를 응대하는 병원의 무성의하고 싸늘한 태도에 충격을 받은 에몬은 '의료 불신감'이 생겼다. 그런 트라우마가 있었던 에몬은 암 확진 판정을 하자마자 수술을 권하는 의사의 오만불손한 태도로 인해 서양 의학 전체에 대한 거부감이 생겼다. 그 자리에서 수술을 거부하고 곧바로 병원에서 나왔다.

그때부터 에몬은 단식·건강식품·한방약·기공법 등 이런저런 대체 요법에 매달렸다. 우주의 에너지를 끌어모은다는 백만 엔짜리 침구 등 각종 '암 치유 상품'도 구입해 나름 암을 고치려고 노력했다.

그런데 암 확진 판정 후 1년이 지나갈 즈음부터 목구멍의 극심한 통증 때문에 잠을 이루지 못할 정도였다. 게다가 심장 발작 증세까지 나타났다. 결국 1년 2개월이 지난 2001년 12월 하순, 숨 쉬기조차 힘들어진 에몬은 병원에 가기로 결정했다. 남편이 미리 여러 종합병원을 둘러본 뒤 가장 믿음이 갔던 성 루카 국제병원의 구급차를 불러 응급 환자로 입원했다. 일단 응급실에서 통증을 가라앉힌 뒤 유방 전문의의 진료를 받았다. 의료진의 소탈하고 겸허한 자세에 에몬의 마음은 조금씩 열리기 시작했다.

4일 후, 외과 외래에서 진료를 맡은 유선외과 담당의는 나카무라 세이고 의사였다. 에몬이 진료실에 들어서자 나카무라 의사가 먼저 따뜻한 목소리로 반갑게 인사했다.

"오, 이거 미카도 씨 아니세요. 몸은 좀 어떠세요?"

미카도三門는 에몬의 본명으로 남편의 성씨다. 1년 2개월 전, 한 의사의 고압적인 자세에 마음이 얼어붙어 서양 의학을 전면 거부했던 에몬은 과거 성 루카 국제병원에서 잠시 치료를 받은 적이 있었다. 나카무라 의사는 그때 작성된 진료 기록 카드를 손에 들고 있었다.

의사의 말씨에서 진정성을 느낀 에몬은 일순간에 긴장이 풀어졌다. 세상의 모든 의사에 반감을 품었던 자신의 경솔함을 뉘우쳤다. 가만히 에몬의 얼굴을 바라보던 나카무라 의사가 조용히 입을 열었다.

"꾹 참고 지내셨군요?"

그 한마디에 에몬은 울컥했고, 갑자기 폭포수 같은 눈물이 쏟아졌다.

"네, 그랬어요. 도무지 뭘 어떻게 해야 좋을지 몰라 아파도 괴로워도 그냥 꾹 참고 지냈어요."

에몬은 이제까지 남몰래 혼자 속으로 삭인 괴롭고 불안했던 심정을 비로소 모두 털어놓았다. 나카무라 의사는 "음음" 고개를 끄덕이며 에몬의 말에 진지하게 귀를 기울였다. 나카무라 의사가 고개를 끄덕일 적마다 에몬의 마음속에 평온함이 스며들었다.

"이젠 다 끝났다고 생각해요" 하며 에몬이 호스피스 병동에서 완화 의료를 받고 싶다는 뜻을 비치자 나카무라 의사는 "아직 괜찮아요. 지금부터 본격적으로 해 보는 겁니다. 일단 폐에 고인 물을 빼내면 한결 편안해질 겁니다" 하며 적극적 치료를 권했다.

수리가 필요한 배는
고쳐야 한다

그날 나카무라 의사의 인간미 넘치는 '말'과 '듣는 자세'가 에몬의 인생을 바꿔 놓았다. 나카무라 의사와 에몬은 동갑내기였다.

에몬은 곧장 입원해 폐에서 6리터의 물을 뽑아냈고, 호르몬 약을 먹으며 방사선 치료를 받았다. 극적으로 건강을 되찾고 3개월 뒤 퇴원한 에몬은 투병기 《암과 함께 천천히》(신초샤, 2003년)를 쓰기 시작했다. 자신처럼 어리석은 암 환자가 없기를 바라는 마음에서 쓴 고백록이다. 그리고 과거 NHK 시절의 선배 아나운서와 함께 병원에 입원 중인 암 환자들을 위한 〈낭독 콘서트〉 공연을 했다. 아울러 전국 순회강연에 나섰고, 텔레비전과 라디오 프로그램에 출연했고, 암 환자를 위한 카운슬링 교실을 개설하는 등 적극적으로 다양한 활동을 펼쳤다.

병원에서 퇴원해 1년쯤 지났을 때 호르몬 약물에 대한 암세포의 내성이 생겨 약제를 바꿀 수밖에 없었다. 그때부터 항암제 '타키솔'을 투여하기 시작했다. 이 약은 2년쯤 효과가 있었으나 또다시 내성이 생긴 탓에 새로운 항암제를 찾아야 했다. 그러나 더 이상 마땅한 항암제가 없었다. 이미 완치는 불가능한 상태였다. 에몬은 항암제를 끊기로 결정했다. 암의 경과를 관찰하면서 그때그때 대응 치료를 하기로 했다. 그럼에도 잠시도 쉬지 않고 각종 사회 활동을 했다.

글쓰기도 멈추지 않았다. 《암과 함께 천천히》에 뒤이어 《암에 걸렸어도 나는 건강하다》를 출간했고, 2003년 11월부터는 《아사히신문》에 《에몬 유코의 일기—암과 천천히》를 일주일에 한 번씩 연재했다. 세상을 떠나기 직전인 2006년 3월 말까지 2년 4개월 동안 연재를 이어 갔다. 신문에 연재한 글도 사후 《아사히신문》에서 단행본으로 출간됐다.

시간이 지날수록 체력은 계속해서 떨어져 말년에는 이동하는 승용차 안에선 거의 누워 있어야만 했고, 강연회장의 대기실에서도 소파에 누워 휴식을 취하곤 했다. 그런데도 강연을 시작하면 비록 의자에 앉아 진행했지만 조금도 흐트러지지 않고 열정적으로 이야기했다.

그녀가 강연이나 글을 통해 가장 강조하고 싶은 주제는 '암에 대한 올바른 인식'이었다. 단지 무지로 인해 지난날의 자신처럼 불필요한 고통을 겪는 환자가 한 사람이라도 줄어들기를 바라는 마음에서 비롯된 것이다. 에몬은 자신의 생생한 체험을 바탕으로 각종 치료 방법의 장단점도 구체적으로 밝혔다. 물에 빠진 사람이 지푸라기라도 붙잡고 싶은 심정이 어떤 것인지를 충분히 알고 있었기에 환자의 입장에서 솔직히 이야기했다.

민간요법 중에는 환자의 체질 개선을 돕거나 일상생활 및 정신 건강에 유익한 것도 많기 때문에 의료계는 무조건 현대 의학만을 고집해서는 안 된다고 강조했다. 또한 민간요법 사업자나 의료인들의 고질적인 병폐도 지적했다. 대체의학에 대한 성공 사례뿐만 아니라 실패 사례도 확실히 공개해 객관적으로 평가할 수 있는 검열 장치가 필요하다고 힘주어 말했다. 그야말로 정곡을 찌르는 주장이었다.

에몬은 투병기를 통해 암 확진 판정을 받고 처음 1년간은 죽음의 공포에 사로잡혀 남몰래 혼자 전전긍긍하며 침울하게 지냈다고 고백한다. 그러다 본격적인 치료를 받으면서 수많은 암 환자와 만나 동병상련의 아픔을 나눴다. 시간이 지날수록 에몬의 사색은 깊어지고 마음가짐은 유연해졌다.

암 환자는 최후의 순간까지 자신의 생명을 지켜 주는 주치의라는 든든한 닻이 있다. 그 닻을 내리고 고장난 배의 수리를 맡길 수 있는 나는 행복하다. 주치의는 여기저기 수리가 필요한 배를 섣불리 건드리지 않고 언제나 신중히 보살핀다. 다른 배에 뒤지지 않는 기능을 발휘할 수 있도록 세심한 주의를 기울인다. 그렇게 나는 믿는다.

《암에 걸렸어도 나는 건강하다》중에서

암이라는 큰 병에 걸리자 머릿속에 암이라는 글자가 깊이 새겨졌다. 하루 종일 암이라는 글자에 지배당하면서 살았다. 그건 어리석은 짓이었다. 그런 끔찍한 상태에서 벗어나려면 관심사를 바꾸어야 한다. 병이나 치료에 대한 생각을 내려놓고 무언가 다른 일에 집중하는 것이다. 나는 퇴원 후 글쓰기, 강연, 낭독 콘서트 등에 집중하면서 비록 병든 몸이지만 힘차게 살아갈 수 있었다.

《암과 함께 천천히》중에서

암세포가 전신에 퍼진 뒤에도 4년간이나 긍정적인 자세로 왕성한 사회 활동을 펼칠 수 있었던 원동력은 무엇일까? 물론 호르몬 약제와 항암제 타키솔의 효력도 크게 작용했다. 그러나 무엇보다도 '자기표현'을 할 수 있었기 때문일 것이다. 에몬은 강연회나 낭독 콘서트에서 많은 사람에게 용기를 북돋워 주는 동시에 본인도 힘을 얻었다.

남편 켄이치로는 이렇게 말했다.

"죽음에 대한 불안이 없지 않았을 텐데도 좀처럼 흔들리지 않았습니다. 그렇게 아픈 몸이었지만 언제나 품위를 잃지 않았습니다."

2006년 3월 30일《아사히신문》에 실린 〈에몬 유코의 일기─암과 천천히〉 말미에는 연재가 '계속'된다고 적혀 있었지만 그날 연재한 글이 마지막이 되었다. 나흘 뒤 4월 3일 저녁, 에몬은 집에서 목욕을 마치고 지압을 받다가 갑자기 숨이 막혔다. 곧바로 구급차를 불러 성루카 병원으로 향했다. 병원에 도착했을 때는 비교적 정신이 또렷했지만 서서히 의식을 잃어갔다. 오후 10시 43분 나카무라 의사가 "돌아가셨습니다" 하고 임종을 알렸다. 49세였다. 에몬은 투병기 속에 이런 문장을 남겼다.

이제는 제대로 살다 제대로 죽을 수 있다.

오른팔에는
수액 주사바늘을 꽂지 않았다

'사람의 일생은 고작 수첩 50권 분량'이라고 칼럼니스트 야마모토 나쓰히코山本夏彦는 잘라 말했다. 평생에 걸쳐 날마다 수첩에 간결한 일지를 남긴 야마모토는 2002년 1월 24일 도쿄 마에다前田외과병원에서 위암 진단을 받았고, 2주쯤 뒤 2월 6일 수술, 그리고 9개월 뒤 10월 23일 세상을 떠났다. 단시간에 질풍노도처럼 들이닥친 죽음이었다. 향년 87세였다.

그의 병상 생활과 만년의 나날은 야마모토의 장남으로, 신초샤에서 발행하는 시사주간지 《포커스FOCUS》의 편집장이었던 야마모토 이고의 저서 《아버지의 그림자, 수첩 50권》에 애틋하게 그려져 있다.

야마모토 나쓰히코는 출판사 '고사쿠샤工作社'의 창업자로, 자회사에서 펴내는 인테리어 전문지 《시쓰나이室內》의 편집인 겸 발행인이기도 했다.

본래 집에서도 회사에서도 매사에 거침이 없는 독불장군 야마모토는 소화가 되지 않고 식욕도 없는 날이 며칠간 이어지자 가족에게조차 전혀 알리지 않고 혼자 병원에 갔다. 그는 그날로 위암 진단을 받았고, 의사의 권유대로 그 자리에서 수술 동의서에 서명을 했다.

80대 후반의 고령인 아버지가 수술을 감당할 수 있을지 걱정스러웠던 장남 야마모토 이고는 절친한 의사 친구의 소견을 구했다. 의사 친구는 "내가 환자라면 절대 수술을 받지 않고, 내가 주치의라면 절대 수술하지 않는다" 하고 딱 잘라 말했다. 그 말을 그대로 전했으나 "잘라 내면 낫는다고 의사가 분명히 말했다"며 야마모토 나쓰히코는 조금도 물러서지 않았다.

결국 개복 수술을 했다. 배를 열자 암은 식도와 임파절까지 전이된 상태였다. 거의 위장 전체를 적출하고 식도도 6~7센티미터나 잘라 냈다. 임파절은 손대지 않았다. 혈관 기능을 해칠 위험성이 컸기 때문이다.

병원에서 퇴원한 야마모토는 힘을 기르려고 날마다 산책을 했다. 약한 모습으로 비치는 것이 싫어 지팡이는 짚지 않았다. 삶에 대한 집착도 대단했지만 기력도 대단했다고 한다.

여름이 지나갈 무렵부터 욕지기가 그치지 않아 회사에 나가지 못하고 집에서《시쓰나이》의 편집 일을 보며 연재 중인 칼럼도 계속 썼다. 10월 1일 장남 이고가 호스피스 얘기를 꺼내자 뜻밖에도 "그래" 하고 순순히 응했다. 이튿날 곧바로 성 루카 국제병원 호스피스 병동에 입원했다.

　호스피스에 들어와서도 쉬지 않고 글을 썼다. 간혹 출판사 직원들을 불러 편집회의도 열었다.《시쓰나이》편집부 직원이었던 스즈키가 "펜이 무거워 보일 정도로 기운이 없으셨지만 그래도 집필을 멈추지 않았습니다" 하고 말했다. 그는 펜을 잡는 오른팔에는 절대 수액주사 바늘을 꼽지 않았다. 10월 12일《주간 신초》에 연재 중인 〈나쓰히코의 사진 칼럼〉에 실을 원고를 인편으로 보냈다. 병상에서 필사적으로 쓴 칼럼 〈저 화려한 도시로 돌아가면〉이 마지막이 되었다. 그 원고를 쓸 때 장남 이고가 "이제는 좀 쉬는 게 어떠세요. 담당자에게 이번 주는 쉰다고 전할까요?" 하고 권하자 야마모토는 눈을 부릅뜨고 벌컥 화를 냈다.

　"무슨 소리를 하는 거야. 이렇게 글을 쓸 수 있으니 사는 거야. 안 그랬으면 벌써 죽었을 게다. 글을 쓰지 못하면 산송장이지."

　이틀 뒤 10월 14일 야마모토는 난데없이 이고에게 '고사쿠샤 출판사'를 잘 꾸려 가라는 등 유언 비슷한 당부를 했다. 세상을 떠나기 9일 전이었다.

　"이제는 틀린 것 같다. 내 몸은 내가 잘 알지……."

　야마모토는 50권의 수첩을 남겼는데, 그 속에 아버지의 일생이 고스란히 담겨 있었다고 이고는 저서《아버지의 그림자, 수첩 50권》에서 밝혔다.

　이고는 "내가 어른이 된 뒤로 아버지와 밖에서 밥을 먹은 기억은 두 번밖에 없다"고 한다. 그만큼 아버지는 엄하고 불편한 존재였지만 '아버지가 남긴 그림자'인 50권의 수첩을 한 장 한 장 열어 보면서 마음이 푸근해졌다고 한다. 비로소 아버지의 진정한 모습을 차근차근 살펴볼 수 있었고, 아버지의 열정도 이해할 수 있었다. 역시 피는 물보다 진하다는 것을 깨달았다고 한다.

죽음은 신비한 힘을 갖고 있다. 죽음으로 인해 아버지와 아들 사이에 켜켜이 쌓여 있던 껄끄러운 감정은 일순간에 사라졌다. 죽음은 아버지와 아들 사이에 가로막혀 있던 장벽을 단숨에 무너뜨렸다.

숲으로 돌아가다

국제정치학자로 교토대학교 교수였던 고사카 마사타카高坂正堯도 암 진단을 받고 사망에 이르기까지의 기간이 불과 3개월에 지나지 않았다. '한신阪神 대지진'과 '옴진리교 지하철 독가스 살포 사건'이 일어나고 1년 뒤인 1996년 봄, 62세로 세상을 떠났다.

2월에 몸 상태가 좋지 않아 교토대학교 의학부 부속병원에서 검진을 했는데 감암 확진 판정을 받았다. 고사카는 시즈오카문화예술대학교의 총장 취임을 앞두고 있었다. 교수진 확보 등으로 경황이 없었기에 입원 날짜를 최대한 미루다가 암 진단을 받은 날로부터 한 달쯤 지나서야 개복 수술을 받았다. 배를 열자 암의 원발 부위는 대장이었고 이미 수술 시기를 놓쳐 암세포는 임파절, 간 등 대부분의 장기로 넓게 퍼진 상태였다.

수술 후 회복실에서 눈을 뜬 고사카는 의외로 시간이 별로 경과하지 않았기 때문에 수술이 원만히 이루어지지 않았다는 걸 직감적으로 알아차렸다. 어떤 장기에도 메스를 대지 않은 까닭에 수술 직후에는 비교적 건강했다.

동생인 이토추 상사 전 사장 고사카 세쓰조에 따르면 큰형 마사타카는 암 진단을 받고 "전혀 아픈 데도 없는데 어째서 암이지?", "이렇게 죽는다는 것이 너무 이상하다"며 자신이 암에 걸린 현실을 그대로 받아들이지 못했다고 한다. '죽음 연구가'로 유명한 심리학자 엘리자베스 퀴블러 로스가 설정한 '죽음으로 가는 5단계 과정'의 1단계 '부정'과 2단계 '분노'의 감정이 뒤섞인 상태였다. 고사카는 그 후 3단계 '거래' 4단계 '우울' 5단계 '수용'을 단시간에 차례차례로 거쳤다고 한다.

4월이 되어 고사카는 죽음을 받아들이는 자세로 유서를 썼다. 4월 6일에는 아들네 식구, 딸네 식구에다 동생네 식구까지 다 함께 모여 벚꽃이 만개한 교토 가모 강변으로 꽃구경을 갔다.

고사카는 승용차 안에서 차창 밖으로 스쳐 지나가는 풍경을 유심히 바라보았다. 죽음을 앞둔 사람의 눈에는 세상의 모든 것이 휘황찬란하게 비친다고 한다. 길바닥에 아무렇게나 돋아난 잡초에서도 생명의 위대함을 느낀다고 하는데, 그때 가족 나들이에 나선 큰형의 모습이 바로 그랬다고 세쓰조는 회상한다.

황금연휴 기간인 5월 3일 퇴원해 교토 다카노가와의 집에 돌아온 고사카는 서재가 있는 2층으로 올라가려고 했다. 그러나 두세 걸음 발을 옮겼을 뿐 더 이상 움직이지 못했다. 온 가족이 고사카를 얼싸 안고 2층 서재로 올라갔다. 그날 이후로 고사카는 다시는 서재에서 내려오지 못한 채 5월 15일 밤에 눈을 감았다.

암 진단을 받은 직후인 2월에 쓴 수필 〈나의 아름다운 숲〉에서 고사카는 어린 시절의 추억을 더듬는다. 최근까지도 자주 산책을 나갔던 시모가모 신사 근처에 위치한 '다다스 숲'에 대한 그리움이 담긴 글로서 해마다 5월 15일에 열리는 교토의 아오이 축제 기념 책자에 실렸다.

요즘은 손자나 아내와 함께 산책을 나갈 때가 많다. 이제는 밖에서 사람들과 잘 어울리지도 않고, 마음을 쏟을 만한 소일거리도 없다. 그러나 무위에서 오는 평온함을 통해 고요한 기쁨을 맛본다. 나는 다다스의 숲 속을 거닐며 지금까지 반세기가 넘도록 어딘가에서 나를 지켜 준 신에게 감사의 마음을 바친다. 물론 이 아름다운 숲도 언제나 나를 지켜 줬다.

4월 초순 가족들과 꽃구경을 다녀온 사흘 뒤 《요미우리신문》 오사카판에 기고한 칼럼에서는 교토 가모 강의 상류 쪽 산책로에서 기타야마 산봉우리를 바라보며 걷는 맛이 얼마나 근사한지를 소개하며 이렇게 끝을 맺는다.

가모 강가에서 가족들과 둘러앉아 간소한 도시락을 펼쳐 놓고 천천히 시간을 보낸다. 이보다 더 값진 시간은 없을 것이다.

고사카는 "번잡한 도시에 살지만 그래도 조용히 죽고 싶다"고 누누이 말했다. 또한 "어수선하지 않은 죽음을 원한다. 깨끗이 떠나고 싶다"며 무사도 정신도 내비쳤다. 그는 그런 생사관 그대로 조용하고 깨끗한 죽음을 맞이했다. 아오이 축제가 열리는 5월 15일 밤에 눈을 감았다.

'지상에서 영원으로'

학자나 작가처럼 연구·조사를 하거나 글을 쓰는 일, 즉 자기표현을 업으로 삼은 이들은 암을 통보받았을 때 대체로 담담히 받아들였다. 사태를 냉정하게 직시하며 마지막 순간까지도 '쓰는' 일을 멈추지 않은 사람이 많다. 학자나 작가는 '쓰는' 행위 자체로 자신의 정체성을 확인한다. 그러므로 '쓰는' 일은 존재 확인의 징표인 동시에 몸과 정신에 깃든 생명의 힘을 이끌어 내는 기폭제다.

문화인류학자인 교토대학교 명예교수 요네야마 도시나오米山俊直가 위암 진단을 받은 건 2004년 여름, 73세 때였다. 의사는 진단 결과를 먼저 아내 도시코에게만 전했으나 그 자리에서 도시코는 "남편을 속이는 짓은 할 수 없으니 본인에게도 모든 사실을 알려 주십시오"

하고 말했다. 그래서 의사는 검사 자료를 제대로 갖추고 요네야마에게도 병세를 모두 밝혔다. 수술을 하더라도 이미 때를 놓쳤기 때문에 회복이 어려울 수 있다고 숨김없이 말했다. 요네야마는 표정 한 번 바뀌지 않고 의사의 설명을 들었다. 집에 돌아온 요네야마는 진료 일정상 취소할 수밖에 없는 약속이나 업무의 관계자에게 일일이 전화를 걸어 간단명료하게 말했다.

"조만간 암 수술을 받는데, 여명이 6개월쯤 된다고 하는군요. 죄송하지만 이번 일은 어렵게 됐습니다. 앞으로도 잘 부탁합니다."

가을에 위 적출 수술을 받았지만 이듬해 2005년에는 건강하게 계속 사회 활동을 했다. 그러다 그해 연말 갑자기 식욕이 떨어지면서 몸 상태도 점차 나빠지기 시작했다. 진료 후 의사는 무겁게 말했다.

"앞으로 3개월쯤 남았습니다. 이번에 입원하면 그것이 마지막일 겁니다."

그래서 요네야마는 입원하지 않고 집에 있기로 했다. 아내 도시코에게 병에 대한 얘기는 한 번도 꺼내지 않았다. 도시코에 따르면 자신뿐만 아니라 주위 사람들에게도 결코 약한 모습을 보이지 않았고, 힘들다는 말도 꺼내지 않았다고 한다. 어떤 상황에서도 평정심을 잃지 않고 집에서 조용히 보냈다.

암에 걸린 후 2년쯤 지난 2006년 2월 5일 그는 나라여자대학교에서 열리는 강연회에 가기 위해 집을 나서면서 아내 도시코에게 "이것이 마지막 강연이겠지?" 하고 말했는데, 그렇다고 별달리 감상적인 표정을 짓지는 않았다고 한다.

요네야마가 타계한 뒤 도시코는 남편의 수첩을 처음 펼쳐 보았다. 대개 약속 장소나 만날 사람의 이름만 간결하게 적었는데 유독 2월 5일 메모장에는 볼펜으로 급히 작성한 듯한 짤막한 문장이 적혀 있었다.

영원 속으로 들어가는 것이 죽음이다.

그 무렵 요네야마는 미국 캘리포니아대학교 교수로 있는 외동딸 리사에게 이런 글을 적어 이메일로 보냈다.

〈From Here to Eternity〉를 일본어로 〈지상에서 영원으로〉이라고 번역한 영화 제목이 있는데, 바로 죽음이 그런 것 같다.

강연 후 급속도로 병세가 악화돼 2월 10일 입원했다. 병원에 들고 간 물품은 몇 권의 책과 모차르트의 〈아이네 클라이네 나흐트무지크〉 CD 한 장뿐이었다. 병실에서 도시코가 "힘들지 않아요?" 하고 물으면 "괜찮아" 하고 말했고 "혹시 어디 아픈 데는 없어요?" 하고 물어도 "괜찮아" 하고 말했다. 요네야마는 입버릇처럼 언제나 '괜찮다'고 말했다.

3월 7일 외동딸 리사가 귀국해 병상에 누운 아버지에게 말을 걸었지만 깊은 잠에 빠져 아무 대답도 하지 못했다. 간간이 혼잣말로 "괜찮아, 괜찮아"하고 중얼거렸다. 이틀 후 요네야마는 혼수상태에서 숨을 거뒀다. 75세였다.

쓸쓸한 빈터에 핀 들국화

전후 일본 사상계에 큰 영향을 끼친 사르트르와 카뮈의 실존주의를 소개한 프랑스 현대철학의 권위자 야나이하라 이사쿠矢內原伊作(당시 호세이대학교 명예교수)는 암 진단을 받은 뒤 불과 넉 달쯤 투병 생활을 하다가 세상을 떠났다.

별세하기 6일 전에야 비로소 자신이 암에 걸렸다는 사실을 알게 된 야나이하라는 언제나 차분한 자세를 흐트러뜨리지 않았다.

1989년 3월 대학에서 퇴임한 야나이하라는 준텐도대학병원에서 건강검진을 받았다. 며칠간 위의 통증이 심했기 때문이다. 정밀 검사 결과, 이미 상당히 진행된 위암으로 판명됐다.

의사는 야나이하라 본인에게는 위궤양이라고 말했지만 아내 스키코에게는 위암이라고 사실대로 밝혔다. 수술이 가능한지 어떤지는 도쿄 도라노몬병원의 전문의와 상의하라고 권했다. 도라노몬병원 담당의사의 정밀 검사 결과는 아주 비관적이었다. 역시 본인에게는 알리지 않았다. 아내 스키코에게 더 이상 손쓸 수 없을 만큼 암이 퍼져 수술이 어렵다고 밝혔다. 의사는 얼마 남지 않은 시간을 집에서 가족들과 함께 보내기를 권했다. 1980년대만 해도 아직 환자 본인에게는 암을 밝히지 않는 의사가 많았다.

이후 5월과 6월을 가마쿠라 집에서 보냈는데 점점 통증이 심해지고 다리까지 퉁퉁 부어올라 더는 견디지 못하고 6월 말 가마쿠라 시내의 병원에 입원했고, 7월 도라노몬병원에 재입원했다. 이미 글을 쓸 수 없을 정도로 상당히 기력을 잃은 상태였지만 그래도 가끔씩 그림을 그렸다. 스키코가 앞마당에서 따와 꽃병에 꽂아 놓은 화초를 스케치북에 그렸다. 들판을 지나가는 바람처럼 상큼한 기운이 번지는 그림이었다. 그때 그린 그림들을 모아 9월에 도쿄에서 전람회를 열기로 계획했다.

8월 초 스키코는 혹시라도 여한이 없기를 바라는 마음에서 남편에게 "지금 무언가 하고 싶은 것은 없나요?" 하고 물었다. 야나이하라는 마음속에 품고 있었던 소망을 말했다.

"자코메티에 대한 연구를 하고 싶어. 그리고 야나이하라 다다오평전도 완성하고, 내 자서전도 쓰고 싶어."

야나이하라는 극단적으로 인물을 가늘게 표현한 조각 작품으로 유명한 현대 프랑스 조각가 자코메티와 절친한 사이였다. 프랑스 유학 시절 약 200일간 자코메티 작품의 모델이 되기도 했다.

타계한 아버지 야나이하라 다다오는 경제학자로 1950년대에 도쿄대학교 총장으로 지냈고, 무교회주의 기독교인이었다. 야나이하라 역시 아버지의 영향을 받아 평생을 독실한 기독교인으로 살았다.

8월 10일 야나이하라는 주치의에게 앞으로의 계획을 밝히며 "시간적으로 가능할까요?" 하고 물었다. 의사는 야나이하라의 사회적 위치를 감안해 혹시라도 혼돈이 생기지 않도록 결국 본인에게도 '진행성 암'에 걸렸다는 사실을 밝혔다. 의사의 설명이 끝나자 야나이하라는 큰 웃음을 터뜨렸다.

"아아 그랬군요. 하하하하하……."

스키코는 그 웃음에 대해 이렇게 해석했다.

"남편은 제 앞에서 낙담하거나 동요하는 모습을 보인 적이 없어요. 언제나 느긋하고 태연한 사람이었죠. 무슨 어려운 일이라도 생기면 '나는 체념에 익숙한 인간이야' 하고 웃어넘겼습니다. 의사로부터 암에 걸렸다는 말을 들었을 때도 충격을 받고 마음이 무너졌겠지만, 체념이라기보다 자신의 운명으로 받아들이고 그런 너털웃음을 터뜨렸다고 생각해요."

시인이자 프랑스 문학가였던 우사미 에이지(2002년 작고)는 야나이하라가 세상을 떠난 다음 날에 발표한 수필 〈마지막 나날, 전야제에서 나눈 인사〉에 이렇게 썼다.

그가 암 통보를 받은 이튿날 나는 병원에 찾아갔다. 그는 의사로부터 암에 걸렸다는 이야기를 듣고 나서 갑자기 창작욕이 솟구쳤다고 한다. 나는 "창작욕?" 하고 짐짓 무심한 말투로 물었다. 침상에 누워 물끄러미 허공을 바라보며 "그래, '느긋한 환자'라는 제목으로 무언가 쓰고 싶군" 하고 말했다.

8월 16일 새벽녘, 스키코는 남편의 통증이 심한 복부의 간 부위를 손으로 쓰다듬다가 깜빡 잠이 들었는데 "이젠 틀렸어" 하는 남편의 목소리에 퍼뜩 눈을 뜨자 간호사들이 야나이하라에게 산소 흡입 장치를 연결하는 등 응급조치를 하고 있었다. 그런 와중에 야나이하라는 조용히 숨을 거뒀다. 아무 괴로움도 찾아볼 수 없는 평온한 표정이었다. 71세였다.

야나이하라는 아버지 야나이하라 다다오가 전후 폐허로 변한 후지산 야마나카 호반의 산장에서 지은 〈호반의 가을〉이라는 시를 좋아했다. 호수를 에워싸고 있던 울창한 숲이 무자비한 벌목으로 인해 황무지로 변했지만, 그래도 그런 황량한 빈터에서 들국화가 피어나고 있는 정경을 노래한 시였다.

한 치 앞을 모르는 돌고 도는 인생
언제나 실패와 과오와 회한뿐
그러나 세월이 지나 돌아보면
신의 축복으로 우리들 상처에선 풀 향기가 번지고
우리가 잃어버린 빈자리에선 들꽃이 피어나네
그 아름다움을 어찌 솔로몬의 옷에 비기겠느냐.

야나이하라는 아버지가 지은 이 시를 항상 마음속에 담아 두고 암송했다고 한다. 이처럼 그윽한 심성으로 살아왔기에 인생의 마지막 길에서도 흔들리지 않고 고요히 머물다 떠날 수 있었는지 모른다. 나도 어느덧 71세, 야나이하라의 자취를 더듬다 만난 이 시가 마음속 깊이 스며든다.

8장

표현자들의 방식

"병실 침대에 책상을 붙여 놓고"
노마 히로시 (1915-1991 소설가, 평론가, 시인)

"지금껏 열심히 살았다"
우에노 에이신 (1923-1987 기록문학작가)

"죽기 전에 완성하고 싶은 기록"
고쿠분 이치타로 (1911-1985 교육자, 아동문학가)

"죽음에 쫓기듯 일에 파묻혀"
구로다 기요시 (1931-2000 신문기자, 저널리스트)

"당신만 있으면 돼"
구사카 유이치 (1947-2006 방송국 프로듀서)

"암에 걸릴 운명이라고 말하곤 했다"
고미 야스스케 (1921-1980 소설가)

"우리 서로 마지막까지 힘차게 살자"
이시이 마키 (1936-2003 작곡가, 지휘자)

"순간 의사의 표정이 변했다"
아오키 아메히코 (1932-1991 칼럼니스트, 평론가)

"이런 병에 걸려서 미안해"
조 다쓰야 (1931-1995 배우, 성우)

병상에서도 쓴다

이런저런 방식으로 표현활동을 하는 이들 중에서 글쓰기로 자기표현을 하는 소설가나 평론가의 '삶과 죽음'은 앞서 어느 정도 소개했다. 그런데도 그쪽 분야의 사람들, 한평생 자기표현을 업으로 삼은 '표현자'들의 최후를 좀 더 소개하고 싶은 것은 아무래도 나 자신이 문자·활자문화의 세계에서 일하고 있기 때문일 것이다.

이제는 나쓰메 소세키나 모리 오가이 같은 거장의 작품도 중·고등학교 교과서에 실리지 않는 시대가 되었다. 전쟁이 끝나고 70여 년의 세월이 흐른 지금, 대부분의 젊은이는 동시대의 작가나 작품에만 익숙할 뿐, 전쟁 이전의 작가나 작품에는 흥미가 없다. 심지어 종전 직후 명성을 날리던 작가들, 이른바 전후파 작가라 불린 하니야 유타카, 히라노 겐, 노마 히로시野間宏, 우메자키 하루오, 시이나 린조, 다케다 다이준 등의 작품조차도 일본 청년들의 시야에는 거의 들어오지 않는다. 급격한 시대 변화를 실감할 수 있다.

이들 작가 가운데 1976년 위암으로 타계한 다케다 타이준 그리고 1978년 식도암으로 타계한 히라노 겐의 만년은 이미 출간된 전작 《암 50인의 용기》에 소개했기에 여기서는 전후파 작가 노마 히로시에 대해 살펴보겠다.

내가 고등학교에서 대학교까지 청춘시대를 보낸 시기는 1950년대, 사회 곳곳에 패전의 그림자가 짙게 드리운 어수선한 시대였다.

전쟁이나 군대의 부조리 및 정치의 어두운 부분, 인간의 추악한 부분을 파헤치는 소설이 쏟아져 나왔고 당연히 젊은이들도 그런 작품을 읽었다.

개인적으로 가장 충격을 받은 작품은 오오카 쇼헤이의 《포로기》, 《들불》 그리고 노마 히로시의 《진공지대》였다. 특히 원작 《진공지대》로 만든 영화는 강렬했다. 훗날 나 자신도 논픽션 분야에서 글 쓰는 일을 하면서 오오카 쇼헤이가 혼신을 쏟은 걸작 《레이테 전기戰記》 그리고 노마 히로시의 대작 《사야마 재판》을 읽고 또다시 강한 자극을 받았다. 두 작품 모두 논픽션이었기 때문이다.

오오카는 1988년 79세에 뇌경색으로, 노마는 1991년 75세에 식도암으로 타계했다. 두 작가의 문학관이나 사상은 서로 달랐지만 정의를 추구하는 투철한 정신은 똑같았다. 부패한 국가권력과 비열한 군

대조직, 그런 사회악에 정면으로 맞서면서 그 투쟁과정을 생생한 기록으로 남겼다. 전후 일본 문학의 흐름 속에서 특이한 위치를 차지하는 논픽션 작품의 걸작이다.

노마가 식도암 진단을 받은 건 1990년 5월. 노마와 각별한 우정을 나눈 문예·미술평론가 하리우 이치로가 노마를 그리며 쓴 추도집 〈노마 히로시 투병·임종의 기록〉(《신일본문학》 1991년 봄 호)을 살펴보겠다.

그 무렵 노마는 또다시 전쟁 체험을 담은 장편소설을 구상하고 있었다. '남십자성 아래서'라는 제목까지 정해 놓은 상태였다. 작품 취재를 위해 지난날 자신이 참전했던 필리핀의 전쟁터를 둘러보고 돌아온 노마는 몸 상태가 예전과 달랐다. 유난히 기침이 심해진 데다 음식물이 자꾸 가슴에 걸리는 느낌이 들었다.

도쿄 지케이의과대학병원에서 진찰을 받았다. 그날 의사의 권유에 따라 곧바로 입원해 방사선 치료를 시작했다.

하리우가 문병을 왔을 때 노마는 "폐렴이 도지는 바람에 식도에도 종양이 생겼다는군. 딱딱한 음식은 목구멍에 걸려서 삼키지도 못해" 하고 얘기했는데, 그 종양이 바로 암 덩어리라는 것을 노마는 전혀 알아차리지 못하고 있었다.

당시 월간지 《세카이世界》에 〈사야마 재판〉을, 문예지 《가이엔》에 에세이를 연재하고 있었기 때문에 노마는 아내 아리코에게 집필에 필요한 자료를 집에서 갖고 오라고 일렀다. 부부의 대화를 옆에서 들고 있던 하리우가 "당분간 좀 쉬시죠. 입원 중이니 잠시 붓을 놓아도 잡지사에서 이해할 겁니다" 하며 노마의 건강을 염려했다.

"아니야. 한 번이라도 연재를 빠뜨리면 무능한 인간으로 볼 거야. 병실 침대에 책상을 붙여 놓고라도 계속 써야지."

노마는 무슨 일이 있어도 결코 붓을 놓지 않겠다고 단호히 말했다. 실제로 병상에서도 계속 원고를 썼고, 아리코는 그때그때 필요한 자료를 집에서 가지고 왔다. 병실에는 책이 산더미처럼 쌓여 갔다.

맏형의 두 손을
움켜잡고

아리코는 남편에게 병명을 사실대로 털어놓고 싶었다. 그것이 마땅한 도리 같았다. 혼자는 결론을 내지 못하고 자녀들과 상의했는데, 이미 수술도 치료도 불가능한 상태였으므로 당분간 본인에게는 알리지 않기로 결정했다.

노마의 병세는 점점 깊어져 식도에서 시작된 암은 폐, 위, 장에까지 퍼졌다. 의사는 아리코를 따로 불러 "올해를 넘기기 힘들겠습니다" 하고 말했다. 그렇게 급속도로 퍼진 진행성 암이었으나 다행히 방사선 치료로 식도암만큼은 어느 정도 치유가 되어 8월 중순, 3개월 만에 퇴원해 9월 말까지 호다카 별장에서 지냈다.

9월 말 도쿄로 돌아온 노마는 찻집에 다닐 정도로 기력을 되찾았으나 암세포는 10월 말부터 또다시 퍼지기 시작했다. 의사는 재입원을 권했지만 노마는 집이 아닌 장소에선 글을 쓰지 못했기 때문에 도쿄 고이시가와 집에서 신바시에 위치한 지케이대학병원까지 일주일에 서너 번씩 찾아가 방사선 치료를 받았다.

어느 날 노마는 아들에게 서점에서 식도암, 내시경 관련 서적을 사다 달라고 부탁했다. 어렴풋이 암에 걸렸다는 느낌이 들었기 때문이다. 아들은 식도암 관련 서적은 일부러 사 오지 않았다. "식도암 책은 구하기 힘들다"고 얼버무리며 내시경 책자만 전달했다. 내시경 책을 살펴본 노마는 "그래, 이건 암이다" 하고 탄식했다. 아리코는 남편에게 식도암이라고 곧이곧대로 밝히면 너무 무겁게 받아들일 것 같아 위암이라고 둘러댔다. 대체로 위암은 식도암보다 덜 심각하게 받아들이기 때문이다.

12월 초순 노마는 병실에 들른 하리오에게 "방사선 치료로 많이 좋아졌다"며 "나이가 들면 암 진행 속도도 더디고, 이젠 현대 의학이 발달해 암도 너끈히 고칠 수 있다니 앞으로 5년은 더 살고 싶다"고 말했다. 거기에다 "내년 5월에는 미국에 가 볼 예정"이라고 덧붙였다. 확실히 기운을 되찾았고, 두뇌에도 아무 이상이 없었다.

암 발병 이후에도 월간지 두 군데에 싣는 고정 연재를 한 번도 거르지 않고 구술필기로 이어 가고 있었다. 12월 13일에는 도쿄 오차노미즈의 야마노우에 호텔에서 열린 현대중국미술관 건립 발기인 모임에 부부동반으로 참석해 인사말도 했다.

12월 26일 노마의 집필 업무는 물론 각종 개인적인 잡무까지도 돌보는 골동품 감정사 후지야마 준이치가 노마의 긴급 호출을 받았다. 서둘러 달려가자 노마는 거실 의자에 앉아 있었다. 노마네 집은 서재뿐만 아니라 거실에도 책이 산더미처럼 가득 쌓여 있었다. 병색이 완연한 노마는 힘겨운 목소리로 "마루에 앉고 싶다"고 말했다. 후지사와가 의자에 앉아 있던 노마의 몸을 부둥켜안아 마루에 내려앉히자 갑자기 책 더미 속에 얼굴을 파묻고 소리쳤다.

"아아, 기운이 없어. 이젠 끝났어."

이틀 뒤 12월 28일 더 이상 가족들이 집에서 돌보기 힘들 만큼 쇠약해졌기 때문에 구급차를 불러 병원으로 옮겼다. 이번 입원에선 인공호흡기도 달았다. 희미한 의식 속에서도 노마는 콧구멍에 연결된 인공호흡기의 튜브를 자꾸 뽑아내려고 하여 손을 놀리지 못하도록 특수 장갑을 끼울 수밖에 없었다.

하리우 등 여러 지인이 잇따라 병실에 찾아왔다. 오사카에서 황급히 달려온 노마의 큰형이 큰소리로 "히로시, 아직 죽으면 안 돼!" 하고 외치자 고개를 두어 번 끄덕이며 큰형의 두 손을 움켜잡고 무언의 응답을 했다.

하리우는 노마의 의식이 아직 또렷하다는 것을 알고 이렇게 말했다.

"세 가지 약속을 잊지 않겠습니다. 현대중국미술관 설립, 현대중국문학전집 간행 그리고 호다카에 문학비를 세우는 일을 꼭 지키겠습니다."

옆에 있던 후지야마가 말했다.

"노마 씨가 하리우 씨에게 당부하고 싶은 건 일본 현대 문학 전체에 관한 문제일 것입니다."

그러자 하리우는 노마를 바라보며 덧붙였다.

"신일본 문학회나 일본 AA(아시아·아프리카)작가회의에 노마 선생의 생각을 적극 반영하겠습니다."

노마는 힘없이 고개를 끄덕였다.

오후 10시 38분 노마의 심장은 조용히 멈췄다.

노마는 3년 전에 타계한 소설가 오오카 쇼헤이의 장례식이 매우 인상적이었다고 평소에 자주 이야기했다. 공식적인 부고는 하지 않고, 아주 가까운 사람들만 모여 고인을 떠나보낸 밀장密葬이었다. 가족들은 노마의 뜻을 헤아려 공개적인 장례식과 고별식은 일체 하지 않았다.

하리우는 노마를 회상하며 이렇게 말했다.

"만년에는 소설뿐만 아니라 환경 문제 등에도 관심을 갖고 사회 활동을 했습니다. 노마 선생은 '환경 문제는 이론이 아닌 행동으로 실천해야 한다. 나이도 이만큼 먹었으니 할 말은 하고 살아야지. 찾아보면 할 일이 너무나 많아. 시간이 아무리 많아도 부족할 거야' 하고 말한 적도 있는데, 아무래도 75년의 생애는 너무 짧았다는 생각이 듭니다. 어쨌든 마지막 순간까지 열심히 살았고 또 열심히 글을 썼습니다."

기백과 신념의 증거

"사람은 죽는 모습이 곧 살아온 모습이다."

일찍이 암 환자의 재가 호스피스 완화 의료, 마음의 보살핌에 선구적으로 앞장섰던 고베 시의 개업의 고故 가와노 히로미 의사의 어록이다.

그가 지금까지 만났던 각계각층의 말기 환자들이 인생의 마지막 시간을 보내는 자세, 말년에 남긴 이야기, 죽음을 맞이하는 방식 등을 지켜보고 내린 결론이다. 죽음을 앞둔 사람은 저마다 고유의 방식으로 마지막을 보낸다. 그동안 살아온 인생의 연장선상에서 스스로 독자적인 죽음을 만들어 간다. 결국 살아온 방식대로 살아가는 것이다. 제각기 미묘하게 다른 그 죽음을 받아들이는 방식은 한 사람 한 사람의 개성 그 자체다. 죽음으로 건너가는 마지막 길에 자신의 고유한 개성이 새겨지는 것이다.

후쿠오카 현의 지쿠호 탄광촌 광부들의 빈곤 실태를 추적한 기록 문학작가 우에노 에이신上野英信. 1987년 1월 21일 식도암으로 타계. 64세.

스스로 광부로 일한 경험을 바탕으로 1960년 《쫓겨 온 광부들》(이와나미 신서)을 발표해 크게 주목받은 우에노는 1964년 후쿠오카 현 구라테초 광산촌에 특별한 집을 지었다. 광부 합숙소로 쓰던 폐가를 사들여 자택 겸 마을회관으로 개축한 뒤 그 집을 '지쿠호 문고筑豊文

庫'라고 이름 붙여 탄광 노동자들에게 개방한 것이다. 사망자 458명을 기록한 미쓰이 미이케 탄광 폭발사고가 벌어진 이듬해였다. 그로부터 22년이 지난 1986년 12월, 4년간 온 힘을 쏟은 대작《사진 실록 · 지쿠호》전 10권의 완결을 앞두고 있던 우에노는 건강에 이상 징후를 느꼈다. 음식물을 삼키지 못할 정도로 목구멍에 통증이 심했지만, 오로지 집필에 매달리며 병원에는 찾아갈 생각조차 하지 않았다. 본디 의사를 아주 싫어했다.

한 지역에 살며 친분을 나눈 의사 야마모토 고지는 '우에노 에이신 추도문집 간행위원회'에서 펴낸《추도 우에노 에이신》에 기고한 수필《건생건사建生建死 우에노 선생》속에서 '무턱대고 치료를 강요할 수 없었다. 자력갱생을 원하는 그의 강인한 뜻을 무시할 수 없었기 때문이다. 병과 어떻게 싸우느냐는 결국 환자 본인의 선택에 맡기는 수밖에 없다'라고 썼다.

그러나 두 달 동안이나 미음이나 죽밖에 먹을 수 없는 생활이 이어지면서 급격히 체력이 떨어져 그냥 가만히 앉아 있기도 힘들었다. 1987년 2월 규슈대학부속병원에서 진단 결과, 식도암 판정을 받았다. 진행성 암으로서 이미 수술 시기를 놓친 상태였으나 일단 병원에 입원해 방사선 치료와 온열 요법을 받고 3개월 뒤 5월 하순에 퇴원했다. 입원 전 우에노는 외아들 우에노 아카시에게 "그렇게나 술과 담배에 찌든 생활을 했으니 병들지 않고 자연스럽게 죽기는 힘든 노릇이지" 하고 말했다고 한다.

우에노는 한때 회복하여 생기를 되찾은 적도 있었으나 퇴원하고 석 달쯤 지난 8월 하순, 이번에는 집에서 가까운 구라테초리쓰鞍手町立병원에 재입원했다. 그러나 암은 뇌로 전이돼 운동장애, 의식장애, 편두통 등 온갖 후유증이 나타났다. 앞에 소개한 야마모토 고지 의사의 수필 속에 이런 대목이 있다.

의사 생활 25년 동안 이토록 헤모글로빈 수치가 낮은 환자는 한 번도 본 적이 없었다. 그런데도 힘들다는 내색도 하지 않고 버틴 정신력 그리고 이 지경이 될 때까지 견딘 생명력에 경탄했다.

그로부터 얼마 후 우에노는 외아들 아카시에게 조용히 말했다.

나는 언제 죽어도 상관없다. 지금껏 열심히 살았다. 큰일은 하지 못했지만 그래도 부끄러운 짓은 하지 않았다.

우에노 아카시 저《고사리의 집, 우에노 에이신과 하루코》중에서

아내 하루코의 저서《산비둘기의 기록》에 따르면 9월 11일 우에노는 병상에서 힘겹게 연필을 쥐고 작은 종이쪽지에 다섯 줄의 글을 적었다. 비록 몸은 불편했지만 기백과 신념이 넘치는 글이었다.

지쿠호筑豊여

너는 일본을 송두리째 뒤바꾸는

힘의 도가니

타오르는 불꽃이다

우에노 에이신

이것이 마지막으로 쓴 글이 되었다.

유언으로 남긴
진실한 기록

'생활글짓기 교육 운동'에 앞장섰던 아동문학가 고쿠분 이치타로國分
一太朗. 1985년 2월 12일 암성 소화관 출혈로 세상을 떠났다. 향년 73
세.

고쿠분이 처음 위암 절제 수술을 받은 건 1980년 11월. 의사도 가
족도 본인에게는 암을 밝히지 않았다.

고쿠분은 입원한 날부터 수술 4일 전까지 열흘 동안, 날마다 수첩
에서 한 장씩 뜯어낸 작은 종이쪽지에 깨알 같은 글씨로 빼곡히 글을
썼다. 만일의 상황에 대비해 아내 히사에 앞으로 보내는 글로서 일종
의 유서였다. 주택대출금 현황, 출판사 원고 진행 상황, 교우관계 등
그때그때 생각날 때마다 신변 정리에 필요한 사항을 꼼꼼히 기록했
다. 그중에는 "의사의 말을 가만히 되새겨 보면 아무래도 암에 걸린

것 같다"고 착잡한 심정을 밝힌 글도 있었다. 겉으로 드러내지 않았을 뿐, 자신이 암에 걸렸음을 알아차리고 있었다. 이렇게 하나하나 기록한 글은 아무에게도 보이지 않고 봉투에 담아 보관했다. 전혀 내색하지 않고 작성한 이 유언장 같은 글은 사후에 가족이 발견했다.

고쿠분이 죽기 전에 어떻게든 꼭 탈고하고 싶었던 책은 《초등학교 교사들의 유죄, 생활글짓기 교육 운동 사건》이라는 제목의 회상기였다. 이 작품은 1930년대 야마가타 현의 초등학교 교사였던 고쿠분을 중심으로 전국 각지의 교사들이 펼친 '생활글짓기 교육 운동'에 관한 기록이다.

1940년대로 접어들면서 이 운동에 참가한 교사들은 치안유지법 위반 혐의로 재판에 넘겨져 유죄 판결을 받았다. 그 사건의 전모를 밝히는 글에서 특히 중시한 부분은 사법부가 생활글짓기 교육을 프롤레타리아 혁명을 부채질하는 적색운동으로 날조했다는 점이다. 고쿠분은 당시 국가권력이 저지른 치졸한 사상탄압의 실태를 낱낱이 들춰냈다.

개복수술로 위의 5분의 4를 잘라 내고 퇴원한 고쿠분은 곧바로 글쓰기를 재개했다. 최우선 과제는 《초등학교 교사들의 유죄, 생활글짓기 교육 운동 사건》의 완결이었다. 이 회상기는 1984년 9월, 미스즈쇼보 출판사에서 출간되었다.

고쿠분은 회상기 속에서 자신의 어리석음과 나약함 그리고 권력 앞에 무릎을 꿇었던 비굴함 등을 솔직히 밝히며 자기비판을 한다. 그리고 후기에 이렇게 덧붙였다.

한때는 좌익 운동에도 참가했던 한 비밀경찰이 생활글짓기 운동을 공산
주의식 '생활주의 교육'이라고 터무니없이 날조한 것이다. 힘없는 전국
의 초등학교 교사들을 범죄자로 몰아세웠다. (중략) 나는 이 기록을 죽기
전에 반드시 완성해 세상에 남기고 싶다.

후세를 위해 진실을 남기고 싶다는 결의가 묻어나는 문장이다.

이 책이 출간된 1984년이 저물어 갈 무렵 고쿠분은 다시금 심한
통증을 느끼기 시작했다. 해가 바뀐 1985년 1월 1일 새해 첫날 고쿠
분은 출장지 삿포로의 화장실에서 엄청난 하혈을 했다. 급히 도쿄로
돌아와 지케이대학병원에 입원했다. 그날부터 임종을 맞이하기까지
한 달간 토혈과 하혈을 거듭하는 고통스런 나날을 보냈다.

딸 미치코와 아들 신이치에 따르면 고쿠분은 발병 초기부터 "나는
얼마 못 간다. 엄마를 잘 부탁한다"고 사회인이 된 두 자녀에게 누누
이 당부했다고 한다.

고쿠분은 특히 백목련을 좋아해 집 앞마당에도 한 그루 심었다고
한다.

북쪽으로 뻗은 나뭇가지
언제나 하얀 꽃망울을 터뜨릴까

임종 무렵 병상에서 지은 하이쿠다.

"이것이 아버지의 삶이었던 것 같아요" 하고 미치코는 말한다.

입술을 적신
맥주 한 방울

1970년대 중반부터 1980년대 중반에 이르기까지 10여 년간《요미우리신문》오사카지국 사회부의 활약은 두드러지게 눈에 띄었다. 8년간이나 연재한 '신문기자가 이야기하는 전쟁'을 비롯해 '유괴 사건', '무기 수출', '부패 경찰' 등 주도면밀한 현장 조사에 근거한 보도 기사는 독자들의 열띤 호응을 얻었다. 몇몇 화제작은 즉시 단행본으로도 나왔다.

이러한 보도 기사의 총책을 맡은 기자는 당시 오사카지국 사회부장 구로다 기요시黑田清였다.

진부한 저널리즘의 틀을 뛰어넘은 박진감 넘치는 신문 기사는 논픽션 분야에서 일하는 내게도 자극제가 되었다. 역시 구로다의 첫인상은 강렬했다. 그야말로 힘이 넘쳐나는 사건기자였다.

대체로 조직은 특출한 개인을 원치 않는다. 그런 인물은 오히려 조직에서 따돌림 당하기 십상이다. 이것이 세상의 상식이다. 구로다는 1986년 직속 부하들과 함께《요미우리신문》을 사퇴해 막강한 '취재 군단'을 갖춘 '구로다 저널'을 설립했다. 신문·잡지에 각종 글을 기고하는 한편 서적 출판 · 강연 · 텔레비전 출연 등 다채로운 활동을 펼쳤다. 또한 신문기자 출신으로 구성된 '소유카이窓友會'라는 모임을 만들어 한 달에 한 번씩《소유신문窓友新聞》을 발행했다.

그리고 10여 년이 지난 1997년 8월, 갑자기 몸이 노랗게 변하는 황달증세가 나타나 병원에서 진찰을 받았다. 췌장암이었다. 오사카대학 병원에서 그해 9월 30일, 15시간이나 걸린 대수술을 받았다.

수술 후 기운을 되찾은 구로다는 예전보다 더욱 정력적으로 일했다. 아내 후사에는 '구로다 저널'을 해산하고 당분간 푹 쉬기를 바랐지만, 구로다는 직원들의 생계를 무시할 수 없다며 계속해서 꾸려 갔다. 물론 그곳은 자신에게도 살아가는 보람을 안겨 주는 귀중한 일터였다.

장녀 시게코에 따르면 구로다는 체력을 되찾은 뒤부터 "이제는 할 수 있다"며 적극적으로 일에 매달렸는데, 딱 한번 "시간이 별로 없어. 후회하고 싶지 않다"고 독백마냥 중얼거렸다고 한다. 시게코 눈에 비친 구로다는 '죽음에 쫓기듯' 날마다 일에 파묻혀 살았다.

"아버지는 어떻게든 3년은 더 살기를 바랐어요. 그렇게 무사히 3년을 넘기면 그다음엔 5년을 목표로 삼겠다고 했어요. 10년이란 말은 꺼내지 않았어요. 언제나 부지런히 움직이면서 싱글벙글한 얼굴로 일했지만, 분명 '목숨의 한계'를 의식하고 있는 것 같았어요. 적어도 저는 그렇게 느꼈어요."

재발 진단을 받았다. 수술한 지 2년 4개월이 지난 2000년 1월 17

일이었다. 구로다는 그 사실을《소유신문》에 '호외' 기사로 내보냈다. 비교적 밝은 필치로 보고했지만, 과거 수술 받았을 때와는 달리 무거운 마음을 떨쳐 버리기 힘들었다. 그 어두운 모습은 가족 앞에서도 지워지지 않았다. 아내 후사에와 장녀 시케코는 아무 말도 하지 못하고 눈물만 흘렸다.

암은 간으로 전이됐다. 그렇지만 구로다는 입원을 거부했다. 차남 구로다 마사토는 현직 의사였기에 간암의 진행을 억누르는 간 동맥 주입요법(항암제를 간 동맥에 직접 투여하는 국소 주입법)을 즉시 받으라고 권했다. 그런데도 구로다는 입원하지 않았다.

여전히 지방 출장 강연은 줄어들지 않았다. 3월 17일에는 규슈 가고시마 강연이 잡혀 있었다. 중요한 강연이라 취소하지 못하고 아내 후사에의 보살핌을 받으며 가고시마까지 갔다. 뜻밖의 부부동반 여행이었다. 그러나 이것은 마지막 여행이기도 했다.

4월 말, 구로다는 마침내 항암제 치료를 받기로 마음먹고 입원했다. 그런데 체력이 급격히 떨어지면서 객혈과 하혈이 멈추지 않는 위독한 상태에 빠졌다. 주치의는 최후의 수단으로 혈액 응고 성분이 들어간 신선한 피를 수혈했다. 극적으로 출혈이 멎고 안정을 되찾았다. 다행히 7월 초 퇴원해 산책도 가능해지자 "역시 집이 최고야" 하며 기뻐했다.

구로다는 집에서 요양하며 왕진 치료를 받았다. 큰 어려움 없이 얼마쯤 시간이 지났을 때, 응급실 의사이기도 한 차남 마사토는 어머니와 큰형에게 "마지막은 집에서 지내게 하고, 무슨 일이 있어도 구급차는 부르지 마세요" 하고 당부했다. 요컨대 인공호흡기를 부착하는 등 과도한 연명치료는 하지 말라는 뜻이었다. 고통스런 연명치료는 마지막 숭고한 작별의 기회까지도 앗아가 버린다. 마사토는 응급치료 현장에서 바람직하지 않은 '최후의 순간'을 수없이 봤기 때문에 아버지를 그렇게 보내고 싶지 않았다.

7월 21일 밤 구로다의 호흡이 거칠어졌다. 마사토는 병원에서 당직 근무였다. 병석을 지키던 후사에와 시게코는 안쓰러운 마음을 이겨 내지 못하고 결국 구급차를 불렀다. 마사토는 동료 의사에게 당직을 부탁하고 급히 아버지에게 달려왔다. 의사가 "인공호흡기를 달까요?" 하고 묻자 마사토는 또렷한 어조로 "아니요" 하고 거부했다.

이튿날 7월 22일 밤, 의식이 희미해진 구로다에게 장남이 "맥주 드실래요?" 하고 물었다. 맥주를 무척 좋아했던 구로다는 아무 반응도 하지 않았다.

차남 마사토는 누이 시게코가 아버지의 마지막 순간을 위해 준비한 캔 맥주의 마개를 따서 구로다의 입술에 한 방울을 떨어뜨렸다. 또다시 천천히 한 방울을 떨어뜨리자 입술이 조금 움직였다. 드디어 한 방울의 맥주를 마셨다. 그날 밤을 넘기고 2000년 7월 23일 오전 2시 25분, 구로다는 눈을 감았다. 69세였다.

인간을 보는
시각의 변화

'사람은 서로 이야기를 나눠 보지 않으면 알 수 없다.'

2007년 7월 17일 79세로 별세한 임상심리학자이자 전 문화부장관 가와이 하야오는 자주 이렇게 말했다. 사반세기 동안 개인적인 만남을 이어 온 가와이 선생은 내 인생의 스승이었다. 마음에 대해, 영혼에 대해, 과학과 종교에 대해 배웠다. 그리고 무엇보다 '어떻게 살 것인가'를 생각하는 기본자세를 배웠다.

위 문장은 내 뇌를 강하게 자극한 가와이 선생의 어록 가운데 하나다. 또한 '사람은 이야기를 만들며 산다'고 했다. 부조리한 운명 속에서 살아가려면 자신만의 산 경험으로 구축한 '진실한 이야기'를 만들어 내야 한다는 뜻이다.

요컨대 이런 일화를 제시한다. 젊은 두 연인이 건널목을 건너가다 교통사고를 당한다. 폭주 차량에 치여 머리가 다친 남자는 의식불명 상태로 중환자실에 누워 지내다 끝내 깨어나지 못하고 사망한다. 여자는 가혹한 현실 앞에서 "이럴 수가!" 하고 울부짖는다. 의학은 이 어처구니없는 죽음에 대해 과학적으로 해명할 수 있다. '생명을 관장하는 뇌를 다쳐 목숨을 잃었다'고.

그러나 이는 인간의 생명을 생물학적, 기계론적으로 설명한 공허한 사실일 뿐 그녀의 "이럴 수가!"에 대한 답변은 될 수 없다. 그녀의

"이럴 수가!"는 '그는 왜 결혼 직전에 내 앞에서 죽었는가? 나는 왜 이런 끔찍한 일을 당해야 하는가?'라는 물음이다. 이 물음에 대해선 과학을 근거로 삼는 의학은 아무 대답도 할 수 없다. 왜냐하면 이 물음의 핵심은 과학적 인과관계로는 도저히 설명할 수 없는 '죽음의 의미'를 묻고 있기 때문이다.

그 의미를 찾으려면 '가슴에 새겨지는 이야기'를 만들어 내는 수밖에 없다. 세월이 흐르면서 더욱 선명히 드러나는 지난날의 추억들, 즉 그와 함께 지낸 소중한 날들의 기억이 밀물처럼 서서히 내 마음속에 스며들어 비록 슬픔은 사라지지 않을지언정 지금 여기에서 살아가는 의미와 힘을 되찾게 된다.

인간의 생명이나 인생을 이처럼 '살아온 이야기'라는 시점으로 해석하려는 착상은 근대 과학의 맹점을 깨부수고 인간의 삶을 폭넓게 입체적으로 들여다보자는 뜻이다.

근대 과학은 프랑스 철학자 데카르트의 '나는 생각한다. 고로 존재한다'라는 명제를 방법론적 기반으로 삼아 발전했다고 한다. 지금 여기에 존재하는 자신을 관찰할 때도 두 개의 시각을 요구한다. 자신을 자신의 입장에서 보는 주관적 시각과 자신을 타자의 입장에서 보는 객관적 시각이다. 이처럼 냉철한 자세를 갖추고 어떤 대상을 다각도로 철저히 분석함으로써 근대 과학은 인류의 문제점을 차례차례 해결했다. 다시 말해 과학은 인류의 복지를 위해 어마어마한 공헌을 했다.

그런데 그 '과학적인 방법'은 과학자뿐만 아니라 의사 · 법률가 ·

행정관·정치인 등 온갖 전문가의 사고 체계에도 깊숙이 개입하고 있다. 능률주의를 선호하는 현대 사회는 자연히 과학주의에 기댈 수밖에 없는지도 모른다. 인간의 기본적인 책임이나 의무까지도 과학에 떠넘길 수 있기 때문이다. 어떤 분야의 전문가든 이런 과학주의에 의존할수록 인간을 보는 눈길은 점점 더 편협해진다고 가와이 선생은 지적했다. 그 병폐의 근원은 과학적 분석 방식, 즉 자신과 대상을 철저히 떼어 놓고 관찰함으로써 발생하는 '관계성'의 상실에 있다고 꿰뚫어 보았다. 인간의 마음속에서 '관계성'이 사라진다면 아무 이야깃거리도 남지 않는다. '사람은 서로 이야기해 보지 않으면 알 수 없다'는 말에는 인간의 삶을 떠받쳐 주는 중요한 '관계성'을 무엇보다 중시하며 인간 대 인간으로 만날 수 있는 인간미를 기르자는 뜻도 담겨 있다.

가와이 선생은 암이 아닌 뇌경색으로 타계했는데, 인간의 삶과 죽음을 살펴보는 이 기록물에서 가와이 선생의 말을 다시금 되새겨 본 이유는 죽음을 앞둔 한 암 환자의 질문에 대한 어떤 의사의 답변이 충격적으로 다가왔기 때문이다.

사람은 왜
암에 걸리는가?

그 질문을 던진 환자는 2006년 1월 5일 위암 전이에 의한 암성 흉막염胸膜炎으로 59세에 세상을 떠난 TV아사히 방송국의 프로듀서 구사카 유이치日下雄一다.

아내 치에코는 인터뷰가 끝나갈 즈음 문득 생각난 듯 이런 이야기를 꺼냈다.

"남편은 언젠가 항암제 담당 의사에게 아주 익살스런 표정으로 불쑥 물어봤어요. '사람은 왜 암에 걸리는 건가요?' 그러자 그 의사는 '저도 모르겠어요. 교통사고 같은 거 아닐까요'라고 말했는데 그것이야말로 남편이 원했던 대답이라는 생각이 들었어요."

앞서 소개한 예화를 다시 한 번 생각해 보자. 불의의 교통사고로 숨진 연인의 주검 앞에서 '이럴 수가!'라고 절규하는 여자의 질문에 대해 의학은 과학적인 해명 이외에는 어떤 답변도 할 수 없다. 구사카와 의사가 주고받은 대화 역시 이와 똑같은 구조를 갖고 있다.

구사카는 획기적인 텔레비전 심야 프로그램 〈아침까지 생방송 TV〉의 담당 프로듀서로, 1987년 출범 당시부터 총괄제작을 맡았다. '원자력 발전소 문제', '일왕의 전쟁 책임', '피차별부락 문제', '우익 문제' 등 텔레비전에서 기피했던 주제를 논쟁거리로 삼아 제각각 생각이 다른 사람들이 격론을 펼치는 시사프로그램은 방송의 무한한 가능성을 보여 줬다. 당시 사회자 역을 맡았던 하라다에 따르면 그 프로그램은 구사카의 열정에 힘입어 성공할 수 있었다고 한다. 서로 각을 세우고 토론을 전개할 양쪽의 중심인물을 구사카는 미리 찾아가 몇 번이나 계속 만났다. 이들의 의견에 진지하게 귀를 기울이며 신뢰관계를 구축한 뒤에 끈질기게 출연 요청을 했다고 한다.

"구사카가 없었다면 그런 놀라운 프로그램은 나오지 않았다. 그런 예민한 문제를 뜨겁게 토론하는 자리를 처음 만들어 낸 선각자다"라고 하라다는 말했다.

〈아침까지 생방송 TV〉의 인기가 날로 치솟던 1995년 구사카는 식도암 수술을 받았으나 이내 업무에 복귀했다. 식도를 잘라 낸 부위로 위를 끌어올렸으므로 무엇보다 식사 조절이 중요했다. 음식을 한꺼번에 많이 먹으면 덤핑 증후군이라는 부작용 때문에 구토 증세가 심해졌다. 그래서 일하러 나갈 때는 아내 치에코가 만든 주먹밥을 꼭 챙겼다. 배가 고플 적마다 아무 데서나 조금씩 먹을 수 있기 때문이다. 그리고 늦어도 밤 10시까지는 집에 돌아와 가볍게 술을 마시면서 치에코와 함께 〈뉴스 스테이션〉을 보는 생활을 이어 갔다.

사나흘의 휴가가 생기면 부부동반으로 여행을 떠났다. 공휴일에는 가끔씩 부부동반으로 동네 수영장에 찾아가 치에코는 수영을 하고, 구사카는 책을 읽었다.

암 발병 후 8년이 지난 2003년 12월 이번에는 위의 상부에서 암이 재발했다. 그때부터 2년 가까이 구사카는 방사선 치료와 항암제 치료로 암의 진행을 억누르며 계속 일했는데, 2005년 10월 몸 상태가 급속도로 나빠져 입원할 수밖에 없었다. 이것이 마지막 입원이 되었다.

일에 열정을 쏟던 구사카의 씩씩한 모습은 더 이상 찾아볼 수 없다. 병실에서 구사카는 TV도 켜지 않았고, 신문도 읽지 않았다. 방송국 동료나 가까운 친구가 문병을 와도 만나지 않았다. 치에코를 통해 모두 거절했다.

그 대신 치에코가 언제나 함께했다. 병실 간이침대에서 지내는 치에코에게 수시로 편지를 썼다. 이런 말도 했다.

"당신 하나만으로 충분해. 당신만 있으면 돼. 아무것도 필요 없어."

정년을 눈앞에 둔 시점이었다.

그런 날들을 보내면서 구사카는 문득 의사에게 "사람은 왜 암에 걸리는가?"라는 질문을 던진 것이다. 이미 치료가 불가능한 진행성 암을 앓고 있는 환자의 입장에서 암이라는 부조리한 병의 정체를 제대로 알고 싶었던 것이다. 이는 존재의 근원을 파헤치고 싶은 탐구심에서 비롯된 영적인 질문이기도 했다. 이에 대해 의사는 "저도 모르겠어요. 교통사고 같은 거 아닐까요" 하고 대답했다. 이는 어떤 대상을 윤리적인 인과율이나 관계성을 배제하고 단지 과학적 지식만으로는 절대 설명할 수 없다는 걸 상징적으로 보여 주는 답변이다.

마음의 병을 앓는 사람과 장시간 마주앉아 대화를 나누려면 일단 '수많은 이야기'를 알고 있어야 한다고 가와이 선생은 말했다. 인생의 이야기를 많이 알고 있을수록 누구와도 풍성한 대화를 나눌 수 있다고 한다. 절망에 빠진 사람은 빵이나 약보다 '따뜻하고 진실한 이야기'에서 더 큰 힘을 얻을 수도 있다.

죽어 가는 사람을 돌보는 일은 성스러운 일이다. 그러므로 의사는 인문학적 관점에서 인간과 인생의 이야기에 더욱더 관심을 갖고 과학주의의 굴레에서 자신을 해방시켜야 한다.

죽음을 창조하는 시대

이제는 생전에 자신의 죽음을 직접 설계하는 시대다. 죽음을 맞이하는 방식을 미리 마음속에 그려 놓고 그대로 이루어지도록 가족이나 의료진에게 사전에 협력을 당부하는 것이다. 그렇지 않으면 평소 자신이 원하던 마지막 나날을 보내지 못할 우려가 있다.

이것은 인생의 마지막 날들을 자신이 원하는 방식대로 살다가 최후의 순간을 맞이하겠다는 뜻이다. 다시 말해 '인생 이야기'의 마지막 장을 스스로 쓰겠다는 선언이다. 이른바 '죽음을 창조하는 시대'가 된 것이다. 이는 고령화 시대로 접어든 현대 사회에 나타난 새로운 과제다.

구사카 유이치의 경우, 방송국 프로듀서라는 직업적인 특성상 평소 가정을 살뜰히 챙길 겨를이 없었기에 죽음을 앞둔 시점에 이르러서야 가족에 대한 사랑이 더욱 깊어졌다.

죽음을 의식하고 있던 마지막 입원 생활의 두 달간은 모든 내방객을 철저히 거부하고 오직 아내 치에코와 단둘이 시간을 보냈다. TV도 신문도 일체 보지 않았다. 구사카는 인생의 최종장을 자신이 원하는 방식대로 보냈다. 이것도 창조적인 죽음의 한 방식이었다.

암이 진행돼 말기에 이르면 병자는 육체의 한계를 느끼고 죽음이

다가왔음을 자각한다. 그리고 그것을 언어나 행위로 나타내고 최후의 순간을 맞이하는 것이다.

일찍이 결핵이 국민병이라 불리던 시대가 있었다. 그때 결핵을 앓던 사람들은 거의 다 죽음을 각오하고 있었다. 57세로 별세한 나의 아버지도 그랬다. 종전 이듬해인 1946년 7월 21일 무더운 여름날이었다. 우리 식구는 도치기 현 가누마 시에서 살았다. 그날 오전 9시쯤 폐병을 앓으며 줄곧 자리에 누워 지낸 아버지는 가족 모두를 머리맡에 불러 놓고, 당신의 아내와 사남매의 손을 일일이 움켜잡으며 "건강하게 잘 살아라" 하고 마지막 인사를 건넸다. 그리고 잠시 후 잠자듯 의식을 잃었고 정오 무렵 조용히 숨을 거뒀다. 초등학교 4학년이었던 나는 아버지의 죽음을 전혀 이상하다고 느끼지 않고 자연스럽게 받아들였다.

코끼리는 죽음이 가까워지면 밀림 속으로 깊이 들어간다고 한다. 혼자 무리에서 떨어져 나와 스스로 죽음을 채비하는 것이다. 이와 마찬가지로 사람도 죽음이 다가오면 본능적으로 알아차리고 마음의 준비를 하는 것 같다. 언제부터인가 그 생각은 내 마음속 깊이 자리 잡고 있다. 아버지의 죽음에서 비롯된 것이 분명하다.

역시 자신의 죽음을 자각하고 있던 네 사람의 마지막 발자취를 더듬어 보겠다. 작가 고미 야스스케五味康祐, 작곡가 이시이 마키石井眞木, 칼럼니스트 아오기 아메히코青木雨彦, 성우 조 다쓰야城達也.

고미 야스스케가 세상을 떠난 건 1980년 4월 1일, 58세였다. 시대

소설뿐만 아니라 마작 · 프로야구 · 오디오 · 관상 · 수상 등에 관한 글도 여러 잡지에 꾸준히 발표한 고미는 특히 관상, 수상에 일가견이 있었다.

1978년 봄 고미는 유럽 여행 중 갑자기 기침이 심해지고 피 섞인 가래가 나왔다. 귀국해 도쿄 데이신遞信병원에서 정밀 검사를 받은 결과 폐암이었다. 의사는 아내 지즈코에게만 사실을 밝히고 고미 본인에게는 '폐에 곰팡이가 생기는 희귀병'이라고 둘러댔다. 통상 환자 본인에게는 암을 밝히지 않는 시대였다. 고미는 자기 손바닥에 그어진 생명선 위로 둥근 모양의 섬이 새겨져 있었기 때문에 평소 자신은 암에 걸릴 운명이라고 말하곤 했다.

암 발병 3년 전인 1975년 잡지《예술신초》에 연재하던 〈서방의 소리〉에서 바흐의 〈마태 수난곡〉을 소개하면서 "아마 나는 58세에 죽을 것이다"라고 공언했다. 자신의 관상과 수상을 근거로 내린 예언이었다. 그 글을 발표하고 3년 뒤인 1978년 고미는 실제로 암 진단을 받았다. 폐 절제 수술을 받고 일시적으로 건강을 되찾기도 했으나 점점 건강이 악화돼 1979년 11월 두 번째 수술을 받았다. 그러나 암의 전이 범위가 넓어 치료 불능 상태였다. 그로부터 마지막 5개월 동안은 극심한 고통을 겪었다고 한다.

모든 연재를 중지하고 절필을 선언한 고미는 병실에서 아내 지즈코에게 말했다.

"내가 죽은 다음에 혹시라도 내가 숨겨 놨던 자식이라고 누군가 나타나거든 절대 믿지 마라. 그렇게 밖에서 몰래 낳은 자식은 하나도 없으니까."

여성 편력으로 유명했던 고미는 마지막 길에서도 고미답게 속마음을 깨끗이 털어놨다. 죽음을 피할 수 없다는 걸 확실히 인식하고 있었기에 이런 말도 할 수 있는 것이다. 5년 전 잡지에 발표한 글을 통해 자신의 운명을 예언한 대로 1980년 58세로 세상을 떠났다.

일정표의
마지막 날에 떠나다

북과 피리 등 일본 고유의 악기로 편성된 전통 음악에 서양 음악이 한데 어우러지는 명곡 〈모노프리즘─일본 큰북과 오케스트라를 위하여〉를 발표하면서 본격적으로 전위 음악 세계를 펼친 이시이 마키가 갑상선암 수술을 받은 건 1997년 10월. 곧 시작되는 나가노 동계 올림픽의 개회식과 폐회식 음악 그리고 신新국립극장 개관 기념 발레 공연의 음악까지 담당하고 있었기에 그야말로 눈코 뜰 새 없이 바쁜 시기였다.

성공적으로 수술을 마친 이시이는 곧바로 음악에 전념했다. 일본 · 네덜란드 교류 400주년을 기념해 네덜란드 정부로부터 위촉받은 오페라 〈갇힌 배〉의 작곡(1999년), 일중 우호 합작 현대음악제의 기획 · 구성(2003년) 등 충실한 음악 활동을 펼쳤다.

그러나 2003년 2월 국립암센터에서의 정기검진 결과, 인두부咽頭部에 암이 재발됐다. 이시이는 독일인 아내와 자녀를 베를린에 남겨 두고 1년의 절반은 일본에서 살았다. 도쿄 메구로 구 지유가오카에 위치한 이시이 바쿠石井漠[1]기념 발레 스튜디오에서 혼자 생활했다.

이시이의 음악 활동을 전면 지원한 문화프로듀서 노하라 고지에 따르면 이시이는 2003년 3월 16일 저녁 호흡곤란 상태에 빠져 지인에게 전화를 걸어 도움을 청했다. 지인은 곧장 구급차를 보냈다. 이시이는 건강보험증과 지갑 등을 챙겨 들고 밖으로 나오려다 현관 앞에서 쓰러졌다. 다행히도 때마침 발레 스튜디오에 들른 이시이의 형수가 혼수상태에 빠진 이시이를 발견해 구급차가 도착하기 전까지 보살폈다. 구급차 의료요원은 위독한 이시이를 국립암센터까지 옮기는 도중에 사망할 수도 있다고 판단하고 인근 히로오廣尾도립병원 응급센터로 이송했다.

이튿날 3월 17일 의식을 회복한 이시이는 줄 쳐진 편지지의 뒷면에 달력을 그렸다. 구급차에 실려와 입원한 3월 16일 일요일부터 4월 8일 화요일까지의 날짜를 표시한 달력이었다. 날짜 밑에는 작은 여백을 만들어 특기할 만한 사항을 적었다. 첫째 날인 3월 16일의 메모 칸에는 '죽을 것 같다'라고 적었다. 달력의 날짜를 4월 8일까지 작성한 것은 해마다 4월 8일에 가족이 모두 모여 어머니의 생일잔치를 열

---

1   일본에 근대 무용을 전파한 세계적인 무용가로 이시이 마키의 아버지다. 무용가 최승희의 스승이기도 하다.

었기에 그 추억을 기리기 위해서였다. 본래 어머니의 생일은 그날이 아니었지만 '부처님 오신 날'인 4월 8일에 언제나 생일잔치를 했다고 한다.[2] 나중에 이 달력은 아주 특별한 의미를 갖는다.

달력의 3월 20일 메모 칸에는 단지 '이라크전쟁이 터지다'라고 적혀 있다. 생명이 위태로운 긴박한 상황 속에서도 자신 속에만 파묻히지 않고 밖으로도 활짝 열려 있는 이시이의 의식 세계를 엿볼 수 있는 대목이다.

3월 24일 이시이는 B5 크기의 편지지에 큼직한 볼펜 글씨로 '무위자연無爲自然'이라고 쓰고 그 밑에 자신의 사인도 곁들였다. 그리고 눈에 잘 띄는 병실 벽에 붙였다. 그 이튿날 3월 25일에는 유명한 인두부 전문의가 진료하는 지바 현 가시와 시에 위치한 국립암센터 히가시東 분원으로 병원을 옮겼다.

그 무위자연이라 적은 종이도 챙겨 와서 새로 입원한 병실의 벽면에 붙였다.

입원 이틀 뒤인 3월 27일 정밀 검사 결과가 나왔다. 악성도가 높은 미분화未分化 암이었다. 이미 수술 시기도 놓쳤고 여명도 길지 않았다. 의사가 어떤 표현을 썼는지는 알 수 없으나 노하라에 따르면 '여명은 50일 내지 60일'이라고 말했다고 한다.

지휘자 이와키 히로유키는 잡지《주간 긴요비》에 2004년 4월 23일

---

2   일본은 음력을 쓰지 않기 때문에 석가탄신일도 양력 4월 8일이다.

호부터 시작한 연재 에세이 〈이와키 히로유키의 노래〉 1회에 이시이를 회상하는 글을 썼다. 이와키가 병실에 찾아가자 이시이는 의사가 작성한 진료설명서를 보여 줬다. 거기에는 '앞으로 일주일, 만일 그것을 넘기면 1개월'이라고 적혀 있었다. 이시이는 코와 가슴 등에 몇 개의 튜브를 꽂은 모습으로 병실 소파에 앉아 이렇게 말했다.

"이틀 뒤에 기관지에 구멍을 뚫는다니까 아마 내일까지만 말할 수 있을 거야. 참 그렇지, 냉장고에 아이스크림이 있는데 들지 그래? 나는 이제 식도가 막혀 버려 앞으로 살아가는 동안엔 아무것도 먹지 못할 거야. 하하하"

그런 불편한 몸으로 이시이는 문병을 마치고 돌아가는 이와키를 엘리베이터 앞까지 배웅했다.

"우리 서로 마지막까지 힘차게 살자!"

이시이는 커다란 손을 내밀어 이와키의 손을 움켜잡았다고 한다. 한 신문의 문예부기자가 이시이의 성품에 대해 '호방'하다고 평했는데 확실히 그런 면이 있었다. 그날 3월 27일 메모 칸에 이시이는 커다란 글자로 '선고!'라고 적었다. 이렇게 스스로 시한부 삶을 '선고' 하고, 시시각각 다가오는 죽음을 순순히 받아들인 것일까?

이시이는 그날 비로소 베를린에 있는 아내 크리스타에게 전화를 걸어 자신의 무거운 병을 알렸다. 4월로 접어들면서 마약성 진통제의 영향으로 이시이의 의식은 혼탁해지기 시작했다. 베를린에서 급히 달려온 크리스타와 장남 이시이 다카시가 병상을 지켰다.

4월 6일 혼수상태에 빠진 이시이는 4월 8일 이른 새벽, 아내와 아들이 지켜보는 가운데 숨을 거뒀다. 기이하게도 자신이 직접 만든 달력의 마지막 날이었다. 66세였다.

이제 일생의 일이
끝났습니다

칼럼니스트 아오키 아메히코靑木雨彦가 암 확진 판정을 받고 세상을 떠나기까지 투병기간은 불과 4개월, 투병 중에도 계속해서 칼럼을 썼다. 아오키는 58세 생일을 앞두고 자꾸 등이 결리고 위가 아팠다. 예사롭지 않다고 느끼면서도 병원에 가지 않고 위스키 같은 독주를 마시며 통증을 달랬다. 그때가 1990년 10월이다.

더는 견디지 못하고 고교 동창생인 개인병원 의사 엔도를 찾아가 진찰을 받았다. 백혈구 수치가 극히 위험수준이므로 당장 대학병원 전문의의 진단을 받으라고 권하며 가와사키 시에 위치한 일본의과대학부속 제2병원을 소개했다. 요코하마 집에서 그다지 멀지 않았다. 11월 2일 그 대학병원에서 위 내시경 검사 결과 악성도 높은 진행성 위암이었다.

위 내시경 검사 도중 아오키의 환부가 모니터에 선명히 비쳤을 때 담당의사의 얼굴은 일순 굳어졌다. 아오키는 물론 검사실에 함께 들어와 있던 아내 요코도 의사의 표정 변화를 놓치지 않았다. 모든 검사를 끝마치고 의사는 나오키를 진료실에 불러 악성 위궤양이라며 진단 자료를 펼쳐 놓고 설명했다. 그러고는 중증 진행성 위궤양이므로 재발을 막기 위한 근치 수술을 권했다. 나오키는 연재 원고, 강연 등 취소하기 어려운 일거리가 많이 잡혀 있었기 때문에 수술 날짜를 한 달 이상 늦추어 12월 14일로 결정했다.

각종 검사로 지친 아오키는 어깨에 담요를 두르고 병원 앞마당 벤치에 앉아 잠시 쉬었다. 그날 동행했던 엔도 의사는 아오키가 잠시 자리를 비운 틈에 요코에게 진실을 밝혔다. 충격을 받은 요코는 남편에게는 밝히지 않기로 결심했다.

암에 걸린 사실을 모르는 아오키는 한 칼럼 속에서 내시경 검사 당시의 광경을 이렇게 묘사했다.

'순간 의사의 표정이 변했다. 그러나 암은 아니었다.'

아오키는 12월 14일 수술실에 들어가면서 요코에게 "아코로시赤穂浪士[3]가 복수를 결행하는 날에 배를 가르는군" 하고 농담을 던졌다.

드디어 수술에 들어가 배를 열자 암은 복막에까지 넓게 전이된 상태였다. 자칫 섣불리 메스를 댔다간 오히려 암세포가 전신에 퍼질 수도 있으므로 수술을 중단하고 배를 닫았다.

의사는 요코를 불러 이렇게 말했다.

"길어야 석 달입니다. 먹고 싶은 것, 하고 싶은 것, 쓰고 싶은 것, 모

---

3   억울하게 자결한 영주의 원수를 갚은 47인의 떠돌이 무사.

두 잘 챙겨 드리세요."

그날 저녁 요코는 마취에서 깨어난 남편의 손을 잡고 기운을 북돋아 줬다.

"나쁜 부위는 다 잘라 냈대요. 별로 큰 병도 아니래요."

12월 말 퇴원해 집에서 재가 호스피스 완화 의료 보살핌을 받았다. 《주간 아사히》, 《선데이 마이니치》, 《윌》, 《미스터리 매거진》 네 군데 잡지에 연재 칼럼을 맡고 있었는데, 이제 서서히 중단할 수밖에 없었다.

해가 바뀐 1991년 1월 초부터 아오키는 구토 증세가 그치지 않았다. 섬세하고 어린애다운 면이 있는 아오키는 병이 깊어질수록 더더욱 요코에게 매달렸다. 잠시라도 요코가 옆에 없으면 불안해서 허둥거렸다. 요코는 감수성이 예민한 아오키에게는 끝까지 암을 밝히지 않기로 다시 한 번 마음먹었다. 엔도 의사의 생각도 마찬가지였다.

2월 19일 요코는 '정밀 검사'를 한다고 둘러대고 남편을 입원시켰다. 엔도 의사도 "장기의 유착을 막기 위해서"라며 안심시켰다. 그로부터 사나흘이 지났을 때 아오키는 요코에게 "당신을 너무 힘들게 해서 미안해" 하고 말했다. 본래 수줍음을 잘 타는 성격이라 지금까지 이런 말은 한 번도 꺼낸 적이 없었다. 그래서 이 말은 요코의 가슴속에 깊이 울려 퍼졌다.

재입원한 아오키는 병실 침대에 붙은 접이식 식판을 책상으로 삼아 글을 썼다. 2월 24일 《선데이 마이니치》, 《윌》에 연재 중인 원고를 끝마치고 애용하던 파카 만년필을 내려놓았다. 그러고는 마침 옆에 있던 간호사에게 말했다.

"일생의 일이 끝났습니다. 이제 펜을 놓겠습니다."

실로 가슴이 미어지는 말이다. 나중에 간호사는 눈물을 흘리며 이 말을 요코에게 전했다고 한다.

그날 병실에서 장녀 유코에게 "내가 떠나도 엄마 혼자 잘 지낼지 모르겠다"고 혼잣말처럼 말했다. "네? 어디로 떠나려고요?"

유코가 묻자 아오키는 대답했다.

"여행!"

아오키는 비록 암에 걸린 사실은 알아차리지 못했을지언정 서서히 인생의 막이 내려가고 있다는 것은 분명히 알고 있었다. 그랬기에 간호사나 장녀에게 "펜을 놓겠습니다", "여행"이라는 말을 꺼냈다. 그런데 왜 아내 요코에게는 그런 말을 비치지 않았을까? 그건 슬픔을 안겨 주고 싶지 않은 마음, 사랑하는 사람을 위한 배려심이 틀림없다. 일과 가족과 친구를 무척이나 좋아했던 칼럼니스트의 마지막 말은 긴 여운을 남긴다. 아오키는 이후 의식이 희미해지면서 1991년 3월 2일 오전 4시 49분 조용히 숨을 거뒀다. 59세였다.

마지막 비행

현악 오케스트라의 은은한 시그널뮤직 '미스터 론니'가 흐르면서 시작하는 FM도쿄의 심야프로그램 〈제트 스트림Jet Stream〉. 일찍이 해외 여행 붐이 일어나면서 선풍적인 인기를 끌었던 라디오 프로그램이 다. 매혹적인 저음의 목소리로 세계 각지의 풍물을 소개한 〈제트 스트림〉의 진행자 조 다쓰야가 식도암으로 사망한 건 1995년 2월 25일. 63세였다.

조는 부모와 형제 등 가까운 혈육이 잇달아 암으로 사망한 탓에 자신도 암에 걸릴지 모른다는 생각에 사로잡혀 있었다. 실제로 암에 걸리면 어떻게 투병 생활을 하다가 어떻게 죽을지를 평소에도 염두에 두고 있었다고 한다.

1992년 초부터 조금만 움직여도 금방 지쳤고, 전신 피로감을 느끼기 시작했다. 그러다 1993년 7월 종합건강검진을 받은 결과, 아무 이상이 없다는 진단이 나왔기 때문에 별로 대수롭지 않게 생각했다. 그러나 이듬해 2월 정밀 검사 후, 의사는 조 본인에게 직접 진행성 식도암이라고 밝혔다.

당시 공교롭게도 TV 사회자 이쓰미 마사다카가 스키루스[4] 위암으로 급사하는 바람에 암 환자에게 암을 밝히느냐 마느냐에 대해 사회적 논의가 들끓던 시기였다. 따라서 의사가 적극적으로 환자 본인에게 암을 밝히기 시작했다.

집에 돌아온 조는 아내에게 사실대로 말했다.

---

4   scirrhus, 암세포가 단단하게 굳어지는 경성암硬性癌.

"이런 병에 걸려서 미안해. 아마 당신이 도와주지 않으면 이겨 내기 힘들 거야. 잘 부탁해."

한동안 수술을 하느냐 마느냐로 갈팡질팡했다. 결국 암 진단 후 1개월이 지난 3월 1일 도쿄 시내 한 대학병원에서 식도암 수술을 받았다. 워낙 대수술인 데다 회복 속도도 늦어 5월이 돼서야 가까스로 퇴원할 수 있었다. 이제는 체력이 많이 떨어져 예전처럼 다시 일하기 힘들었다. 성우 출신으로 다방면에서 활약하던 조는 여러 방송프로그램을 접었으나 본인이 가장 아끼는 〈제트 스트림〉만큼은 끝까지 놓지 않았다. 몸 상태가 좋은 날을 골라 미리 넉넉히 녹음해 두었다. 평균 일주일에 한 번씩 진행한 〈제트 스트림〉의 녹음을 무사히 끝마치면 마음속 깊이 행복감이 스며들어 병마의 고통도 잊을 수 있었다.

중병에 걸렸다고 아무것도 하지 않고 오직 드러누워 휴식만 취하면 오히려 건강을 더 해칠 수 있다. 무엇보다 마음의 병이 깊어질 우려가 있다. 병석에서도 본인이 좋아하는 일이나 취미를 살려 나간다면 하루하루를 엄연히 '살아가고 있는 자신'을 실감할 수 있다. 그것은 곧바로 '희망'으로 이어진다.

퇴원 두 달 뒤인 7월, 이번엔 간에서 암이 발견됐다. 이미 도저히 손쓸 수 없는 상태였으므로 환자 본인에게는 밝히지 않기로 했다.

사전 녹음으로 방송하는 〈제트 스트림〉의 진행은 연말까지 내내 이어졌는데 1994년 12월 13일, 63세 생일에 녹음한 프로그램이 마지막이 되었다. 그리고 며칠 후 12월 19일 조는 재입원했다. 장장 27

년간 7,387회를 진행한 〈제트 스트림〉의 최종회는 특별히 '마지막 비행'이라는 부제를 붙였다.

1995년 1월 1일 새해 첫날은 잠시 퇴원해 집에서 가족들과 함께 식사를 나누며 즐거운 한때를 보냈다. 그리고 1월 3일 크리스마스 휴가를 내서 독일에서 일시 귀국한 아들이 운전하는 차를 타고 병원으로 되돌아갔다. 조는 병실에서 매일 밤 음반으로 라쿠고落語[5]를 들었다. 특히 만담가 고콘테이 신쇼를 좋아했다.

어느 날 아내는 혼자 의사를 만나 '과도한 치료는 원치 않는다'고 말했다. 그렇게 부탁하고 병실에 돌아온 아내에게 조는 "나 이제 죽는 거지?" 하고 또렷한 어조로 물었다. "괜한 말 하지 말고 기운 내세요" 하고 화제를 바꾸자 조는 그날 이후로 '죽음'에 대한 이야기는 한 번도 꺼내지 않았다.

1995년 2월 25일 오후 8시 10분 조 다쓰야는 영면에 들었다. 아내는 조가 타계한 뒤에 떠오른 생각들을 이렇게 정리했다.

"지난 투병 생활을 되돌아보면, 남편은 죽음에 대해 그다지 두려워하지 않았던 것 같아요. 본래 무신론자로 종교나 신앙에 의지한 적도 없었어요. 지금 생각해 보면 '나 이제 죽는 거지?'라고 물었을 때, 만일 회피하지 않고 죽음을 전제로 이야기를 나눴어도 남편은 별로 동요하지 않고 자신의 죽음에 대해 담담히 속마음을 털어놨을 거예요.

---

5   혼자서 여러 배역을 '이야기'로 연기하는 전통 예능. 만담.

그랬다면 훨씬 더 풍성한 대화를 나눌 수 있었을 텐데 그러지 못한 게 아쉬워요.

암이라는 병은 참 이상해요. 투병 중에 수없이 생사를 오락가락해요. 죽음이 전혀 떠오르지 않을 만큼 건강을 되찾기도 하고, 또 갑작스레 악화되기도 하고요. 그러니 의식이 또렷할 때 많은 이야기를 나눠야 해요. 사후에 대해서도 거리낌 없이 이야기하지 못한 게 안타깝습니다.

내 조카딸 중 하나는 38세로 뇌종양 말기 진단을 받았을 때 남편뿐만 아니라 주위 사람들의 협력을 얻어 자녀 문제, 재산 문제 등 신변 정리를 깨끗이 마무리했습니다. 그러고는 편안한 마음으로 호스피스 시설에서 지내다 숨을 거뒀습니다."

9장
_____

엄숙한 죽음은
최대의 유산

"엄숙한 죽음은 최대의 유산"
다카다 신카이 (1937-1997 승려)

"마지막 삶에 대해 깊이 생각할 기회"
다카다 고인 (1924-1998 승려)

자연스러운 죽음

즉신성불卽身成佛[1].

오로지 그 길을 추구하며 실천했고 이윽고 성취한 스님이 있다. 진행성 암의 경과를 순순히 받아들이며 적극적 치료를 거부했다. 병든 육신 자체를 하나의 순수한 자연체로 인정하고 마지막 순간을 맞이했다. 말은 간단하지만 실제로 그 길을 따르려면 엄청난 고통과 시련을 이겨 내야만 한다.

다카다 신카이高田眞快. 도쿄 동쪽 에도가와 구 기타고이와에 자리한 진언종 천통사 말사 도센지唐泉寺의 주지스님이었다.

---

1   깨달음을 얻어 현재 육신 그대로 부처가 된다는 의미.

상인두암上咽頭癌 투병 생활 7년. 발병 초기에는 종합병원에 입원해 집중 치료도 받았지만 이후 의학적 치료는 거의 외면했다. 사찰 이름을 별칭 '간후지데라癌封じ寺[2]'라고 명명하고, 모터사이클 할리데이비슨을 타고 전국 각지를 돌아다니며 강연과 설법을 했다. 시코쿠 88개소 사찰순례도 했다. 결코 병에 끌려 다니지 않고 스스로 주도적인 삶을 펼쳤다.

신카이 스님은 사후에 발간된 책《'암을 봉인한 절' 주지스님 분투기—버리고 걸어라》로 화제를 불러일으키며 세상에 널리 알려졌다. 예리한 눈빛, 긴 백발을 세 갈래로 묶은 풍모는 강렬한 개성의 상징이었다.

신카이 스님은 말기 암에 걸린 몸으로 마지막 순간까지 자신의 집, 곧 절집에서 지냈다. 이는 재가 호스피스 완화 의료의 선구자인 가와고에 고우川越厚 의사의 진솔한 뒷바라지가 있었기에 가능했는지도 모른다.

신카이 스님이 지인의 소개로 가와고에 의사와 처음 만난 날은 1997년 1월 16일. 당시 가와고에 의사는 도쿄대학교 의학부 시절에 활동했던 YMCA 선배의 요청으로 도쿄 스미다 구에 위치한 사회복지법인 산이쿠카이贊育會 병원[3]의 병원장을 맡고 있었다. 첫 만남은 원장실에서 이루어졌다.

2   암을 봉인한 절.
3   1918년 그리스도 정신을 실천한다는 이념으로 설립된 병원.

목구멍 깊숙이 생긴 인후암은 점점 커져서 뇌를 압박할 정도였다. 이로 인해 음식물이 기관지로 들어가지 않고 식도로 넘어가도록 지시하는 설인舌咽신경이 마비되었다. 딱딱한 음식물은 전혀 넘기지 못했고, 물을 마시면 일부가 콧구멍으로 흘러나왔다. 목구멍 안쪽의 점막 밑에는 경동맥이 지나가기 때문에 자칫 그 혈관이 터져 대량 출혈이 일어날 위험성도 안고 있었다. 일상적으로 기관지, 목, 폐의 통증과 무력감에 내내 시달렸다. 게다가 조금만 움직여도 숨이 찼고, 목이 쉬어 말하기도 힘들었다.

신카이 스님의 생명이 불과 한두 달밖에 남지 않았다고 판단한 가와고에 의사는 그동안 나눈 대화나 저작물을 통해 스님의 호방한 성격을 익히 알고 있었기에 솔직히 말했다.

"입으로 음식을 먹을 수 있다면 굳이 수액을 맞을 필요가 없습니다. 이제 곧 입으로는 아무것도 먹지 못하게 되고, 물도 마실 수 없게 됩니다. 다시 말해 서서히 죽음이 다가오는 겁니다. 혹시 이것이 자연의 순리라는 게 아닐까요? 옛날에 스스로 동굴 속에 들어가 곡기를 끊고 죽음을 맞이한 수도승도 있었다는 이야기를 들었습니다. 스님도 그런 죽음을 맞이할 겁니다."

그때까지 가와고에 의사 앞에서는 언제나 익살을 부리며 어떻게든 밝은 분위기를 만들려고 애쓰던 신카이 스님이 갑자기 진지한 표정을 짓고는 옆에 있던 아내 쇼엔에게 나지막한 목소리로 말했다.

"쇼엔, 그게 바로 즉신성불이지."

그러고는 다시 가와고에 의사를 바라보며 분명히 말했다.

"나도 그렇게 죽고 싶소. 그래서 수행을 한 거죠."

이틀 뒤 1월 18일 신카이 스님은 처음으로 절집에서 가와고에 의사의 왕진 진료를 받았다. 에도가와 제방이 한눈에 들어오는 도센지의 본당 건물은 철근 3층 구조였다. 2층은 호마단護摩壇[4]이 놓인 널찍한 법당이고 3층은 스님이 머무는 처소로 이를테면 살림집이다.

그날은 3층 처소에 딸린 식당에서 이야기를 나눴다. 신카이 스님 옆에는 아내 쇼엔이 앉고, 가와고에 의사 옆에는 말기 암 환자를 돌보는 재가 호스피스 전문 기관 '백십자白十字 방문 간호 스테이션'에서 파견된 가와고에 히로미 간호사 그리고 호스피스 완화 의료를 전공하는 젊은 의사가 나란히 앉았다. 간호사 가와고에 히로미는 가와고에 후미 의사의 아내였다. 이처럼 의사·간호사 부부가 한 팀이 되어 움직인 것은 우연찮게도 마침 그날 '백십자 방문 간호 스테이션'의 근무 일정에 따른 것이다.

기본적인 면담을 마친 가와고에 의사는 말기 암 환자의 존엄성을 지켜 주기 위한 중요한 질문을 했다.

"스님, 혹시 무언가 하고 싶은 것은 없습니까?"

"없습니다."

"그럼 이제 삼도천三途川[5]을 무사히 건너가는 일만 남았군요."

---

4   불을 피우고 그 불길 속에 공양물을 던져 태우는 의식(호마)을 치르는 제단.
5   불교에서 망자가 저승길에 건너야 하는 강.

재가 호스피스 완화 의료를 받다가 집에서 죽기로 작심한 신카이 스님은 남달리 호탕한 걸물이었기에 이런 허심탄회한 대화가 가능했다.

"아차! 중요한 계획이 하나 있습니다. 3월 31일 생전장生前葬[6]을 치르려고 하는데 가능한지요?"

신카이 스님은 3월 31일 환갑을 맞이한다. 이어서 말했다.

"홍법대사가 떠난 건 62세, 아버지가 떠난 건 61세, 나는 이 절을 지을 때 60세에 떠나겠다고 본존에 모신 부동명왕께 약속했습니다."

만일 60세 생일날, 즉 환갑날에도 살아 있다면 그날 생전장을 치르겠다는 것이다. 그러나 3월 31일까지는 앞으로 두 달 반쯤 남아 있었다. 그때까지 생존하기는 의학적으로 어렵다고 판단한 가와고에 의사는 솔직히 말했다.

"아아, 그러셨군요. 하지만 그때까지는 힘들 것 같습니다."

"아아, 그렇군요."

스님은 아쉬운 듯 반문했으나 곧이어 이렇게 말했다.

"그래도 상관없습니다. 그때는 본장本葬으로 치르면 되니까요."

한자리에 있던 젊은 의사는 어안이 벙벙한 얼굴로 가와고에 의사와 신카이 스님을 번갈아 바라보았다. 의사와 환자가 스스럼없이 이런 대화를 나눈다는 자체가 신기했기 때문이다. 가와고에 의사와 신

---

6   살아 있는 동안에 미리 치르는 자신의 장례식.

카이 스님은 인간적으로 서로 통했다. 그랬기에 틀에 박힌 소리로 빙빙 돌려가며 표현하지 않고 솔직담백하게 말할 수 있었다.

사흘 뒤 1월 21일 신카이 스님의 호흡이 불안정하다는 전화 연락을 받은 가와고에 의사는 곧바로 가와고에 간호사를 호출해 재가용 호흡장치를 준비하라고 일렀다. 가와고에 의사 등 3명은 밤늦게 절로 향했다.

응급처치로 평정을 되찾은 신카이 스님은 산소흡입기의 관을 코에 끼우고 전기담요 위에 가부좌를 틀고 앉아 있었다. 그래도 건강한 모습으로 "이제는 죽을 자신감이 생겼습니다" 하고 말했다.

가와고에 의사가 진료를 계속하는 동안 가와고에 간호사는 쇼엔을 옆방으로 불러 응급상황 대처법을 설명했다. 특히 대량 출혈에 대한 조처였다.

"언제든 사용할 수 있도록 검정 비닐봉지와 수건을 넉넉히 준비해 두세요. 만일 출혈이 일어나면 스님이 보지 못하도록 유의하면서 수건으로 입을 닦아 주세요. 피 묻은 수건은 검정 비닐봉지 속에 얼른 얼른 버리세요."

환자가 토하는 피는 검붉다. 환자도 가족도 그것을 보면 충격을 받는다. 따라서 재가 호스피스 완화 의료에서 피를 쏟을 우려가 있는 말기 암 환자의 침구는 짙은 색상을 권한다.

그런 상태에서도 신카이 스님은 앞으로 할 일을 일정표에 빼곡히 적어 놓았다. 입춘 법요식 입정도 잡아 놓았고, 고향 오카야마에 들러 여섯 살에 백혈병으로 숨진 딸아이의 묘지도 찾고 싶었다. 게다가 오키나와에 가서 바다낚시도 하고 싶었다. 가와고에 의사는 그 일정표 보며 곤혹스런 표정을 지었다. 지금 몸 상태로는 어림없는 계획이었다. 신카이 스님은 의사의 심중을 헤아리고 오카야마 성묘와 오키나와 여행에는 가위표를 쳤다.

웬만큼 숨쉬기가 편안해지자 또다시 음식 욕구가 치솟았다. 목구멍이 종양으로 거의 막혀서 음식물을 삼키려면 엄청난 통증이 뒤따랐지만 그래도 먹고 싶은 것이 떠오르면 그냥 넘어가지 않았다. 낮에는 문병객이 들고 온 카스텔라를 한 조각 먹었다. 저녁에는 주먹밥 하나와 장어구이를 약간 먹었다. 만일 병원에 입원했다면 금식을 강요당하며 날마다 수액만 맞고 있었을 것이다. 그러나 집에 머물고 있었기에 스스로 먹을 수 있을 만큼 먹었다. 비록 한입이라도 자신의 입으로 직접 먹을 수 있었다.

암을 이긴다는 것

병세가 일진일퇴하는 가운데 신카이 스님은 가끔 2층 본당에 내려가 호마단 앞에서 호마목을 사르기도 하고 염불도 외웠다. 2월 법회를 앞둔 날에는 마당에 나가 비를 맞으며 천막을 치기도 했다. 또한 입춘 법요식도 무사히 끝마쳤다.

입춘이 지나자 신카이 스님은 별안간 오카야마나 오키나와로 떠날 수 없는 대신 이즈의 아타미 앞바다에 떠있는 섬 하쓰시마를 가겠다고 우겼다. 드넓은 바다를 바라보며 낚시를 하고 싶었던 것이다. 아내 쇼엔이 운전하는 차를 타고 가고 싶었으나 쇼엔은 절의 용무 때문에 움직일 수 없었다. 그동안 스님의 두 누이동생과 어머니가 절에 머물며 간병을 하고 있었는데, 두 누이동생은 도쿄 지리가 서툴러 운전하기 어렵다며 아타미 여행을 반대했다. 그러자 스님은 자신이 직접 운전하겠다고 나섰지만 모두 말렸다. 그러자 "나를 묶어 두려고 작당을 했군" 하며 잔뜩 화가 나서 가족들하고 아무 말도 하지 않았다.

쇼엔의 전화를 받은 가와고에 의사는 곧바로 절로 달려왔다. 가족이 모두 모인 자리에서 가와고에 의사는 "바다에 가서 기분전환도 하고 기운을 얻으려는 스님의 마음은 충분히 알지만 지금 몸으로는 무리입니다. 게다가 마약성 진통제를 쓰고 있기 때문에 운전은 위험합니다." 하고 분명히 말했다. 그리고 이렇게 덧붙였다.

"암을 이긴다는 것은 단순히 병을 고치고 일어선다는 의미가 아닙니다. 설사 암에 걸려 죽더라도 끝까지 암에 굴복하지 않고 의연히 살았다면, 그것이야말로 암을 이긴 겁니다. 스님은 지금 암을 이겨 내고 씩씩하게 살아가고 계십니다. 이건 아무나 흉내 낼 수 없습니다. 결국 언젠가는 암으로 목숨을 잃겠지만, 끝까지 훌륭한 모습을 보여 주십시오."

신카이 스님은 침대 속에 잠자코 누워 있었다. 가와고에 의사는 스님의 가족들과 격의 없이 이런저런 이야기를 나눴다.

"이제는 쇼엔 스님만 옆에 계시면 충분합니다. 신카이 스님은 앞장 서서 삼도천을 멋지게 건너간다고 하셨는데, 그렇게 불쑥 떠나진 않 을 거예요."

그때 갑자기 "하하하하하" 하고 신카이 스님은 큰 소리로 웃음을 터뜨렸다. 스님은 한마디도 하지 않았지만 가족과 충분한 대화를 나 눈 셈이다.

신카이 스님은 가와고에 의사에게 진료를 받으면서 색다른 제안을 했다. 자신도 병상 일지를 쓰고 있지만, 의사의 눈으로 자신의 병에 대해 기록해 달라고 부탁했다. 그래서 가와고에 의사는 신카이 스님 사후에 그의 만년의 모습과 일화 등의 기록을 묶은 책《액티브 데스 active death—신카이 스님, 죽음의 선택》을 펴냈다.

입춘이 지나면서 신카이 스님의 병세는 나날이 악화돼 물도 삼키 기 힘들 정도가 되었다. 자력으로 음식을 먹지 못해 위에 튜브를 연 결해 음식물을 공급하거나 쇄골 아래쪽의 중심 정맥에 관을 삽입해 영양제를 주입할 수밖에 없는 단계에 이른 것이다. 가와고에 의사는 신중에 신중을 기하기 위해 신카이 스님의 뜻을 다시 한 번 물었다.

"나는 그렇게는 살고 싶지 않습니다."

신카이 스님은 연명 치료에 대해 단호히 거부의사를 밝혔다.

3월에 접어들면서 병세는 더욱 악화됐으나 오히려 정신적인 면에 서는 별로 어려움이 없었다. 스님은 의기양양할 정도로 태연했다.

3월 4일, 가와고에 의사는 이렇게 기록했다.

저녁에 왕진을 가니 스님은 침상에서 몸을 일으켜 정좌하고 인사를 했다. 이제는 성대가 제 기능을 발휘하지 못해 목소리도 완전히 쉬었다. 말할 때마다 말꼬리가 잘려 나가 말귀를 알아들을 수 없다. 목구멍에서 턱에 이르기까지 단단한 종양으로 가득 뒤덮여 있는 상태다. 물 한 모금도 간신히 넘길 수 있다. 그런데도 여전히 식욕은 왕성하여 무언가 먹을 궁리만 한다. 낮에는 수박을 조금 먹었다고 한다.

가와고에 의사가 "먹지 못해도 먹으려는 그 마음이 중요합니다" 하고 말하자 스님은 왼손 엄지와 검지로 동그라미를 만들어 보이며 씽긋 웃었다. 그러고는 피우던 담배를 재떨이에 올려 놓고 컵을 들어 물을 마셨다. 그러나 물은 목구멍으로 넘어가지 않고 거의 다 콧구멍으로 쏟아져 나왔다. 스님은 밭은기침을 하면서 얼굴에 흘러내리는 물을 태연히 수건으로 닦았다.

가와고에 의사는 그 여유로운 태도에 감동해 옆에 앉아 있는 쇼엔에게 "스님 같은 분이야말로 정말로 암을 이겨 냈다고 말할 수 있는 겁니다" 하고 말했다.

그리고 이틀 뒤 3월 6일 정오 직전, 스님은 마침내 엄청난 피를 토했다. 덩어리진 고혈과 투명한 선혈이 뒤섞인 대량 출혈이었다. 때마침 방문한 가와고에 간호사가 지혈제 등을 주사했지만 출혈은 좀처럼 멈추지 않았다. 오후 2시가 지나서야 가까스로 출혈이 멎었다.

긴급 호출을 받고 가와고에 의사가 달려왔을 때 스님은 탈진상태로 침대 밑에 웅크리고 앉아 어깨를 들썩이며 힘겹게 숨 쉬고 있었다.

방 안에는 스님을 중심으로 가족과 신도, 사찰 관계자 등 많은 사람이 둘러앉아 있었다. 스님의 손을 움켜잡은 사람, 등을 주무르는 사람, 합장하고 기도하는 사람 등 저마다 스님의 쾌유를 빌었다. 개중에는 사진을 찍는 사람도 있었다. 스님이 미리 "이것이 죽어가는 모습이다. 사진으로 잘 찍어 둬라" 하고 일렀다고 한다. 언제나 담대한 쇼엔도 이때만큼은 눈물을 글썽거렸다. 가와고에 의사가 신경안정제를 주사하자 스님은 차분한 얼굴로 침대에 누웠다.

그 전날 신카이 스님은 택시를 불러 쇼엔과 어머니, 누이동생과 함께 인근 요릿집에 가서 저녁식사를 나눴다. 전적으로 가족을 위한 자리였다. 스님도 이런저런 음식을 조금씩 맛봤다고 한다. 그리고 오늘 아침에는 땅콩크림빵과 앙금도넛과 수박 8분의 1조각을 먹고 나서 커피까지 마셨다고 한다. 아무래도 땅콩크림빵과 앙금도넛이 목구멍에 상처를 내면서 출혈을 일으킨 것 같았다.

"스님, 이제부터 단팥빵은 드시면 안 돼요" 하고 가와고에 의사가 말하자 스님은 정색을 하고 "단팥빵이 아니라 앙금도넛입니다" 하고 말했다.

방 안에 웃음소리가 번졌다.

물도 끊었다

가와고에 의사는 "신카이 스님은 이제 곧 마지막 싸움을 맞이할 겁니다" 하며 쇼엔에게 앞으로의 대처법을 이야기했다.

"마지막이 그리 멀지 않았습니다. 물로 입술을 축이고 입안을 헹구는 건 괜찮지만, 물을 마시는 건 좋지 않습니다."

그때부터 신카이 스님은 조용히 잠들어 있을 적이 많았다. 물을 삼키면 오히려 불필요한 고통이 뒤따른다는 것을 이해한 스님은 물도 입에 대지 않았다. 그날부터 모든 음식을 끊었다. 스스로 선택한 아사餓死의 길, 다시 말해 확실히 굶어 죽기로 작정한 것이다. 가와고에 의사는 저서 속에 "그것이 스님의 마지막 목표였다"라고 적었다.

3월 10일 가와고에 간호사는 조만간 신카이 스님을 떠나보내야 하는 쇼엔을 위해 재가 호스피스의 바람직한 임종 방식에 대해 설명했다. 아래턱을 앞으로 내밀고 어깨를 들썩이며 거칠게 숨쉬기 시작하면 죽음이 임박했다는 징후로, 이른바 하악下顎호흡이라고 한다. 이런 상황이 벌어지더라도 의사나 구급차를 부르지 말고 가족은 죽어가는 환자 옆에 차분히 앉아 임종을 지킬 것, 호흡과 맥박이 완전히 멎은 다음에 의료진에게 연락할 것, 최후의 순간을 소란스럽고 어수선하게 만들지 않기 위해 임종 자리에는 가까운 사람들만 부를 것 등등 신카이 스님의 임종을 위한 지침사항을 말했다.

이튿날 3월 11일 이른 새벽 가와고에 의사는 쇼엔의 전화를 받았다. 혈압계에 혈압 표시가 나오지 않고, 숨결이 옅어지고, 손발이 차가워졌다고 한다. "때가 된 것 같습니다" 하고 가와고에 의사가 말하자 쇼엔은 담담한 목소리로 대답했다.

"네, 아주 편안해 보이세요. 이젠 괜찮습니다. 저희들끼리 임종을 지키겠습니다."

오전 6시 45분 신카이 스님은 잠자듯 편안히 숨을 거뒀다. 아내 쇼엔과 양가의 어머니 즉 모친과 장모 그리고 두 누이동생 등 모두 다섯 명의 여성이 임종을 지켰다. 본당에서 스님 셋이 향을 피우고 독경을 했다. 신카이 스님은 조용히 이승을 떠났다. 60세 환갑을 20일 남긴 날이었다.

신카이 스님이 재가 호스피스 완화 의료를 받은 기간은 1월 16일부터 3월 21일까지로 불과 두 달 남짓이다. 짧은 기간이었지만 즉신성불을 염원한 신카이 스님은 아내 쇼엔을 비롯한 가까운 가족들의 뒷바라지 그리고 호스피스 전문 의료진의 보살핌 속에서 그 길을 충실히 따랐다. 이는 전무후무한 희귀한 사례일지도 모른다. 말기 암에 걸린 몸으로 가혹한 시련이 뒤따르는 즉신성불까지도 성취할 수 있다는 것을 보여준 신카이 스님의 만년은 진정한 존엄사를 원하는 이들에게 특별한 희망을 안겨 주었다.

낡은 가치관으로 보면 신카이 스님의 '마지막 선택'은 극단적인 개인주의로 비칠 수도 있으나 과학주의 · 관리주의 · 효율주의가 주도하는 현대 사회에서 이는 지극히 자연스러운 자기표현인지도 모른다.

인생에 단 한 번밖에 없는 죽음에 직면했을 때 자신의 철학을 지키며 자기중심으로 산다는 것은 가치 있는 일이다. 이런 관점에서 신카이 스님의 '생과 사'의 모습을 바라보면 호쾌하고도 상쾌한 기분이 든다.

남편의 마지막을 옆에서 지킨 쇼엔은 힘든 일도 많았지만, 실로 감사한 날들이었다고 한다. 신카이 스님이 입적한 뒤에 도착한 가와고에 의사 앞에서 쇼엔은 잠깐 슬픈 표정을 지었지만 곧 평상심을 되찾고 차분한 말씨로 말했다. "지난 두 달 동안 정말로 행복했습니다. 스님 옆에서 줄곧 지낼 수 있었으니까요. 스님은 항상 밖으로만 돌아다니고 저는 혼자서 늘 외톨이로 지냈는데, 그렇게 마지막 날들을 함께 할 수 있었으니 정말로 감사합니다."

신카이 스님의 일생은 그야말로 파란만장했다. 오카야마에서 태어나고 자라 그곳에서 가정도 꾸렸으나 여섯 살이었던 딸아이를 백혈병으로 잃은 뒤부터 술에 빠져 살았다. 곧이어 가정도 깨졌고 모든 것을 잃었다. 오랜 방황 끝에 마흔 살 늦깎이로 발심을 일으켜 진언밀교[7]의 불문에 들어갔다. 그리고 엄격한 수행을 쌓은 뒤 전국을 떠돌다가 도쿄에 도센지를 세웠다. 50세에 지인의 소개로 한 여인을 만나 부부의 연을 맺었다. 어쨌거나 절집에 들어와 살게 됐으니 출가득도를 했다며 그 아내에게 '쇼엔正圓'이라는 법명을 지어 줬다고 한다.

---

7   주술적이고 신비성이 강한 진언밀교眞言密敎는 '대승불교의 꽃'이라고도 하는데, 7세기 후반 당나라에 건너가 불법을 공부한 유학승 홍법대사 구카이空海가 일본에 들여와 민간신앙으로 크게 일으켜 '진언종'이란 불교 종파로 자리 잡았다. 구카이가 입적한 고야산高野山 곤고부지金剛峰寺는 진언종 총본산 가람으로 일본 진언밀교의 성지다.

그로부터 1년 뒤 암에 걸린 신카이 스님은 절집을 쇼엔에게 맡기고 전국을 떠돌아다녔다. 그렇지만 뜻밖에도 마지막 날들을 함께 보낼 수 있었기에 쇼엔은 여한이 없다고 한다.

쇼엔은 신카이 스님이 입적한 뒤에야 비로소 남편으로부터 큰 선물을 받았다는 걸 깨우쳤다고 한다. 이에 대해서는 책의 말미에서 이야기하겠다.

야쿠시지 재건을 앞두고

불교라기보다 '불심佛心'을 널리 전파한 스님이 있었다. 아름다운 3층 탑으로 유명한 나라 현의 법상종法相宗 대본산 야쿠시지藥師寺의 관주管主[8]이며, 법상종파의 관장이기도 했던 다카다 고인高田好胤. 본디 유식학唯識學[9]을 탐구하는 학승이었으나 어느 날 문득 학문을 접고, 사바세계 대중들에게 '불심의 씨앗을 뿌리는 일'을 필생의 업으로 삼았다. 법상종의 시조인 중국 당나라 시대의 고승 현장삼장玄奘三藏 법사가 일생을 경전 번역에 바쳤듯이 고인 스님은 '경전 필사 정진'에 바친 인생이었다.

일찍 부모를 여의고 초등학교 5학년인 11살 때 야쿠시지에 입산해

---

8   일본 법상종 사찰의 직책으로, 주지스님에 해당한다.
9   대승불교의 공空 사상에 근거하여 개개인의 존재는 여덟 종류의 식識에 의해 이루어진다는 견해. 여덟 종류의 식識이란 다섯 가지 감각(시각·청각·후각·미각·촉각) 그리고 의식과 두 가지 무의식을 가리킨다.

이승을 떠나는 날까지 오직 승려의 길을 걸었다. 청년 스님 시절에는 연간 15만 명이 넘는 수학여행단이 찾아오는 야쿠시지의 홍보 담당을 맡아 불교의 대중화에도 앞장섰다. 내방객들은 사찰을 안내하면서 간간이 곁들이는 고인 스님의 구수하면서도 익살스러운 설법에 친근감을 느꼈다.

1967년 43세에 야쿠시지의 관주가 되었고, 그해 법상종 관장에 올랐다. 그러자 무로마치室町시대[10]에 소실된 금당 등을 복원하기 위해 가람 재건 불사를 일으켰다. 그 기금을 마련하기 위해 반야심경 필사 정진수행을 제안했다. 반야심경 필사본을 야쿠시지에 봉납하고 1권당 1천 엔의 후원금을 시주하는 것이다. 애초 1백만 권 봉납을 목표로 시작했으나 좀처럼 달성할 수 없었다. 그저 가만히 앉아 있으면 불자들의 호응을 얻을 수 없다고 판단한 고인 스님은 직접 전국을 돌아다니며 '경전 필사 정진 운동'을 펼쳤다. 한 달에 3분의 2는 전국 각지를 돌며 강연 및 행사를 열었고, TV와 라디오 등 방송매체에도 출연해 '경전 필사 정진'에 동참해 달라고 호소했다.

경전 필사 정진은 범국민적 선풍을 일으켜 1976년에 무난히 1백만 권 봉납을 달성했고, 마침내 금당도 완공했다. 그 이후에도 필사 정진 운동은 계속해서 발전해 야쿠시지의 서탑, 중문, 회랑 등 차례차례 재건 불사가 이루어졌다. 그리고 1996년부터 대강당도 짓기 시작

---

10   14세기 중반.

했는데, 한창 공사가 진행 중인 11월에 고인 스님이 뇌경색으로 쓰러져 병원에 입원했다. 다행히 신속한 대처와 적절한 재활 치료로 신체 기능에도 언어에도 별다른 후유증 없이 거뜬히 일어났다.

그런데 이듬해 1997년 갑자기 기운이 없어졌고, 심한 복통과 함께 황달 증세가 나타났다. 담석증 진단을 받고 담관 일부와 담낭을 잘라내는 수술을 받았다. 그리고 병리 검사 결과 담관암으로 판명됐다.

딸 쓰야코는, 아버지 고인 스님이 비록 암 확진 판정을 받았지만 체력을 잃지 않고 면역력만 유지하면 암과 공존하며 너끈히 살아갈 수 있다고 확신했다고 한다.

1990년대 후반은 의료계에 큰 변화가 일어난 시기로, 의사가 암에 걸린 말기 환자에게 병에 대해 충분히 알려주는 인폼드 콘센트 제도가 정착하기 시작했다. 특히 사회적으로 중요한 위치에 있거나 어떤 일에 중대한 매듭을 지어야 하는 말기 환자의 경우, 의료진은 병명이나 병세 등을 확실히 밝혔다. 그럼에도 불구하고 사회적으로 주목받고 있던 고인 스님에게는 어째서 의료진이 병명도 밝히지 않고 병세에 대해서도 제대로 경과보고를 하지 않았는지 나로서는 이해하기 힘들다. 고인 스님은 자신이 시한부 말기 암에 걸렸다는 사실을 전혀 몰랐기에 마지막 삶에 대해 깊이 생각할 기회를 잃은 셈이다.

1997년 8월, 고인 스님은 재수술을 받았다. 이후 스님은 눈에 띄게 야위어 갔다. 본래 동안인 데다 체격도 다부져 나이에 비해 젊게 보였는데, 그날 이후로 급격히 쇠약해지면서 순식간에 노인으로 변했다.

그때부터 입·퇴원을 되풀이하면서 힘든 나날을 보냈다. 그러나 누군가를 원망하거나 한탄하는 말은 한 번도 내비치지 않고, 갖가지 통증이 뒤따르는 고통스런 검사나 치료를 묵묵히 견뎌 냈다. 그 투병 자세는 "참고, 참고 또 참아라", "고생과 사이좋게 지내면 언젠가는 고생도 나와 한편이 되어 평온해진다"는 '고인 스님 어록'을 스스로 실천하는 것처럼 보였다.

33년 만의 재결합

고인 스님의 가장 큰 힘은 역시 가족이었다. 오래전 이혼했던 전 부인 와카코와 다시금 혼인하여 가족의 보살핌을 받을 수 있었다. 야쿠시지 부주지 시절 고인 스님은 도쿄에서 수학여행 온 여고생이었던 와카코를 처음 만나 편지를 주고받았다. 4년 뒤인 1954년, 두 사람은 30세와 21세의 나이에 결혼했다. 그러나 부부생활은 10년 만에 끝났다. 와카코는 초등학교 2학년 딸 쓰야코를 데리고 도쿄 친정집으로 돌아갔다. 그렇지만 서로 미워하는 감정은 전혀 없었다. 비록 부부의 연은 끊겼을망정 스님과 두 모녀는 수시로 허물없이 만나는 관계를 이어 갔다.

1996년 1월 고인 스님이 뇌경색으로 쓰러져 입원했을 때, 가끔씩 교토에 들르던 와카코는 볼일을 마치고 나라의 병원으로 달려갔다. 딸 쓰야코도 아버지를 만나러 도쿄에서 급히 나라로 달려왔다. 간단한 요리가 가능한 1인용 병실에서 두 모녀는 간이침대에서 잠자면서 스님을 극진히 돌봤다. 야쿠시지의 젊은 스님들도 돌아가면서 간병을 했다.

쓰야코가 쓴 책《아버지 다카다 고인》에 따르면 스님이 보름쯤 후 의식을 되찾았을 때 와카코가 말했다.

"스님의 병은 제가 만들어 드리는 음식으로 고칠 수 있습니다. 앞으로 1년간 제가 만드는 식사를 드시겠다면 스님 옆에 있겠습니다."

스님은 아무 망설임 없이 대답했다.

"그럼 베코(와카코의 애칭)가 해 주는 밥을 먹겠습니다."

와카코는 도쿄 생활을 모두 정리하고 나라로 돌아오기로 마음을 굳혔다. 쓰야코도 '스님이 살아 있는 것이 사회에 도움이 된다'고 생각하고 생활 터전을 나라로 옮겼다.

스님은 5개월의 입원 생활을 마치고 절로 돌아왔다. 며칠 후 1997년 6월 1일 일요일, 쓰야코는 어머니 와카코와 함께 구청에 혼인신고를 하러 갔다. 서류를 받아든 당직 직원은 쓰야코를 향해 "당신이 결혼하는 건가요?" 하고 물었다.

"아니요, 이쪽에 있는 저희 어머니의 결혼입니다."

쓰야코가 그렇게 말하자 와카코는 활짝 웃었다. 이혼한 뒤 33년 만의 재혼이었다. 한 달쯤 지난 7월 9일 야쿠시지 경내 자은전에서 고인 스님의 퇴원 축하 잔치가 열렸다. 스님은 늠름하게 행동했다. 연회가 끝나갈 즈음 인사말을 하면서 당당히 말했다.

"내가 병드는 바람에 와카코가 돌아왔습니다. 6월 1일에 혼인신고를 했습니다. 아무 조건 없이 단지 나를 돌보기 위해 돌아왔습니다. 부디 와카코를 따뜻하게 맞이해 주십시오."

죽음이 만들어 내는 '화해'

스님의 상태가 나빠져 다시 입원한 건 그 이튿날이었다. 그때부터 일진일퇴의 투병 생활이 시작되었다. 그러다 마지막으로 병원에 입원한 날은 1998년 4월 29일이었다. 그날 의사가 병실에 들어와 스님의 상태를 살핀 후 가족을 별실로 불러 "앞으로 3일쯤 남았습니다" 하고 말했다. 음식은 전혀 넘기지 못했고, 오직 수액으로 영양 섭취를 했다. 이는 재가 호스피스와 정반대의 대응법이다.

그런데 3일이 지나도 용태는 더 이상 나빠지지 않았고, 죽음을 암시하는 뚜렷한 조짐도 없었다. 게다가 2주 후에는 유동식까지도 먹을 수 있었다. 쓰야코는 "아버지가 강인한 마음으로 병을 물리쳤다"는 생각이 들었다고 한다. 그 무렵 스님은 자신의 죽음을 예견했는지 마음속에 묻어 두었던 이야기를 꺼내며 와카코에게 용서를 빌었다.

"내가 병들지 않고 건강했을 때 어머니에게 너무 야속하게 굴어 미안하오. 젊은 시절부터 절을 일으켜 세운답시고 노상 돌아다니느라 재산이라곤 한 푼도 모아 놓지 못했으니 면목이 없소. 내가 죽으면 어머니가 어찌 살아갈지 걱정이구려."

스님은 아내 와카코를 언제나 '어머니'라고 불렀다. 와카코는 연신 죄스러워하는 남편을 위로했다.

"무슨 말씀이세요. 제가 시집왔을 때는 아무것도 없는 썰렁한 절집이었는데, 그동안 스님이 열심히 일해서 대법당과 현장삼장玄奘三藏을 기리는 전각도 세우고 이것저것 엄청난 불사를 일으켰잖아요. 그런 사람의 아내가 됐다는 게 자랑스러워요."

그 말에 스님은 눈물을 흘렸다고 한다.

사생학死生學을 정립한 알폰스 데켄이나 호스피스 완화 의료의 선구자 가시와기 데쓰오柏木哲夫는 '죽음이 만들어 내는 놀라운 선물 중의 하나가 화해'라고 똑같이 말했다. 불화와 대립으로 등을 돌리고 살아가던 가족들이 한 죽음을 통해 서로 용서하고 겸허해진다. 다시금 따뜻한 정을 나누는 한 가족이 되는 것이다. 마음속 깊은 곳에서 우러나오는 진실한 감정이 '화해'로 이어지기 때문이다. 고인 스님은 죽음을 눈앞에 두고 자신이 설파했던 '불심'을 와카코와의 깊은 '화해'를 통해 몸소 보여 준 셈이다.

5월 말부터 병세는 더욱 나빠져 스님은 말도 하지 못했다. 단지 눈을 감기 일주일 전에 병상 곁을 지키는 와카코에게 외마디로 "어머니"하고 말했다. 그것이 마지막 말이었다.

6월 22일 오전 8시, 다카다 고인 스님은 조용히 숨을 거뒀다.

'엄숙한 죽음은 최대의 유산'이라고 고인 스님은 설법 속에서 자주 언급했다. 사람이 세상을 떠나면서 남길 수 있는 가장 소중한 유산은 금은보화가 아니라 '엄숙한 죽음'이라고 강조한 것이다. 웃어른의 엄숙함 죽음을 통해 후손들이 삶의 자세를 바로잡을 때 그 엄숙한 죽음이야말로 값을 매길 수 없는 위대한 유산이라고 했다. 쓰야코는 아버지 고인 스님이 그 '엄숙한 죽음'을 보여 줬다고 말한다.

고인 스님이 살아생전에 봉납한 불경 필사본은 6백만 권에 이르고, 법회 횟수는 전국 각지 831개소에서 모두 8,072회에 달한다.

10장

경영과 투병에의 의지

"이 방을 거쳐 간 환자분들은 이 시기를 어떻게 보냈나요?"
가와베 류이치 (1957-1998 미쓰비시 중공업 사원)

"좋은 임종을 맞이하고 싶은 소망"
가와케 지로 (1919-2004 오지제지 회장)

"하루빨리 회사에 복귀하려는 다급한 마음"
오카와 이사오 (1926-2001 세가 대표)

"언제나 사람이 최우선"
미카와 에이지 (1933-1999 요코가와 전기 사장)

"살아서 돌아올 테니 기다려 줘요"
모리 다케시 (1945-1998 터틀모리 에이전시 대표)

호스피스 벽신문

도쿄의 서부 외곽지역 철도 JR주오센 무사시고가네이 역에서 북쪽으로 걸어서 10분 거리에 자리한 조용한 주택가에 고즈넉한 정취가 감도는 종합병원이 세워져 있다. 가톨릭재단의 성 요한 사쿠라마치병원이다. 요사이 대형병원은 위압적인 거대한 고층건물로 바뀌는 추세지만, 오래된 건축물로 이루어진 성 요한 사쿠라마치병원은 유서 깊은 옛 모습을 그대로 간직하고 있다. 병원 뒤편으로 돌아가면 고풍스런 2층 건물이 나온다. 성 요한 호스피스 병동이다.

나무로 짠 현관문을 밀고 들어서면 마루도 병실문도 모두 목조로 이루어진 아늑한 실내 분위기에 저절로 마음이 차분해진다. 현관 중앙 홀의 벽면에는 르네상스 화가 보티첼리의 대작 〈봄〉 모사 작품이 걸려 있다. 현관 왼쪽에는 간호사 업무창구와 휴게실이 나란히 붙어 있고, 그 안쪽이 호스피스 병동이다.

1998년 1월부터 3월까지 개인병실 116호실에서 71일을 함께 보낸 부부가 있었다. 남편이 환자로, 미쓰비시 중공업 나가사키조선소 기술부직원 가와베 류이치河邊龍一. 한창 일할 나이 41세였다. 아내 다카코는 병실에 간이침대를 들여놓고 24시간 내내 남편을 돌보면서 지냈다.

당시 두 사람은 호스피스 병동의 유명 인사였다. 말기 환자는 물론이고 의사, 간호사, 자원봉사자 등 호스피스 병동의 모든 사람이 116호실의 방문을 주시했다. 가와베 부부가 삽화까지 곁들여 만드는 작은 벽신문《116뉴스》가 날마다 방문에 붙여졌기 때문이다. 그 벽신문의 인기는 대단했다.

2월 5일《116뉴스》에는 이런 내용이 적혀 있었다.

1월 16일 속옷 4벌이 든 손가방을 들고 입원한 K씨. 그런데 날이 갈수록 살림살이가 늘어나 116호실은 완전히 K의 보금자리가 되었다. K씨와 그의 아내는 116호실에 영주권을 신청하고 싶을 정도다.

그리고 다카코는 기사 옆에 시어머니가 직접 만든 쿠션, CD플레이어, 대량의 CD음반, 부부의 여행사진이 담긴 액자, 노트북, 봉제인형, 접이식 탁자, 꽃병, 무릎담요 등 집에서 옮겨 온 친근한 생활용품 하나하나를 색연필로 직접 그린 그림을 곁들였다.

병실 생활에서 일어나는 사소한 일화도 소개하고, 의사와 간호사의 모습도 재치가 넘치는 밝은 분위기로 묘사했다. 이렇게 말기 암 환자의 소소한 일상을 공개하는 벽신문은 어두운 생각에 빠져들기 쉬운 호스피스 환자나 가족들에게 잔잔한 기쁨을 선사했다.

"가와베 씨도 그런 생각을 하고 있구나", "그래, 우리도 똑같은 심정이야", "그 간호사에 대해 정확히 짚어 냈군" 등등 호스피스 병동 사람들은 116호실 방문에 붙은 벽신문 앞에서 서로 공감대를 나누며 동병상련의 형제애를 느꼈다.

가와베는 이곳에 들어오기 2년 전, 한 대학병원에서 대장암 절제 수술을 받았으나 1년 뒤 재발돼 두 번째 수술을 받았다. 그러나 진행성 암이었기에 수술 후 경과는 좋지 않았다.

그때 한 대학병원의 10인용 병실에 입원하고 있었는데, 이웃 침상과의 간격은 의자 하나 겨우 들어갈 정도로 비좁았다. 개개인의 사생활은 도저히 기대할 수 없는 구조로서 신음소리와 음식냄새로 가득찬 어수선한 병실이었다. 가족이나 친구 등 보호자가 환자 옆에서 밤 샘 간호를 할 수 있는 날은 수술 당일 하루뿐이었다. 아무리 건강한 사람도 그런 병실에 입원하면 당장 병에 걸릴 만큼 형편없는 환경이었다. 그 대학병원에 넌더리가 난 가와베는 적극적으로 병원을 알아보다가 성 요한 호스피스에 들어가기로 결정했다. 사전예약 후 빈자리가 나오자마자 입원했다.

병실을
'우리 집'으로

호스피스 병동에 들어온 가와베는 크게 놀랐다. 의사도 간호사도 환자를 대하는 방식이 대학병원과는 완전히 달랐기 때문이다. 야마자키 후미오 의사는 병실에서 첫 면담을 끝마친 후 먼저 오른손을 내밀어 가와베에게 악수를 청했다. 그리고 이렇게 말했다.

"가와베 씨, 잘 부탁합니다. 우리 함께 걸어갑시다."

야마자키 의사는 권위 의식이 없었다. 환자 앞에서 으스대는 말투는 전혀 쓰지 않았다. 환자와 동등한 위치에 서서, 환자의 호소나 고충에 귀를 기울이며 전문가로서 성심성의껏 최선을 다했다. 다카코는 그때 비로소 '우리는 정말로 환자와 함께 걸어가는 진짜 의사를 만났다'는 생각이 들었다고 한다. 환자의 숙변을 다루는 방식 하나만을 보더라도 얼마나 인간적인 의술을 베풀었는지 확실히 알 수 있다.

호스피스 병실에 입원한 가와베는 경구 마약성 진통제의 영향으로 제대로 변을 보지 못해 지독한 고통에 시달렸다. 야마자키 의사는 일단 수면제로 가와베를 잠재운 뒤 간호사와 함께 대장 속에 더운 물을 밀어 넣으면서 굳은 변을 빼내는 작업을 한 시간이 넘도록 되풀이했다. 마침내 믿기지 않을 만큼 어마어마한 양의 숙변이 쏟아져 나왔다. 요즘 세상에 이런 원시적인 의술을 펼치는 의사가 과연 몇이나 되겠는가? 첨단 의학을 다루는 대학병원의 의사 가운데 과연 누가 선뜻 이런 시도를 하겠는가? 환자의 입장에서 환자의 고통을 충분히 알고 있기에 어떻게든 그 고통을 덜어 주고 싶은 마음에서 베푼 의술로서 그야말로 인술仁術이었다.

호스피스에서 이런 날들을 보낼 수 있었기에 가와베는 몸 상태가 좋아졌을 때도 '집에 돌아가고 싶다'는 말을 한 번도 꺼내지 않았다. 아내 다카코 역시 71일간의 입원 생활 가운데 집에 다녀온 건 세 차례뿐이다. 다카코는 유아교육 전문가로 도쿄도립교육연구소에서 일했는데, 남편이 암 수술을 받게 되자 곧바로 퇴직하고 오로지 남편 병간호에 전념했다.

다카코는 남편 사후에 야마자키 의사와 공저로 펴낸 책《가와베 가족의 호스피스 그림일기, 사랑하는 생명을 떠나보낼 때》속에 이렇게 적고 있다.

나는 일을 그만뒀기 때문에 아무 데도 나가지 않고 언제나 남편 옆에 있을 수 있었다. 그러므로 우리 둘이 함께 있으면 거기가 어디라도 그곳은 '우리의 가정'이고, 그곳을 '우리 집'으로 바꿔 놓을 수 있다.

앞에 소개한 벽신문《116뉴스》에 다카코가 색연필로 그린 갖가지 일상용품은 병실을 '우리 집'으로 꾸미기 위한 소도구였다. 게다가 '영주권'을 신청하고 싶을 정도로 116호실을 진정한 안식처로 결정한 것이다.

두 부부는 정말로 한 가족이나 다름없는 의료진에 둘러싸여 116호실에서 자신들만의 라이프스타일을 추구하며 마지막 순간까지 살아가기로 마음먹었다. 다시 말해 '영주'하기로 마음을 굳힌 것이다. 그 결심이 너무 무겁고 심각한 느낌이 나지 않도록 벽신문에 "K씨와 그의 아내는 116호실에 영주권을 신청하고 싶을 정도다"라며 제삼자인 기자의 관찰자 시점으로 표현했다.

오직
귀 기울이는 의사

호스피스 생활을 날마다 그림일기에 담아 방문에 붙이기로 마음먹은 사람은 다카코였다. 가벼운 유머가 곁들인 그림일기를 만들기 시작한 동기는 죽음의 공포심에서 벗어나고 싶었기 때문이다. 문득문득 죽음을 떠올리면 어두운 블랙홀 속으로 끝없이 빠져드는 것만 같았는데, 그림일기를 시작한 뒤부터 그런 심리 상태에서 벗어날 수 있었다. 더욱 놀라운 변화는, 자신들의 일상을 한 발짝 물러서서 객관적으로 바라보는 시점을 갖게 되면서 밝고 긍정적인 마음가짐이 생겼다. 이처럼 자신을 바라보는 또 하나의 자신이 생기면서 죽음을 앞둔 무거운 상황뿐만 아니라 사사로운 일상에 대한 관점도 바뀌어 '마음의 안정'을 얻을 수 있었다. '마음의 습관'이 얼마나 중요한지 깨달았다.

다카코는 남편과 의기투합해 '116호실 신문사'를 설립해 남편은 편집장 그리고 자신은 기자를 맡았다. 기자는 대개 남편이 잠든 한밤 중에 글과 그림이 담긴 '기사'를 썼고, 그 이튿날 아침 편집장에게 보여 줬다. 편집장이 '좋다'고 승낙하면 그 그림일기를 사람들이 복도에서 볼 수 있도록 병실 문에 벽신문으로 붙였다. 벽신문은 날이 갈수록 애독자가 늘어나 일부러 다른 병동에서 휠체어를 타고 와서 읽는 환자도 있을 만큼 유명해졌다. 가와베 부부는 벽신문을 읽는 사람들을 바라보며 서로 미소를 주고받았다.

가와베가 숨지기 하루 전날인 3월 26일자 《116뉴스》의 그림일기에도 유머가 넘치는 그림을 실었다. 접이식 탁자 앞에 앉아 입을 크게 벌리고 허겁지겁 밥 먹고 있는 아내를 침상 옆 의자에 앉아 영양 보급을 위한 중심 정맥 링거 주사의 튜브를 가슴에 꽂은 채 물끄러미 바라보는 남편의 모습을 담은 정경이다. 그 남편이 신고 있는 슬리퍼를 화살표로 가리키며 "따뜻한 양털가죽 신발을 신고 호사스럽게 잘 지내고 있다"고 그림에 설명을 달았다. 게다가 그 옆에는 주유소에서 기름을 넣고 있는 자동차 그림을 곁들여 "왠지 좀 비슷하다"고 익살을 부렸다. 그리고 전체적인 촌평을 달았다.

모든 영양보급을 링거 주사에 의지하는 K씨, 그리고 한 방을 쓰면서 왕성한 식욕을 자랑하는 그의 아내, 이 부부를 따뜻한 눈으로 봐 주세요.

사랑하는 남편과 영원한 작별을 앞두고 이렇게라도 하지 않으면 금방 무너져 버릴 것 같은 절박한 심정을 역설적으로 표현한 것이다.

그리고 가와베 부부의 양가 부모와 형제자매가 자주 찾아와 병실에서 풍성한 이야기꽃을 피웠다. 가족들은 남편을 돌보는 다카코를 위해 집에서 직접 음식을 만들어 왔다. 어린 조카들은 고사리 같은 손으로 가와베의 몸을 주물러 주었다. 또한 거기에다 야마자키 의사도 옆에 있었다. 다카코에 따르면 가와베의 몸 상태가 최악으로 치달을 때 야마자키 의사가 정신적으로 큰 위안이 되어 몇 번이나 고비를 넘길 수 있었다고 한다.

사망 6일 전인 3월 21일 저물녘, 야마자키 의사는 1시간 남짓 가와베와 진지한 이야기를 나눴다. 가와베는 모든 불안감을 솔직히 털어놓았다.

"선생님, 지금까지 이 방을 거쳐 간 환자분들은 이 시기를 어떻게 보냈나요? 밤에 잠을 자려고 하면 왠지 아침에 눈을 뜨지 못할 것 같아 불안합니다. 무섭고 떨려서 잠들지 않고 계속 깨어 있고 싶고, 또 깨어 있으면 아프고 괴로워서 얼른 잠들고 싶고요. 이렇게 밤새 안절부절못하고 뒤척거립니다. 이제 일주일도 안 남았다는 생각이 들어요……."

가와베는 눈물이 줄줄 흘러넘쳐 좀처럼 말을 잇지 못했다.

"무엇을 보아도 무엇을 들어도 자꾸 눈물만 나요."

다카코는 남편이 '앞으로 일주일도 안 남은 것 같다'는 말을 꺼냈을 때 그가 얼마나 큰 고통과 슬픔에 휩싸여 있는지 짐작하고도 남았다. 일순 그녀는 정신이 아득해지고 눈앞이 캄캄했다. 그럼에도 눈물이 가득 고인 남편의 눈동자는 더할 나위 없이 투명하고 맑았다. 언제나 해맑은 모습이었지만 그날은 더더욱 차분한 표정이었다.

야마자키 의사는 약간 머리를 숙이고 가와베의 이야기에 집중했다. 단 한 번도 말을 자르지 않고 오직 듣기만 했다. 간간이 고개를 가만히 끄덕이며 공감을 표시했다. 간호사가 링거 주사를 점검하러 왔을 때도 전혀 눈길을 돌리지 않았다. 시계를 본 적도 없었다. 옆에 있던 다카코는 '지금 나는 오직 당신을 위해서만 존재한다'는 야마자키 의사의 자세를 생생히 느끼며 진정으로 감사하고 감격했다.

나는 10여 년 전 일본에 찾아왔던 현대 호스피스의 창시자 시슬리 손더스가 떠올랐다. 영국 세인트 크리스토퍼 호스피스병원의 손더스 의사는 특히 '경청'의 중요성을 강조했다. 죽음을 앞둔 환자 앞에서는 오직 귀를 기울이는 자세가 중요하다며 이렇게 말했다.

"자신의 처지를 모두 이해하고 전적으로 받아 줄 거라고 믿는 환자는 없습니다. 다만 어떻게든 이해하려고 애쓰는 마음을 지닌 사람이 그리운 겁니다. 어떤 말기 암 환자에게 '지금 가장 원하는 것이 무엇이냐'고 물어본 적이 있습니다. 그러자 '나를 알아주는 사람이 옆에 있으면 좋겠다'고 말했습니다. 다시 말해 자신의 이야기를 들어 줄 사람을 원하는 겁니다.

자신과 상대방의 입장을 바꿔 놓고, 시한부 환자의 심정을 이해하려고 노력하면 저절로 인간미가 넘쳐나면서 아름다운 인간관계가 펼처집니다. 그래야만 비로소 환자의 내면에 깊이 감춰진 고통이나 슬픔을 진정으로 어루만져 줄 수 있습니다."

일본의 일반적인 의료 현장의 전문 의료진은 치료 기술이나 실적에 따른 평가에만 온통 관심을 쏟을 뿐, 치료과정에서 의료진과 환자 사이의 소박한 인간관계 구축이 얼마나 중요한 요소로 작용하는지를 놓치고 있는 것 같다.

영국의 호스피스병원에선 '듣는 것'과 '기다리는 것'을 가장 중시한다. 그것이야말로 모든 의료진이 마음속 깊이 새겨 두고 환자 앞에서 최우선으로 지켜야 할 덕목이다.

야마자키 의사는 가와베가 건네는 간절한 이야기가 잠시 끊어지면, 그 무거운 공백을 메우기 위해 그간 자신이 돌본 호스피스 환자들의 감동적인 일화를 소개했다. 자신은 특정 종교의 신자는 아니지만 지금까지 수백 명의 임종을 지켜보면서 아무래도 '저 세상'이 있다는 느낌이 든다고 말했다. 그리고는 가와베와 동년배인 40대 말기 암 환자와 나눴던 대화를 들려 줬다.

그 호스피스 환자도 줄곧 대기업의 일원으로 살아온 남자였다. 그는 세상을 떠나기 일주일 전쯤, 저녁노을이 비치는 병실에서 야마자키 의사에게 "선생님은 사후 세계가 있다고 믿나요?" 하고 의사로서 가장 대답하기 어려운 질문을 던졌다. 특정 종교가 없는 야마자키 의사는 수많은 임종을 지켜본 경험을 통해 자신도 이제는 사후 세계가 있는 것 같다는 생각이 든다고 솔직히 말했다. "그렇지만 확증할 수는 없지요" 하고 야마자키 의사가 벙긋 웃자 그는 "선생님, 저는 사후 세계가 있다고 믿어요. 아, 그래요! 제가 죽은 다음에 그 사후 세계에서 선생님께 징표를 보내 드릴게요" 하고 말했다.

"아니, 그게 정말인가요? 어떤 징표를 보내 주시려고요?"

"만일 바람이 불지 않는데도 촛불의 불꽃이 흔들리거든 제가 찾아 왔다고 생각하세요."

그렇게 얘기한 그가 세상을 떠난 뒤부터 야마자키 의사는 촛불을 볼 때마다 그 불꽃이 흔들리는지 어떤지 유심히 살펴보게 되었다. 그러나 촛불의 불꽃은 한 번도 흔들리지 않았다. 그러다 어느 날 문득 깨달았다. 촛불의 불꽃이 흔들리든 흔들리지 않든 언제나 촛불을 볼 때마다 그의 존재가 생생히 되살아난다는 사실을.

야마자키 의사는 그 경험을 가와베에게 털어놓고 나서 이렇게 덧붙였다.

"죽음으로 육체는 끝날지라도 영혼까지 사라지는 것 같지는 않습니다. 영혼은 살아남아서 언젠가 우리는 영혼과 영혼이 다시 만날 수 있을 거예요. 아직 확신하는 건 아니지만, 죽음을 지켜볼수록 점점 더 그런 생각이 강해집니다."

그때 가와베의 눈동자는 빛났다고 한다. 다카코는 남편 사후에 펴낸 책《가와베 가족의 호스피스 그림일기》에서 그때의 심정을 이렇게 적었다.

야마자키 의사 선생님은 그동안 만난 수많은 죽음을 이야기했다. 하나같이 극적인 그 임종 장면을 떠올리며 남편은 '영혼은 계속해서 살아간다'는 확신을 갖게 되었다. 지금 나 역시 그것을 믿고 있다. 사람들은 흔히 '죽은 자는 산 자의 기억 속에 남아 살아간다'며 실체는 없다는 식으로 단언한다. 비과학적인 데다 도저히 설명이 불가능하므로 비웃을지도 모르지만 나는 인간의 영혼은 죽지 않고 영원히 살아간다고 믿는다. 남편의 영혼은 분명 존재하고 계속 살아가고 있음을 실감할 수 있다.

그럼에도 마음속에 뻥 뚫린 공백은 무엇으로도 채울 수 없다며 다카코는 이렇게 문장을 이어갔다.

'영혼은 계속해서 살아간다'고 확신하면서도 죽음은 역시 죽음인 것이다. 이제는 더 이상 남편과 즐겁게 이야기를 나눌 수도 없고, 그토록 좋아하던 산책도 할 수 없다.

사랑하는 사람을 잃어버린 사람에게 있어 '죽음은 역시 죽음'이라는 확증은 엄연한 진실이며 그 상실의 슬픔은 좀처럼 사라지지 않는다. 그렇다고 그 어두운 슬픔 속에 빠져 언제까지라도 허우적거릴 수는 없다. 도무지 슬픔을 떨쳐 내기 힘들더라도 '영혼은 살아남는다'고 확신하고 세상의 어떤 풍파가 들이닥쳐도 헤쳐 나가겠다고 마음먹으면 마침내 눈앞에는 아름다운 인생이 펼쳐질 것이다.

벚꽃 핀 날

찬란하게 빛나던 태양이 서쪽 하늘로 기울기 시작하면 이내 어둠이 깔리고 해는 서산 너머로 잠겨 든다. 그 시간은 뜻밖에도 아주 순식간이다. 사람의 생명이 마지막 순간을 맞이할 때도 이런 낙조와 비슷해서 실로 허망하기 짝이 없다. 그런데 본인이나 가족이나 그 시각이 가까이 다가오고 있음을 분명히 감지하고 있을지언정 그날이 내일이 될지 모레가 될지는 도저히 알아차릴 수 없다. 그래서 임종을 지켜본 뒤에야 문득 "불과 이틀 전만 해도 그렇게 건강했는데" 하는 생각이 스치며 삶에서 죽음으로 급변하는 과정이 좀처럼 믿기지 않는다.

세상을 떠나기 이틀 전인 3월 25일 가와베는 오전 내내 안정을 얻지 못하고 불안감에 사로잡혀 있었는데, 그래도 오후부터 차분해지면서 아내 다카코에게 산책을 나가자고 했다. 혼자서는 침상에서 몸을 일으킬 수도 없을 정도로 허약했기에 다카코는 남편을 양팔로 얼싸안고 조심스레 휠체어에 태웠다.

휠체어가 울퉁불퉁한 길에서 조금만 흔들려도 가와베는 극심한 통증 때문에 얼굴이 일그러졌다. 다카코는 산책을 멈추고 호스피스 병동의 목조 현관 앞에 휠체어를 세워 놓고 주차장 너머에 서있는 벚나무를 바라보았다. 벚꽃은 아직 꽃망울을 터뜨리지 못한 채 나뭇가지마다 가득 피어나고 있었다.

"벚꽃이 피기 시작했어요!"

다카코는 감동과 감격에 휩싸여 큰소리로 외쳤다. 그러나 극도로 시력이 나쁜 고도 근시의 가와베는 "멀어서 보이지가 않아" 하고 아쉬운 듯 힘없이 말했다. 남편을 벚나무 앞까지 데려가 꽃을 보여 주고 싶었으나 덜컹거리는 아스팔트 도로 위로 휠체어를 밀고 갈 엄두가 나지 않았다.

두 사람의 첫 데이트 장소는 벚꽃이 만발한 도쿄의 이노카시라 공원이었다. 그 추억을 기리기 위해 결혼한 뒤에도 연례행사처럼 해마다 벚꽃놀이를 갔다. 그만큼 특별한 의미를 지니고 있는 벚꽃, 다카코는 올봄에도 남편과 함께 벚꽃 구경을 할 수 있도록 벚꽃이 만발하는 날까지 어떻게든 남편이 살아 있게 해달라고 간절히 기원했다.

"앞으로 4~5일 뒤에는 벚꽃이 활짝 피어날 거예요. 그때 다시 와요."

다카코는 그렇게 얘기하고 병원 안으로 휠체어를 밀고 들어가면서 마음속으로 '제발 빨리 피어라' 하고 빌고 또 빌었다.

이튿날 3월 26일 정오 무렵 가와베는 대량의 하혈을 했다. 병실에서 가와베를 살펴본 야마자키 의사는 다카코를 복도로 불러내 "24시간 안에 떠날지도 모릅니다" 하고 말했다. 다카코는 머릿속이 텅 비고 온몸의 힘이 빠졌다. 가까스로 정신을 추스르고 병실에 돌아온 다카코는 용기를 내서 남편에게 말했다.

"이제 우리 둘이 같이 있을 수 있는 시간이 얼마 안 남았어요."

남편은 아무 말 없이 물끄러미 아내의 얼굴만 바라보았다.

"언제까지라도 줄곧 같이 있을 게요."

아카코는 그렇게 말하며 남편의 손을 잡았다. 가와베도 아내의 손을 힘껏 움켜잡았다. 해질 무렵, 제각기 연락을 받고 달려온 가족이 모두 한자리에 모였다. 한 사람씩 가와베의 머리맡에 다가가 "고마워요" 하고 마지막 작별인사를 끝마치자 가와베는 잠이 들었다. 편안히 잠든 얼굴이었다. 그날 밤, 다카코는 밤새 남편의 손을 잡고 있었다. 모든 가족은 가와베가 마지막으로 어머니에게 남긴 말 "되도록 다카코와 단둘이 있게 해 줘요"라는 부탁을 지키기 위해 병원 휴게실에 머무르며 가끔씩 병실에 들렀다.

3월 27일, 평온한 시간이 흐르고 있었다. 어둑어둑 땅거미가 지는 저물녘, 야마자키 의사와 간호사가 "가와베 씨, 벚꽃이 피었어요!" 하고 외치며 활짝 핀 벚꽃이 달린 나뭇가지 하나를 들고 병실에 들어왔다. 호스피스 병동 접수창구에서 환자와 가족을 위한 호스피스 코디네이터로 일하는 하세쓰네토가 병원 앞마당에 핀 벚꽃을 발견하고 가와베를 위해 꽃송이가 달린 나뭇가지 하나를 꺾어 와 야마자키 의사에게 건넨 것이다.

야마자키 의사는 벚꽃 나뭇가지를 가와베의 침상 위에 내려놓았다. 다카코는 올봄에도 남편과 함께 벚꽃 구경을 할 수 있음에 감사했다. 벚꽃이 놓인 남편의 침상 앞에서 야마자키 의사, 간호사와 함께 기념사진을 찍었다. 그러자 마치 마지막 벚꽃 구경을 기다리고 있었다는 듯 가와베의 혈압이 급속도로 떨어지기 시작했다. 다카코는 남편의 손을 꼭 움켜잡고 그동안 둘이서 만든 인생의 추억들을 감사의 마음을 담아 계속 이야기했다. 그 주위에 가족 모두 빙 둘러 서서 두 사람을 지켜보았다. 3시간쯤이 흘렀다. 오후 8시 반, 가와베는 깊은 숨을 토하고 영원히 잠들었다.

죽음이 멀지 않았음을 의식한 뒤부터 삶의 자세와 죽음을 수용하는 모습은 직업이나 지위에 따라 상당히 차이가 나겠지만 이보다도 더 큰 영향을 끼치는 요소는 연령, 성격, 인생관 그리고 가족과 의료인의 보살핌일 것이다.

가와베의 경우, 41세로 기업이라는 조직 속에서 기술자로 착실히 일했고, 조만간 간부가 되어 점점 더 원숙해질 나이였다. 그만큼 좌절감은 더 심할 수밖에 없었다. 야마자키 의사의 권유를 받아들여 호스피스 병동에 상주하는 사비나 수녀가 병실에 들어왔을 때, 가와베는 지난번에 야마자키 의사와 사후 세계에 대해 이야기를 나눌 때보다 더욱 솔직하게 자신의 마음속에 눌어붙어 떨어지지 않는 불안감을 낱낱이 털어놓았다. 가와베는 기독교인도 아니고 기독교 신앙을 품고 있지도 않았으나 사비나 수녀의 자애로운 모습에서 안도감을 느꼈는지도 모른다. 그때의 대화 내용을 다카코가 기록한 《가와베 가족의 호스피스 그림일기》에서 옮겨 적는다.

"이렇게나 비쩍 말랐어요."
"그래요, 정말 말랐네요."

"솔직히 앞으로 더 일하고 싶어요."

"네, 계속 일하고 싶으시죠."

"왜 이렇게 슬픈 거죠."

"네, 정말 슬프지요."

"제가 죽은 다음에 아내가 어떻게 살아갈지 걱정이에요."

"언제나 당신이 지켜 주실 테니 행복하게 살아갈 수 있어요."

두 사람의 이야기를 옆에서 가만히 듣고 있던 다카코는 사비나 수녀의 차분하고 친절한 '받아들임'의 대화법에 감동했다. 만일 남편에게서 이런 질문을 받았다면 과연 자신은 어떻게 대답했을까? 그녀는 아마도 무슨 말을 해야 좋을지 몰라 굉장히 당황했을 거라고 말한다. 그러나 사비나 수녀는 해맑은 회색 눈동자로 남편의 눈을 바라보며, 죽음을 앞둔 남편의 두려움에 가득 찬 마음을 부드러운 말씨로 어루만져 주었다.

이는 심리 상담에서 중시하는 '경청'이라는 덕목을 단지 교과서대로 충실히 실천한 것일까? 그러나 사비나 수녀는 달랐다. 오직 상담 기법에 따라 무조건 앵무새처럼 흉내 내는 '경청'이 아니었다. 사비나 수녀는 온몸과 온 마음을 모두 기울여 가와베의 이야기를 들었고, 그 고통을 정말로 함께 나누려고 했기에 다카코에게도 그 진실함이 그대로 전해진 것이다. 그랬기에 가와베의 마음도 자연히 활짝 열렸으며 그 해방감에서 자신을 숨김없이 다 드러낼 수 있었다.

'경청'이란 환자의 말에서 무언가를 짚어 내 조언이나 반론을 하지 않고 오로지 귀를 기울여 묵묵히 듣는 일이다. 환자의 말을 진지한 자세로 확실히 귀담아 들으면서 공감을 표시하는 것이다. 단지 그것뿐인데도 '경청'이란 행위는 신비하게도 불안에 휩싸인 환자의 마음을 평온하게 만들어 준다. 특히 '경청'의 자리를 계속 경험하면서 자신의 일생을 모두 털어놓은 환자는 지나간 세월을 긍정적으로 받아들이는 동시에 시시각각 다가오는 죽음도 순순히 수용하는 성숙한 자세를 갖추게 되는 경우가 적지 않다.

가와베의 야야기를 30분쯤 귀담아 들은 사비나 수녀는 돌아가는 길에 다카코에게 "가와베 씨의 얼굴이 아주 좋아 보여요" 하고 말했다. 그 말에 다카코는 돌아서서 남편의 얼굴을 보았다. 참으로 맑은 기운이 감도는 편안한 표정이었다. 마치 신의 가호를 받고 있는 것 같았다. 41세의 기업인 가와베 류이치의 마지막 모습은 평화로웠다.

존엄사

오지제지王子製紙의 전 사장 가와케 지로河毛二郎는 2004년 5월 24일 폐암으로 별세했다. 85세의 고령이었다.

태평양전쟁이 터지기 직전인 1938년 3월 도쿄제국대학 경제학부를 졸업하고 오지제지에 입사한 가와케는 펄프용 목재의 산지였던 옛 일본령 가라후토樺太(지금의 사할린)에서 근무했다. 그래서 패전과 동시에 옛 소련이 점령한 사할린에서 3년간이나 억류 생활을 했다. 귀국 후 오지제지에서 노무 담당 과장으로서 파업기간이 145일이나 이어진 전후 일본 노동쟁의 역사상 가장 치열했던 '오지제지 노동쟁의'를 수습했다. 그런 공적을 인정받아 1980년대부터 1990년대에 걸쳐 13년간 사장과 회장을 연이어 맡으며 회사 발전에 온 힘을 바쳤다. 그 최고경영자 자리에 있을 때는 일본경제인협회 부회장이란 중책을 맡아 재계의 각종 노조 문제나 노무 대책을 정리정돈한 해결사로서 '재계의 노동부 장관'이란 별칭을 얻기도 했다.

이처럼 막중한 책임을 짊어진 자리에서 숱한 시련과 고난을 겪으며 파란만장한 인생을 보낸 가와케는 어떤 역경 속에서도 "이것은 내게 주어진 운명이므로 순순히 받아들이고 최선을 다하는 수밖에 없다"며 결코 흔들리지 않았다. 노사 협상이나 일·러 경제 교류 같은 어려운 교섭에 나설 때도 "어떤 합리적인 주장이나 이론보다도 상대방과 얼마큼 마음이 통하느냐가 해결의 열쇠"라고 믿었다. 인간미를 중시하는 확고한 경영 철학은 재계의 귀감이 되어 "흔들림이 없는 북극성 같은 인물"로 평가받았다.

가와케는 두 차례 암에 걸려 병마와 싸울 때도 그런 자세를 잃지 않았다. 첫 번째 암은 1980년대 후반 오지제지의 사장으로 재직할 때 걸린 방광암이었다. 한시라도 빨리 회사로 돌아가겠다는 일념으로 전혀 망설이지 않고 스스로 결정해 방광 전체를 적출하는 수술을 받고 완치했다. 흔들림 없는 확고한 자세였다.

1990년대에 접어들어 안락사 사건을 계기로 세상은 존엄사에 대한 관심이 높아졌다. 가와케의 부부도 함께 일본존엄사협회의 회원이 되었다. 1997년이다. 가입 당시의 심정을 간결하게 서술한 수필〈유종의 미를 위한 소망〉(가와케 지로의 저서《나의 카운트다운》에 수록) 속에서 자신의 생사관을 이렇게 밝혔다.

가을에 나뭇잎이 시들어 떨어지듯 나도 마지막 길을 그렇게 가고 싶다. 자연사만큼 바람직한 죽음은 없다. 이렇게 나이가 들어서도 나름대로 꾸준히 심신을 단련하는 건 단지 오래 살겠다는 욕심 때문이 아니다. 좋은 임종을 맞이하고 싶은 소망, 다시 말해 자연사를 원하기 때문이다.
현대 의료 현장은 죽음에 임박한 환자의 연명 치료에는 대단히 적극적이지만 고통을 줄이고 누그러뜨리는 완화치료에는 소극적이다. 왜냐하면 말기 환자의 치료 선택은 당사자나 가족의 동의를 얻어야 하기 때문이다. 상식적으로 말기 환자에게 직접 동의를 구하거나 진지한 의논을 나눈다는 것 자체가 쉬운 일이 아니다. 따라서 생전에 건강할 때, 연명 치료를 받지 않고 자연스러운 죽음을 희망한다는 뜻을 미리 밝혀 둘 필요가 있다. 그러면 의사 역시 이에 맞추어 치료하기도 훨씬 수월할 것이다.

일본존엄사협회에 가입하면 회원 카드가 나오는 동시에 자신이 원하는 존엄사의 조건을 명시한 문서를 협회에 정식으로 보관할 수 있다. 가와케가 원하는 조건은 다음 세 가지였다.

1. 불치의 병에 걸려 죽음에 임박했을 때 쓸데없는 연명 치료를 받지 않겠다.

2. 죽음 앞에서 고통을 완화하는 조처는 최대한 받고 싶고, 그래서 죽음을 앞당겨도 상관없다.

3. 수개월 이상 식물인간 상태가 되면 어떤 연명 치료도 일체 받지 않겠다.

아내 유키코에 따르면 가와케는 아직 두 번째 암(폐암)이 나타나기 전에 일본존엄사협회에 가입했다. 먼저 유키코가 무익하고 무의미한 연명 치료에 의문을 품고 존엄사 얘기를 꺼내자 가와케도 전적으로 동감해 부부는 동시에 회원이 됐다고 한다.

더욱이 이듬해 1998년에는 역시 부부가 함께 가톨릭에 입교해 세례를 받았다. 신앙이나 종교에 깊이 빠진 것은 아니라고 한다. 팔순을 맞이해 언제 세상을 떠날지 모르는 나이가 됐다는 것을 깨닫고 종교를 선택했다고 한다. 그때까지 진지하게 죽음을 생각해 보지 않았기에 묘지를 어디에 쓸지도 정하지 않은 상태였다.

가와케는 본인이 원한다면 요코하마에 위치한, 선조가 조성한 가족묘지에 묻힐 수 있었다. 그러나 그는 차남이었기에 시대의 흐름에 따라 독립된 묘지에 들어가는 것이 바람직한 처사라고 믿었다. 아내 유키코는 도쿄 서쪽 외곽에 위치한 다마 공동묘원에 조성된 가족묘지에 부모와 형제자매가 잠들어 있기에 한때는 그곳에 들어가고 싶은 마음도 들었으나 아무래도 남편과 따로따로 묻히는 것이 싫었다고 한다. 그렇지만 온통 모르는 사람들로 에워싸인 낯선 공동묘지도 싫었다.

바로 그 무렵 유키코와 가까운 친구의 남편이 사망해 도쿄 미나토구 다카나와 성당에서 열린 장례식에 남편 가와케와 함께 참석했다. 가톨릭 장례미사였다. 그때 처음으로 성당 지하에 망자의 유골을 모시는 봉안당이 있다는 사실을 알았다. 봉안당을 갖춘 성당의 지하는 훌륭한 공동묘지였다. 신자들의 납골함으로 빙 둘러싸인 정중앙에는 제단이 갖춰져 있었다.

고인에게 바치는 각양각색의 꽃이 제단에 가득 뒤덮여 있어 풍성한 아름다움을 자아냈다. 일본의 일반적인 공동묘지에서 묻어나 오는 쓸쓸한 분위기를 찾아볼 수 없었다. 나중에 성당 관계자에 문의한 결과 천주교 신자가 아닐지라도 다른 종교의 장례 의식만 행하지 않는다면 봉안당을 분양받을 수 있다는 걸 알았다.

부부는 곧바로 수속을 밟아 자신들이 들어갈 봉안당을 확보했다. 그런데 기독교인 묘지에 이교도인 자신들이 끼어든다는 것이 왠지 꺼림칙했다. 이교도는 오직 자신들밖에 없었기에 마음이 불편했다. 그런 고민에 빠져 있을 때 남편을 성당 봉안당에 안치한 친구가 일단 신부와 의논해 보는 게 어떻겠냐고 권했다. 그래서 난생처음 신부와 만나 이야기를 나누게 되었고, 신부의 인품에 매료되어 마침내 가톨릭 신앙을 접하게 되었다.

부부는 한 달에 두세 번씩 약 1년간 교리 강의를 듣고 자신들의 뼈를 묻을 성당에서 세례를 받았다. 가와케는 훗날 쓴 수필 〈늙어서 받은 세례〉 속에서 세례를 받기까지의 과정을 솔직하게 밝힌 뒤에 이렇게 마무리를 지었다.

이제 죽음을 앞둔 나는 모두 갖추었다는 만족감에 휩싸여 있다. 마지막 길을 떠날 때도 고독하지 않기 때문이다.

장례미사

가와케가 방광암에 이어 폐암 진단을 받은 건 그로부터 5년이 지난 2003년 12월 초순. 85세였다. 별다른 자각 증상은 없었으나 정기검진에서 종양 수치가 높게 나왔기 때문에 후속 정밀 검사를 받았다. 진단 결과가 나오는 날 아내 유키코와 아들 순사쿠가 동행했다.

"상당히 진행된 폐암입니다. 연세가 연세인지라 신체적 부담이 커서 수술은 어렵습니다. 방사선 치료를 권하고 싶습니다."

주치의는 가와케의 성격을 잘 알고 있었기에 진단 결과를 간단명료하게 직설적으로 설명했다. 가와케는 표정 하나 바꾸지 않고 묵묵히 들었다.

"적절한 치료를 통해 암의 진행을 일시적으로 억제할 수는 있지만 여명은 앞으로 5개월, 길어야 1년입니다."

주치의는 아무 군더더기 없이 여명까지도 거침없이 잘라 말했다.

"아아, 그렇습니까?"

가와케도 짧게 간단히 대답했다. 새로 나타난 폐암의 상태라든가 치료 가능성 등에 대해 어떤 질문도 하지 않았다.

"모두 선생님께 맡기겠습니다. 단지 통증이나 고통만 없으면 충분합니다."

다만 이런 바람을 표했을 뿐이다. 그 자리에 함께했던 순사쿠는 신사도를 중시하는 아버지다운 태도라고 생각했다. 순사쿠에 따르면 "아버지는 자신의 병은 자신이 알아서 하는 게 당연하다고 생각했어요. 혹시라도 죽음 앞에서 자신이 추해질까 봐 두려워했습니다. 언제나 자신을 객관적인 시각으로 보려고 했으니까요. 그래서 여명이 얼마 남지 않았다는 얘기를 듣고서도 별로 당황하거나 놀라지 않고 그렇게 평상심을 지킬 수 있었을 거예요."

물론 그런 댄디즘만으로 평상심을 유지하기는 힘들다. 가와케는 생사관이 뚜렷했다. 평소 생로병사를 '늙으면 당연히 병에 걸려 죽는다'고 액면 그대로 받아들였다. "사람은 나이를 먹으면 대개 암에 걸려 죽게 마련"이라고 누누이 말했다. 순사쿠는 "아버지는 죽음도 일상생활의 연장일 뿐이라고 생각했고, 암도 그리 특별한 병이 아니라고 생각했어요" 하고 말했다.

그런 타고난 성격에다 젊은 시절 사할린에서 3년간이나 억류 생활을 겪은 생생한 체험을 통해 "시련의 밑바닥에는 장차 큰 힘이 될 귀중한 보물이 숨겨져 있다. 어떤 어려움이 닥쳐도 스스로 섣불리 해석하려 들지 말고, 하늘이 내린 운명으로 받아들이고 힘껏 헤쳐 나가라"하고 말했다. 이런 확고한 믿음을 갖고 있었기에 별안간 말기 암 선고를 받고도 흔들리지 않고 받아들일 수 있었을 것이다.

가와케는 집에 돌아와 아내에게 평소와 다름없이 덤덤히 말했다.

"나는 하고 싶은 건 다 해 봤으니까 언제 죽어도 괜찮아."

그리고 일요일에 성당에 가서 신부에게 검진 결과를 이야기한 뒤 이런 부탁을 했다.

"제가 죽으면 장례 미사를 부탁합니다."

신부가 깜짝 놀라 말했다.

"이렇게 남의 얘기처럼 아무렇지도 않게 말하는 사람은 처음 봅니다."

가와케는 그 다음 주에 입원해 12월 내내 방사선 치료를 받고 퇴원해 2004년 새해는 집에서 맞이했다. 그리고 어느 정도 회복하자 긴자에 위치한 오지제지 본사에 매일같이 출근했다. 이미 2년 전에 경영 일선에서 물러나 명예고문직을 맡고 있었는데 딱히 볼일이 없어도 회사에 나와 지내기를 좋아했다. 그야말로 오지제지에 일생을 바친 기업인이었다.

벚꽃이 피고 지고, 나뭇잎이 푸르게 피어나는 신록의 계절이 왔지만 가와케는 점점 쇠약해졌고 음식도 거의 들지 못했다. 4월 말, 가와케는 병원에 재입원하기 전날 변호사, 세무사, 회사의 부사장을 집으로 불러 재산 상속과 회사의 승계 문제에 대해 논의했다. 그러고는 자신이 언제 죽어도 괜찮도록 모든 수속을 끝마쳤다.

그날 밤 작곡가였던 고 다케미쓰 도루의 아내 아사코와 딸 마키가 문병을 왔다. 유키코와 아사코는 여고 동창생으로 절친한 친구였다. 그래서 두 집안사람들은 오래전부터 한 가족처럼 허물없이 지냈다. 가와케는 마키를 친딸처럼 사랑했다. 특히 다케미쓰가 사망했을 때는 슬픔에 잠겨 있는 아사코가 남편의 유골과 함께 열흘간이나 자신의 집에서 묵을 수 있도록 배려할 정도였다.

마키가 자신이 직접 만든 케이크를 침상에 누워 있는 가와케 앞에 내밀자 기쁜 얼굴로 엷은 미소를 지으며 한 입을 먹었다. 그리고 아사코를 머리맡에 불러 손을 붙잡고 말했다.

"죽음은 결코 끝이 아니라고 생각합니다. 이미 남편을 떠나보낸 아사코 씨는 그걸 잘 알고 계실 터이니 제가 죽거든 집사람에게 그걸 잘 말씀해 주십시오."

이튿날 가와케는 병원에 가기 위해 집을 나설 때, 현관 앞에서 배웅하는 애견 러브에게 평소처럼 "다녀올게"라고 하지 않고 "러브, 잘 있어" 하고 말했다. 남겨진 사람은 물론이고 가축까지도 살뜰히 챙기는 마음씨, 이토록 완벽하게 '죽음의 채비'를 실천한 사람을 나는 일찍이 본 적이 없다.

입원한 가와케는 주치의에게 일본존엄사협회 회원증과 말기 치료에 대한 자신의 소망을 담은 문서 '리빙 윌"을 내보였다. 무의미하고 불필요한 연명 치료는 받지 않겠지만 통증이나 고통만큼은 최대한 줄여 달라고 부탁했다.

5월 연휴가 끝나갈 무렵부터 가와케는 모르핀 성분의 마약성 진통제의 영향으로 의식이 혼미해지기 시작했고 마침내 온종일 몽롱한 상태에 빠져 있는 날이 이어졌다. 그리고 5월 24일 아무 괴로움도 없이 편안히 숨을 거뒀다.

마키는 반년쯤 뒤에 발표한 회상기 〈가와케 지로 씨의 추억〉 속에 이렇게 적었다.

가와케 지로 씨는 앞으로 펼쳐질 세상에서 인류가 어떻게 살아갈지를 아주 냉철한 눈으로 분석하셨는데, 그건 결코 낙관적인 미래가 아니었습니다. 그렇지만 언제나 그랬듯이 마지막엔 온화한 미소를 지으며 이렇게 말씀하셨습니다. '하지만 인간은 신비한 존재라 최악의 상태에 처하면 어떻게든 거기서 빠져나오는 힘을 발휘하는 법이지. 당연히 이제 나는 그것을 지켜보지 못하고 떠날 테지만 말이야.'

앞으로 한동안 이 세상에서 살아가야 하는 나는 이 말씀과 그분의 자애로운 미소를 잊지 못할 겁니다. 그것은 힘을 북돋아 주는 격려이고 희망입니다.

---

1   living will, 존엄사를 바란다는 뜻을 밝히는 유언장.

10년쯤 더 살고 싶다

가와케는 85세에 별세했다. 지금부터는 기업의 수장이었던 분들 가운데 70대, 60대, 50대에 각각 세상을 떠난 이들의 마지막 궤적을 살펴보겠다.

'벤처산업의 개척자'로 불리던 정보서비스 회사 CSK의 창업자로서 세계적인 게임기 제조업체 '세가SEGA'의 회장 겸 사장이었던 오카와 이사오大川功가 식도암 치료 중 심부전증으로 사망한 건 2001년 3월 16일. 74세였다. 식도암 진단을 받은 날로부터 8개월 뒤에 맞이한 갑작스런 죽음이었다.

본래 암으로 사망한 가족이 많은 데다 자신도 위암 적출 수술을 받은 오카와는 언제나 암에 대한 관심이 남달랐다. 따라서 암을 고칠 수 있는 획기적인 치료법 개발을 위해 1990년 교토대학교 의학부의 면역요법연구소에 상당한 금액의 연구기금도 쾌척했다. 어쩌면 무의식 속에서 언젠가 자신이 다시 암에 걸렸을 때 도움을 받을 수 있는 치료법을 확보하고 싶은 마음에서 그랬는지도 모른다.

식도암 진단을 내린 의사는 4년 전에 장폐색 수술을 받은 뒤부터 줄곧 주치의를 맡고 있는 도쿄의과대학병원의 고야나기 야스히라 원장이었다.

"식도암이군요."

고야나기 원장이 세포 정밀 검사 결과를 말했다. 오카와는 즉시 물었다.

"얼마나 버틸 수 있나요?"

회사에서 막중한 책임을 짊어진 오카와의 입장을 헤아려 고야나기 원장은 냉혹하리만치 구체적으로 되물었다.

"어느 정도 필요한가요?"

"앞으로 10년쯤 필요합니다."

그 자리에는 갓 취임한 CSK 사장 아사조노 마사히로도 함께 있었다. 그는 '앞으로 10년'을 더 원하는 오카와의 뜻을 충분히 헤아릴 수 있었다. 2년 전 출시한 게임기 '드림 퀘스트'의 실패 등으로 심각한 경영 위기에 빠진 세가를 제대로 일으켜 세우려면 10년은 걸릴 것 같다고 오카와가 강조했기 때문이다.

"네, 알겠습니다. 우리 같이 힘써 봅시다."

고야나기 원장은 그렇게 말했다.

오카와는 면역 요법을 연구 중인 교토대학교에 전화를 걸어 자신이 실험 대상이 되어 치료를 받고 싶다고 말했다. 그렇지만 두 아들은 아직 효과가 입증되지 않은 연구 단계의 면역 요법에 의문을 품었다. 더군다나 교토대학교 면역요법연구소의 주임교수는 연구 도중 자신이 암에 걸려 그 면역 요법을 받았으나 별다른 효과를 보지 못하고 사망했다. 그러나 치료법의 선택은 어디까지나 환자 본인에게 결정권이 있으므로 반대는 하지 않았다.

"10년을 원했지만, 설령 항암제 치료로 암의 진행을 막더라도 기껏해야 4~5년에 지나지 않을 거예요. 그런 불완전한 치료엔 만족할 수 없기 때문에 완전한 치료를 원했던 거죠."

차남 아오엔은 이렇게 말했다.

그 면역요법은 오카와의 혈액을 채취해 교토대학교 연구실로 보내 실험 장치 속에서 면역세포를 증식시킨 후 다시금 도쿄의과대학 병원으로 가져와 링거 주사로 오카와에게 투여하는 것이다. 드디어 위험을 무릅쓰고 본격적인 실행에 들어갔다. 그런데 혈액 투여 후 서너 시간 동안 40도의 고열이 발생하는 부작용이 나타났다. 그럼에도 계속해서 면역 치료를 받았기에 오카와의 체력은 급속히 떨어졌으나 일시적으로 암이 사라져 한때 퇴원하기도 했다. 그러나 감기에 걸리는 바람에 합병증으로 생긴 폐렴이 치명적이었다. 모든 기력을 잃고 신부전증으로 쓰러진 것이다.

오카와는 평소 "내 손으로 만들고 키운 회사는 내 생명이다" 하고 말했다. "본래 일에 대한 열정이 강한 데다 세가가 몹시 위태로운 상황이라 하루빨리 회사에 복귀하려는 다급한 마음에서 제3의 치료법을 선택했고, 결국 그것이 뜻밖의 악수惡手가 됐다고 생각합니다." 하고 장남 다쓰야는 말한다.

투병 중 오카와는 세가를 일으켜 세우기 위해 그간 구축한 개인재산 850억 엔을 세가에 기증하는 파격적인 결단을 내렸다. "사업해서 번 돈은 사업을 위해 쓴다", "경영은 본인 한 세대로 끝낸다"라는 자신의 기업 이념을 실천하고 세상을 떠났다.

'고구마 캐기'에
감동의 눈물

요코가와전기 사장이었던 미카와 에이지美川英二가 담관암으로 사망한 나이는 65세. 1999년 6월 19일이다. 별세하기 1년 전 7월에 황달에 걸려 정밀 검사를 받은 결과 말기 암이었다. 게이오대학병원에서 수술을 받았는데 이미 상당히 진행된 상태라 1년을 넘기지 못했다.

주치의는 암 발견 초기만 해도 수술로 고칠 수 있다고 믿은 가족의 뜻에 따라 미카와에게는 암에 걸린 사실을 숨겼다. 그러나 수술 후 예후가 심상치 않은 데다 미카와의 사회적 위치를 고려해 "수술로 환부를 열어 본 결과, 암을 발견해 모두 잘라 냈다"고 나중에서야 모두 밝혔다.

미카와는 얼마 후 가족에게 "만일 암이 재발하면 호스피스에 들어가고 싶다. 적극적 치료는 받지 않겠다"고 말했다. 그러나 다시금 병세가 악화되는 바람에 급히 게이오대학병원에 재입원했고, 결국 그곳에서 최후를 맞이했다. 자택이 병원 바로 앞이라 몸 상태가 조금이라도 좋아지면 휠체어를 타고 집에 돌아가 쉴 수 있었다. 그래서 호스피스 대신 게이오대학병원에 머물렀는지도 모른다.

마지막 입원 생활 중 미카와는 감동의 눈물을 흘릴 만큼 특별한 경험을 했다. 체력이 떨어진 미카와는 뜻대로 배변을 보지 못해 고통을 호소했다. 그때마다 젊은 간호사들은 밤낮을 가리지 않고 환자의 항문에 손가락을 집어넣어 장 속에 굳어 있는 숙변을 파냈다. 이른바 '고구마 캐기'다.

미카와는 문병 온 삼남 다쿠조에게 눈물을 흘리면서 그런 간호사들의 고결한 자세를 칭송하며 이렇게 덧붙였다.

"나는 지금까지 고객의 만족을 위해 최선을 다했고, 나름대로 사회에도 무언가 공헌을 했다고 믿었는데 실은 터무니없는 착각이었다. 우리는 살아가면서 누군가가 성심성의껏 도와줄 때, 이보다 더 감격스런 일은 없다. 이 점을 확실히 깨닫고 그런 감성이 몸에 배어 진심으로 고객을 섬겨야 한다. 이제 퇴원해 회사에 돌아가면 일선에서 물러나 교육연수원을 세워 모든 직원에게 서비스 정신을 철저히 가르치고 싶다."

대체로 사람들은 자신의 지식이나 경험을 근거로 남을 판단하고 평가한다. 결국 자신의 기준에 맞출 수밖에 없다. 그러므로 상대방을 하나에서 열까지 정확히 짚어 낸다는 건 도저히 불가능하다. 따라서 상대방과 입장을 바꿔 놓고 생각할 줄 알아야 한다. 그때 비로소 상대방의 본질적인 진면목이 보인다. 이것은 개개인의 감성에 따라 달라진다. 감성이 풍부하고 예리할수록 사물이든 사람이든 넓고 깊이 들여다볼 수 있다.

미카와는 본디 풍부한 감성을 타고난 사람이었다. 1997년 야마이치증권이 자진 폐업했을 때, 36세 이상의 퇴직 중견사원을 중심으로 25명을 특별히 채용했다. 그리고 6개월 후 이들을 사장실로 초대해

'따돌림은 당하지 않는지?', '일은 힘들지 않은지?' 등등 허심탄회하게 이야기를 나눴다.

　모든 직원을 정말로 한 식구로 생각했다. 직원 한 사람, 한 사람에 대한 마음 씀씀이가 한결같았다. 직원들의 고충을 그냥 지나치는 법이 없었다. 정년퇴직하는 직원을 재고용하기 위해 계열사를 적극적으로 만든 것도 미카와였다. 초지일관 '가족주의'를 지키며 직원들을 끝까지 챙긴 경영인이었다.

　회사장으로 치른 장례식에는 약 6천 명이 다녀갔는데, 특히 직원 중에는 가족동반이나 자녀와 함께 온 조문객이 많았다. 경영인의 영결식치고는 진기한 광경이 아닐 수 없다. 언제나 '사람이 최우선'이라고 강조한 미카와의 경영 자세가 그 광경 속에 그대로 담겨 있었다.

그레이트 라이프

번역 출판 저작권 대행 업무를 주관하는 터틀모리 에이전시의 대표 모리 다케시森武志는 1998년 여름 53세의 젊은 나이로 세상을 떠났다. 간암 판정을 받고 불과 2개월 뒤에 찾아온 급작스런 죽음이었다.

　새로 생명보험에 들기 위해 건강검진을 받았는데, 혈액의 종양 수치가 턱없이 높게 나와 정밀 검사를 받은 결과 이미 간암 말기였다. 입원한 게이오대학병원의 주치의는 모리의 아내 야스코에게 "실은 마지막 단계입니다. 남편에게 모두 말씀드릴까요?"하고 가족의 뜻을 물었다.

야스코는 '남편한테는 자신이 만든 회사가 있고, 거기에서 일하는 직원도 있다. 아직 하고 싶은 것도 산더미처럼 남아 있을 것이다. 그런데 아무것도 모르고 그냥 죽는 건 너무 억울하다'며 남편에게 사실대로 다 알려 달라고 부탁했다. 주치의는 모리를 진찰실로 불러 검사 자료 등을 보여 주며 "이제는 별다른 치료법이 없습니다. 연명 치료를 하느냐, 그냥 이대로 가만있느냐 둘 중 하나입니다. 제가 모리 씨의 입장이라면 연명 치료를 택하겠습니다." 하고 말한 뒤 연명치료법에 대해 상세히 설명했다. 그러자 모리는 "그렇군요. 연명 치료로 가겠습니다. 잘 부탁합니다" 하고 동의했다.

그때까지 '면회 사절'이었던 병실을 개방했다. 죽음을 선고받고 나서야 사람들을 만나기 시작한 것이다. 시시각각 죽음이 다가오는 절박한 상황 속에서도 모리는 문병 온 사람들과 스스럼없이 어울리며 큰 소리로 웃을 만큼 쾌활했다. 마침내 암세포는 폐에까지 퍼졌고 콧구멍에도 튜브를 달고 있었지만, 평소 좋아하는 서부극을 비디오로 보며 언제나 밝은 모습을 잃지 않았다. 특히 아메리카 인디언에 대한 전문가로서 장차 미국 애리조나에 인디언 박물관을 세우려는 구상까지 하고 있었다. 그만큼 인디언 역사에 조예가 깊었던 모리는 자신의 병을 서양 의학으로 고칠 수 없다면 인디언 전통 요법으로 치료하고 싶었지만 이미 미국에 건너갈 만한 기운이 없었다.

세상을 떠나기 일주일 전, 8월의 여름날 오후 모리는 외출 허가를 받아 모처럼 도쿄 간다에 위치한 회사에 들렀다. 사원들 앞에서 비로소 자신의 병과 치료 과정을 밝히고 "나는 반드시 살아서 돌아올 테니 기다려 달라"고 말했다. 그런데 이틀 후, 야스코의 어머니 즉 장모에게 "아무래도 이제 틀린 것 같습니다. 제가 떠나도 부디 아내를 잘 보살펴 주십시오" 하고 속마음을 털어놓았다.

8월 26일 오후 4시 모리는 숨을 거뒀다. 정말이지 편안히 잠든 것처럼 보였기에 야스코는 남편의 죽음이 도무지 믿기지 않았다.

"그이는 때때로 지난날을 되돌아보며 자신의 인생은 '그레이트 라이프'라고 얘기했어요. 일에서도 사생활에서도 언제나 즐거운 마음으로 최선을 다하는 사람이었죠. 그레이트 라이프는 '최고의 인생'이란 뜻이겠죠? 그이는 프레드릭 포사이드나 제프리 아처 등 일을 통해서 만난 멋진 작가들과도 친하게 지냈고, 미국 애리조나에 통나무집을 지어 어린 시절의 꿈을 이루기도 했어요. 자신의 뜻대로 그야말로 마음껏 살다 갔으니 그이의 인생은 그레이트 라이프가 틀림없어요."

11장

막이 내리지 않은 인생

"배우로서의 책임을 다했다"
오토와 노부코 (1924-1994 배우)

"무대는 나의 생명"
스기무라 하루코 (1906-1997 배우)

"끊임없이 새로운 것에 도전하고 싶다"
혼다 미나코 (1967-2005 배우. 가수)

남편보다 연극을

그 영화의 마지막 장면은 너무도 암시적이다. 치매 증세가 나타나기 시작한 왕년의 유명한 여배우가 새하얀 모래톱을 지나 남편의 손을 잡고 짙푸른 바다 속으로 걸어 들어간다. 여행을 떠난 노부부가 니가타 현 데라도마리 해안에서 결행하는 동반 자살이다. 그 소식을 듣고 달려온 두 여인, 자살한 여배우의 친구인 늙은 여배우와 그녀의 별장 관리인인 시골 아낙네가 바닷가 백사장에 주저앉아 멍히 바다를 바라보며 두 손 모아 합장한다. 그때 바다 속에서 검은 천에 둘러싸인 관이 솟아오른다.

주인공 여배우 역은 스기무라 하루코杉村春子, 별장 관리인 과부 역은 오토와 노부코乙羽信子. 신도 가네토 감독의 영화 〈오후의 유언장〉

이다.

일본 영화사에 길이 남을 위대한 두 여배우는 이 영화가 함께 출연하는 마지막 작품이 될 줄은 꿈에도 몰랐다. 〈오후의 유언장〉의 마지막 장면까지 촬영을 끝마친 1994년 가을 스기무라는 88세, 오토와는 69세였다. 이미 간암 말기의 몸으로 혼신을 다해 연기했던 오토와는 그해 연말 세상을 떠났다. 스기무라도 3년 뒤 췌장암으로 91세를 일기로 눈을 감았다.

신도 감독이 두 여배우의 공연을 염두에 두고 '노년의 죽음을 앞둔 삶'이라는 주제로 시나리오를 쓸 때, 오토와는 아직 암이 발견되지 않은 상태였고, 스기무라 역시 진행성 암으로 쓰러질 줄은 상상조차 하지 못했다.

그런데 세월이 지나 되돌아보면, 영화 속의 두 여인을 중심으로 펼쳐지는 이야기의 흐름이나 대사에서 나타나는 생사관 및 삶의 자세는 두 여배우의 실제 말년과 거의 비슷했다. 무언가 큰 뜻을 담은 또 하나의 시나리오가 존재했고, 영화도 현실도 모두 다 그 시나리오에 맞추어 굴러간 듯한 느낌이 들 정도다. 두 여배우의 인생의 마지막 장은 그만큼 완벽한 드라마 그 자체였다.

신도 감독은 영화 속에 두 여배우의 삶과 죽음을 투영시켰을 뿐만 아니라 두 여배우의 인생을 지켜본 산증인으로서 3권의 책《애처기》, 《기나긴 두 사람의 길―오토와 노부코와 함께》, 《여자의 일생―스기무라 하루코의 생애》를 썼다. 이처럼 두 여배우의 인생을 세상에 알린 작가이기도 했다.

이제부터의 서술은 이 3권의 책과 신도 감독과의 대담을 근거로 삼았다.

신도 감독이 영화 〈오후의 유언장〉을 구상한 시기는 1992년이다. 신도는 자신의 나이가 팔순에 이른 시점에서 '노년을 어떻게 살아갈 것인가'를 생각하는 영화를 만들어 보고 싶었다. 그 작업을 구체적으로 진행하면서 80대 후반의 나이로 여전히 극단 '문학좌'를 이끌며 무대에 오르는 스기무라 하루코라는 대배우를 주인공으로 점찍었다.

신도 감독은 오래전 1950~1960년대에 스기무라 하루코가 출연하는 영화 세 편을 잇달아 만들었다. 〈여자의 일생〉, 〈슬픔은 여자만〉, 〈어머니〉. 그리고 이후 1992에 개봉한 〈묵동기담濹東綺譚〉에도 스기무라 하루코와 오토와 노부코는 함께 출연한다. 신도 감독은 어디서나 거리낌 없이 스기무라를 '대배우'라고 칭송할 만큼 높이 평가했다. 동료이며 신도의 반려자이기도 했던 오토와는 대선배인 스기무라를 스승처럼 깍듯이 받들며 친밀하게 지냈다. 오토와가 신도 감독의 뜻을 스기무라에게 전하자 그 자리에서 흔쾌히 '좋다'고 말했다.

신도 감독은 단숨에 시나리오를 완성했다.

〈오후의 유언장〉의 무대는 신슈 다테시나에 위치한 여배우의 별장이다. 스기무라 하루코가 연기하는 늙은 여배우는 여름 한 철을 보내려고 자신의 별장을 찾는다. 그 별장을 오랫동안 지켜온 관리인은 마을에서 혼자 농사를 짓는 과부로, 그 배역은 오토와 노부코가 맡았다.

오랜 세월을 함께 걸어온 두 여인 사이에는 엄청난 비밀이 숨겨져 있었다. 그해 여름, 순박한 시골 아낙네 별장 관리인은 비로소 비밀을 털어놓는다. 여배우의 죽은 남편과의 사이에서 낳은 딸이 있고 그 22세의 딸이 곧 결혼하므로 진실을 밝힌다고 고백한다. 여배우는 한평생 믿고 살아왔던 남편의 배신에 몸서리치며 시골 아낙네를 불결한 여자로 몰아세운다. '불륜을 저지른 악녀'라고. 그러나 시골 아낙네는 떳떳했다.

"우리는 서로 정말로 사랑했어요."

"뭐? 그런 연극 대사 같은 헛소리는 집어치워!"

"당신은 가정보다 연극을 더 사랑했잖아요. 그래서 그분은 외로웠어요."

그제야 여배우는 고개를 떨구며 "그럴지도 모르지" 하고 탄식한다. 시골 아낙네는 오직 그 남자만을 사랑했다. 그래서 어떤 고난도 감수하고 아이를 낳아 혼자서 키웠다. 여배우는 자신의 잘못을 인정할 수밖에 없었다. 역시 남편보다 연극을 사랑했고, 그것을 오히려 자랑스러워하기까지 했다. "나는 영원한 배우이고, 무대는 나의 생명"이라고 말이다. 두 여인은 가슴속에 묻어 두었던 얘기를 모두 쏟아내고 마침내 화해한다.

다가오는 노년

그런 진실이 밝혀지기 직전, 별장에서 뜻밖의 사건이 벌어진다. 앞에서 밝힌 대로 치매 증세를 보이기 시작한 왕년의 유명한 여배우가 옛친구를 만나기 위해 남편과 함께 별장에 찾아온다. 그때 경찰에 쫓기던 탈옥수가 별장에 침입해 음식을 요구한다. 게이트볼 소리가 신경에 거슬린다고 노인들에게 야구방망이를 휘두른 잔혹한 범죄자였다. 그는 별장에서 주먹밥을 허겁지겁 먹으면서 이렇게 외친다.

"인간은 살아 있는 한 살아가지 않으면 안 된다. 아무리 늙은이라도 게이트볼 따위나 하면서 놀고 있을 때가 아냐. 늙은이도 일하지 않으면 안 돼!"

신도 감독은 그 범죄자의 외침을 통해 영화의 주제를 이야기하고 싶었다고 한다. 드디어 탈옥수는 경찰에 붙잡혀 가고, 여배우 부부도 별장을 떠났을 때 늙은 여배우는 깊은 생각에 잠긴다. 자신도 언제 치매에 걸릴지 모르고, 계속해서 늙어 갈 것이다. 그건 결코 남의일이 아니었다. 공교롭게도 바로 그 무렵 시골 아낙네의 고백을 통해 죽은 남편의 불륜 사실을 알게 되는 것이다.

더더욱 극적인 전개가 이어진다. 늙은 여배우는 얼마 전 별장에 들렀던 노부부가 니가타 바닷가에서 동반 자살을 했다는 소식을 접한다. 다음 공연의 홍보용 사진 촬영을 위해 도쿄에서 극단 단원들과 함께 찾아온 잡지사 기자로부터 그런 끔찍한 소식을 듣는 순간에도 여배우는 카메라 앞에서 전혀 흐트러지지 않고 환한 얼굴로 미소 짓는다. 역시 배우는 배우였다. 배우의 길을 걸어가는 한 언제나 밝은 모습으로 앞을 보고 살아야 하기 때문이다.

언제 '그때'가 당도할지 모르는 '노년'이라는 '삶과 죽음의 경계'는 결국 누구나 받아들일 수밖에 없는 통과의례다. 당연히 아무도 거기서 벗어날 수 없다. 노년의 삶은 무력감에 빠지기 십상이다. 그러나 평생을 무대에 서서 열정을 불태운 여배우는 자신이 좋아하는 일, 즉 연극을 할 수 있는 무대가 생긴다면 이처럼 어떤 비극 앞에서도 빛나는 얼굴로 살아갈 수 있는 법이다.

'사람은 누구나 그렇게 살지 않으면 안 된다'고 믿은 신도 감독은 존경하는 스기무라 하루코가 맡은 배역을 통해, 아니 스기무라의 삶 자체를 통해 자신이 원하는 노년의 삶 그리고 생사관을 표현하려고 했다.

신도 감독이 시나리오를 완성한 건 1993년 5월. 촬영은 이듬해 1994년 5월부터 6월에 걸쳐 약 한 달간 진행되었다. '인간은 어떻게 살아야 하는가'를 묻는 휴먼드라마였다. 자작나무와 침입수가 푸르른 신록으로 뒤덮인 초여름을 배경으로 펼쳐지는 영상미도 빼어났다. 그토록 싱그러운 초록도 때가 되면 빛을 잃고 스러진다는 암시였다.

그런데 시나리오가 완성된 얼마 후 1993년 7월, 평소와 달리 자주 피곤함을 호소하던 오토와가 도쿄 시내 종합병원에서 정밀 검사를 받은 결과, 이미 간암 말기로 판명됐다. 담당의사는 신도의 요청에 따라 오토와에게 간암에 걸린 사실을 밝히고 속히 수술할 필요가 있다고 설명했다. 다만 '말기'라는 것까지는 사실대로 밝히지 않았다.

수술은 7월 27일에 받았다. 4시간이 걸린 수술이었다. 간암을 근치하기 위한 본격적인 절제 수술이 아니었기에 그리 많은 시간이 걸리지 않은 것이다. 단지 암의 진행을 억누르기 위한 부분 절제 그리고 항암제 국소 주입용 의료 기구를 삽입한 수술이었다.

수술을 끝마치고 나온 집도의사는 수술실 앞에서 대기하고 있던 신도와 그의 아들 신도 지로에게 간략한 보고를 했다.

"나중에 자세히 설명하겠지만, 수술은 무사히 잘 끝났습니다. 수술 결과를 말씀드리면 앞으로 1년이나 1년 반쯤 남았다고 봅니다."

신도는 '1년이나 1년 반'밖에 남지 않았다는 예후를 오토와에게는 밝히지 않기로 마음먹었다. 이미 신도는 최악의 사태가 벌어질지도 모른다고 각오하고 있었기에 휘청거리지 않고 똑바로 서서 의사의 설명을 들을 수 있었다고 한다. 그렇지만 오토와 본인이 이런 사실을 낱낱이 알게 된다면 엄청난 충격을 받을 게 틀림없었다. 인생의 마지막 날들을 잘 보낼 수 있도록 여명이 얼마 남지 않은 시한부 환자에게 진실을 밝히는 경우도 있지만, 신도는 그 길을 선택하지 않았다. 조만간 본인도 자연스럽게 알게 될 터이니 그것이 오토와에게는 최선의 길이라고 생각했다.

이튿날 신도는 병실에 누워 있는 아내 오토와를 찾아갔다. 오토와는 생각보다 훨씬 얼굴이 밝았고, 목소리에도 기운이 넘쳤다. 신도는 예정대로 오토와가 출연하는 영화 〈오후의 유언장〉을 내년에 찍기로 마음을 굳혔다.

끝까지 배우의 길을

신도가 이런 결정을 내린 배경에는 지난 40년간 함께 영화를 만든 영화인인 동시에 남편으로서 오토와의 저력을 믿었기 때문이다. 오토와는 오직 배우의 길을 걸었다. 신도는 1951년 개봉한 첫 감독 작품 〈애처 이야기〉에서 주인공을 맡은 오토와와 처음 만났다. 이후 긴 인생길에서 희로애락을 나눈 동지로서 오토와의 마음을 누구보다 잘 알고 있었다. 오토와가 피할 수 없는 죽음 앞에서 마지막까지 배우로서 완벽한 연기를 펼치고 생애를 마감한다면 이보다 더 행복한 인생이 있겠는가? 그러나 '앞으로 1년이나 1년 반'밖에 살지 못한다는 사실을 알게 되면 정신적인 충격은 물론이고 영화에 출연해서도 무심코 자기연민을 드러내는 연기에 치우칠 수도 있다. 마음속에 드리운 죽음의 그림자는 아무래도 화면에 드러날 수밖에 없다. 그렇다면 오토와 자신도 실망하고 감독도 실망할 것이다. 그래서 신도는 암을 밝히지 않기로 결정했다. 그건 다시 말해 자신의 아내이기도 한 오토와라는 여배우가 가장 아름다운 죽음을 맞이할 수 있도록 감독으로서 연출한 배려심인지도 모른다.

이런 사태가 벌어질 줄은 꿈에도 모르고 〈오후의 유언장〉 시나리오에 "살아 있는 한, 살아가지 않으면 안 된다"는 대사를 썼다. 아내에게도 배우로서 성취감을 느낄 수 있도록 혼신을 다해 작품을 찍기로 결심했다. 무거운 과제였다. 스기무라 하루코를 통해 보여주는 '노년의 휘청거리는 삶'과 오토와 노부코의 '시시각각 다가오는 죽음 앞에서의 삶'이 〈오후의 유언장〉 속에 절묘하게 뒤섞일 수밖에 없었다. 마치 정교하게 교차된 줄무늬처럼 '의미 있는 우연'이 겹친 것이다.

오토와는 8월 말 수술 후 35일 만에 병원에서 외출허가를 받고 나와 집에서 하룻밤을 묵었다. 그날 밤 이야기를 신도는 〈애처기〉 속에 이렇게 적었다.

자택 침실에는 부부가 직접 요코하마 가구점에서 구입한 외국제 킹사이즈의 침대가 놓여 있다고 한다.

"그날 밤 일찍 침대에 들어갔다. 우리는 똑같은 잠옷을 입었다. 오랜만에 살을 맞대고 잤다. 오토와의 오른쪽 옆구리 속에 주사용 의료기가 파묻혀 있었다. 손으로 만져도 아프지 않다고 한다. 오토와의 간에 들러붙은 암 덩어리는 도대체 어떻게 생긴 괴물인지 내 손으로 끄집어내 팽개치고 싶은 마음이 들었다. '선생님에게 몸도 마음도 다 바치고 살았어요' 하고 오토와가 읊조렸다. 가슴속으로 차가운 바람이 훑고 지나가는 것 같았다."

신도 81세, 오토와 68세. 나는 아름다운 문장이라고 느꼈다. 팔순을 넘긴 나이에도 이처럼 섬세한 감성을 지니고 있었다. 영화의 한 장면을 보는 것 같았다. 신도의 뇌리에는 두 사람이 함께한 지나간 세월의 추억들이 주마등처럼 스쳐 지나갔을 것이다.

아내가 된 뒤에도 신도에게 줄곧 '선생님'이란 호칭을 쓴 오토와는 수술 후 51일이 지난 9월 16일에 퇴원했다. 본인은 수술로 병마를 극복한 줄 알고 있었다. 〈오후의 유언장〉 촬영 계획을 밝히자 또렷이 대답했다.

"꼭 해 보고 싶습니다. 이제는 몸도 괜찮습니다."

혈색도 좋고 기운도 넘쳐 정말로 완치가 됐다는 착각이 들 정도였다. 체력도 서서히 회복하고 있었다. 대규모 절제 수술은 하지 않았기 때문에 일시적이나마 기운을 되찾은 것이다.

해가 바뀌어 1994년이 되었다.

신도 감독은 5월부터 촬영에 들어가기로 확정하고 이런저런 채비를 갖췄다. 대본에 맞추어 배우들의 카메라 테스트도 실시했는데, 오토와의 연기력은 변함이 없었다. 병석을 털고 있어난 환자로 보이지 않을 만큼 몸놀림도 목소리도 힘이 넘쳤다. 스기무라와 리허설을 할 때도 오타와의 목소리는 예전과 하나도 다르지 않았다. 신도 감독은 마음속으로 '이 정도면 충분하다'고 확신했다.

5월 중순, 드디어 본격적인 촬영에 들어갔다. 현지 촬영 장소는 다테시나에 위치한 신도 감독의 개인 별장과 그 주변. 오토와 노부코의 몸놀림은 누가 봐도 병마를 완전히 물리친 사람처럼 비쳤다. 배역을 소화하는 표정 연기에도 전혀 병색이 드러나지 않았다. 그렇지만 분명 환자였다. 따라서 신도 감독은 고령의 스기무라 하루코에 대한 건강도 고려해 대본읽기 연습이나 리허설 등을 최대한 줄이고 일찌감치 본격 촬영에 들어갔다.

촬영 개시 나흘째 되는 날 오토와가 신도 감독에게 말했다.

"선생님, 이번 작품은 촬영 속도가 빠르네요?"

신도 감독은 의도적으로 서둘지는 않았지만, 무의식 속에서 자신도 모르게 서둘고 있었다. 오랫동안 함께 작업한 오토와는 이를 예리하게 감지한 것이다. 오토와가 '저는 괜찮으니 평소처럼 진득하게 찍으세요' 하며 오히려 신도 감독을 다독여 주었다.

오토와 노부코는 일주일에 한 번씩 항암제 주사를 맞기 위해 도쿄를 오갔다. 의사가 일부러 촬영 장소에 찾아올 적도 있었다. 가끔씩 촬영을 멈추고 모두 쉬는 날에도 오토와는 체력을 낭비하지 않으려고 외출하지 않고 오로지 호텔에서 휴식을 취했다.

별장을 중심으로 진행된 촬영은 6월 11일에 순조롭게 끝마쳤다. 이제 막바지에 접어든 촬영은 온천장 장면과 데라도마리 해안에서 찍는 마지막 장면만 남겨 놓고 있었다. 이제 스기무라 하루코와 오토와 노부코가 나오는 장면은 라스트신뿐이었다. 그 마지막 현지 촬영은 스기무라 하루코의 무대 출연 일정 때문에 약간 앞당겨져 9월로 잡혔다.

병든 몸으로
뜨거운 백사장에 서서

수술 후 1년이 지난 1994년 8월부터 오토와는 수시로 고열에 시달렸다. 재발·전이가 확실했다.

9월 3일 오토와는 좌약 해열제로 고열을 누그러뜨리며 도쿄에서 자동차로 4시간이 걸리는 니가타 현 데라도마리로 향했다. 간병인과 함께 도착한 오토와는 하루 먼저 와 있던 신도 감독 일행과 합류했다. 곧이어 스기무라도 도착해 마지막 촬영을 위한 만반의 준비를 갖추었다.

이튿날 9월 4일 저물녘, 라스트신 이외의 촬영은 모두 끝마치고 숙소에 돌아온 신도 감독이 오토와의 방문을 열자 오토와는 담배를 피우고 있었다. 현지 촬영을 나가면 부부라도 방은 따로따로 썼다. 오토와는 기분이 좋을 때만 담배를 피웠다.

"오늘은 힘들지 않아?"

신도 감독이 묻자 오토와는 밝은 얼굴로 대답했다.

"잠깐 어지러웠지만 이제는 괜찮아요."

신도 감독은 자기 방으로 돌아와 창가에 서서 바다를 바라보았다. 바다도 하늘도 붉은 노을에 불타고 있었다. 장엄한 낙조였다.

'내일 하루뿐이다. 내일로 끝내야 한다. 내일을 놓치면 오토와는 다시는 기회가 없을지도 모른다. 내일은 날씨가 화창하기를!'

그때 신도 감독의 머릿속에 휘몰아친 생각이다.

이튿날, 하늘도 바다도 짙푸른 화창한 날씨였다. 햇볕이 내리쬐는 바닷가 백사장은 숨이 막히도록 뜨거웠다. 오토와의 고열은 점점 심해졌다. 그런 오토와와 걸음걸이가 불편한 고령의 스기무라가 나란히 어깨를 맞대고 백사장을 걷는 장면을 찍어야 한다. 치매 증세가 나타나기 시작한 옛 친구가 남편과 함께 동반 자살을 감행한 바다를 바라보며 합장을 하는 장면도 찍어야 한다. 당시의 상황을 신도의 저서 《애처기》에서 발췌해 살펴보겠다.

오토와는 서 있는 것조차도 힘들어 보였다. 38도가 넘는 고열에 시달리고 있었다. 스기무라 씨도 백사장에서 제대로 걷지 못했다.

나는 그 자리에서 시나리오를 고쳤다. 두 여배우가 바다를 향해 천천히 걸어가도록 연출했다. 원래 시나리오에는 매우 서두르는 걸음걸이였다.

아무 테스트도 없이 곧바로 찍기로 했다. 드넓은 백사장에 우두커니 서 있는 두 여인 그리고 그 앞에 펼쳐진 짙푸른 바다. 강렬한 대비를 이루는 장면이었다. 카메라는 크레인에 실려 공중으로 높이 올라갔다. 세컨드 카메라는 망원 렌즈로 두 여인의 뒷모습을 멀리서 담았다. 단번에 성공적으로 촬영을 끝냈다. 하기야 두 번, 세 번 찍을 만한 여유도 없었다.

글은 이어진다.

두 여인은 우두커니 서서 바다를 향해 손을 흔든다. 바닷바람이 오토와의 옆얼굴을 스치고 지나간다. 오토와는 바람에 흐트러진 머리카락을 천천히 쓸어 올린다. 나는 무언가 말하고 싶었지만 그만두었다. 필사적으로 연기에 몰입하는 오토와의 긴장감을 흩트려 놓지 않기 위해서였다.

스기무라 씨가 조금 지친 기색으로 백사장에 무너지듯 주저앉는다. 오토와는 그녀를 부축하려고 했지만, 자신도 너무 지친 나머지 그저 가볍게 손을 내민 채 아무런 도움도 주지 못한다. 그것이 오히려 자연스럽고 좋았다.

드디어 라스트신을 찍을 차례다. 두 여인이 두 손 모아 합장하고 있는 모습을 멀리서 찍었다. 그때 바다가 갈라지고 관이 솟아오른다. 이제 스기무라 씨와 오토와의 연기는 끝났다. 그대로 합장한 채 바다를 바라보고 있으면 된다.

모든 촬영이 끝나고 감독의 '오케이' 사인이 떨어졌다. 그제야 긴장이 풀린 오토와는 그대로 쓰러졌다. 신도 감독은 백사장에 있는 두 여배우를 향해 달려갔다. 오토와가 무릎을 꿇고 멍히 신도 감독을 올려다보았다. 피곤한 기색이 역력했다. 두 사람은 아무 말도 하지 않았다.

스태프 요짱이 오토와를 끌어안아 지프차에 태웠다. 스기무라 씨도 마음이 놓이는지 편안한 표정이었다. 나는 고개 숙여 묵례했다. 스기무라 씨가 미소 지으며 지프차에 올랐다. 지프차는 맹렬한 기세로 백사장을 박차고 나갔다. 나는 지프차가 모래언덕 저편으로 사라질 때까지 배웅했다.

이것이 두 배우가 공연한 마지막 영화였다. 스기무라와 오토와는 두 번 다시 함께 출연할 수 없었다.

한 달 뒤 1994년 10월 13일 〈오후의 유언장〉 스태프 시사회에 오토와는 출석했다. 시사회 작품을 본 오토와는 뿌듯한 표정을 지었다. 그러나 이듬해 완성작 시사회에는 나갈 수 없었다. 오토와는 바로 그해 1994년 12월 22일 오전 세상을 떠났다.

임종 이틀 전, 도쿄 시내 병원에 입원 중인 오토와는 격통을 억누르기 위한 마약성 진통제에 취해 내내 잠들어 있었다. 신도가 귓가에 대고 "오토와?" 하고 이름을 부르자 오토와는 천천히 눈을 뜨고 신도를 물끄러미 바라보며 나직이 말했다.

"선생님이 앞을 못 보시게 되면, 영화든 뭐든 다 그만두고 제가 손발이 되어 드리려고 했는데……."

이미 오른쪽 눈을 실명했고, 나머지 왼쪽 눈까지 언제 잃을지 모르는 신도가 안쓰러워 건넨 말이다. 그것이 오토와의 마지막 말이 되었다. 임종을 지킨 신도는 오토와의 손이 차갑게 식을 때까지 줄곧 꼭 붙잡고 있었다.

신도는 이렇게 이야기한다.

"오토와는 암 판정을 받았을 때도 죽음이 임박했음을 자각했을 때

도 낙심하거나 두려워하지 않고 끝까지 웃는 얼굴을 보여 줬다. 배우
라는 일을 했기 때문에 그랬는지도 모른다. 오토와는 일에 대한 책임
감을 한시도 잊지 않고 1년 반 동안 꿋꿋이 버텼다. 그런 강인한 책임
감은 다카라즈카[1] 시절부터 이미 몸에 배어 있었고, 그러므로 평생 배
우의 길을 걸을 수 있었다. 〈오후의 유언장〉의 촬영을 무사히 끝마친
뒤 오토와는 '배우로서의 책임을 다했다'는 안도감을 느끼며 뿌듯한
마음을 간직한 채 눈을 감았다.

잊을 수 없는 모습

스기무라 하루코는 연극 무대로 돌아가 계속 연기 활동을 펼치다
1996년 가을 문학좌가 재공연에 들어간 모리모토 가오루 작 〈화려한
일족〉이 마지막 무대가 되었다. 그 작품을 끝마치고 체력의 한계를 느
끼기 시작한 스기무라는 반세기 가까이 줄곧 자신이 연기했던 '문학
좌의 재산'이라고 부를 만한 대표작 〈여자의 일생〉의 주인공을 역을
그해 8월 공연부터 후배 다이라 요시에에게 넘겼다. 〈여자의 일생〉의
극작가 모리모토 가오루와는 1945년 초연 당시 연인 관계였으나 이
듬해 모리모토가 34세의 젊은 나이에 병환으로 급사했기에 스기무라
에게 있어 〈여자의 일생〉은 더더욱 각별한 작품이었다. 작품 속 주인

---

1   100년 역사의 다카라즈카 가극단宝塚歌劇団은 효고 현 다카라즈카 시에 위치한 초일류 예능인
     양성소. 오토와 노부코도 이곳 출신이다.

공의 대사 "이건 누가 시킨 게 아니에요. 스스로 선택한 길이에요"는 스기무라 자신의 인생 그 자체였다.

1997년 새해 초부터 스기무라는 급격히 건강이 나빠져 도쿄 시내 대학병원에 입원했고, 검사 결과는 췌장암이었다. 여전히 연극을 계속하고 싶다는 의욕이 강했으므로 가족들은 스기무라에게는 병명을 밝히지 않기로 했다. 의사와 상의해 십이지장궤양이라고 둘러대고 췌장암에 걸렸다는 사실은 끝까지 밝히지 않았다.

3월 초순까지만 해도 5월에 공연하는 문학좌 창단 60주년 기념작품인 신작 〈석류가 있는 집〉에 출연하기 위해 병상에서 대본을 읽었다. 4월부터는 연습에도 참가하기로 결정하고 열정을 불태웠다. 그렇지만 한편으론 이듬해 재공연 예정인 〈하나오카세이슈의 아내〉의 주인공 역도 후배 요시노 유키코에게 넘기는 등 그간 자신이 맡았던 작품의 배역에 대한 후계자 구도를 확실히 마무리했다. 그러나 진행성 췌장암은 순식간에 스기무라의 목숨을 앗아갔다.

4월 4일 이른 아침 스기무라는 장녀 히로와 친구 시즈미 에미코가 지켜보는 가운데 91세의 생애를 마감했다. 아오야마 장례식장에서 거행된 문학좌 극단장劇團葬에서 신도 가네토 감독은 스기무라의 마지막 영화를 찍은 인연으로 영화계를 대표해 조사를 읽었다. 그 일부를 소개한다.

스기무라 하루코 씨, 〈오후의 유언장〉을 신슈 다테시나에서 찍을 당시 자작나무 숲 속에서 다 같이 점심 도시락을 먹은 기억이 납니다. 그때 당신은 도시락 반찬으로 담긴 싹이 튼 고비나물을 보고 "누구나 내일을 위한 생명이 있어요. 하지만 나는 '오늘 지금'밖에 없어요. 어제도 내일도 없어요" 하고 밝은 얼굴로 말씀하셨지요. 그리고 니가타 데라도마리 해안에서 마지막 장면을 찍을 때, 푸른 바다를 바라보며 당신은 "깊이 빨려 들어갈 것만 같은 짙푸른 색깔이군요. 이대로 그냥 저 속으로 들어갔으면 좋겠어요" 하고 웃으며 말씀하셨지요. (중략) 일평생 오직 배우의 길을 똑바로 걸어가셨습니다. 아무 후회도 없으실 겁니다. 당신의 그 모습을 우리는 잊지 못할 겁니다.

신도 가네토의 저서《여자의 일생 스기무라 하루코의 생애》중에서

만인의 마음속에 잊을 수 없는 모습을 남기고 떠나는 것은 배우라는 직업을 가진 표현자들의 특권인지도 모른다. 그러기에 배우는 설령 병이 들어도 마지막 순간까지 무대에 서거나 카메라 앞에서 혼신을 다해 연기하는 것이다. 그런 모습은 더욱더 강렬하게 사람들의 가슴속에 깊이 새겨진다.

극단 '민게이'의 배우이자 연출가이기도 했던 우노 시게요시宇野重吉도 완전히 그렇게 살다 떠났다. 우노는 관객이 찾아오지 않는 도시의 무대에서 마냥 우두커니 기다릴 수 없었다. 그래서 연극을 보고 싶어 하는 사람들이 기다리는 전국 방방곡곡을 직접 찾아가기로 했다. 1986년 9월 드디어 우노 시게요시는 연극을 '배달'하기 시작했다.

기노시타 준지의 희곡 〈3년 잠꾸러기〉를 들고 전국 순회공연에 들어 갔다.

그런데 6개월 후 1987년 3월 폐암에 걸려 수술을 받았다. 그럼에 도 우노는 불과 석 달이 지난 6월부터 다시금 태연히 순회공연에 나 섰다. 재공연에 돌입하면서 "무대에 서는 것이 나의 재활 치료다" 하 고 말했다.

암을 억제하고 체력을 유지하기 위한 링거 주사는 그때그때 공연 이 열리는 전국 각처의 병원에서 맞으며 강행군을 했다. 연극에 임하 는 그의 자세에 경의를 표하며 언론 매체에서 '처절한 연극인의 혼' 이라고 칭찬하자 '배우가 무대에 서는 것은 당연한 일'이라며 담담히 받아넘겼다.

그리고 그해 10월 순회공연이 6개월간의 방학에 들어가자 마치 그 틈을 기다렸다는 듯 12월에 도쿄 미쓰코시 극장에서 올린 극단 민게 이의 공연 〈바보의 꿈〉의 연출과 주연을 맡았다. 역시 이때에는 체력 소모가 극심해 무대에 오르내릴 때마다 극단 젊은이의 등에 업힐 정 도였다.

12월 24일 공연의 커튼콜에서도 관객들의 박수는 멈추지 않았다. 분장실에 돌아온 우노의 체력은 완전히 소진된 상태였다. 지금까지 버틴 것이 기적이었다. 연말에 병원에 입원해 집중 치료를 받았으나 다시는 무대에 오르지 못했다. 새해 연휴도 끝난 1988년 1월 9일 정 오 숨을 거뒀다. 향년 73세였다.

날마다 막이 내려가면 분장실에서 기다리고 있다가 우노의 손을 잡고 위로했던 극단 민게이의 대표 다키자와 오사무는 어느 기자의 질문에 "우노는 무대 위에서 작별을 고하고 싶었던 거죠" 하고 말했다.

감사의
'어메이징 그레이스'

상점가를 걷다 보면 때때로 귀에 익은 선율의 성가 '어메이징 그레이스'가 들려온다. 어느 집에서 내보내는 걸까. 대형 쇼핑몰이나 백화점에서 흘러나올 적도 있다. 장엄한 코러스로 울려 퍼지기도 하고, 아름다운 소프라노 독창으로 흐르기도 한다. 그렇다. 이 해맑은 소프라노 목소리의 주인공은 이제 세상을 떠난 혼다 미나코本田美奈子다. 종교와 상관없이 왠지 기도하고 싶어지게 만드는 은은한 선율은 오래도록 귓전에 남는다. 흑인영가처럼 메아리치는 합창곡도 감동적이고, 혼다 미나코의 단아한 솔로도 운치가 있다.

혼다는 너무 젊은 나이에 떠났다. 38세의 갑작스런 죽음, 급성 골수성 백혈병이라는 혈액암이었다. 그런 무거운 병에 걸린 혼다가 입원하기 2주 전에 녹음한 마지막 앨범이 〈어메이징 그레이스〉다.

죽음을 앞둔 말기 암 환자에게 마지막 순간까지 어떻게 살아가야 하느냐는 어려운 질문을 던졌을 때, 아무래도 연령이나 병환의 진행 상태와 증세에 따라 선택의 길은 달라질 것이다.

혼다 미나코는 1985년 아이돌 가수로 데뷔해 금세 인기가수가 되었다. 이후 한동안 침체기도 있었지만, 1990년 뮤지컬 〈미스 사이공〉의 공개 오디션에 출전해 1만 2천 명의 경쟁자를 물리치고 당당히 주역으로 뽑혔다. 비로소 아이돌 가수에서 벗어나 체계적으로 성장할 수 있는 큰 전환점이 되었다. (1992년 초연)

비록 정규 음악교육은 받지 않았으나 타고난 가창력과 풍부한 감성 그리고 끊임없이 노력하는 자세로 주인공 킴 역을 완벽하게 소화해 〈미스 사이공〉은 1년 반의 롱런을 기록하는 대성공을 거뒀다.

그 후 뮤지컬 〈레미제라블〉, 〈지붕 위의 바이올린〉, 〈왕과 나〉, 〈클라우디아〉 등에 잇따라 출연하는 한편 클래식 가곡에까지 영역을 넓혀 2003년에는 첫 클래식 앨범 〈아베마리아〉를 출시했다.

2005년 3월부터 재공연에 들어가는 〈레미제라블〉에 출연이 확정됐으나, 통증과 이명 등 건강에 이상 징후가 나타나 1월 12일 도쿄 시내 대학병원에서 진찰을 받았다. 이튿날 의사의 권고로 입원해 정밀 검사를 받은 결과, 급성 골수성 백혈병 즉 혈액암으로 판명되었다. 그 자리에 함께 있었던 BMI의 프로듀서 다카스기에 따르면, 혼다는 멍하니 허공을 바라보며 한참 동안 눈물을 흘리다가 의사에게 이렇게 물었다고 한다.

"선생님, 이번 공연에 출연할 수 있는 거죠? 팬들이 기다리고 있어요."

그건 무리한 요구였다. 이미 혈액의 90퍼센트에 암세포가 퍼져 있어 한시라도 빨리 항암제 치료를 시작하지 않으면 위급한 상황이었다. 프로듀서 다카스기는 "그건 안 돼. 팬들도 충분히 이해할 거야. 공연을 연기할 테니 아무 걱정 말고 치료에만 힘써" 하고 혼다를 설득했다.

항암제 치료 1쿠르[2]의 결과는 그다지 좋지 않았다. 아직 혈액 속에 암세포가 50퍼센트나 남아 있었다. 2쿠르째 치료에도 20퍼센트가 남아 있었다. 일상으로 돌아갈 수 없는 상태였다. 혼다는 계속 기대치에 어긋나는 치료 성적에 낙심할 수밖에 없었다. 병원에 찾아온 사람들과 직접 만나지 못하고 인터폰을 통해서만 이야기를 나눌 수 있는 무균실에 입원한 혼다는 '외롭다'고 말하며 자주 울었다고 한다.

혼다는 본격적인 치료에 들어가기에 앞서 머리칼을 짧게 잘랐다. 본래 긴 머리를 좋아했지만 항암제 치료 부작용으로 머리칼이 부서지고 빠질 게 분명해 전속 미용사에게 부탁해 미리 짧게 잘라 버렸다. 결국엔 짧은 머리칼마저도 점차 빠지기 시작해 날마다 다른 모양의 두건을 머리에 둘러쓰며 기분전환을 했다. 3쿠르 치료가 끝났을 때, 이윽고 혈액 속의 암세포가 5퍼센트 이하로 줄어들어 무균실에서 일반병동의 1인실로 병상을 옮길 수 있었다.

입원 후 3개월쯤 지난 4월 22일 무균실에서 나왔을 때, 혼다는 문 앞에서 기다리고 있던 다카스기에게 한 장의 메모지를 건넸다. 거기

---

2   Cours. 프랑스어로 과정, 경과라는 뜻. 대개 항암제는 1일 1회 5일간 연속 투여하고 적어도 2주 간 휴약休藥한 후 다시 반복한다.

에는 '마음까지 깨끗해졌어요'라고 적혀 있었다. 무균실에서 마음까지도 맑게 씻었다는 뜻일까. 혹은 기쁜 마음을 그렇게 표현한 것일까.

1인실로 병상을 옮긴 혼다는 하루라도 빨리 무대에 오르기 위해 발성 연습과 스트레칭을 시작했다. 혼다의 병실에서 흘러나오는 아름다운 노랫소리에 환자들도 의료진들도 가던 길을 멈추고 귀를 기울였다.

백혈병의 경우, 혈액형이 맞는 사람의 골수를 이식받으면 극적으로 근치할 수 있는 길이 열리기도 한다. 혼다는 골수은행에 이식 희망자로 등록했다. 혼다와 혈액형이 맞는 기증자가 의외로 금방 나타났으나 아쉽게도 그 골수는 우선순위에 따라 먼저 등록한 사람에게 돌아갔다. 그래서 차선책으로 제대혈 조혈모세포이식을 받았다. 다행히 효과가 나타나 7월 30일 반년 만에 퇴원할 수 있었다.

퇴원할 때 혼다는 의료진 앞에서 〈어메이징 그레이스〉를 불렀다. 감사의 마음을 담은 해맑은 노랫소리가 병원에 메아리쳤다. 주위에 모여 있던 사람들은 '천사가 노래 부르는 것 같다'며 모두 눈물을 글썽였다.

이튿날 7월 31일 혼다는 아주 가까운 사람들만 초대해 집에서 38세 생일을 축하하는 잔치를 열었다.

여름을 집에서 보내고 9월에 또다시 입원했다. 이번에는 의사의 권유로 미국에서 직수입한 백혈병을 다스리는 항암제 신약을 썼다. 어느 정도 효력이 나타나 10월 초에 일시적으로 퇴원할 수 있었다.

새로운 자신을 발견하다

다카스기에 따르면 "혼다는 정말로 인정이 많았다"고 한다. 자신은 고열에 시달리면서도 비 오는 날이면 병실에서 다카스기 프로듀서에게 전화를 걸어 "오늘은 비가 오니까 어머니를 잘 챙겨 주세요. 혼자 다니시다 계단에서 미끄러지면 큰일 나니까요" 하고 부탁하기도 했다. 그렇게 인정미가 넘친 혼다는 자신이 겪은 고통을 잊지 않고 언젠가는 자신처럼 고통받는 사람들을 돕기로 마음먹었다.

"백혈병에 걸려 엄청난 아픔과 괴로움을 맛본 혼다는 팬들의 격려는 물론이고 자신과 똑같은 병을 앓고 있는 환자들로부터 큰 힘과 용기를 얻었습니다. 그래서 스스로 난치병을 이겨 내고 다시 무대에 오르는 것이야말로 난치병과 싸우는 사람들을 위한 보답이라고 생각했죠. 음악을 통해 힘을 북돋아 주고 응원하고 싶다고 자주 얘기했습니다. 그런 구상을 실행으로 옮긴 활동이 '라이브 포 라이프(LIVE FOR LIFE)'로 백혈병 환자를 지원하기 위한 프로젝트입니다. 뜻을 함께한 작사가 이와다니 도키코 씨, 작곡가 핫토리 가쓰히사 씨 등이 발기인이 되어 구체적으로 움직이기 시작한 시기가 7월 초였습니다. 가을에는 작사가 아키모토 야스시 씨, 패션디자이너 야마모토 간사이 씨, 가수 이와사키 히로미 씨도 합류했습니다."

다카스기의 회상이다.

혼다는 병원에서 퇴원해 집에 돌아온 10월 19일 '라이브 포 라이프'라는 활동단체를 설립한다고 공식적으로 발표했다. 언론에 배포한 보도자료에는 이렇게 적혀 있었다.

혼다 미나코가 드리는 글.

지금 이렇게 병석에 있는 제가 할 수 있는 것은 병을 이겨 내고 하루라도 빨리 여러분에게 건강한 모습을 보여 드리는 겁니다. 그리고 저와 마찬가지로 고통 속에서도 꿋꿋이 살아가고 있는 환우들에게 용기와 희망을 선사하고 싶습니다. '라이브 포 라이프'는 어느 날 병실에서 문득 떠올라 제가 만든 작은 사회봉사단체입니다. 앞으로 폭넓은 활동을 통해 크게 키워 나가고 싶습니다. 그것이 저의 사명이라고 느낍니다. 이제부터 저는 '라이브 포 라이프'의 깃발을 힘차게 흔들며 앞장서서 나가겠습니다.

혼다 미나코 올림

활동단체의 문양도 동시에 발표했다. 혼다인 듯싶은 한 여성이 잔다르크처럼 커다란 깃발을 높이 치켜든 그림이다.

'LIVE FOR LIFE'는 '살기 위해서 산다'는 의미라고 한다. 서구의 세계적인 가수들이 합동공연을 펼쳐 아프리카 난민을 위해 자선기금을 마련한 'We Are The World' 이벤트를 참고해 '라이브 포 라이프'도 어렵고 힘든 이웃을 위해 활동하기로 했다. 혼다는 가수로 복귀하면 전국순회 자선콘서트를 전개할 예정이었다.

작곡가 이노우에 아키라는 혼다가 퇴원 후에 부를 수 있도록 '라이브 포 라이프' 테마송을 작곡해 선물했다. 혼다는 그 곡을 곧바로 녹음하기로 결정했다.

그러나 집에 돌아온 지 이틀 뒤 10월 21일, 정밀 검사 결과가 좋지 않다는 통보를 받고 재입원했다. 그것이 마지막 입원이 될 줄은 아무도 예상하지 못했다. 의사 또한 "병원에서 녹음실을 다니며 노래를 녹음해도 상관없습니다" 하고 말했으니까.

11월 3일 이른 아침 혼다는 "가슴이 아프다"고 호소하며 격통에 몸부림쳤다. 모르핀 진통제를 주사할 수밖에 없었다. 몽롱한 상태에 빠진 혼다의 의식은 되돌아오지 않았다. 2005년 11월 6일 새벽, 가족과 가까운 사람들이 몇 번이나 이름을 불렀지만 혼다는 아무 대답도 하지 못한 채 조용히 숨을 거뒀다.

다카스기의 회상이 이어진다.

"아직 여고 1학년 때 감기에 걸려 병원에 데려갔는데, 주사가 싫다고 도망친 적이 있었습니다. 그런 아이였는데, 혹독한 항암 치료를 받으면서도 불평하거나 나약한 소리를 꺼낸 적은 한 번도 없어요. 반드시 꼭 다시 일어나 노래하겠다는 의지가 불타고 있었지요. 다시 한번 무대에 올라가 팬들에게 감동을 선사하고 싶다는 소망이 혼다의 마지막 삶을 떠받쳐 준 겁니다."

혼다는 언제나 "끊임없이 새로운 것에 도전하고 싶다"고 말했다. "아무리 힘들고 험한 길도 스스로 헤쳐 나가며 새로운 자신을 발견하고 싶다"고 원했다. 병원에서 시를 짓고 노랫말을 지으면서 '삶이 무엇인가'를 깊이 생각했다. 또한 자신도 병마에 시달리면서 한 병원에 입원한 아이들, 소아 백혈병 환자들에게 남다른 애정을 쏟았다. 그 아이들에게 먼저 다가가 따뜻한 이야기를 나눴다. 만일 혼다가 살아 있다면 '라이브 포 라이프'에 자신의 인생을 모두 바쳤을 것이다.

'라이브 포 라이프' 프로젝트의 발기인으로 참여했던 동료들은 혼다 미나코의 고결한 뜻을 받들어 NPO(비영리조직) '라이브 포 라이프 미나코 기금'을 설립해 백혈병이나 난치병으로 고통받는 사람들을 음악으로 지원하는 활동을 지금도 계속 펼치고 있다.

12장

마지막 스테이지

"끝까지 코미디로 가자"
하나 하지메 (1930-1993 가수, 배우)

"현장에서 죽어도 좋다"
아시다 신스케 (1917-1999 가수, 배우)

"제가 암에 걸렸다면서요?"
고시지 후부키 (1923-1980 가수)

"삶이 얼마 남지 않았다는 직감"
요도 가오루 (1930-1993 가수)

"꼭 재기하겠다"
고즈키 노보루 (1940-1999 가수, 배우)

"생각보다 힘들었다고 전해라"
이카리야 조스케 (1931-2004 희극인, 가수)

"잠시 객석에서 안 보이는 것뿐"
미키 노리헤이 (1924-1999 배우, 연출가)

한 시대의
상징적인 죽음

지나간 청춘시대를 선명히 떠올리게 만드는 것은 '노래'와 '영화'다.

히트송 〈스다라부시〉로 1960년대 고도성장기에 일세를 풍미한 가수이자 희극인 우에키 히토시植木等가 폐기종으로 10년간 투병 끝에 타계했다는 부음을 접하고 나는 40여 년 전 풋내기 기자 시절로 일순간에 되돌아간 느낌이 들었다. 늦은 밤, 기삿거리를 찾아 경찰서 유치장을 돌아다니는 일과를 끝마치면 으레 단골 선술집에 들렀다. 수더분한 아주머니가 과년한 딸과 함께 꾸려가는 조그만 가게로, 대여섯 명이 나란히 붙어 앉으면 꽉 채워지는 길쭉한 카운터가 술좌석의 전부였다. 언제나 여기저기 신문사의 기자 몇몇이 모여 앉아 술잔을 기울었다.

오전 0시가 지나면 주객들은 얼큰하게 취기가 올라 다 함께 노래를 부르기 시작했다. 그때 반드시 터져 나오는 노래가 '알고는 있지만 어쩔 수 없어'라는 노랫말의 〈스다라부시〉였다. 낮에는 사건을 쫓아다니고, 저녁에는 술 마시고 취하고 노래하는 날들이었다. 그럼에도 어떤 상황에서도 움츠러들지 않고 흥겹게 지낼 수 있었던 건 우에키 히토시의 통쾌한 코미디 덕택인지도 모른다.

문득 자신을 돌아보니 내 나이도 어느새 고희가 지났다. 뉴스에서 우에키 히토시는 80세로 타계했다고 전한다. '아니, 그렇게나 많은 나이가 되었다니!' 하고 나는 깜짝 놀랐다. 과연 인생은 긴 걸까, 짧은 걸까.

한 시대를 상징했던 인물의 죽음은 곧바로 그가 한창 날리던 시대의 과거로 시간을 되돌려 놓는다. 우에키와 동시대를 살아온 나는 지난날을 되돌아보는 동시에 앞으로 살아갈 날이 얼마 남지 않았음을 확실히 실감한다. 게다가 오랫동안 일본인의 '삶과 죽음'의 모습을 주의 깊이 관찰했고, 지금도 이에 관한 글을 쓰고 있기 때문에 나와 동시대를 살았던 상징적인 인물의 죽음은 나의 의식을 강하게 뒤흔든다. 그러기에 우에키도 함께했던 왕년의 코믹밴드 크레이지 캣츠의 리더 하나 하지메ハナ肇의 죽음도 떠올랐다. 그의 사망 날짜를 짚어 보니 상당히 오랜 세월이 흐른 1993년 9월 10일이었다. 우에키보다 젊은 나이였지만 하나 하지메는 먼저 세상을 떠났다. 63세, 간암이었다.

하나 하지메의 죽음을 기록한다.

하나는 종전 후 주둔군을 상대하는 클럽에서 드럼을 쳤다. 그러다 1955년 코믹밴드 크레이지 캣츠를 결성했다. 2년 후 우에키가 합세할 당시의 멤버는 리더이자 드럼의 하나 하지메, 보컬과 기타의 우에키 히토시, 드럼본의 다니 케이, 베이스의 이누즈카 히로시, 테너색소폰의 야스다 노보루, 피아노의 이시바시 에타로(나중에 사쿠라이 센리 참가)로 저마다 개성이 넘치는 실력파로 구성되었다. 지금까지 유행했던 만담이나 인정人情 희극과는 확연히 달랐다. 개그와 음악을 한데 엮은 속도감 있는 '익살'은 '일본인의 웃음에 혁명이 일어났다'고 평가할 정도였다. 크레이지 캣츠는 10년쯤 명성을 누리다 해산했으나 이후에도 멤버들은 제각기 독자적으로 활발한 활동을 펼친다.

하나와 우에키의 성격이나 성향은 극히 대조적이었다. 우에키는 미에 현 출신으로 정토진종 스님의 아들로 태어났다. 그런 배경도 작용하여 매사에 진지하고 성실했고 현실에 순응하며 조용히 살아갔다. 한편 보스 기질이 강한 하나는 '일'에는 엄격했으나 인정이 많고 사람들과 어울리기를 좋아했다. 일상생활에서도 주위 사람들에게 웃음을 안겨 주고 훈훈한 분위기를 만들어 내는 재주가 뛰어났다.

하나가 간암에 걸려 수술을 받은 건 1993년 2월 초였다. 하나의 부인 요코는 수술 결과를 혼자서 전해 듣기 두려워 하나의 제자인 배우 나베 오사미와 동행했다. 수술을 집도한 도쿄지케이카이의과대학東京慈惠会医科大学 부속병원 주치의의 설명에 따르면, 병명은 간세포암

(원발성 간암)으로 이미 상당히 진행되어 '예후 11개월'이라는 위중한 상태였다. 그러나 하나 본인은 처음부터 '그래 봐야 위궤양일 거야' 하고 대수롭지 않게 여겼기 때문에 요코는 남편 하나에게는 진실을 밝히지 않기로 마음먹었다.

"아이고 깜짝이야!"

병원에서 나와 집에서 요양 중이던 8월 13일 새벽, 식도정맥류 파열로 엄청난 피를 토했다. 하나는 아내가 놀라지 않도록 피 묻은 용기 등을 직접 정리정돈한 뒤에 요코를 깨워 구급차를 불렀다. 주치의는 요코와 나베에게 "이틀을 넘기지 못할 수도 있다"고 말했다. 나베는 병상에 누워 꼼짝 못하는 하나의 혈액순환을 돕기 위해 어깨, 허리, 다리 등을 골고루 정성껏 주물렀다. 극진한 보살핌 덕분인지 하나는 무사히 '이틀'을 넘기고 서서히 안정을 되찾았다.

하나의 코에는 튜브가 매달려 있었다. 식도의 파열된 상처자리를 풍선처럼 생긴 의료기구로 압박해 지혈하기 위한 처치였다. 하나는 의미한 의식 속에서도 무의식적으로 손을 뻗어 콧구멍에 꽂힌 튜브를 뽑으려고 했다. 튜브가 빠지면 또다시 피를 쏟을 우려가 있기 때문에 간호사가 하나의 손을 붙잡고 주의를 줬다.

"노노야마 씨, 줄을 만지면 안 돼요."

'노노야마'는 하나의 본명이다. 간호사가 없을 때는 나베가 잠시도 병상을 떠나지 않고 주의 깊이 살폈다. 그런데 간혹 하나는 손을 들어 올려 천천히 코 쪽으로 옮겼다. 튜브에 손대지 못하도록 나베가 몸을 일으키는 순간, 하나의 손은 바로 코앞에서 딱 멈추었다. 그러고는 귀 쪽으로 방향을 바꾼 손으로 귓구멍을 팠다. '그런 짓은 하지 않는다'고 알려 주는 능청스런 연기라고 나베는 해석했다. 오랫동안 하나를 '사부'로 모신 나베는 그것이 '뜻 깊은 연기'임을 금방 알아차렸다.

"역시 사부는 생사를 오락가락하면서도 사람들에게 웃음을 안겨 주려고 했지요. 진짜 대단한 거물이죠. 그래서 '좋아, 그렇다면 사부답게 끝까지 코미디로 가자'고 마음을 굳힌 겁니다."

일단 병실을 무대 뒤편의 분장실처럼 꾸며 문병 온 사람들에게 즐거움을 선사하기로 결정했다. 나베의 제안에 요코도 즉시 찬성했다.

곧바로 병실의 모습부터 바꾸었다. 침상에 둘러쳐 있던 비닐 커튼을 걷어 낸 자리엔 극장 분장실에 치는 발을 늘어뜨렸다. 비디오와 오디오를 들여놓고 벽에는 커다란 괘종시계와 그림을 걸었다. 그리고 병문안 손님이 찾아오면 〈스다라부시〉 등의 음악이 흐르는 환한 분위기를 만들었다.

하나는 최악의 위기에서 벗어나 코에서 튜브를 빼내자 비로소 더듬더듬 말할 수 있게 되었다. 요코는 어느 정도 의식이 돌아왔는지 알아보기 위해 하나의 손때가 묻은 드럼 채를 손에 쥐어 주며 "이게 뭔지 알겠어요?" 하고 물었다. 하나는 일부러 고개를 갸웃하며 "젓가락?" 하고 딴청을 부려 요코의 얼굴에 웃음꽃을 피우게 했다.

장기간 침상에 누워서 지낸 데다 진통제의 영향으로 지독한 변비에 시달렸다. 낮에는 손님들이 수시로 찾아와 제대로 배변을 보기는 더욱 힘들었다. 밤이 되어야 비로소 나베의 도움을 받아 침대에서 내려와 휴대용 좌변기에 앉았는데, 한 번의 배변 시간이 무려 45분이나 걸린 적도 있었다. 아무리 허물없는 사이일망정 나베는 하나가 신경 쓰지 않도록 병실 한 구석에 숨어 있듯 쪼그리고 앉아 볼일이 끝날 때까지 가만히 기다렸다. 그리고 엉덩이를 깨끗이 닦아 주었다.

일본의 예능세계에서 스승과 제자의 관계는 주인과 종의 서열만큼이나 엄격하다. 하나는 평소 나베를 엄격하게 몰아붙일 적도 있었다. 그러나 이때만큼은 매사에 너그러웠고 말씨도 부드러웠다.

"나베, 자네가 이렇게까지 잘할 줄은 생각도 못했다. 이럴 줄 알았으면 나도 자네한테 훨씬 더 잘했을 텐데……."

"사부님, 원래 제자는 그런 거잖아요. 아무리 혼나고 야단맞아도 제자가 사부님을 모시는 건 당연한 거예요."

나베는 마음속으로 기쁨의 눈물을 흘렸다. 죽음이란 사죄하는 마음도 일으키고 화해하는 마음도 일으키는 위력을 갖고 있다.

아내가 부르는
자장가 속에서

나베는 '사부님이 돌아가시기 전에 그토록 좋아했던 장어덮밥을 꼭 대접하겠다'고 마음먹었다. 집에서 피를 토한 후 재입원해 응급수술을 받고 열흘이 지났을 때 하나는 정말로 장어덮밥을 먹었다. 나베는 자기 일처럼 기뻐했다.

그러나 8월 25일 이른 새벽에 또다시 피를 토했다. 우에키 히토시가 달려왔다. 하나는 필담으로 '힘들다' 하고 적었다. 그날부터 크레이지 캣츠의 멤버였던 우에키, 다니, 사쿠라이, 이누즈카, 야스다는 하루가 멀다 하고 계속해서 찾아왔다. 그때서야 하나는 지금까지 한 번도 언급한 적이 없던 말을 꺼냈다.

"나베, 도대체 언제쯤이지?"

위궤양에 걸린 줄로 알았던 하나는 심상찮게 돌아가는 분위기를 감지하고 시시각각 다가오는 자신의 죽음을 알아차린 것이다.

"아직 혼은 끄떡없어요!"

나베는 이렇게 대답했다.

하나는 의식을 잃고 깊은 잠에 빠지는 시간이 점점 길어졌다. 달이 바뀌어 9월 6일, 크레이지 캣츠의 초창기 시절 텔레비전 인기 프로그램 '비눗방울 홀리데이'에서 함께 활약했던 여성 듀엣 더 피넛이 문병을 왔다. 나베는 의식이 가물가물한 하나의 귓전에 얼굴을 바싹 붙이고 작은 목소리로 말했다.

"오프닝 무대는 하나 하지메와 크레이지 캣츠! 그리고 오늘의 특별손님 더 피넛입니다. 첫 번째 곡은 〈스타더스트〉! 자, 그럼 부탁해요."

더 피넛의 두 여자는 미리 연출이라도 한 것처럼 〈스타더스트〉를 부르기 시작했다. 1960년대로 되돌아간 느낌이었다. 죽음을 앞둔 환자가 누워 있는 병실이라고는 도저히 생각할 수 없는 분위기였다. 그러자 눈을 감고 몽롱한 상태로 누워 있던 하나가 갑자기 한마디 툭 던졌다.

"아이고 깜짝이야!"

옛날에 하나가 히트시킨 유행어였다. 모두 얼굴을 마주보며 웃었다.

곧이어 하나는 또 한 번의 능청스런 연기인지 아니면 몽롱한 정신이 일으킨 착각인지 나베를 향해 이렇게 말했다.

"스케줄은?"

나베는 즉각 대답했다.

"꽉 차 있습니다."

그러고 나서 하나는 또다시 깊은 잠에 빠졌다. 그것이 하나의 '마지막 말'이 되었고 '마지막 연기'가 되었다. 그야말로 최후의 최후까지 희극인으로 살았다.

3일 뒤 9월 9일 아침 우에키가 찾아왔다. 우에키가 말을 걸어도 무표정으로 아무 반응이 없었다. 우에키가 하나의 호흡을 확인하기 위해 가까이 다가가자 갑자기 하나는 "헛, 헛, 헛, 헛" 하고 거칠게 숨을 몰아쉬었다. "사부님, 우에키 씨가 왔어요. 그걸 알고 계시면 숨을 크게 한 번 쉬어 보세요" 하고 옆에 있던 나베가 하나에게 말했다. 그러자 하나는 알아들었다는 듯 호흡의 리듬을 바꾸어 크게 심호흡을 했다. 우에키는 아무 말 없이 눈물을 흘렸다. 이튿날 1993년 9월 10일 오전 6시가 지나면서 하나의 호흡이 자주 끊어졌다. 6시 45분 호흡이 멎자 담당의사가 눈물을 흘리며 심장마사지를 시작했으나 고동소리는 끝내 되살아나지 않았다. 오전 7시 3분 의사는 심장마사지를 멈추고 사망을 확인했다. 요코는 남편의 머리맡에서 갓난아이를 잠재우듯 조용히 자장가를 불렀다.

나베는 당시 취재 기자들에게 이렇게 이야기했다.

"저는 나름대로 사부님을 잘 모셨다고 생각했는데, 지금 되돌아보니 그건 모두 사부님의 연출 덕택이었습니다. 저는 그저 사부님의 연출에 따랐을 뿐입니다. 그리고 사부님은 희미한 의식 속에서도 모두에게 사랑을 베풀었습니다. 그러기 위해서 28일간의 생명이 필요했던 겁니다."

하나 하지메는 63세를 일기로 생을 마감했다.

강렬한 개성을 지닌 존재감이 넘치는 인물은 죽음을 앞두고 제대로 말도 하지 못했지만 끝까지 막강한 구심력을 발휘했다.

'고난은 마음을 살찌우는 양식'

한 시대는 몇 개의 얼굴을 갖고 있다.

사람들의 기억 속에도 제각기 한 시대의 얼굴이 새겨져 있다. 1960

년대 초반 방송국 기자로 사회에 첫발을 내딛은 나는 직업상 정치나 사회 문제에 민감할 수밖에 없었다. 그래서인지 그때 내 기억의 망막 위에 깊이 새겨진 얼굴은 이케다 하야토[1]라는 정치인이었다. 또한 규슈 탄광촌의 초라한 움막에서 살아가던 가난한 소녀의 얼굴도 결코 잊을 수 없다.

그리고 1960년대의 일상생활을 되돌아보면 〈스다라부시〉의 우에키 히토시와 더불어 텔레비전 드라마 〈7인의 형사〉의 주인공 아시다 신스케芦田伸介의 얼굴이 떠오른다. 당시 나 역시 사건을 좇는 기자였기에 〈7인의 형사〉에 대한 흥미가 더했는지도 모른다. 어느덧 40여 년의 세월이 흐른 지금도 기억 속에 선명히 남아 있는 〈7인의 형사〉의 이미지는 드라마의 특정한 내용이나 정경이 아닌 수사반장 사와다 형사의 우수에 젖은 얼굴, 즉 아시다 신스케의 얼굴이다.

이른바 고도 경제 성장기에 들어선 1960년대 일본의 '양지'를 나타내는 상징적 인물이 우에키 히토시였다면, '음지'의 측면을 상징하는 인물은 아시다 신스케가 아닐까 싶다. 〈7인의 형사〉는 단지 사건의 진상을 밝혀내고 범인을 뒤좇는 기존의 범죄 드라마와는 차원이 달랐다. 범행의 배후에 깃든 범죄자의 불우한 가정 환경이라든가 비참한 인생살이가 형사들의 수사 과정에서 낱낱이 드러나면서 사회의 어두운 '음지'를 고스란히 보여 주었다. 범인을 체포하고도 씁쓸한 모

---

1   도쿄 올림픽 등을 치른 일본 경제부흥기의 수상.

습을 감추지 못하는 아시다 신스케의 비장미 넘치는 연기는 일품이었다.

드라마 〈7인의 형사〉 시리즈는 1961년부터 1979년까지 장장 18년 간이나 이어져 방송 횟수는 451편에 달했다. 〈7인의 형사〉를 시작할 때 아시다는 44세였는데, 드라마가 막을 내렸을 때는 62세였다. 아시다는 인생 후반기에 접어들어 영화에도 자주 출연해 〈전쟁과 인간〉, 〈구형의 황야〉, 〈마루사의 여자〉 등의 작품으로 영화 팬들의 기억에도 강렬한 인상을 남겼다.

아시다의 눈부신 활약은 70세가 넘어서도 변함이 없었는데, 그간의 수많은 출연작을 헤아리면 도무지 상상할 수 없을 만큼 몇 번씩이나 사고를 당해 다치기도 했고, 병들어 몸져눕기도 했다. 41세 때는 교통사고로 얼굴을 147바늘이나 꿰매는 중상을 입었다. 게다가 오른쪽 눈의 수정체 파열에다 실어증까지 겹쳐 배우 생활을 접어야 하는 위기에 직면했다. 그러나 아내의 극진한 보살핌에 힘입어 기적적으로 병석을 털고 일어섰다. 꾸준한 치료로 오른쪽 눈의 시력을 되찾았고, 배우로 복귀하겠다는 필사적인 재활 훈련을 통해 실어증에서 벗어나 다시금 말할 수 있게 되었다. 그리고 나서도 위궤양이나 담낭염 등으로 거듭 병원 치료를 받았다. 젊은 시절에는 전쟁터에 끌려가 만주전선에서 생사를 넘나드는 쓰라린 경험도 했다. 각종 사고와 병환으로 수없이 쓰러졌지만 언제나 오뚝이처럼 거뜬히 일어섰다. 그에게 있어 '인생의 고난은 마음을 살찌우는 양식'이었다.

그리고 칠순이 넘어 간암에 걸렸을 때도 병마에 움츠러들지 않고 평소와 다름없이 유유자적 지냈다. 76세에 받은 정기 건강검진에서 간암이 발견됐는데, 의사가 진단 결과를 설명할 때도 전혀 흐트러지지 않았다. 주위에 소문을 퍼뜨리지도 않았다. 어떤 사건과 맞닥뜨려도 평정심을 잃지 않고 차분하게 수사를 펼쳐나가는 사와다 수사반장의 행동 하나하나는 실제로 아시다가 일상에서 살아가는 모습과 흡사한 점이 많았다.

아시다는 NHK 텔레비전의 생활정보 프로그램 〈아침의 휴식〉에 친구 후지오 후지코 A와 함께 출연해 스스로 간암에 걸렸다는 사실을 처음 밝혔다. 간암 진단을 받은 날로부터 2년이나 지난 1996년 11월 2일이었다. 아주 자연스러운 말투로 "실은 그동안 암에 걸려서⋯⋯"라고 말문을 열었을 때 주위에 있던 연예계 종사자는 물론이고 텔레비전 앞에 있던 시청자도 모두 깜짝 놀랐다. 그간 암과 어찌어찌 싸웠다는 무용담 따위는 아예 없었고, 다만 언제나 배우의 임무에 최선을 다했다는 담담한 이야기였다.

현장에서 죽어도 좋다

아시다의 맏딸로 줄곧 매니저를 맡았던 아코에 따르면 과거 아시다는 엄청난 교통사고를 당한 경험도 있었기에 막상 간암 진단이 나왔어도 본인이나 가족들은 그다지 큰 충격에 휩싸이지 않았다고 한다.

또한 아시다의 가족들은 평소에도 암이나 죽음의 문제 등을 화제로 삼아 자주 이야기를 나눴다고 한다. 그리고 가족 모두가 불가피한 죽음 앞에서는 부질없는 연명 치료는 받지 않고 자연스럽게 죽음을 받아들인다는 생사관을 갖고 있었다.

아시다는 평소 무슨 일이 있어도 "절대 쉬고 싶지 않다"면서 "평생 배우로서 죽는 날까지 현역으로 남고 싶다. 현장에서 죽어도 좋다"고 입버릇처럼 말했다.

건강검진을 받은 '인간 도크dock'[2]의 의사가 소개한 국립암센터에서는 환자 본인이 선택 가능한 몇 가지 치료법을 제시했다. 아시다는 일단 수술 요법은 거부했다. 화상진단 결과, 간암의 발생 부위가 한 군데밖에 없었기 때문에 수술로 암세포가 퍼진 부분만 잘라 내면 완치도 기대할 수 있었다. 그러나 간장의 기능 회복이나 전체적인 체력 회복에 상당한 시간이 필요하므로 장기간 아무 일도 할 수 없다. 그렇다면 예정된 텔레비전 드라마나 영화, 연극 출연 등을 모두 포기해야 한다는 것을 의미한다. 또한 수술에 성공하더라도 간암은 재발할 확률이 높다는 점도 작용하여 "절대 쉬고 싶지 않다"는 아시다의 생활신조에 따라 수술은 받아들이기 힘든 치료법이었다.

아시다가 선택한 것은 간동맥 색전술이었다. 암세포가 영양분을 흡수하지 못하도록 간암 부위로 혈액을 보내는 동맥을 막아 버리는

---

2 단기입원 종합건강검진. 항해를 마친 배가 정박해 안전검사를 받듯 인생항로에서도 정기검사를 받자는 뜻에서 붙여진 명칭.

것이다. 거기에다 또 하나의 치료법을 병행했다. 암 조직이 생긴 부위에 알코올(에탄올)을 주입하여 암세포를 괴사시키는 에탄올요법이었다. 단기간 입원해 이러한 두 종류의 치료법을 받으면 통상 다음번 치료까지 6개월 동안은 무난히 생활할 수 있다. 근치는 어렵더라도 그때그때 치료를 받으면서 계속 일할 수 있는 것이다.

다행히 주치의는 외과 의사였으나 환자의 뜻을 존중했기에 일방적으로 수술을 강요하지 않았다.

"수술하지 않는 치료법으로 갈 경우, 그래도 5년은 살 수 있을 겁니다. 그럼 일을 하면서 치료하는 길을 택하기로 하죠."

의사의 말에 아시다는 안도했다. 그야말로 최선의 길이었다. 앞으로 5년간 배우로 살아갈 수 있었기 때문이다.

매니저로서 아시다를 보필해야만 하는 아코 역시 아버지의 뜻을 따르기로 마음을 굳혔다. 아코는 그때를 되돌아보며 이렇게 말했다.

"아버지는 현실과 정면으로 맞서며 살아왔듯이 암이라는 질병하고도 정면으로 맞서며 하루하루를 보냈습니다. 어떤 어려움이 닥쳐도 절대 피하지 않고 굳건히 대결하는 자세로 살았기 때문에 암 통보를 받았을 때 아버지에게 사실대로 밝히지 않는다는 것은 도저히 있을 수 없는 일이었습니다.

아버지는 배우로 살아가는 인생을 좋아했고, 이보다 더 소중한 것은 없었습니다. 저는 매니저로서 또한 딸로서 암에 걸린 아버지가 끝까지 배우의 길을 걸어갈 수 있도록 도와드리고 싶었습니다. 주위에서 "일을 너무 많이 하는 거 아니냐?"는 우려 섞인 소리도 들렸지만, 오히려 아버지는 쉬면 안 된다는 것을 알고 있었기 때문에 계속 일할 수 있도록 신경을 썼습니다.

한 차례의 치료가 끝나면 '그럼 이제부터 또 힘내서 일해야지!' 하며 아버지는 씩씩하게 말씀하셨습니다."아시다의 바쁜 하루하루는 본격적인 암 치료를 받는 동안에도 변함이 없었다. 수면시간이 하루에 3시간밖에 안 되는 날들이 이어졌지만 아시다는 언제나 태연했다. '힘들다'거나 '괴롭다'는 말을 꺼낸 적은 단 한 번도 없었다. 다만 아코가 운전하는 승용차 안에서 쓰러져 잠드는 일이 점점 많아졌다.

백기는 들지 않겠다

그런 강골의 아시다였지만 지속적인 치료가 3년간이나 이어져 팔순을 맞이할 즈음에는 에탄올 주사요법으로 인한 고통에 못 이겨 비명을 지를 적도 있었다. 그렇다고 병마와 맞서는 강인한 정신력을 잃은 건 아니었다. 당시의 심정을 자서전 《걷고 달리다 멈출 때》속에 이렇게 적고 있다.

병에 지지 않겠다는 마음가짐, 이것이 가장 중요한 것 같다.

암 따위에 무릎을 꿇을 순 없다. 나는 아직 할 일이 많이 남아 있고, 앞으로 해야 할 일도 많다. 암한테는 미안한 소리지만, 겨우 이 정도로 너한테

백기를 들 수는 없다. 나는 암에 걸린 뒤로 언제나 이렇게 생각하고 있다. 이것이 내가 암을 대하는 마음자세다. 무엇보다 먼저 정신이 약해지면 안 된다. (중략)

나 자신에게 "지금 이대로 암에 굴복해선 안 된다"고 다짐하면, 나의 육신은 "그래요. 절대 지지 않고 힘차게 이겨낼 거예요. 그러니 언제나 맑은 공기를 듬뿍 마셔서 기운을 북돋우세요" 하고 화답한다.

'암한테는 미안한 소리지만, 겨우 이 정도로 너한테 백기를 들 수는 없다'는 표현 속에 아시다의 우직한 삶의 모습이 담겨져 있다.

아코는 아시다의 일이 끊어지지 않도록 매니저로서 힘쓰면서 "벚꽃이 지듯이 아름답게 마지막 순간을 맞이하는 아버지의 모습을 보고 싶었다"고 한다. 암 치료를 시작한 지 4년이 지난 81세가 되어서도 아시다는 여전히 배우로 일하며 '평생 현역'의 삶을 이어 갔다. 그해 1998년 전반기에는 3편의 연극에 출연했고, 여름에는 2시간짜리 텔레비전 드라마를 찍었다. 특히 그 드라마는 〈7인의 형사〉의 부활편으로, 은퇴한 사와다 형사가 또다시 눈부신 활약을 펼치는 줄거리로 이루어진 기념비적인 작품이었다. 배우 아시다 신스케의 마지막 모습이 고스란히 담겨 있었다.

〈7인의 형사〉 부활 편은 그해 10월에 방송됐는데, 한평생을 배우로 살면서 가장 많은 시간을 쏟으며 혼신을 바친 드라마의 주인공 사와다 형사 역을 아시다는 '인생의 황혼'에서 유감없이 연기할 수 있었다. 그것은 후회 없는 배우 인생을 마칠 수 있도록 준비한 작품으로서 누군가의 특별한 배려가 아닐 수 없다. 또한 그것은 우리의 의식세계를 초월하는 어떤 위대한 존재가 아시다라는 노배우를 위해 미리 장만한 시나리오가 아닐까?

그만큼 건강했던 아시다가 급격히 병색이 짙어지기 시작한 날은 그해가 저물어 가는 12월 15일이었다. 그러기 며칠 전부터 도쿄의 국립암센터에 입원하고 있었는데, 입원 중에도 TBS텔레비전의 일요극장 〈샐러리맨 긴타로〉에서 정계와 재계를 좌지우지하는 막후의 해결사로 등장하는 아시다는 방송 녹화를 위해 TBS스튜디오를 찾았다.

"자, 그럼 갑시다!"하고 감독의 연출 지시가 떨어지자 스튜디오 안에는 정적이 감돌면서 아시다가 나오는 장면이 시작되었다. 그런데 아시다는 한 줄의 대사도 온전히 읽지 못했고, 목소리엔 기운도 없었다. NG가 나왔다. 아코도 스튜디오의 한구석에서 아시다의 힘없는 목소리를 듣고 고개를 갸웃했다. 또다시 NG가 터졌고, 감독이 말했다.

"아시다 씨, 한 토막씩 끊어서 찍을까요?"

하나의 대사를 이야기하는 장면을 단번에 찍지 않고, 따로따로 부분적으로 찍어 나중에 연결하자는 뜻이었다. 편집과정에서 짜깁기로 이어 붙이면 그럭저럭 그림은 나오지만 아무래도 긴박감은 떨어질 수밖에 없다. 연기의 완벽함을 추구하는 아시다로선 도저히 받아들일 수 없는 방식이었다.

"아니, 좋은 그림이 나올 때까지 계속 갑시다."

아시다는 단호히 대답했다.

감독은 아시다가 등장하는 장면을 찍기 전에는 아시다가 충분히 힘을 축적할 수 있도록 한참 동안 기다렸다. 그런데도 단번에 오케이 사인이 떨어진 장면은 하나도 없었다. 그래서 몇 번이나 다시 찍었다며 "그때 함께 출연했던 배우들에게 정말 죄송했다"고 아코가 말한다.

어쨌든 〈샐러리맨 긴타로〉의 녹화는 무사히 끝마쳤다.(이듬해 1월 하순에 방송이 나갔는데, 아시다의 사후였다.)

그럼에도 '평생 현역으로 살다가 현장에서 죽어도 좋다'는 아시다의 도전정신은 여전히 수그러들지 않았다. 이듬해 1월부터 공연하는 극단 메이지좌明治座의 시대극 〈지로초후지次郎長富士〉에서 오마에다 역을 맡아 12월 초부터 연습을 시작했다. 물론 아코는 아시다 곁에서 잠시도 떠나지 않았다. 매일같이 국립암센터에 들러 주사를 맞은 다음에 연습장으로 향했다. 그러다 병원에 입원한 뒤에는 병실에서 연습장을 오갔다. 병원은 단지 잠자는 장소에 지나지 않았다.

본격적인 연습에 들어갔을 때 아시다의 건강을 우려한 연출가가 "아시다 씨, 조금 무리가 아닌가요?" 하고 자진사퇴를 권유했으나 아시다는 "괜찮습니다. 계속 하겠습니다" 하며 우직스럽게 연습에 참가했다. 아시다는 자신이 등장하는 장면의 연습이 끝나도 곧바로 일어서지 않고 공연자들의 연습까지도 지켜보았다. 아코는 아시다의 무대에 대한 애착과 집념을 새삼 확인할 수 있었다고 한다.

그러나 하루가 다르게 목소리의 힘의 떨어질 만큼 나날이 몸 상태가 나빠지는 것을 스스로 인정하지 않을 수 없었다. 마침내 12월 18일 연습장에서 기운이 없어 휘청거리는 자신을 발견한 아시다는 병원에 돌아와 주치의에게 솔직히 털어놓았다.

"지금까지 갑옷과 투구로 무장하고 강한 척했으나 아무래도 이번 공연은 무리겠죠……?"

그러자 주치의는 "그래요, 더 이상 계속 한다는 건 무리입니다" 하고 닥터스톱[3]을 했다. 아시다는 드디어 스스로 물러나기로 결정했다.

연말연시는 병실에서 텔레비전을 보면서 조용히 보냈다. 해가 바뀌어 1999년 1월 3일, 결국 통증을 다스리기 위해 모르핀 진통제를 쓰기 시작했다. 그때부터 몽롱한 상태로 잠들어 있는 시간이 많았다. 그런 상태에서도 혹여 꿈이라도 꾸고 있는지 문득 침상에서 일어나 앉아 무대 의상을 갈아입는 몸짓을 취했다. 어떤 때는 과거 야마모토 후지코와 공연한 〈요시노타유의 사랑〉의 대사를 중얼거리기도 했다.

아코는 몽롱한 상태에 빠져 있는 아시다에게 "아직 무대에서 내려올 때가 아니에요" 하고 말을 붙였다. 그러자 말귀를 알아들었다는 듯 몸을 움직여 반응했다.

1999년 1월 9일 아시다의 얼굴에 산소마스크가 씌어졌고, 의사는

---

3   doctor stop. 의사가 환자의 행위나 행동에 제한을 가하는 것.

임종이 가까워졌다고 가족에게 알렸다. 한겨울밤은 짧았다. 아코는 어떻게든 아버지의 의식을 일깨우려고 계속 말을 붙였다.

"아직 막이 내려가지 않았어요."

아시다는 무언가 이야기하려고 입을 움직였으나 소리가 되어 나오지는 않았다. 산소마스크에서 뿜어져 나오는 '쉬이, 쉬이' 하는 애처로운 소리만 울려 퍼질 뿐 아시다는 끝내 아무 말도 하지 못했다.

그날 밤 8시 12분 아시다 신스케는 영면에 들었다. 향년 82세였다.

의사의 진단대로 간암 치료를 시작한 뒤 인생의 마지막 5년을 내내 현역 배우로 살면서 끊임없이 연극 무대에 올랐고, 수십 편의 텔레비전 드라마에 출연했다.

사랑의 찬가

배우나 가수는 목소리, 표정, 몸짓 등 온몸을 써서 어떤 특정한 인물을 나타내는 표현자다. 그래서 이들은 병에 걸려도 신체적인 고통을 억누르며 무대에 올라가 연기를 펼칠 수밖에 없는 운명을 타고났다. 그렇게 무거운 중병을 짊어지고 드라마틱한 말년을 보낸 3명의 '시대의 얼굴'이 떠오른다.

시대를 대표하는 톱스타로서 인생의 마지막 순간까지도 눈부시게 활약한 다카라즈카 가극단 출신의 가수이자 배우였던 고시지 후부키越路吹雪, 요도 가오루淀かおる, 고즈키 노보루上月晃의 '삶과 죽음'을 더듬어 보겠다.

세 사람의 출생은 각각 1924년, 1930년, 1940년으로 대략 한 세대씩 벗어나 있지만, 세상을 떠난 나이는 56세, 63세, 58세로 모두 원숙기에 막 접어든 시기였다.

고시지 후부키는 중일전쟁이 터지기 직전인 1937년 다카라즈카 가극단에 들어갔다. 배우 오토와 노부코, 쓰키오카 유메지가 동기생이다.

고시지의 가수 인생을 결정적으로 바꿔 놓은 인물은 에디트 피아프다. 전후 연합군 점령기가 끝난 직후인 1953년 봄 프랑스 파리 여행에서 에디트 피아프의 공연을 연거푸 두 번을 본 고시지는 충격과 감동에 휩싸였다. 노래에 대한 관점이 달라졌고, 노래를 부르는 자세도 달라졌다. 귀국한 고시지는 에디트 피아프의 대표곡 〈사랑의 찬가〉, 〈상투아 마미〉 등을 일본어 노랫말로 바꿔 완전히 자신만의 독창적인 창법으로 드라마틱하게 불러 청중을 매료시켰다. 그때부터 마지막 무대에 이르기까지 피날레 곡은 언제나 변함없이 〈사랑의 찬가〉였다.

1980년 3월 도쿄 닛세이 극장에서 열린 〈고시지 후부키 드라마틱 리사이틀〉을 나는 우연히 구경했다. 팝스뮤직 음악회에는 별로 가 본 적이 없는 내가 어째서 그때 고시지 후부키의 노래를 들으러 갔는지 기억이 나지 않는다. 그러기 얼마 전에 레코드로 들은 〈아무도 없는 바다〉가 좋아서 한번쯤은 고시지의 노래를 무대에서 직접 듣고 싶어서 찾아갔는지도 모른다.

그러나 이 리사이틀이 고시지의 마지막 무대가 될 줄은 아무도 상상하지 못했다. 고시지도 자신이 진행성 암을 앓고 있다는 사실을 모르고 있었다.

그래서인지 그때 그 무대는 공연에 내건 타이틀처럼 아주 드라마틱하게 구성돼 있었는데, 역시 마지막 스테이지에서 부른 노래는 〈사랑의 찬가〉였다. 그 마지막 스테이지 역시 모든 공연의 기획자이며 남편인 나이토 쓰네미가 무대 왼편에 놓인 피아노를 치면서 때때로 오른손으로 밴드를 지휘하며 고시지의 노래를 이끌었다. 마이크를 잡은 고시지가 남편 나이토를 정면으로 바라보며 뜨겁게 노래하는 모습은 흡사 사랑이 넘치는 자신의 인생을 이야기하는 것 같았다.

고시지는 리사이틀을 마치고 한 달쯤 지난 4월부터 위의 이상을 느끼며 통증을 호소하기 시작했다. 오랜만에 연극에 출연하기로 결정해 우노 주키치가 연출하는 〈고풍스런 코미디〉를 연습할 때였다. 위통은 멈추지 않았다. 고시지는 아픈 배를 움켜잡고 다다미 깔린 분장실 바닥에 엎드려 진땀을 흘릴 적이 많았다. 그래도 끝까지 연습을 마쳤고 무대에도 올랐다.

5월에 후쿠오카에서 4일간 그리고 6월에는 도쿄 세이브극장에서 18일간 공연이 이어졌다. 남편 나이토나 연출 우노에게 "위가 아프다", "먹은 음식이 내려가지 않는다"고 진지한 목소리로 말했다. 고시지는 30대 중반에 십이지장궤양으로 피를 토하고 쓰러진 뒤로 해마다 두 번씩 위 검진을 받았는데, 공교롭게도 지난해는 너무 바쁜 나머지 정기검진을 받지 않았다. 게다가 별다른 징후를 느끼지 못해 "어차피 받아 봐야 아무렇지도 않을 거야"하고 방심한 것이다. 나중에 나이토는 "만일 그때 위 검진을 받았다면……"하고 후회했다.

〈고풍스런 코미디〉가 막을 내린 다음다음 날인 6월 28일 고시지는 나이토와 함께 도쿄 교사이共濟병원에 찾아가 위 검진을 받았다. 그리고 7일이 지난 7월 5일 도쿄 교사이병원의 나카가와 케이이치 원장은 나이토를 단독으로 불러 "종합적인 검사 결과 위암입니다. 배를 열어 봐야 알겠지만 상당히 진행된 것 같습니다"하고 말했다.

의사의 설명을 듣고 나이토는 일순 눈앞이 캄캄했으나 곧바로 정신을 추슬러 '고시지는 절대 알아차리면 안 된다. 끝까지 비밀에 부치자'고 마음을 굳혔다. 일찍이 고시지는 부모님과 오빠를 암으로 잃었기 때문에 유전적으로 자신도 언젠가는 암에 걸릴지 모른다는 두려움을 안고 살았다. 그런 가계의 병력이 두려워 아이도 갖지 않았다고 한다. 고시지의 성격을 누구보다 잘 아는 나이토는 '만일 고시지가 암에 걸렸다는 사실을 알게 된다면 더욱 죽음을 재촉할 뿐'이라고 생각했다.

나이토는 집에 돌아와 고시지에게 아무 일도 없었다는 듯 덤덤히 말했다.

"가벼운 위궤양이래. 병을 키우면 위험하니 얼른 수술하는 게 좋대."

고시지는 그 자리에 얼어붙었다. 말속에 감추어진 진실을 끄집어

내려고 의심의 눈길을 보내는 고시지에게 나이토는 일부러 퉁명스럽게 말했다.

"괜찮아, 별거 아냐. 수술하면 금방 좋아질 거야."

당시만 해도 일반적으로 환자에게 암을 밝히지 않는 시대였다.

병상에서도
마이크 잡는 연습

7월 8일 고시지는 위암 수술을 받았다. 작은 계란 크기의 암 덩어리는 복강에까지 전이돼 있었다. 주치의는 나이토와 고시지의 남동생만을 따로 불러 병세를 밝혔다. 일단 음식이 넘어갈 수 있도록 위의 3분의 2를 절제했으나 이미 암세포가 넓게 퍼져 더 이상 근치수술도 어렵고 치유를 기대하기도 어렵다고 설명했다.

고시지는 직감적으로 자신이 암에 걸린 것 같았다. 그런 의심을 떨쳐 버리지 못해 신경이 날카로워진 고시지는 수술 며칠 후 병실에 들어온 간호부장을 슬쩍 떠보려고 일부러 '연극'을 했다.

"간호부장님, 제가 암에 걸렸다면서요? 이럴 바에는 차라리 여기서 뛰어내릴래요."

고시지가 침대에서 내려와 소동을 피웠으나 노련한 간호부장은 침착하게 대응했다.

"맘대로 하시죠. 제가 등이라도 밀어 드릴까요. 저희 병원은 이런 환자는 필요 없어요."

그날 이후로 고시지는 "그래, 암은 아니다"라고 받아들였는지 우울함에서 벗어나 아주 쾌활해졌다.

8월에 퇴원한 고시지는 일시적으로 수술 효과가 나타나 식욕을 되찾았다. 이틀에 한 번씩 비프스테이크를 먹을 만큼 활력이 넘쳤고 혼자 쇼핑도 다녔다. 연말 크리스마스 디너쇼에서 부를 노래를 선곡했고, 복귀 후의 활동 계획도 세우기 시작했다. 그러나 암은 확실히 진행되고 있었다.

이제부터 밝히는 내용은, 당시 고시지를 밀착 취재해 《고시지 후부키 그 사랑과 노래와 죽음》(아시히신문사)이란 제목의 책으로 묶은 《아사히신문》 기자 에모리 요코의 인터뷰와 책자 등을 참고했다.

고시지를 나이토와 함께 한결같이 늘 곁에서 보살핀 이는 다카라즈카 시대의 후배로 고시지의 매니저를 맡았던 작사가 이와타니 도키코였다. 〈사랑의 찬가〉, 〈상 투아 마미〉 등 외국번안곡이 빅히트를 기록한 배경에는 이와타니의 공로가 컸다. 이와타니가 번안한 노랫말이 아주 뛰어났기 때문이다.

고시지는 '잠자지 못하는 사람'이었기 때문에 날마다 대량의 수면제를 먹었고, 줄담배를 피웠다. 수술 후에도 여전히 똑같은 생활을 반복하자 어느 날 이와타니가 선언했다.

"수면제와 담배를 끊지 않으면 당신의 모든 일에서 손을 떼겠다."

고시지는 가까스로 수면제는 끊었으나 담배는 끝까지 끊지 못했다.

9월 중순경부터 고시지는 또다시 위의 통증을 느끼고 식욕도 없어지면서 눈에 띄게 쇠약해지기 시작했다.

주치의의 권유로 9월 말에 재입원했다. 그날 아침 집을 나서면서 고시지는 이미 회복할 수 없는 상태임을 느꼈는지 이와타니에게 이렇게 말했다.

"지금까지 너무 전속력으로 달려왔지? 그렇지만 사랑도 잔뜩 해 봤고, 좋아하는 외국에도 수없이 가 봤고, 하고 싶은 일도 전부 해 봤으니 이젠 아무 후회도 없어. 그동안 너무 고마워서 혹시 당신 앞에 유령으로 나타나더라도 무서워하지 마."

집에서 지내고 싶다는 고시지의 바람에 따라 2주 후에 퇴원했지만 집에서는 통증을 다스리기 어려워 10월 말에 세 번째 입원을 했다. 그때 고시지는 자신의 병을 알고 있다는 듯 이와타니에게 말했다.

"만일 암이라면 이건 말기 암이야."

고시지는 상대방의 눈에서 무언가를 읽어 내려 애쓰지 않고 오히려 스스로 눈길을 거두었다. 비로소 마음속 깊이 자신의 병을 받아들였는지 모른다.

입원하여 진통제로 버티던 고시지는 간혹 오른손을 입가에 대고 노래 부르는 시늉을 했다.

"혹시 뭐 필요한 거 있어?" 하고 이와타니가 물으면 "마이크"라고 대답했다.

마치 손의 힘을 잃지 않으려고 마이크 잡는 연습을 하고 있는 것 같았다.

'쇼핑'이란 말을 꺼낸 적도 있었다. 쇼핑을 좋아했던 고시지는 프랑스 파리에 갔을 때 의상과 향수 등의 구입비로 단숨에 1천만 엔을 쏟아 부을 정도로 낭비가 심했다. 그런 화려한 날을 보냈기에 전혀 모아 놓은 돈이 없어 입원비나 치료비는 이와타니가 거의 부담했다고 한다.

세상을 떠나기 하루 전인 11월 6일 고시지는 희미한 의식 속에서도 변함없이 양손을 높이 쳐들고 노래하는 몸짓을 취했다.

이튿날 1980년 11월 7일 고시지는 옆에 있던 나이토를 바라보며 "블랙커피와 밀크를……"라는 말을 남기고 깊은 잠에 빠져들었다. 그건 다정다감한 고시지가 남편 나이토에게 아침 식사를 챙겨 달라는 부탁이었다. 그것이 마지막 말이 되었다. 그날 오후 3시 2분 나이토가 지켜보는 가운데 숨을 거뒀다. 향년 57세였다.

고시지보다 다섯 살 연하였던 나이토는 8년 뒤 1988년 7월 9일 58세로 세상을 떠났다.

'마음의 스위치'를
바꾸어 켜다

다카라즈카 가극단에서 남자 역을 주로 맡았지만, 아름다운 소프라노 목소리를 갖고 있어 여자 역으로도 출연했던 배우 요도 가오루는 스미 하나요, 아카시 데루코와 더불어 1960대의 '다카라즈카 황금시대'를 구축한 주역이다.

요도는 1992년 10월 도쿄 다카라즈카 극장에서 공연한 〈가리가네야소시雁金屋草紙〉에 출연 중 몸에 이상을 느꼈다. 분장용 가발을 쓸때마다 머리에 혹이 잡히고 아팠으나 곧바로 검사를 받지 않았다.

도쿄 공연이 끝나고 곧이어 11월 7일에는 다카라즈카 시에 위치한 다카라즈카 대극장에서 다카라즈카 가극단 출신의 핵심 스타가 모두 출연해 노래와 춤을 선보이는 〈사요나라 이벤트〉가 열렸다. 요도는 그 무대에서 〈황제와 마녀〉의 주제가를 불렀다. 남편인 치과의사 가미무라 마스로가 도쿄 공연 때부터 병원에 가 보자고 권했으나 요도는 한사코 〈사요나라 이벤트〉가 끝난 뒤로 검진을 미뤘다. 결과적으로 그것이 요도의 마지막 무대가 되었다. 다카라즈카 대극장의 공연을 마치고 도쿄로 돌아와 일본적십자의료센터에 입원해 머리에 생긴 혹의 조직검사를 받은 결과, 그것은 신장암에서 전이돼 머리에 생긴 악성종양이었다.

주치의로부터 "말기 암으로 예후가 매우 나쁘다"는 말을 들은 가미무라는 충격을 우려해 본인에게는 암을 밝히지 않기로 했다. 주치의는 요도에게 "다발성 혈관종양으로, 비록 양성이지만 다른 부위로 전이될 가능성이 있습니다. 치료법은 암과 동일합니다"라고 병을 축소시켜 설명했다.

1990년대 초반은 환자의 권리 및 주체적인 의사 결정을 존중해 당사자에게도 암을 밝히기 시작한 시기였으나 난치성 암에 걸려 여명이 짧은 경우에는 아직 암을 액면 그대로 알리지 않는 경향이 강했다.

12월부터 이듬해 1993년 1월 초에 걸쳐 먼저 혹을 잘라 내고 뒤이어 암의 원소인 콩팥을 떼어 내는 수술을 세 번에 나눠 시행했다. 3월에 퇴원한 요도는 7월에 막이 오르는 뮤지컬 〈마이 페어 레이디〉에 출연할 예정이었다. 그러나 이미 체력이 떨어져 재발을 피할 수 없다는 걸 알고 있던 가미무라는 아내 요도에게는 비밀에 부치고 뮤지컬 담당자에게 출연이 어렵다고 통보했다. 하루가 다르게 쇠약해진 요도 역시 자신의 병을 자각하고 출연을 포기했다.

그래도 5월에는 하코네로 가족여행을 떠났지만 그 후로 요도의 체력은 급속도로 떨어져 6월 하순 검진 결과, 의사의 강력한 권유로 또다시 입원할 수밖에 없었다. 처음 입원 당시 요도는 가미무라에게 "나 죽는 거야? 암이야?" 하고 거듭 캐물었으나 그때마다 가미무라는 "무슨 소리야. 별거 아냐" 하고 철저히 둘러댔다. 그런데 왠지 재입원을 해서는 병에 대해 일체 언급하지 않았다. 본래 무뚝뚝한 성격의 요도는 평소와 달리 간호사에게 농담을 던지는 등 밝고 쾌활한 모습을 보여 줬다. 가미무라는 훗날 월간지에 발표한 병상 일기 속에서 당시의 요도를 가리키며 '우리를 안심시키려고 애쓰는 모습이 애처로웠다'고 썼다.

'요도 가오루 후원회'의 열성적인 회원으로, 요도가 재입원했을 때 극진히 보살폈던 다카하시 미도리에 따르면 7월 초부터 요도는 '마음의 스위치를 바꾸어 켜서' 주위 사람들에게 웃음을 안겨 주려고 적극적으로 애쓰는 모습이 역력했다고 한다. 자신의 삶이 얼마 남지 않았다는 것을 직감하고 주위 사람들에게 좋은 추억을 남겨 주기 위한 눈물겨운 배려였다고 해석한다. "마지막 순간까지 어두운 기색이라곤 전혀 내비치지 않았다. 죽음을 앞둔 환자가 입원한 병실이라는 느낌이 들지 않는 밝은 분위기였다"고 다카하시는 이야기한다.

9월 19일 오전 0시 7분 요도는 남편 가미무라 그리고 후원 회원 다케우치와 다카하시가 지켜보는 가운데 조용히 숨을 거뒀다. 희미한 의식 속에서 침상 곁에 있던 한 사람 한 사람을 둘러보며 "고·마·워·요"라고 말했다.

그로부터 6년 후 1999년 가미무라는 방광암으로 타계했다. 요도보다 아홉 살 연하였던 가미무라의 나이는 58세였다.

산소 호흡기에 의지해
무대에 올라

〈마이 페어 레이디〉, 〈맨 오브 라만차〉, 〈지붕 위의 바이올린〉 등의 브로드웨이 뮤지컬에서 명연기를 펼친 고즈키 노보루가 직장암 판정을 받은 건 1998년 1월이었고, 한 달 뒤 2월에 수술을 받았다. 독신으로 살아온 고즈키는 매니저도 없었다. 암에 걸린 고즈키를 돌봐 줄 수 있는 사람은 그녀의 개인사무실을 관리하는 도모자와 도키코뿐이었다.

암은 자궁에까지 전이된 상태였다. 의사는 도모자와를 따로 불러 '여명 3개월'이라고 밝혔다. 그럼에도 수술 2주 후 퇴원한 고즈키는 예정대로 전국을 순회하는 패션쇼에 나서 모든 일정을 소화했다. 노래를 곁들인 독특한 패션쇼에서 예전과 다름없는 가창력을 발휘했기 때문에 주위 사람들이나 관객들은 고즈키가 암 수술을 받았다는 사실을 아무도 알아차리지 못했다.

고즈키는 '여명 3개월'을 비웃기라도 하듯 그해 봄부터 여름까지 여러 무대에 올랐고, 8월부터 9월까지는 제국 극장에서 공연한 뮤지컬 〈지붕 위의 바이올린〉에도 출연했다. 한 무대에서 공연한 배우들도 고즈키가 병에 걸렸고 또한 수술도 했다는 사실을 전혀 눈치채지 못했다. 그만큼 당당한 연기를 펼쳤지만, 다만 무대가 바뀌는 막간에는 남의 눈에 띄지 않도록 대기실에서 간이호흡기로 산소를 들이마셨다.

간간이 막간을 이용해 무대 뒤에서 통증을 억누르기 위해 배를 움켜잡고 있었지만 동료 배우들에게 고통이나 괴로움을 호소한 적은 없었다. 친언니 나카무라 다쓰코에 따르면 고즈키는 어렸을 때부터 일단 자신이 맡은 일은 어떻게든 끝까지 스스로 해치우는 고집스런 성격이었다고 한다. 아무리 힘들어도 나약한 소리를 내지 않는 우직한 여장부였다. 고즈키의 강인한 정신력은 말로 표현할 수 없을 정도로 대단했다고 한다.

제국 극장 공연이 무사히 끝나기만을 기다린 고즈키는 10월 초 재입원해 두 번째 수술을 받았다. 11월에는 몇 군데 디너쇼에만 잠깐씩 출연하고 오랜만에 휴식을 취했다. 그러나 연말이 되자 또다시 바빠지면서 수시로 병원에 들러 링거를 맞으며 거의 날마다 디너쇼에 나가 화려한 연기를 펼치며 뜨겁게 노래했다. 고즈키의 몸은 나날이 쇠약해지고 있었지만 신기하게도 노래하는 목소리만큼은 여전히 힘이 넘쳤기에 도모자와는 혀를 내둘렀다.

12월 24일 도쿄 프린스호텔에서 열린 디너쇼가 그해의 마지막 무대가 되었다. 해가 바뀌어 1999년 1월 6일 입원해 1월 12일에 세 번째 수술을 받았다. 비로소 체력의 한계를 절감한 고즈키는 4월로 예정된 뮤지컬 〈42번 가의 기적〉 출연을 취소하기로 결정했다. 곧 시작될 연습에 참가할 수 없었기 때문이다. 다시 말해 자진 하차였다. 그때 처음으로 공연 관계자를 입원 중인 병실로 불러 자신의 병을 밝혔다.

그럼에도 "반드시 병을 이겨 내 꼭 재기하겠다"며 굳은 뜻을 꺾지 않았다고 한다. 3월에 퇴원한 고즈키는 사무실에 보관하고 있던 수천 점의 무대 의상을 모두 집으로 옮겨 일일이 점검하면서 "이 옷은 고쳐서 입겠다"고 하는 등 세심히 분류했다고 한다. 그 옷들을 입고 다시 한 번 무대에 오르겠다는 결의를 불태운 것이다.

3월 22일 몸 상태가 급격히 나빠진 고즈키는 구급차에 실려 성 루카 국제병원에 긴급 입원했다. 이튿날 2월 23일 밤, 마약성 진통제를 맞고 몽롱한 상태에 빠진 채 아무 말도 하지 못하고 있던 고즈키는 갑자기 손으로 박자를 맞추더니 뒤이어 양팔을 벌리고 입을 움직였다. 무대에 서서 무언가 노래를 부르고 있는 모습이 확실했다. 아무 소리도 들리지 않았지만 병상 옆을 지키던 도모자와의 눈에는 고즈키가 〈사랑의 찬가〉를 열창하고 있는 모습으로 비쳤다.

이틀 뒤 1999년 3월 25일 오전 4시 30분 고즈키 노보루는 두 번 다시 눈을 뜨지 못하고 영면에 들었다. 향년 59세였다.

눈 오는 날
아침의 눈물

젊은 날에는 5인조 음악밴드 더 드리프터스의 리더이자 희극인으로 활약했고, 인생 후반기에는 영화와 텔레비전 드라마에서 쓸쓸함이 묻어나는 무미건조한 연기로 새로운 경지를 개척한 성격배우 이카리야 조스케いかりや長介. 2004년 3월 20일 경부 임파선암으로 사망. 72세.

이카리야는 2000년 7월 식도암에 걸렸으나 일찍 발견해 적절한 치료를 받고 금세 복귀할 수 있었다. 그로부터 3년쯤 지난 2003년 4월 목덜미의 오른쪽에서 무언가 불룩 튀어나온 응어리를 발견했다. 영화 〈춤추는 대수사선 극장판 2—레인보우 브리지를 봉쇄하라!〉의 촬영을 끝마친 직후였다. 이카리야는 동네 단골병원의 소개로 지케이의과대학부속병원에서 정밀 검사를 받았다. 혹여 암이라면 확실히 알려 달라고 미리 부탁했는데, 담당의사는 "안타깝게도 최악의 상태입니다"라고 결정적인 사실을 밝혔다. 암 조직은 경동맥을 둘러싸고 있었기 때문에 메스를 댈 수조차 없었다. 다시 말해 절제 수술이 불가능한 암이었다. 게다가 진행도는 5단계 중 스테이지 4였다. 곧바로 입원해 7월까지 방사선 치료를 받았다. 병원에서 퇴원한 다음다음 날인 7월 19일에는 도쿄 히비야의 스칼라좌에서 개봉한 〈춤추는 대수사선〉의 무대에 올라가 팬들에게 인사하면서 "의사 선생님이 범죄 이외에는 무엇을 해도 좋다고 말했습니다" 하고 익살을 부렸다. 그러고는 "나는 150살까지 살겠다!"고 의욕이 넘치는 목소리로 말했다.

집에 머무는 동안에는 체력이 떨어지지 않도록 날마다 런닝머신 위에서 달리기를 했지만 9월에 접어들면서 몸 상태가 나빠지면서 꼼짝도 할 수 없는 상태가 되었다. 방사선 치료가 기대한 만큼 효과가 없었기 때문에 항암제 투여로 치료법을 바꾸었다. 국소에 항암제를 직접 투여하기 위해 암 병소 주위의 혈관 속에 주입용기를 삽입하는 수술을 했다. 또한 암 조직이 커지면서 기관지를 압박해 호흡이 힘들어졌기 때문에 이를 완화하기 위한 기관절개술도 병행했다. 가족 앞에서 좀처럼 힘든 내색을 하지 않았던 이카리야는 그때 처음으로 수술실 앞에서 대기하고 있던 장남 고이치에게 "생각보다 힘들었다고 어머니에게 전해라" 하고 말했다. 그렇지만 언제까지라도 철저히 치료해 병을 고치겠다는 의지를 굽히지 않았다.

12월 중순 장남이 주치의에게 아버지의 여명을 묻자 "빠르면 3개월, 길어야 6개월"이라는 답변을 들었다. 그러기 며칠 전 12월 8일 이카리야는 오랜만에 외출을 했다. 1년에 한두 번씩 방송하는 코미디 콩트 프로그램 〈드리프 대폭소〉에 출연하기 위한 나들이였다 '더 드리프터즈' 결성 40주년을 기념하는 특집 방송을 만들기 위해 5명의 창단 멤버 전원이 후지텔레비전 스튜디오에 모였다. 이카리야는 언제 쓰러져도 이상하지 않을 만큼 심각한 상태였지만 온 힘을 다해 그 자리에 참석했다. 몸은 야윌 대로 야위었고 뺨도 홀쭉했고 목이 쉬어 목소리도 제대로 나오지 않았지만 담당프로듀서의 배려로 녹화는 단번에 OK 사인이 떨어져 무사히 끝마칠 수 있었다.

더 드리프터즈의 멤버 전원이 모여 재회의 기쁨을 나누는 감개무량한 자리였다. 이것이 이카리야의 마지막 출연작품이 되었고, 더 드리프터즈의 역사도 끝나는 날이었다.

한해가 저물어가는 12월 30일 새벽부터 도쿄에는 눈이 내렸다. 아침 일찍 일어난 이카리야는 좌식의자에 등을 기대고 앉아 정원을 바라보았다. 아내 요시코가 "마당에 눈이 하얗게 쌓였네요" 하고 말을 붙이며 남편의 얼굴을 보았을 때, 이카리야의 얼굴에 눈물이 줄줄 흐르고 있었다. 요시코는 엉겁결에 남편을 와락 껴안았다.

해가 바뀌어 2004년이 되었다. 온종일 집안에 파묻혀 하루하루를 보내던 이카리야는 2월 초 새해 첫 외출을 했다. 도쿄 스미타 구에서 선술집을 하는 어린 시절의 옛 친구를 찾아가 "오늘은 작별인사를 하러 왔다"고 말했다고 한다. 그 친구도 위암으로 투병 중이었기에 '우리 함께 고치자'고 서로 힘을 북돋워 주던 사이였다.

3월이 되면서 집에서는 도저히 통증을 다스리기가 힘들어져 스스로 지케이의과대학병원에 입원했다. 장남이 운전하는 차를 타고 병원으로 향하는 길에서 이카리야는 '이것이 세상에서 보는 마지막 풍경'이라 생각했는지 아무 말도 하지 않고 줄곧 차창 밖을 내다보고 있었다.

입원 5일 뒤 3월 20일 오후 이카리야는 호흡은 하고 있었으나 이미 의식은 없는 상태였다. 눈은 뜨고 있었지만 전혀 깜빡거리지 않았다. 허공을 향해 열려 있는 눈에서 눈물이 흘러넘쳤다. 아내의 눈에도 장남의 눈에도 그것은 아직 현역으로 일하고 싶지만 이제 떠날 수밖에 없는 자신의 처지를 아쉬워하는 비통한 눈물로 비쳤다. 오후 3시 30분 호흡도 박동도 영원히 멈췄다.

영결식에서 상주를 맡은 장남 고이치는 인사말 중 이런 이야기를 했다.

"어린 시절 아버지 앞에 똑바로 앉아 좋은 말씀을 많이 들었습니다. 인간답게 살아가려면 '감사하다고 말할 줄 알아야 한다', '미안하다고 말할 줄 알아야 한다' 그리고 '거짓말을 하지 말아야 한다'고 가르쳐 주셨습니다. 그럼에도 불구하고 여명이 얼마 남지 않은 아버지에게 끝까지 진실을 말씀드리지 못하고 계속 거짓말을 했습니다. 오늘 비로소 용서를 구합니다. 이제 아버지가 하늘나라에서 안심하고 편히 쉴 수 있도록 제가 장남으로서 아버지 대신 가족들을 잘 지키겠습니다."

아버지에게
읽어 드리는 글

배우이자 연출가였던 미키 노리헤이三木のり平. 1999년 1월 25일 간암으로 타계. 74세.

영화나 연극의 역사를 되돌아보면 언제나 시대에 부응하는 희극배우 혹은 시대를 대표하는 희극배우가 있었다. 왕년의 에노켄[4]은 전전·전후의 한 시대에 큰 획을 그은 상징적인 존재였는데, 이후 고도 경제 성장기에 에노켄의 뒤를 이은 인물이 바로 미키 노리헤이라고 말할 수 있다. 1960년대 영화 '사장 시리즈'에 영업부장 역으로 출연해 미키가 던진 "앗, 얼른 가겠습니다"라는 대사는 고도 성장기의 들뜬 분위기를 풍자하는 절묘한 일침이었다. 두 사람의 공통점은 익살스런 연기로 만인에게 웃음을 선사하는 한편 내적으로는 진정한 예술혼을 불태우며 어떤 작품에서든 자기 자신을 송두리째 바쳐 완벽함을 추구했다는 점이다.

게다가 미키 노리헤이는 희극배우로만 머물지 않고 개성파 성격배우로서 문예영화에도 등장했으며 또한 모리 미츠코 주연의 영화 〈방랑기〉 등의 작품을 통해 연출가로서의 족적도 확실히 남긴 인물이다.

요리에도 뛰어난 솜씨를 자랑했지만 가족을 위해 집에서 가정 요

---

4   에노모토 겐이치榎本健一의 애칭. 일본의 '희극왕'이라 불렸다.

리를 만든 적은 거의 없었다. 다만 어쩌다 밖에서 술을 마시다가 친구들을 몰고 집에 돌아와 자신이 직접 만든 요리를 차려 놓고 흥겨운 술판을 벌였다.

노리헤이는 1993년 60대 종반에 아내 리엔코를 암으로 잃고, 이후 차녀 리코가 사는 아파트의 다른 층에서 혼자 살았다. 그때부터 술 마시는 횟수도 늘었고 주량도 많아졌다고 한다. 그리고 6년이 지난 1999년 1월 12일 감기 기운도 있고 몸 상태도 나빠 링거 주사를 맞으려고 도쿄 신주코의 고바야시 외과병원을 찾았다. 검사 결과 폐렴이 심해 의사가 입원을 권유하여 다음 주부터 시작하는 NHK 연속드라마 〈은방울꽃〉의 녹화를 연기했다

일주일 뒤 1월 19일 정밀 검사 결과 간암 말기로 판명되었다. 암은 간 전체에 퍼져 수술이 불가능했고 '여명은 길면 3년, 최악의 경우는 3개월'이었다.

병세는 예상보다 훨씬 급격한 속도로 나빠졌다. 1월 21일, 장장 43년간 매니저를 맡아 온 마에지마 다쓰오가 병실에 찾아오자 노리헤이는 "어젯밤 아내가 나를 부르는 꿈을 꿨어. 아무래도 뒤숭숭하군" 하고 말했다. 죽은 아내 리엔코의 7주기 법요식이 다음 달로 예정돼 있던 시기였다. 개인적인 사생활에 대해선 일체 말하지 않는 노리헤이가 그런 이야기를 꺼내자 마에지마는 불길한 예감이 들었다.

이튿날 1월 22일에는 간암의 독성이 뇌로 퍼져 간성뇌증肝性腦症의 증세가 나타나기 시작하면서 노리헤이의 의식은 희미해졌고 말소리

도 또렷하지 않았다. 그리고 1월 24일 아들 노리이치가 병문안을 왔을 때 노리헤이는 이미 대화가 불가능한 상태였다. 그날 노리이치는 아버지 노리헤이가 눈부신 활약을 펼쳤던 1960년대의 연극이나 뮤지컬 등에 대해 상세히 적혀 있는 《긴자銀座 학교》라는 책을 아버지에게 보여 드리기 위해 챙겨 갖고 왔기에 그 책을 펴 들고 미키 노리헤이가 출연했던 연극 〈극락도 이야기〉에 관한 부분을 아버지 머리맡에서 천천히 읽었다.

그렇게 책을 읽어 주는 아들 노리이치의 목소리가 들리는지 "음, 음"하고 고개를 끄덕이며 반응했다. 노리이치가 아버지의 손을 움켜잡자 노리헤이도 일순간 아들의 손을 맞잡았다. 아버지와 아들이 나눈 이 마지막 인사는 그야말로 예술의 정취가 흐르는 무언극의 한 장면이었다. 이후 완전히 의식을 잃은 노리헤이는 이튿날 1999년 1월 25일 오전 8시 46분 눈을 감았다.

영결식에서 여배우 나카무라 메이코는 "노리헤이 씨는 무대 뒤로 사라진 것이 아니라 암전으로 잠시 객석에서 안 보이는 것뿐입니다. 또 한 번 연극의 진수를 보여주고 계십니다"하고 조사를 읽으며 눈물을 흘렸다.

13장

청춘의 한복판에서

"건강한 사람은 절대 알지 못하죠"
무라야마 사토시 (1969-1998 장기 기사)

"복귀에서 생환으로 바뀐 꿈"
모리 지나쓰 (1980-2006 투포환 선수)

"고독하지 않았다"
구로누마 가쓰시 (1956-2005 논픽션 작가)

"나는
시간이 없다"

'살았던 시간'과 '살아진 시간'.

현대 프랑스 철학자 외젠 민코프스키가 1960년대에 제기한 개념
이다. 요컨대 인간은 '능동적으로 사는 시간'과 '수동적으로 사는 시
간', 그 두 가지 시간을 번갈아 체험하며 살아가고 있다고 한다.

다시 말해 인간은 두 종류의 시간을 살고 있다. 하나는 누구에게나
똑같이 주어진 물리적인 시간이다. 인간은 그 시간의 길이를 하루는
24시간, 1개월은 30일이나 31일, 다만 2월은 28일(4년에 한 번씩 윤년
에는 29일), 1년은 365일(또는 366일)로 정해 놓고 수명의 길이를 재는
눈금으로 삼고 있다.

또 하나는 인간 한 사람 한 사람에게 제각기 주어진 고유한 주관적인 시간이다. 하루하루를 보내는 자신의 시간 속에는 스스로 만족감을 느끼는 충실한 시간 그리고 그냥저냥 흘려보내는 공허한 시간이 있게 마련이다. 요컨대 단지 양적인 시간이 아닌 질적인 시간도 존재하는 것이다. 좋아하는 일이나 스포츠나 예술 활동에 빠져드는 시간 또는 가족이나 연인과 즐겁게 보내는 시간이야말로 '살아 있음'을 실감하는 질적으로 값어치 있는 시간, 즉 '살았던 시간(체험한 시간)'이다. 그런 반면 불의의 교통사고 등으로 장기간 의식을 잃고 있었던 시간이나 원치 않는 직업에 내몰린 시간, 학교나 직장이나 가정에서 학대당한 시간 등은 진정으로 '살았던 시간'이 아닌 그저 어쩔 수 없이 '살아진 시간(체험된 시간)'에 지나지 않는다.

사람은 누구나 생명을 잃을 만한 위기에 맞닥뜨리면 필사적으로 살아남으려고 애쓸 뿐만 아니라 삶의 의미를 찾으려고 시도할 것이다. 특히 젊은 나이에 그런 상황에 직면하면 인생의 중반을 넘긴 사람과는 또 다른 성격의 고통에 빠질 것이다. 과거에는 결핵이나 전쟁으로 인해 젊은 나이에 인생을 끝마친 작가나 예술가가 적지 않았기 때문에 '젊은이의 죽음'도 그리 낯설지 않은 또 하나의 죽음이었다. 그러나 고령화 사회로 접어든 오늘날의 젊은이들은 죽음 자체를 자신과는 상관없는 별개의 현상으로 생각하는 것 같다. 그래서인지 30대 후반에 타계한 가수 혼다 미나코의 죽음마저도 젊은 나이의 죽음으로 간주하는 세상이다. 물론 망자의 연령이 적을수록 죽음의 충격은 더 커질 수밖에 없다.

29세로 요절한 장기 기사 무라야마 사토시村山聖 8단(사후 9단 승격)의 생애는 만화가 야마모토 오사무의 만화《사토시》나 월간지《장기 세계》의 편집장 오사키 요시오가 쓴 책《사토시의 청춘》(고단샤)을 비롯해 텔레비전 드라마 등을 통해 일본 사회에 널리 알려졌다.

방광암으로 타계한 사토시는 암이 발병하기 훨씬 전인 다섯 살 때부터 만성신장병과 네프로제 증후군을 앓으며 입·퇴원을 되풀이하는 오랜 투병 생활을 했다. 네프로제 증후군은 콩팥의 기능이 원활히 작용하지 않아 다량의 단백질이 소변으로 빠져나가는 병이다. 육체적인 안정을 요하는 질병이지만 때때로 몸에 부종이 생기는 것 말고는 별달리 고통스러운 자각 증상이 없기 때문에 어린 사토시는 가만히 누워 있지 못하고 여느 아이들처럼 마음껏 뛰어놀았다. 그래서 아버지 야마무라 신이치는 사토시가 초등학교 1학년이 되었을 때 집안에 붙잡아 두기 위해 장기를 가르쳤다. 그것이 사토시가 장기에 인생을 바친 계기가 되었다.

"어린 시절에는 누구나 다 가능성을 갖고 있다. 그런데 부모의 기대나 욕심에 따른 지나친 간섭으로 인해 타고난 소질을 충분히 살리지 못하고 평균적인 아이로 성장하기 십상이다. 그런 면에서 사토시는 자유로웠기 때문에 병든 몸으로 장기에 열중할 수 있었고, 짧은 삶을 폭풍처럼 살 수 있었다."

신이치는 사토시의 어린 시절을 되돌아보며 이렇게 말했다.

사토시는 네프로제 증후군의 증상이 심해진 초등학교 2학년 때 입원해 장장 4년간이나 병원에서 지냈다. 그때 병실에 누워 장기에 관한 책과 잡지를 탐독하며 혼자 장기 공부를 했다.

기나긴 입원 생활을 하면서 한 병동에서 지내 온 또래 친구들의 죽음도 지켜볼 수밖에 없었다. 질병의 비정함을 생생히 목격한 사토시는 어린 시절부터 '언젠가는 나도 죽는다'는 생각이 항상 머릿속에서 떠나지 않았다.

"나는 시간이 없다."

사토시는 중학교 1학년 때 이미 그런 생각을 했다고 한다.

자신이 잘할 수 있는 것은 장기뿐이었다. 그 장기에 인생을 걸고 싶었다. 오래 살지 못한다는 운명을 예감한 사토시는 하루 빨리 실력을 키워 다니가와 고지(당시 8단) 같은 프로기사가 되고 싶었다. 그렇게 마음을 굳힌 소년 사토시는 혼자 오사카에 사는 모리 노부오(당시 4단)를 찾아갔다.

모리는 오사카 장기회관에 찾아온 사토시를 보고 깜짝 놀랐다. 쌀쌀한 날씨의 11월에 양말도 신지 않은 데다 난방셔츠의 소매를 걷어올린 특이한 행색으로 자신을 뚫어지게 바라보는 사토시가 "종전 직후의 흑백사진에서 볼 수 있는 맑은 눈빛의 소년 같았다"고 모리는 회상한다.

30세였던 모리는 그런 눈빛에 반해 사토시를 제자로 받아들였다. 자신의 집에서 숙식을 함께하기로 결정한 첫 제자였다. 가족이 없는 모리는 방 두 칸짜리 낡은 아파트에 살고 있었는데 그 집에 사토시가 들어간 것이다. 이것은 사토시의 인생을 결정지은 중대한 만남이었다. 사토시의 부모는 아들을 기꺼이 모리에게 맡겼다. 사토시가 원하는 길을 걸어가기를 바랄 뿐이었다.

　모리와 사토시의 사제 관계는 세상의 상식을 완전히 뒤엎는 파격적인 것이었다. 모리는 언제나 자신이 직접 밥상을 차렸고, 사토시의 속옷까지 도맡아 빨았다. 게다가 네프로제 증후군 환자를 위한 온갖 뒤치다꺼리도 마다하지 않았다. 이듬해 1983년, 중학교 2학년생 사토시는 일본장기연맹의 프로기사 양성기관 '소레이카이奬勵會'의 시험에 합격해 입회를 했다. 다니가와 고지 8단이 사상 최연소로 21세에 명인이 된 해였다.

　사토시는 소레이카이에 들어간 직후 또다시 입원하는 등 입·퇴원을 되풀이하면서도 점점 장기 실력이 늘어 갔다. 중학교를 졸업한 뒤 혼자 살고 싶다며 사토시는 모리의 아파트 근처에 방을 얻어 따로 살았는데, 그때도 모리는 사토시의 빨래를 해 주었다. 평소에도 사토시는 네프로제 증후군의 영향으로 손에 힘이 없어 빨래를 할 수 없는 등 일상생활에 어려움이 많았다.

　1986년 17세에 프로 기사로 인정받는 공인 4단이 되었다. 드디어 어린 시절부터 꿈꿔온 명인의 길로 들어서는 첫 번째 관문을 통과한 것이다. 그러나 수시로 고열에 시달리며 쓰러졌기 때문에 그 여정은 험난하기 짝이 없었다. 1989년에는 20세의 사토시보다 한 살이 적은 19세의 하부 요시하루 6단이 일본 최고의 장기 대회 '류오센龍王戰'에서 우승을 차지해 '천재 기사가 출현했다' 하여 일본 열도가 발칵 뒤집혔다.

2000년에 출간된 오사키 요시오의 저서 《사토시의 청춘》 속에서 특히 강렬하게 인상에 남는 대목은 사토시가 동료 기사 K와 서로 치고받는 싸움을 벌인 장면이다. 그 부분을 요약하겠다.

1992년 가을. 일본장기연맹의 규정에 따라 승급을 하지 못해 '소레이카이'에서 탈퇴당한 K를 위로하기 위해 H가 술자리를 마련했다. 이들보다 나이가 적은 사토시도 동행했다. 그날 세 사람은 오사카 우메다의 번화가에서 술을 마셨다. 3차로 들른 술집에서 모두 취기가 올랐을 때 사토시가 H에게 시비를 걸었다.

"H씨는 좋겠어요. 편하게 장기나 두면서 돈을 벌어서."

"이게 무슨 짓인가?" 하며 K가 옆에서 말렸지만 사토시는 막무가내로 어깃장을 놓았다.

"나는 언제나 너무너무 힘들게 장기를 둡니다. 그런 내 기분을 건강한 사람은 절대 알지 못하죠."

"쓸데없는 소리 하지 말게" 하고 K가 타일렀지만 사토시는 술집에서 나와서도 멈추지 않았다. 지갑에서 1만 엔짜리 지폐를 몇 장 꺼내 갈기갈기 찢어 버리며 고래고래 소리를 질렀다.

"이따위 돈은 살아 있는 인간한테는 필요하겠지만 이제 곧 죽어 버릴 인간한테는 아무 의미도 없어."

그러고는 이번엔 K를 향해 "K씨는 한심한 낙오자야" 하고 빈정거리자 그렇잖아도 프로기사의 길이 가로막혀 낙심하고 있던 K가 발끈

했다.

"나도 목숨을 걸고 장기를 둔다"고 외치며 주먹을 날렸다. 사토시
는 코피가 터져 얼굴이 피투성이가 되어 쓰러졌다. 몸을 일으킨 사토
시는 울부짖었다.

"나는 시간이 없어. 계속 이기고 싶어. 그래서 빨리 명인이 되고 싶어."

그러면서 사토시는 온 힘을 다해 K의 얼굴에 일격을 가했다. 얼굴
이 피로 물든 K는 또다시 사토시의 얼굴에 주먹을 날렸다. 두 사람
모두 울고 있었다.

혈뇨를 보면서
두는 장기

사토시는 프로기사가 된 뒤부터 기아에 허덕이는 아프리카 어린이를
돕기 위한 기금에 대국료의 대부분을 기부했다. 어린 시절부터 병고
로 고통을 당했기 때문에 아프리카 어린이들의 비참한 실태를 전하
는 보도를 접하면 그냥 지나치지 못하고 민감하게 반응했다. 아버지
신이치에 따르면 사토시는 프로기사가 되어 돈을 벌게 되었을 때 이
렇게 말했다고 한다.

"아버지, 아프리카 아이들이 굶어 죽고 있는 걸 알고 계세요? 어떻
게든 조금이라도 돕고 싶어요."

타계하기 전까지 해마다 수십만 엔에서 수백만 엔의 금액을 기부

했다고 한다. 자신을 위해서는 별로 돈을 쓰지 않았지만 비참한 아이들을 위해서는 누구보다도 앞장서서 아낌없이 돈을 썼다. K는 그런 사실을 알고 있던 극소수의 지인들 가운데 한 사람이었기에 사토시가 길거리에서 돈을 찢어 버린 행위를 그 순간에는 이해하지 못했을 것이다. 더구나 프로기사의 꿈이 깨지고 마땅한 수입원도 없었던 K의 심정은 실로 복잡했을 것이다.

이제 세월이 흘러 그날 밤 사토시의 언행과 행위를 헤아려 보면, 단지 돈과 결부된 욕망에서 비롯된 광기가 아니었다고 확신하다. 그것은 소년시절부터 품어 온 명인이 되고 싶다는 순수한 꿈을 그야말로 목숨을 걸고 추구했지만 그 험난한 가시밭길 속에서 병든 몸으로 좌절할 수밖에 없었던 사토시의 울분이 폭발한 것이 아닐까.

이 사건이 벌어지기 반년 전, 어머니 도미코는 만화책과 비디오테이프가 산더미처럼 쌓여 있는 사토시의 방을 정리하다가 이런 글이 적힌 메모지를 발견했다.

무엇 때문에 사는가? 지금의 나는 지난날의 나를 이겼는가? 하기야 이겨도 지옥 져도 지옥. 99개의 슬픔도 1개의 기쁨으로 모두 잊을 수 있다. 인간의 본질은 그런 것인가? 인간은 슬픔과 괴로움을 겪으려고 태어난 것일까. 인간은 반드시 죽는다. 반드시. 무엇이든 모두 다 하룻밤의 꿈.

승패에 부침이 심했지만 어쨌든 1995년에는 마침내 명인전의 도

전권을 다투는 10명의 기사에 선발되는 A급 8단으로 승급할 수 있었다. 사토시는 도쿄로 주거지를 옮겼다. 무엇이든 버리기를 싫어하는 사토시는 운송업자에 부탁해 3천 권이 넘는 만화책을 모두 수십 개의 골판지상자에 담아 가지고 왔다. 다니가와 호지 용왕龍王이나 하부 요시하루 명인 등 최고수 기사들과의 대국도 점차 많아졌다.

1996년 가을부터 소변에서 피가 섞여 나왔다. 도쿄 시내의 한 대학병원에서 진찰을 받았는데, 의사는 비뇨기과 검사도 하지 않고 신경성(스트레스)에 의한 일시적인 현상이라며 대수롭지 않게 말했다. 명백한 오진이었다. 혈뇨에서 때로는 핏덩어리가 섞여 나올 만큼 심각한 상태였지만 다카시는 그런 몸으로 그해 JT배 장기 대회에서 결승까지 올라가 다니가와 호지 용왕과 대결(패배)하는 등 끊임없이 장기를 두었다.

해가 바뀌어 1997년이 되었다. 여전히 혈뇨는 멈추지 않았고 몸 상태도 극도로 나빠졌으므로 스스로 암이 아닐까 의문을 품게 되었다. 2월 초 급히 도쿄의 아파트를 처분하고 히로시마 본가로 돌아가 히로시마대학부속병원에 입원해 정밀 검사를 받았다.

검사 결과 진행성 방광암이었다. 스승 모리는 사토시가 독립한 뒤에도 음으로 양으로 꾸준히 사토시를 보살피고 있었는데, 그날 검사 결과를 듣는 자리에도 함께 있었다. 사토시는 병의 상태와 치료 방법 등에 대해 스스로 납득할 수 있을 때까지 철저히 물어봤다. 의사는 당장 수술하지 않으면 3개월을 넘기기 어렵다는 말까지 했다. 그런데도 다카시는 수술을 받으면 입원하여 꼼짝도 하지 못해 장기를 둘 수 없기 때문에 수술만큼은 강력히 거부했다.

집에 돌아와 부모님과 모리 스승 등 여럿이 한자리에 모여 다시금 의논했으나 사토시는 "수술을 받다가 죽어 버릴 것 같다"며 고집을 꺾지 않았다.

그때 사토시 나이는 28세였다. 모리에 따르면 그날 주고받은 대화 속에서 사토시는 수술을 거부하는 또 하나의 이유를 내비쳤다고 한다. 수술로 방광을 잘라 내면 장차 결혼해서 자식을 낳고 싶은 꿈을 이룰 수 없기 때문이었다. 이는 인생의 꿈이 사라져 버린다는 의미로서 장기를 두지 못하는 것과 다름없는 중대한 문제였다.

모리는 세컨드 오피니언[1]으로서 다른 병원의 의사를 찾아가 보자고 설득했다. 모리 스승의 뜻을 받아들인 사토시는 다른 병원의 의사를 만났다. 그 의사의 설명은 아주 알아듣기가 쉬워 사토시의 의문을 말끔히 풀어 주었다. 마침내 수술을 받기로 했다.

3개의 시계를
머리맡에 두고

6월 16일 수술에 들어갔다. 8시간 반이 걸린 대수술이었다. 방광을

---

1   환자가 주치의가 아닌 다른 의사의 견해를 듣는 것.

적출하고 그 주위의 림프절을 떼어 냈고, 소변은 콩팥에서 옆구리에 장치한 자루 속으로 직접 빠져나오도록 튜브를 끼웠다.

의사는 수술 후 눈에 보이지 않는 부위에 남아 있는 암세포도 박멸하기 위해 항암제 투여를 권유했으나 사토시는 거부했다. 독한 약의 영향으로 두뇌가 잘못될 수도 있다는 것이 이유였다. 수술 후 병상에서 맑은 정신으로 장기를 연구하고 싶었기 때문이다.

수술 한 달 후, 아직 퇴원은 무리였기에 입원한 상태에서 간호사를 동반하고 장기 순위전에 나갔다. 7단 기사와 심야까지 이어진 대국에서는 패했지만 전체적으로 높은 승률을 기록했다. 그해 NHK배 토너먼트 대국에선 아픈 몸인데도 불구하고 계속 승리를 거둬 1998년 2월 결승전에서 하부 요시하루 4관왕과 대결했다. 그날은 도저히 장시간 정좌하고 장기를 둘 수 없는 최악의 상태였다. 결국 최종적으로는 패했지만 텔레비전 중계 화면 속에 비치는 사이토는 한 점 흐트러짐도 없이 꼿꼿하게 앉아 끝까지 엄숙하게 장기를 두었다.

신이치는 아버지로서 당시의 심정을 이렇게 말했다.

"사토시가 네프로제 증후군 등 각종 질병에 시달리는 모습을 보며 우리 부부는 항상 죄책감 같은 것을 안고 살아왔습니다. 그래서 사토시가 원하는 대로 뭐든지 다 할 수 있기를 바랐습니다. 우리 부부는 그저 지켜보기만 했지요."

죽음을 의식하지 않을 수 없는 상황 속에서도 강인한 정신력을 잃지 않는 사토시의 저력에 모리는 경탄할 뿐이었다.

"보통 사람이라면 그런 위기에 처하면 모든 걸 중지하거나 포기했을 겁니다. 그렇지만 사토시는 위기가 닥칠수록 오히려 정신력이 강해졌습니다. 가슴이 아플 정도로 강인한 정신력을 발휘했습니다. 추진력도 대단했습니다."

1998년 3월에는 순위전을 9승 3패의 좋은 성적으로 끝마치고 지난해에 탈락했던 A급 기사단에 복귀했다. 오직 명인이 되기 위해 어떤 상황에서도 장기를 놓지 않았던 사이토였으나 그해 1998년 4월 갑작스레 1년간 휴장하겠다고 선언했다. 모리가 "1년이나 쉬면 장기의 힘이 떨어진다"고 조언하자 사이토는 덤덤히 말했다.

"아니, 지금은 목숨이 중요합니다."

장기보다 목숨이 중요하다는 말을 처음으로 꺼냈다. 겉으로 내색은 하지 않았지만 그때 마음속으로 명인의 꿈을 저버렸는지 모른다.

모리는 히로시마 시내에서 사토시를 만나 산책을 하다가 무심코 책방에 들어갔다. 책 읽기를 좋아한 사토시는 "이걸 읽어 보세요" 하며 후지사와 슈헤이의 단편집 두 권을 모리에게 선물했다. 이런 적도 처음이었다. 사토시의 심경에 무언가 변화가 일어난 것이 분명했다.

5월 초 사토시는 신문 광고에서 본 히로시마 소재의 변호사를 찾아가 "나는 석 달 뒤에 죽습니다" 하며 유언장과 재산 처리 문제를 상의했다. 변호사는 29세의 젊은이가 자신의 죽음을 담담히 이야기하는 모습에 깜짝 놀랐다고 한다. 부모님에게는 '앞으로 석 달 뒤'라는 말을 한 번도 꺼낸 적이 없었다.

5월 중순 암이 재발되어 히로시마 시민병원에 입원했다. 입원할 때 준비한 탁상시계 3개를 병상 곳곳에 세워 놓아 어떤 위치에 누워서도 시간을 볼 수 있었다. 그리고 수시로 시계를 들여다보며 "0시 0분" 하고 혼잣말로 중얼거렸다. 그것을 지켜보았던 어머니 도미코는 "현재 시각을 말할 수 있으면 아직은 자신의 건강이 괜찮다고 생각하는 것 같았어요" 하고 말했다.

입원 며칠 후 사토시는 지난번 면담했던 변호사를 병실로 불러 유언장과 재산 처리에 대한 수속을 끝마쳤다. 7월이 되자 사토시는 자신의 방 한쪽에 쌓아 둔 만화책이 상자들을 모두 병실로 옮겨 달라고 부탁했다. 만화책 상자가 도착하자 사토시는 병실에서 버릴 책과 남겨 둘 책을 분류하는 작업에 매달렸다. 이러한 행동 하나하나는 '앞으로 석 달 뒤'라고 선포한 자신의 죽음을 앞두고 행한 신변 정리였다.

7월 하순 어느 날 사토시는 아버지와 함께 외출해 번화가를 걸었다. 책방을 몇 군데 둘러본 뒤 불고기집에 들어갔다. 병원에서는 부드러운 음식밖에 먹을 수 없었는데, 사토시는 전혀 망설이지 않고 불고기를 주문했다. 아버지가 "괜찮겠어?" 하고 묻자 "입으로 먹을 수 있는 건 이게 마지막일 거예요" 하고 말했다. 아무리 사소한 것일망정 자기 주변에서 일어나는 모든 일에 의미를 부여했던 사토시다운 '삶의 자세'가 그 말속에 깃들어 있었다.

"마지막엔 혼자서 싸웠어요. 원망도 한탄도 하지 않았어요. 힘들다는 말도 꺼낸 적이 없어요. 아무튼 참 착한 아이였어요. 그렇게 아프

면서도 어미 걱정, 조카들 걱정만 하다가……" 하고 어머니 도미코가
말했다.

1998년 8월 8일 0시 11분, 무라야마 사토시는 영면에 들었다. 29
년밖에 살지 않았지만 만인에게 똑같이 주어진 공통된 시간의 척도
만으로는 가늠할 수 없는 밀도 짙은 삶이었다.

정열과 꿈의
연장선상에서

아테네올림픽 여자 투포환 국가대표 선수로 참가했던 모리 지나쓰森
千夏가 사망한 건 아테네올림픽 2년 뒤 2006년 8월 9일, 26세의 젊은
나이였다.

앞날이 창창한 젊은 운동선수가 왜 이런 비극에 휘말려 드는가. 운
명의 가혹함 앞에서 우리는 말을 잃는다.

모리는 오직 일념으로 투포환 선수의 길을 걸었다. 세계 수준에 한
참 뒤떨어져 각광을 받지 못했던 일본 여자 투포환 종목에 혜성처럼
나타난 모리는 여자 투포환 국가대표로 선발돼 아테네올림픽에 출전
하게 되었다. 이 종목으로서는 40년 만이었다. 그런데 바로 그 시기에
상상도 하지 못한 암에 걸린 것이다.

모리의 기록은 경이로운 속도로 갱신에 갱신을 거듭했다. 2000년
4월 고쿠시칸대학교 2학년 때 16미터 43센티미터를 던져 일본 신기

록을 세우고, 2002년 11월 대학교 4학년 때는 17미터 39센티미터를 기록했다. 그리고 불과 1년 5개월 뒤 사회인이 된 2004년 4월에는 놀랍게도 18미터 22센티미터를 던지는 대기록을 세웠다. 4년 동안에 일본 신기록을 아홉 번 갱신했고, 16미터에서 17미터, 18미터로 3단계를 끌어올리는 기염을 토해 일본육상계는 흥분을 감추지 못했다. 그리고 바로 그해 아테네올림픽에서 세계 강호들과 당당히 겨룰 수 있는 일본 국가대표 선수로 선발되었다.

그런데 아테네 출발을 며칠 앞두고 모리는 묘한 복통을 느꼈다. 과식이나 과음에 의한 급성장염이나 소화불량 증세와는 달리 하복부를 바늘로 찌르는 듯한 통증이 멈추지 않았다. 병원에서 방광염 진단을 받고 항생제와 진통제 처방을 받았다.

실은 충수암이었으나 발생 확률이 극히 드문 암이었기 때문에 의사는 거기까지는 미처 살펴보지 않은 것이다. 주요 환부조차 짚어 내지 못하고 방광염 진단을 내렸으니 터무니없는 오진이었다. 게다가 1년 가까이 오진을 알아차리지 못한 채 방광염 약을 계속 복용한 것이다.

따라서 아테네올림픽 출전을 위해 통증을 안은 채 출발했고, 경기를 치를 때도 통증을 참아 가며 출장한 것이다. 기록은 18미터는커녕 15미터를 웃도는 비참한 결과가 나왔다. 사립도쿄고등학교 육상부 시절에 모리를 지도했던 고바야시 다카오는 그런 어처구니없는 결과를 텔레비전 중계방송으로 지켜보고 "이게 어떻게 된 영문이지. 무슨 일이 생긴 거야"하며 몹시 안타까워했다고 한다. 모리는 자신도 알아차리지 못하는 사이에 급격한 체력 저하가 나타난 것이다.

이후 한동안 통증이 가라앉은 시기도 있었기에 모리는 심각한 질병이라고는 전혀 생각하지 못하고 계속해서 각종 대회에 출전했다. 역시 성적은 나날이 하향곡선을 그렸으나 밝고 긍정적인 마음가짐으로 운동을 게을리하지 않았다. 오사카에서 열리는 세계육상선수권대회와 베이징올림픽을 목표로 정해 놓고 '자신과 타협하지 않고 연습에 힘쓰겠다'고 자신을 채찍질하며 구체적인 연습 계획을 세웠다.

해가 바뀌어 2005년 4월 하순, 모리는 원인 불명의 고열로 쓰러졌다. 고열은 42도까지 올라가 구급차에 실려 긴급입원을 했다. CT촬영 결과 방광 안에 좁쌀알 크기의 종양이 가득 돋아 있었다. 내시경으로 그 종양을 떼어 내 병리 검사를 했는데 악성 세포는 아니었다.

모리의 부모는 병명을 확실히 밝혀내 근본적인 치료를 하기 위해 모리를 도쿄 준텐도대학병원으로 옮겼다.

담당 외과의사는 비록 악성은 아닐지라도 방광 속의 종양을 전부 제거해 체력을 회복시키는 것이 좋겠다고 제안했다. 모리는 하루빨리 건강을 되찾고 싶어 수술을 받기로 결정했다.

그런데 개복하자 뜻밖에도 충수에 암의 원소가 자리 잡고 있었고, 이미 장과 방광에까지 침윤되어 절제 불능 상태였다. 의사는 모리와 부모님, 고바야시 감독을 따로따로 만나 진행성 충수암에 대해 제각각 적절히 설명했다. 진행성 충수암에는 아직 유효한 치료법이 없었다. 여명은 1년으로 내다보았고, 항암제로 어느 정도 병세를 억제할 수 있다고 했다.

모리는 병실에 찾아온 고바야시에게 "암이에요. 여명은 1년이래요" 하고 별로 동요하지 않고 또렷한 목소리로 말했다. 환자의 대다수는 '여명의 기간'을 전해 듣고도 그것이 피할 수 없는 죽음을 의미한다는 것을 실감도 하지 못하고 이해도 하지 못하는 경향이 있다. 충격으로 인해 관념적으로 받아들일 수밖에 없기 때문이다.

이런 단계에서도 모리는 매주 찾아오는 고바야시에게 "빨리 회복해 다시 던지고 싶다"고 말했고 "베이징올림픽은 포기하더라도 다음번 런던올림픽에는 나가고 싶다"고 미래를 이야기했다. 그러나 부모님이나 고바야시는 모리에게 목표를 '복귀'가 아닌 '생환'으로 바꾸라고 당부했다.

8월부터 10월에 걸쳐 집중적으로 항암제 치료를 시행했다. 의사는 암의 진행을 억누를 수 있다고 힘주어 말했다. 그렇지만 모리는 체력이 회복되는 낌새를 전혀 느끼지 못해 "항암제를 쓸수록 체력이 떨어진다"며 항암제 치료를 중단하고 민간 면역요법(림프구요법)을 받기로 했다. 그러나 림프구요법은 보험이 적용되지 않아 상당한 비용이 들기 때문에 택시운전을 하는 아버지의 수입으로는 감당하기 힘든 치료법이었다. 그리하여 육상계에서 모리의 치료비를 마련하기 위한 모금을 시작했다. 2006년 4월부터 본격적인 모금 운동을 펼쳤다.

그 무렵 모리는 의사의 권유로 임시 퇴원을 했다. 의사는 모리의 부모님에게 "이번 기회를 놓치면 다시는 집에 돌아갈 수 없기 때문"

이라고 말했다. 음식을 먹으면 곧바로 토하는 등 병세는 계속 악화되어 5월 20일 병원으로 돌아왔다.

그래도 그때까지 모리가 꿋꿋하게 버틸 수 있었던 원동력은 투포환에 대한 정열과 올림픽을 향한 꿈이었다. 중학시절 투포환에 열중하기 시작했을 때 "단지 던지기만 하는 운동경기지만, 하면 할수록 새로운 점을 발견할 수 있는 흥미진진한 운동이에요. 앞으로 계속 하고 싶어요" 하고 어머니에게 말했다는 모리 지나쓰. 고교에 진학해서도 육상부에 들어간 모리는 고바야시 감독과 육상부원들 앞에서 "나의 꿈은 올림픽에 나가 금메달을 따는 겁니다" 하고 당당하게 말해 모두 함박웃음을 터뜨렸다. 언제나 밝고 씩씩하고 구김살이 없었던 모리는 암이라는 엄청난 시련 앞에서도 결코 꿈과 정열을 내려놓지 않았다.

한계를 넘긴 마지막 3개월간의 처절한 투병 과정은 너무나도 가슴이 아파 차마 글로 옮길 수가 없다. 두 손 모아 합장하고 모리 지나쓰의 명복을 빈다.

철저히
조사하겠다는 결단

무라야마 사토시나 모리 지나쓰는 그야말로 '청춘의 한복판'이라는 젊은 나이에 세상을 떠났다. 전쟁이나 폐결핵 등으로 젊은이의 죽음이 일상적이었던 과거와는 달리 지금은 30대나 40대의 연령까지도 아직 인생의 절반도 보내지 않은 '젊은 시절'로 인식하고 있는 시대다. 또한 30대나 40대는 지금까지 살아오면서 축적한 무언가를 자기 나름대로 활짝 펼칠 수 있는 연령이라는 점에서 '인생의 정점'에 들어서는 시기라고 말할 수 있다.

그러므로 이런 나이에 갑작스레 죽음에 직면하면 당연히 걷잡을 수 없는 혼란에 빠질 수밖에 없다. 이미 앞에서 소개한 38세로 타계한 혼다 미나코는 마지막 순간까지 노래를 불렀고, 49세로 타계한 에몬 유코는 자신의 마지막 모습이 담긴 투병기를 쓰는 동시에 암 환자를 위한 강연에도 온 힘을 쏟았다. 이들은 어느 날 갑자기 암에 걸려 허망함과 분노심 등이 복잡하게 뒤얽힌 엄청난 혼돈을 극복하고 마지막 순간까지 꿋꿋하게 살다 떠났다. 그러나 이러한 '삶과 죽음'은 아무나 쉽사리 성취할 수 없을 것이다.

논픽션 작가 구로누마 가쓰시黒沼克史는 에몬 유코와 마찬가지로 49세에 세상을 떠났다. 2005년 4월 17일. 폐암이었다.

밑바닥 사람들의 생생한 목소리를 수집해 사회문제를 파헤치는 르포 작품을 쓰는 행동파 작가였다. 인생의 마지막 몇 년 동안은 소년범죄사건을 중심으로 이제까지 사회적으로 방치돼 있었던 소년범죄 피해자에 초점을 맞춘 르포 작품을 쓰는 동시에 피해자 지원활동에도 적극 나섰다.

1999년《청소년 살인범죄로 자녀를 잃은 부모들》, 2000년《소년법을 고쳐라!》를 출간했고, 2001년에는 아들이 집단폭행으로 살해당한 스도우 미츠오·요코 부부의 집필을 도와《우리 아들 마사카즈》를 책으로 묶었다. 2002년에는 청소년 범죄 피해 당사자들의 수기를 책으로 묶어 청소년 범죄사건 피해자의 실상을 사회에 널리 알렸다.

그렇게 왕성한 활동을 펼치던 구로누마는 2001년 가을부터 어깨의 통증을 느끼기 시작했다. 계속 끈질기게 쿡쿡 쑤시는 통증은 좀처럼 풀리지 않았다. 아내 가오리도 남편 구로누마의 고통을 익히 알고 있었지만 정신없이 바쁜 남편의 활동을 헤아려 그냥 묵묵히 지켜만 보았다.

구로누마는 비록 체구는 작았지만 감기 한 번 걸린 적도 없는 강골이었다. 잡지 원고의 마감 날짜가 다가오면 식사도 거른 채 줄담배를 피우며 밤새 글을 썼다. 다시 말해 건강은 전혀 돌보지 않았다. 그리고 의사를 아주 싫어했다. 어깨의 통증이 예사롭지 않다는 것을 느끼면서도 병원에 가지 않았다. 구로누마가 집 근처 정형외과를 찾은 건 2002년 3월이었다. 그런데 의사는 경추 헤르니아[2]로 오진을 했고, 목의 근육통을 가라앉히는 진통제와 습포제를 처방했을 뿐이다. 약을 먹어도 통증이 멈추지 않아 다른 병원을 찾아가 진찰을 받았는데, 이번에는 타박상에 의한 신경통으로 또다시 오진을 했다. 통증은 점점 심해졌기 때문에 구로누마가 입바른 소리로 의사를 몰아붙이자 "큰

---

2   장기 일부가 본래 위치에서 벗어난 상태.

병원에 가보라"고 퉁명스럽게 반응했다.

9월이 되어서야 비로소 집에서 비교적 가까운 쇼와대학 요코하마시 북부병원에서 종합검사를 받았다. MRA 화상 속에 왼쪽 폐의 상부에 드리운 폐암의 흔적이 확실히 비쳤다. 2차 정밀 검사 결과, 왼쪽 폐의 상엽上葉 끄트머리에 생긴 암 조직이 흉격막胸膈膜을 뚫고 나와 바깥쪽에까지 침윤돼 동맥과 신경을 둘러싸고 있었기 때문에 절제 수술을 하면 왼팔에 마비가 올 가능성이 있었다. 암세포의 종류는 선암腺癌으로, 항암제가 약효를 발휘하기 어려운 폐암이었다.

결국 방사선 치료밖에 없었다. 무슨 일이든 철저히 조사하지 않으면 직성이 풀리지 않는 구로누마는 인터넷에서 폐암 치료법에 대해 낱낱이 알아보았다. 이러한 정보수집에만 몇 주일이 걸렸다. 그리고 겸허한 자세로 환자가 알아듣기 쉽도록 병세를 설명하는 방사선 담당의사의 인품에 호감을 느낀 구로누마는 마침내 방사선 치료를 받기로 결단을 내렸다. 도저히 입원 생활은 싫었기 때문에 통원 치료를 하기로 했다.

르포 작가는 경제적으로 어렵다. 그래서 구로누마의 기고문이 많았던 《문예춘추》의 편집자로 구로누마와 친분이 있는 소설가 시라이시 가즈후미 등이 중심이 되어 치료비 모금 운동을 펼쳤다. 아내 가오리에 따르면 구로누마는 많은 이들의 따뜻한 지원 덕분에 '고독하지 않다'는 것을 깨닫고 치료에 더욱 전념할 수 있는 마음이 생겼다고 한다.

구로누마는 시라이시의 소개로 한방 전문병원에도 찾아가 목의 통증을 누그러뜨리기 위해 척추를 튼튼하게 만드는 한방약을 처방받기도 했다. 시라이시는 부친인 작가 시라이시 이치로 역시 식도암으로 투병 중이었기 때문에 암에 대한 여러 가지 정보에 밝았다고 한다. 그리고 시라이시 이치로의 커다란 암의 병소가 방사선 치료로 소멸됐다는 정보도 구로누마에게 힘을 북돋워 주었다.

"아직 죽음을
공부하지 않았다"

방사선 치료는 10월 말부터 12월 중순까지 받았다. 결과, 좌폐 상부에 드리웠던 암의 그림자는 사라지고 통증도 거의 사라져 구로누마는 감격했다.

2003년 3월에 구로누마는 현역 복귀를 선언하고 소년범죄 피해 가족을 돕는 일도 재개했다. 그런데 그해 가을부터 또다시 목과 어깨가 아프기 시작했다. MRA 화상 속에 암의 그림자는 없었다. 의사는 방사선으로 태운 자리의 후유증일 수도 있다고 말했다.

2004년 8월 정밀 검사 결과, 뼛속에 남아 있던 것으로 추정되는 암세포가 퍼지기 시작했다는 사실이 밝혀졌다. 재발이었다. 다시금 방사선 치료에 들어갔다.

9월에 시라이시 이치로의 부음을 접했을 때 구로누마는 충격을 받왔다. 아내 가오리에게 "나만 아직도 살아 있는 것 같아 이상하다. 그렇지만 자식을 위해서라도 아직은 절대 죽을 수 없다"고 말했다.

12월부터 통증이 더욱 심해졌기 때문에 입원해서 통증 조절을 하기로 했다. 첫 입원 치료였다. 그런데도 통증이 멈추지 않아서 말기 암의 동통 치료용 모르핀 약제를 사용하기 시작했다. 마음은 초조했지만 단지 통증이 사라지기만을 기다리는 수밖에 없었다.

2005년 2월 퇴원해 휠체어를 타고 통원 치료를 했는데 모르핀 약제의 투여량이 늘어 의식이 희미한 날이 많아졌다. 4월 4일 화장실에서 쓰러져 다시 입원할 수밖에 없었다.

병실에서 온종일 몽롱한 상태로 누워 지냈는데 시라이시 등 방문객이 찾아오면 눈빛으로 반가움을 표시했다. 가오리는 "많은 사람이 물심양면으로 도와줘 이때까지 버텨 온 남편이 쉽게 죽을 리가 없다"고 믿었다.

사망 하루 전, 입원 병원에 딸린 호스피스 병동으로 병실을 옮겼다. 아내 가오리는 남편 구로누마 옆에서 잠시도 떠나지 않았다.

그날 구로누마는 회진 온 주치의에게 또렷한 목소리로 말했다.

"선생님, 저는 아직 죽음에 대한 공부를 전혀 하지 못했습니다. 지금 어떤 상황이지 자세히 알려 주십시오. 현실을 똑바로 알고 있어야만 앞으로 가족이 살아갈 길을 정할 수 있으니까요."

옆에 있던 가오리도 시라이시도 구로누마의 확고하고 진지한 질문에 숙연해질 뿐이었다. 가오리는 죽음을 눈앞에 두고도 전혀 흐트러지지 않는 남편의 의연한 태도에 가슴이 벅차올랐다.

호스피스에 들어와 안정을 취한 것도 잠시뿐, 이튿날 4월 17일 구로누마 가쓰시는 49년의 생애를 마감했다.

영결식에서 가오리는 "기쁨에 가득 찬 투병 생활이었다"고 상주 인사말을 했다.

가오리는 당시의 인사말을 떠올리며 이렇게 말했다.

"남편은 일밖에 모르고 살았는데 병에 걸린 뒤부터는 집에 있는 시간이 많아졌어요. 그래서 가족이 다 함께 식사도 나누고 산책도 하는 등 행복한 시간을 보낼 수 있었어요. 제가 남편에게 마사지를 해 준 적도 있었고, 남편이 원기를 회복했을 때는 가족여행을 떠나기도 했어요. 게다가 여러 편집인과 작가 분들에게서 과분한 도움도 받았어요. 덕분에 우리 부부는 아주 친밀하게 지낼 수 있었기에 영결식에서 그런 인사말을 드리게 됐어요."

14장

붓을 놓지 못한 손

"그래도 잘 살아왔다고 생각합니다"
초 신타이 (1927-2005 만화가, 그림책 작가)

"만화를 그릴 수 없게 되는 건 싫습니다"
다니오카 야스지 (1942-1999 만화가)

"눈이 내릴 만큼 내리면 봄이 온다"
바바 노보루 (1927-2001 만화가, 그림책 작가)

"극우파의 공격에 비하면 가벼운 고통"
아오키 유지 (1945-2003 만화가, 수필가)

"고통스럽게 죽기는 싫다"
마나베 히로시 (1932-2000 삽화가, SF작가)

상상력을 불러일으키는
그림책

사람은 누구나 죽음을 의식할 수밖에 없는 무거운 병에 걸리면 감각이 예민해지고, 세상사의 근본적이고 본질적인 것을 생각하게 된다. 이는 그동안 인생길을 걸어오면서 배우고 익힌 온갖 지식이나 정보 등은 죽음 앞에선 보잘것없고 무의미해지며 어린 시절의 순수한 감성이 되살아나기 때문이다.

죽음을 앞둔 사람들과의 만남, 가족이나 지인의 죽음을 지켜본 사람들의 이야기 그리고 수많은 투병기를 통해 똑똑히 확인할 수 있었다.

세상의 때가 묻지 않은 순진무구한 어린이는 현실과 비현실의 경계를 긋지 않고 자신의 감각과 마음의 움직임만으로 사람과 사물을 관찰하고 그 속에 담긴 이야기를 마음껏 상상할 수 있는 천재다. 그런데 이런 행복한 재능도 어른이 되면서 어느 틈에 어디론가 사라져 버린다. 실로 안타까운 일이다.

새로운 화풍으로 그림책 세계에 신선한 바람을 불러일으킨 초 신타이長新太는 그러한 어린이의 부드럽고 넉넉한 감성이나 발상을 작품에 담아낸 특출한 그림책 작가였다. 그래서 그를 '천재 작가'로 불렀다.

초의 대표작 중 하나는《데굴데굴 야옹야옹》(후쿠인칸쇼텐)이다.

거대한 날치처럼 생긴 비행기가 바닷물 위에 둥실 떠 있고, 두 척의 고무보트에 타고 있는 수많은 고양이가 그 비행기에 올라타고 있다. 비행기 날개에 엔진은 달려 있지 않고, 비행기의 후미는 마치 물고기 꼬리처럼 생겼다. 그림책의 두 페이지를 하나의 도화지로 삼아 대담한 붓놀림으로 그렸다. 그림에 붙인 글은 이렇다.

'비행기는 데굴데굴, 고양이들은 야옹야옹 울고 있어요.'

그것 말고는 더 이상 아무 설명도 없는 첫 장면이다. 이처럼 구구한 설명을 곁들이지 않는 단순명료한 이야기가 초가 추구한 그림책의 세계였다. 다음 페이지를 열면 하늘을 날아가는 거대한 비행기가 양쪽 페이지에 걸쳐 커다랗게 그려져 있고, 비행기의 모든 창에서 고양이가 밖을 내다보고 있다.

'데굴데굴 야옹야옹 비행기는 날아가고 있어요.'

이 단순한 문장이 그림책의 14쪽에 걸쳐 되풀이된다. 그림은 책장을 넘길 때마다 드라마틱하게 바뀐다. 커다란 고래가 입을 벌리고 나타나면 비행기는 금방 잡아먹힐 듯한 물고기마냥 아주 조그맣게 보인다. 비행기는 폭풍이 휘몰아치는 산맥 위를 날아가고, 별나라 속으로 날아가고, 도시의 빌딩 숲을 날아간다. 또 다른 페이지에는 강아지한 마리가 비행기 꼬리를 물고 대롱대롱 매달려 있다. 깊은 골짜기에걸린 철교 밑으로 비행기가 빠져나갈 때, 비행기 꼬리를 물고 있던강아지가 아래쪽에서 날아가는 커다란 새의 등 위로 아슬아슬하게뛰어내린다.

그림책이 거의 끝나가는 시점에는 비행기를 향해 흔들고 있는 듯한 사람의 오른손 하나만이 큼직하게 그려져 있다. 이처럼 전체적으로 아리송한 이미지로 가득 채워진 그림책이었다. 그리고 마지막 페이지에는 바닷물 위에 떠 있는 비행기에서 내린 고양이들이 다시 고무보트를 타고 노를 저어 가는 그림이 그려져 있다. 여기에서 비로소그림에 곁들인 문장이 바뀐다.

'데굴데굴 야옹야옹 지금 왔어요.'

이렇게 말로 설명하면 별로 대단치 않은 작품으로 생각하는 사람도 있겠지만, 수십 년 전인 1976년에 이 그림책이 등장했을 때는 어떤 의미에서 한마디로 충격적이었다.

자녀에게 그림책을 읽어 준 부모들 사이에서 "대체 이게 뭐지?", "생뚱맞은 줄거리의 괴상한 책"이라는 비판적인 반응도 나왔다. 아무래도 감성이나 상상력이 말라 버린 어른의 눈에는 그렇게 비칠 수도 있을 것이다.

초의 그림책을 흔히 '난센스 그림책'이라고도 불렀는데, 이는 일반적으로 세상에서 말하는 '난센스'와는 별개의 뜻이라고 본다.

초의 그림책은 분명 상상력을 불러일으키는 진기한 책이었다. 언뜻 보면 어린아이도 쉽사리 그릴 수 있는 단순한 그림처럼 보이지만 결코 아무나 흉내 낼 수 없는 작품이었다.

그림책을 그리듯
병상 일기를 쓰다

초가 암에 걸린 뒤 2002년에 출간된 《별책 태양, 그림책 작가들1》(헤이본샤)을 보면 그가 그림책·아동문학 평론가 오노 아키라와 나눈 대담 중 이런 이야기가 나온다.

《데굴데굴 야옹야옹》에서 '사람의 손이 나오는 장면'을 두고 '도대체 무슨 뜻이냐'고 시끄러운 적이 있었습니다. 그래서 '고양이란 사람의 부드러운 손길로 귀여움을 받기도 하지만 그 손에 의해 폭력을 당하기도 한다. 그런 의미를 상징하는 손이다'라고 했더니 '이런 황당무계한 그림책은 필요 없다'고 항의하는 편지도 받았습니다. 물론 현실과 동떨어진 어리둥절한 내용일 수도 있지만, 어른들은 그림책 속에서 너무 깊은 의미를 찾으려고 하기 때문에 혼란에 빠지는 것 같습니다. 그렇지만 어린이

들은 그냥 있는 그대로 받아들이며 재미있게 봅니다. 그것이 어른과 어린이의 차이점이라고 생각합니다. 어른들도 모두 한때는 어린아이였지만 어느 순간부터 그런 사실을 까맣게 잊어버립니다. 좋은 점을 계속 잃어버리며 성장해 어른이 된 겁니다.

초는 예리한 안목으로 중대한 이야기를 했다. 프랑스 작가 생텍쥐페리의 《어린 왕자》 도입부에 나오는 '어른은 누구나 처음에는 어린이였다.(그러나 그것을 잊어버린 어른은 너무나 많다.)'는 문장이 떠오른다. 대담 속에서 초의 이야기는 이어진다.

얼마 전, 한 어린이가 쓴 하이쿠를 읽었습니다. 교통사고로 아버지를 잃은 아이의 작품으로 "아빠, 천국도 가을인가요?"라는 하이쿠였습니다. 나는 이런 글을 그림책에 옮기고 싶습니다.

실은 지난 2년간 병을 앓으면서, 맑은 강물 속 밑바닥에 깔린 하얀 모래밭에 누워 하늘을 올려다보고 있는 듯한 느낌이 들었습니다. 암 수술을 받고 나서 왠지 머릿속이 맑아진 것 같습니다.

초가 본래 지니고 있던 순진무구한 감각은 암 수술 이후 더욱 투명해진 것이다. 무거운 병에 걸린 초의 눈에 비치는 세계가 마치 어린 시절에 물놀이를 하던 동심의 세계처럼 보였다는 건 무언가 깊은 의미가 깃들어 있는 것 같다.

초가 위암 진단을 받고 도쿄도립히로오병원에 입원한 건 2000년 11월 28일. 그날부터 공책에 병상 일기를 쓰기 시작했다. 처음엔 공책 겉장에 커다란 글씨로 〈2000년 병상 일지〉라고 적었는데, 그것을 연필로 줄을 그어 지우고 〈아이고 맙소사〉로 제목을 바꿨다. 그날부터 날마다 써내려 간 일기에는 으레 '아이고 맙소사'라는 글귀가 등장한다.

11월 29일 수요일 맑음. 6시쯤 일어났다. 아침노을에 물든 도쿄타워. 아내가 9시 30분쯤 왔다. 고맙다. 휠체어를 타고 위 내시경 검사를 받으러 갔다. 아이고, 맙소사.

12월 1일 금요일 비 온 뒤 맑음. 병원에서 12월을 맞이했다. 위, 장, 전립선이 병에 걸렸다. 아이고 맙소사. 불빛을 밝힌 빌딩 숲 속에 초승달이 떠 있다.

12월 5일 화요일 맑음. 8시쯤 아침밥(죽, 된장국, 연어구이). 다카야가 병문안을 왔다. 아내와 함께 셋이서 외과의사의 설명을 들었다. 장을 크게 잘라 내고 위의 일부도 잘라 낸다고 한다. 복부 CT검사를 받았다. 그러고 나서 3시쯤 전립선 검사. 또 다른 치료를 받을 모양이다. 아이고 맙소사. 이번 기회에 망가진 부위를 전부 고쳐야지!

장의 협착까지 생긴 S자 결장암과 위암이 따로따로 발생한 이른바 다중성 암이었다. 12월 8일에 시행한 수술은 두 개의 암을 동시에 절제하는 대규모 수술이었다. 결장암은 협착을 일어난 부위를 중심으로 장관腸管을 절제하고, 위암은 비교적 초기였으므로 암 조직을 중심으로 몇 센티미터 정도의 범위를 부분 절제하고 봉합을 했다.

수술은 겉보기에는 성공적으로, 입원 한 달째인 12월 28일 퇴원했다. 입원하고 있는 동안 초는 그림책 작가답게 때로 일기장 속에 복부를 꿰맨 바늘자국, 병실의 침대와 각종 의료장치 등을 그렸다. 퇴원하는 날의 일기에는 헐렁한 환자복을 입은 자신의 모습을 그린 스케치 옆에 '7킬로그램이 빠진 53킬로그램. 아이고 맙소사'라고 적었다.

환각을 스케치

퇴원한 초는 조금도 창작의욕을 잃지 않고 더욱더 그림책 작업에 힘썼다. 그러나 이듬해 2001년 8월 9일 암의 전이가 의심돼 재입원을 했다. 8월 13일 배를 열자 간에 생긴 3센티미터의 전이성 암을 확인하고 즉시 잘라 냈다.

2001년 재입원을 했을 때도 병상 일기를 썼는데, 수술을 받은 8월 13일 일기에 이렇게 적었다.

오전 9시 수술. 이번에는 간암(3센티미터)이다. 역시 전이한 것이다. 지난번과 달리 2시간 30분 만에 수술을 마치고 7층 병실로 돌아왔다. 기침이 심한 환자가 수시로 고통스런 비명을 질러 잠을 이루지 못했다. 아이고 맙소사.

이튿날 8월 14일 밤, 수술 후 진통제로 사용한 모르핀 약제의 부작용으로 환각을 보았고, 그것을 일기장에 스케치했다. 양쪽 팔에 개미 떼가 기어가고 있는 것처럼 보이는 검은 점이 가득 뒤덮여 있는 그림이다. 초의 기법이 그대로 드러난 묘사였다. 그리고 그림 옆에 이런 글을 적었다.

모르핀 작용으로 본 환각일까? 팔에서 검은 점이 돋아나는 것을 보았다. 여기저기서 '스즈키 슈지, 스즈키 슈지' 하며 내 이름을 부르는 가느다란 목소리가 들렸다. 이것은 환청일까?

'스즈키 슈지'는 초 신타이의 본명이다.
환각이나 환청은 누구나 불쾌하게 여기는 꺼림칙한 현상이겠지만 초는 그다지 심각하게 받아들이지 않았다. 당시 재입원 동안에는 특히 배뇨의 어려움을 겪었다.

8월 16일 맑음. 몸 여기저기에 튜브를 꽂아 소변을 보기 힘들다. 소변이 마려워 화장실에 가도 도무지 나오지가 않는다. 간이 용변기를 쓰면 편하지만 소변보는 시간이 한참 걸린다. 밤에는 속옷도 입지 않고 종이기저귀를 차고 잔다. 아이고 맙소사. 수술은 무사히 끝났지만 자신이 한심스럽다.

8월 21일 몸에 꽂혀 있던 갖가지 튜브를 모두 뽑아내자 마침내 소변을 보기도 편해졌다. 그때의 안도감을 '여러 종류의 줄에서 해방되었다. 계속 이대로 지내고 싶다'고 일기에 적었다. 그리고 이튿날 일기장에는 침상에서 상반신을 일으켜 세우고 비스듬히 앉아 링거 주사를 맞고 있는 자화상을 만화풍으로 그렸다. 만화가 초 신타이의 재능이 빛을 발하는 그림이었다.

2주간의 입원 생활을 마치고 8월 24일 퇴원했다. 앞서 소개한《별책 태양》에 나오는 대담은 당시 퇴원 후 어느 정도 체력을 회복할 무렵이다. 책 속에 실린 사진 속의 초는 새빨간 셔츠에 연한 회색의 바지를 입고 있는데, 예전과 다름없이 다부진 모습이었다. 초의 상징인 하얀 콧수염과 턱수염은 깔끔하게 손질했지만 눈빛에는 아무래도 피로의 그늘이 드리워져 있다.

아내 스즈키 후미에 따르면 장, 위, 간 세 군데를 수술한 후 초의 작업 속도가 떨어졌다고 한다. 초의 작품연보를 보면 2001년에는 그림책 4권, 시집 1권(삽화), 소설 1권(삽화)으로 병을 앓기 전에 비하면 절반에도 미치지 않는다.

그러나 2002년에는 그림책 10권, 동화(삽화) 1권, 시집(삽화) 1권,

2003년에는 그림책 12권, 동화(삽화) 1권, 에세이 만화 3권으로 점차 늘어 갔다. 장, 위, 간 수술을 연거푸 받은 환자로 볼 수 없을 만큼 정력적인 창작활동이었다.

'링거 주사 교수형'

간암 수술 후 2년 4개월이 지난 2003년 연말부터 다시금 몸 상태가 심상치 않았다. 음식이 순조롭게 넘어가지 않고 목구멍에 걸리는 느낌이 들었다. 정기적으로 검진을 받아온 도쿄도립히로오병원에서 정밀 검사를 권하며 간켄[1]의 이비인후과를 소개했다. 해가 바뀐 2004년 1월 5일 도쿄 오츠카에 위치한 간켄아리아키병원에서 검사를 한 결과, 목에 새로운 암이 생겼다는 진단을 받았다.

특수한 정밀 검사와 치료를 위해 입원이 필요했지만, 빈 병상이 없어 협력병원인 니시이케부쿠로 인근 카나메초병원에 입원했다. 간켄아리아키병원에서 검사를 받아야 하는 날에는 택시를 타고 이동했다. 그리하여 2004년 또다시 '아이고 맙소사' 병상 일기를 쓰게 되었다.

입원 첫날 병상 일기에 이렇게 썼다.

1인실에 들어갔다. 히로오병원의 병실보다 비좁다. 창문 밖에는 온통 건

---

1   간켄아리아키병원癌研有明病院, 암 연구회 아리아키병원의 약칭.

물만 보인다. 조망은 없는 셈이다. 구내매점에서 일용품을 구입했다. 점심식사 후 둘(아내와 장남 다카야)은 돌아갔다. 여보 그리고 아들아 용서해 다오.

그리고 일기장에 입원실의 침상 주위에 놓인 각종 의료기기를 자세히 스케치했다. 입원실의 평면도도 그렸다. 그 옆에 '비즈니스호텔의 방 같다'고 적었다.

암 진단을 받고 처음 병원에 입원했을 때부터 초는 아내와 장남에게 '용서해 달라는 글'을 종종 일기 속에 남겼다. 젊은 시절부터 집안일은 거의 아무것도 하지 않고 오직 그림책이나 만화를 그리는 일만 줄곧 해 오다 덜컥 암이 걸리면서 언제나 자신의 곁을 떠나지 않고 극진히 보살펴 주는 가족에게 진정으로 감사와 사랑을 느꼈기 때문이다.

최종 정밀 검사 결과 인후암이었다. 게다가 '턱을 전부 들어내도 근치 수술은 어렵다'고 의사가 밝힐 정도로 상당히 진행된 인후암이었기 때문에 항암제와 방사선 치료 말고는 달리 선택의 여지가 없었다.

1월 27일 화요일 흐림. 열은 내려갔다. 여전히 가래가 심하다. 링거 주사를 맞기 시작했다. 아니고 맙소사. 당분간 계속 링거 주사를 맞을 생각을 하니 우울해진다.

항암제 부작용으로 계속 구역질이 치미는 등 몸도 마음도 힘들어질 때마다 '조금만 더 견디자'고 일기장에 적으며 고통을 참아 냈다. 새로운 암이 목에 발생해 '턱을 전부 들어내도' 근처가 어렵다는 통보를 받았지만 일기장 어디에도 '충격을 받았다'는 내용은 찾아볼 수 없다. 아내 후미에 따르면 초는 평소에도 참을성이 강했다고 한다.

2월 1일 일요일. 아침밥은 먹지 않고 아내가 집에서 챙겨온 양갱을 먹었다. 양갱을 먹어서인지 좋은 예감[2]이 든다.

그날 일기장에는 점적 주사액이 걸린 거치대를 밀면서 걸어가는 자신의 모습을 그려 놓고 '링거 주사 교수형'이라고 제목을 붙였다. 무언가에 놀란 듯 양쪽 눈을 번쩍 뜨고 있는 초의 목에는 인두암 때문에 붕대가 칭칭 감겨 있고, 그 앞에 점액주사액에 연결된 기다란 관이 늘어져 있는 그림이다. '링거 주사 교수형'이란 제목이 묘한 여운을 남긴다. 역시 초는 일류 익살꾼이었다.

2월 2일 일기에는 '오랜만에 비가 내린다. 앞으로 어떻게 되는 걸까? 이번 입원기간에는 강력한 펀치를 얻어맞을 것 같다'라고 썼는데, 이튿날 2월 3일 치료 경과가 좋아져 5일에 퇴원해도 된다는 간호사의 말을 듣고 '아이고 맙소사. 휴우' 하고 일기에 적었다.

2　일본어로 양갱과 예감은 비슷한 소리로 발음한다.

1개월 뒤 3월 9일, 2단계 항암제 치료를 받기 위해 재입원했다. 또 다시 항암제 부작용에 의한 구토와 설사로 탈진 상태에 빠진 초는 날마다 아내가 사 오는 평소 좋아했던 생선초밥과 생선회 등도 아주 조금밖에 먹지 못했다.

3월 14일 일기에는 머리털이 숭숭 빠지고, 콧수염과 턱수염을 말끔히 면도한 3개의 자화상이 그려져 있다. 턱수염을 밀어 버린 자리에 자신의 성씨인 '초長'란 글자를 초서체[3]처럼 써 놓았는데, 그건 마치 마구 자란 턱수염처럼 보였다. 그리고 자화상의 머리 위쪽엔 먹구름이 가득 뒤덮여 있는데, 거기에는 '잔뜩 찌푸린 날씨, 점점 암운이 덮치고 있다'는 글을 덧붙였다. 어떤 상황에서도 유머를 잊지 않았다.

병상 일기의 내용은 그날그날의 기분·몸 상태·치료·식사·가족에 대해 간결하게 적었을 뿐 내면적인 이야기는 전혀 하지 않았다. 어쩌면 초는 자신의 모습을 희화적인 그림으로 표현하면서 내면의 불안이나 갈등을 가라앉히려고 시도했는지도 모른다. 자기 자신을 냉정한 눈으로 바라보기 위한 역설적인 표현법을 무의식 속에서 선택한 것이 아닌가 싶다.

그동안 여러 사람의 투병기나 유고집 등을 읽고 느낀 점이 있다. 그것은 글이든 그림이든 연극이든 조각이든 무언가 자기표현 수단을 가진 사람은 설령 죽음을 피할 수 없는 극한 상황이 들이닥쳐도 끝까

---

[3]   붓놀림이 빠르고 거칠어 보이는 흘림 글씨체.

지 자기 자신을 잃지 않고 꿋꿋이 살아간다는 것이다.

2단계 항암제 치료를 끝마치고 퇴원하는 날인 3월 19일 일기에는 '오늘은 교육용 그림책에 대한 구상이 잇달아 떠올라 스스로 깜짝 놀랐다. 집에 돌아가면 곧바로 그림을 그리자'며 기운이 솟구치는 마음을 표현했다.

그러나 이튿날 3월 20일이 되자 생각이 바뀐다. '어제 떠올랐던 구상은 없던 일로 하자. 예전에도 그런 작품을 그렸기 때문이다. 너무 서두르지 말자'며 마음의 여유를 갖자고 자신을 다독인다. 수시로 입원 치료를 되풀이하면서 창작활동도 균형을 잃고 흔들렸기 때문에 은연중 조바심이 생긴 건지도 모른다.

2004년 4월 항암 치료는 3단계[4]로 접어들었다. 입원 첫날 일기장에 '또, 또, 또, 또 입원해 방사선과 항암제 치료. 이제 일기는 쓰지 않겠다'라 고 적었다. 이후 일기장에 아무런 글도 그림도 남기지 않았다. 초는 본래 무슨 일에든 과도하게 집착하고 연연하는 걸 싫어했기 때문에 판에 박힌 입원 생활을 하면서 판에 박힌 일기를 쓴다는 자체에 환멸감 내지는 허탈감을 느꼈는지도 모른다.

아무튼 완전 치유는 어려워도 암의 진행을 억제하는 치료 효과는 나타났기에 통원 치료를 계속하면서 창작 활동에 더욱 힘을 쏟았다. 2004년에 출판된 작품은 그림책 《낙지 미끌미끌》, 《안녕, 괴상한 사

---

4   3쿠르.

자님》등 4권, 동화책(삽화) 2권, 시집(삽화) 1권, 에세이 만화《초 신타이의 뒤죽박죽 여행》1권으로 건강했을 때보다 아무래도 창작 속도가 떨어졌다. 게다가 2005년에는 `그림책《엄마 품에 안겨서》,《고마워요 괴상한 사자님》,《진흙으로 만든 사람》등 재출간을 포함해 10권과 동화책(삽화) 2권뿐이다. 그림책 제작은 통상 1~2년이 걸리기 때문에 이 작품들을 그린 시기는 출판되기 한두 해 전이다. 요컨대 2004년에 출간된 그림책의 대부분은 2003년이나 그 이전에 그린 작품이고, 2005년에 출간된 그림책의 대부분은 2004년이나 그 이전에 그린 작품이다.

2005년 신년에 초는 30년 전《데굴데굴 야옹야옹》를 펴낸 뒤부터 줄곧 친밀한 관계를 이어 온 출판사 후쿠인칸쇼텐의 편집자 세키구치 히로시의 편지를 받았다.

'저는 내년에 정년퇴직을 합니다. 그러기 전에 초 신타이 씨의 그림책 1권을 펴내고 싶습니다'라는 내용의 집필 의뢰서였다. 초는 곧바로 전화를 걸어 흔쾌히 수락했다.

세키구치가 4월 도쿄 시부야에 위치한 초의 집을 방문했을 때 초는 5권의 그림책 초안을 내놓았다. 세키구치는 그중에서《데굴데굴 야옹이》를 골랐다.

엄마 고양이의 등에 올라탄 아기 고양이가 동그랗게 몸을 웅크리고 데굴데굴 구르면서 야옹야옹 울고 있는 장면이 나온다. 페이지가 넘어가면서 아기 고양이는 2마리, 3마리, 4마리로 점점 늘어나 마지막에는 엄청난 숫자의 아기 고양이들이 엄마 고양이 등에서 데굴데굴 굴러서 아빠 고양이 앞에 모인다. 모든 책장의 그림도 글자도 짙은 분홍색으로 처리했다. 화기애애한 가족의 소박한 즐거움이 가득 담긴 작품이었다. 어리둥절한 줄거리로 독자의 상상력을 자극하는 대부분의 작품과는 달리 명확한 주제로 가족의 소중함과 따뜻함을 표현했다. 암에 걸린 뒤 가족에 대한 미안함과 고마움을 깊이 느끼면서 구상한 작품이 아닌가 싶다.

이 그림책은 월간《어린이 친구 012》시리즈의 한 권으로 출간하기로 결정하고 원고 마감일을 7월로 잡았는데, 초는 잠시도 쉬지 않고 작업에 몰입해 5월 20일에 작품을 마무리했다.

5월 초부터 인두암이 재발하는 동시에 암세포는 폐에까지 전이됐고 방사선 치료의 부작용도 가중돼 호흡이 힘들어졌다. 게다가 침이 나오지 않아 목구멍이 바싹 말라 음식을 넘길 수 없었다. 그해 도쿄만의 매립지 아리아케로 신축 이전한 간켄아리아키병원의 주치의가 완화치료를 권했다. 먼 거리를 택시로 통원 치료하는 것도 힘들고, 적극적 치료도 한계에 다다랐기 때문이었다. 초는 의사의 권유를 받아들여 도쿄 시부야에 위치한 닛세키의료센터[5] 완화 케어병동에 입원했다. 초는 그것이 마지막 입원이 될지도 모른다고 예감하고《데굴데굴 야옹이》의 원고를 서둘러 완성한 것이다. 이 작품을 완성할 무렵

---

5   일본 적십자병원.

에는 이미 발걸음을 옮길 수 있는 기운조차 없었으므로 아내 우미가
《데굴데굴 야옹이》의 원화原畵 한 장 한 장을 때가 타지 않도록 기름
종이로 감싸 우체국에서 등기우편으로 발송했다.

5월 13일 초는 숨쉬기가 너무 힘들어 닛케이 완화케어병동에 긴급
입원했다. 하루 입원료가 6만 엔이 넘는 특별실밖에 없었기 때문에
일반병실이 나올 때까지 일단 그곳에 입원하기로 했다. 통증과 호흡
곤란 등의 증상은 확실히 가라앉았지만 이미 창작활동은 불가능한 상
태로 병실에서 조용히 하루하루를 보냈다. 6월 중순 세키구치로부터
《데굴데굴 야옹이》의 교정쇄가 도착했다. 초는 병상에서 상반신을 일
으켜 교정쇄를 점검했다. 이것이 마지막 작업이 되었다. 후미가 교정
쇄 원고를 봉투에 담아 우체국에서 부쳤다.

천진무구한 어른

그 무렵, 초등학교에 입학한 손녀 하나가 부모 손을 잡고 병실에 찾
아왔다. 손녀가 국어 교과서를 들고 와 "할아버지가 그린 그림책이
나와 있어요" 하고 자랑스럽게 말했다. 그러고는 그림이 실린 교과서
의 책장을 할아버지 앞에 펼쳐 보였다. 초는 함박웃음을 지으며 사랑
스러운 손녀를 바라보았다. 《데굴데굴 야옹이》는 지난날 갓난아기였
던 하나가 낮잠 자는 할아버지의 배 위에 올라와 놀던 장면을 떠올리
고 그린 작품이었다.

6월 25일, 초는 다시는 돌아올 수 없는 사람이 되었다.

"마지막 1개월 남짓한 입원 생활 가운데 초가 가장 기뻐했던 날은 손녀가 자신의 작품이 실린 교과서를 들고 찾아왔던 날이라고 생각합니다" 하고 후미가 말했다.

초가 타계하고 2~3일쯤 지난 뒤 후미는 남편이 작업하던 방에 들어가 무심코 책상 앞에 앉아 서랍을 열어 보았다. 일찍이 초는 어머니가 돌아가신 뒤 우연히 옷장 서랍 속에서 발견한 유서를 읽고 비로소 한참을 울었다고 말한 적이 있었다. 무의식중에 그 이야기가 떠올랐는지도 모른다.

초의 책상 서랍 속에는 역시 '스즈키 후미에게'라고 적힌 봉투가 놓여 있었다.

후미 씨 그리고 다카야 고맙습니다.

예전에 어머니도 이렇게 글을 써서 옷장 속에 남겨 두셨는데, 나도 똑같은 마음입니다. 후미 씨, 고생만 시켜서 미안합니다. 지금 내 일생을 돌아보니 그래도 잘 살아왔다고 생각합니다. 미련도 없고 후회도 없습니다.

다카야, 어머니를 잘 보살펴 주십시오. 손녀 하나의 웃는 얼굴을 떠올리며.

날짜는 2004년 6월 1일로 적혀 있다. 초는 이미 1년 전 입·퇴원을 되풀이하던 시기에 죽음을 각오하고 있었다. 겉으론 아무 내색도 하지 않았지만 언제 죽음이 찾아와도 순순히 받아들이기로 마음먹고 있었던 것이다.

나는 그 유서 속에서 '예전에 어머니도 이렇게 글을 써서 옷장 속에 남겨 두셨는데'라는 구절을 읽고, 부모가 자식에게 전하는 '죽음에 대한 가족의 문화'가 얼마나 중요한지를 분명히 느꼈다. 그리고 '손녀 하나의 웃는 얼굴을 떠올리며'라는 구절이야말로 세상을 떠나는 사람이 고독감과 불안감을 뛰어넘어 자신의 운명을 받아들이며 '생명은 소멸하는 것이 아니고 대대손손 이어진다'는 사실을 일깨워 주고 있다. 실로 큰 의미가 담긴 유서라고 생각한다.

《데굴데굴 야옹이》는 1년 뒤 2006년 4월에 출간되었다. 비록 암으로 육신은 병들었어도 끝까지 순수한 마음을 잃지 않고 살았던 초 신타이의 유작이다.

목숨이 위태로운 상태

초 신타이가 타계하기 6년 전인 1999년 6월 14일 만화가 다니오카 야스지谷岡ヤスジ가 초와 똑같은 인후암으로 세상을 떠났다. 아직도 한창 인기를 누리고 있던 현역으로 56세였다.

다니오카 야스지는 1970년대 초반의 만화세대라면 '코피 푸우', '앗싸!' 등의 유행어를 만들어 낸 만화책《야스지의 엉망진창 강좌》를 기억할 것이다. 주간 만화잡지《소년 매거진》의 발행부수 150만부 시대를 지켜 온 연재만화 중에는 기존의 가치관이나 상식, 도덕성을 간단히 무시하는 반항적인 주인공이 자주 등장한다.《야스지의 엉망진창 강좌》의 주인공 가기오가 여자친구 밋짱과 데이트를 하면서 느닷없이 바지를 내리거나 음담패설을 늘어놓는 등의 엽기적인 장면은 기성세대의 눈살을 찌푸리게 했다. 그러나 만화세대 아이들은 열광적으로 받아들였다.

당시 일본 경제는 고도성장의 절정기로 가히 '태평성대'라 부를 만한 '살기 좋은 세상'이 펼쳐지고 있었다. 전후 빈곤과 혼란의 시대는 거짓말처럼 사라지고 사회는 안정돼 갔지만 그 풍요로움의 그늘 속에는 이미 관리사회의 어두운 그림자가 짙게 드리워져 있었다. 어느 부모나 자식들에게 오로지 '좋은 학교', '좋은 직장', '좋은 돈벌이'만을 강조하는 풍조가 만연하면서 어린아이들의 사회에서조차도 폐쇄성이 점점 심해졌고 갖가지 형태의 반항아가 등장하기 시작했다.

세상의 변화를 날카롭게 꿰뚫어 보는 전문가 중에는 특히 만화가가 많다. 일찍이 다이쇼大正시대(다이쇼 일왕이 통치한 1912~1926)에 당대의 대표적인 종합잡지《일본과 일본인》이 각계각층의 지식인을 대상으로 '100년 후의 일본'에 대해 설문조사를 실시한 결과 정치인·관료·학자 등은 현대 일본의 모습을 제대로 예측하지 못한 반면 만화가들은 '비행기를 타고 하와이로 신혼여행', '공해로 뒤덮인 도시'를 날카롭게 예측하고 그 모습을 그림으로 남겼다.

다니오카의 만화 속에는 어린아이가 부모나 교사를 향해 흉기를 들이대고 '피를 보겠다'고 외치는 과격한 장면이 나오기도 했다. 그건 아무리 만화래도 도저히 상상할 수 없는 패륜적인 행동이었으나 실로 놀랍게도 지금은 그런 상황이 일상의 현실 속에서 흔히 나타나고 있다.

이처럼 다니오카의 작품이 과격한 이유는 일찍이 아버지가 사업에 실패해 학교에 도시락도 갖고 가지 못할 정도로 가난했던 어린 시절의 쓰라린 경험이 밑바탕에 깔려 있기 때문일 것이다.

유명한 만화가가 된 다니오카는 잡지의 대담 등에서 거침없이 사회를 비판하는 욕설을 내뱉는 과격파였지만 실상은 그렇지 않았다. 아내 마치코에 따르면 "남편은 선글라스를 끼고 군용 지프차를 몰고 다니는 등 겉보기엔 거칠게 보이는 반항아였지만 속마음은 참 따뜻한 사람이었죠. 가난한 소외계층이나 힘없는 노인들에게는 더할 나위 없이 자상했지만, 지위나 돈이 있다고 거드름을 피우는 인간이 눈에 거슬리는 짓을 할 때는 물불을 가리지 않고 싸웠어요. 저희 아버지가 94세에 전립선암으로 치료를 받을 때, 이미 암에 걸려 집에서 투병 생활을 하던 남편은 언제나 '나는 괜찮으니 아버님을 찾아가 보살펴 드려라'고 말하곤 했지요. 제가 지쳐서 집에 돌아오면 주방 식탁에 차와 과자 등을 차려 놓고 '힘들지? 간식을 준비했어'라고 쪽지에 글을 써 놓은 적도 있어요."

암이 발병한 건 1997년 연말이었다. 미국에서 지내던 외동딸 마야가 현지에서 미국인과 올린 결혼식에 참석하고 돌아온 직후였다. 갑자기 목의 왼쪽 임파선이 부풀어 올라 있었다. 다니오카는 병원을 무서워하고 싫어했기 때문에 마치코가 간신히 설득해 도쿄여자의과대학병원에 찾아가 진찰을 받았다. 당시 이비인후과 조교수 요시하라 토시오 의사는 목을 살펴본 후 촉진만으로 암을 알아차렸지만 "일단 입원해서 자세히 검사해 보자"고 말했다. 그러나 다니오카는 일이 밀려 있었기 때문에 입원할 수 없다고 버텼다. 마침내 요시하라 의사는 잘라 말했다.

"암입니다. 잠시도 지체할 수 없는 상태입니다. 지금 당장 입원하십시오."

부드러운 말씨였지만 내용은 엄중했다.

만화가의 길

다니오카도 마치코도 일순 머릿속이 하얗게 변했다. 다카오카는 의사의 얼굴을 물끄러미 바라보다 이윽고 무겁게 입을 열었다.

"선생님, 늦지 않았죠? 아직은 늦지 않았죠?"

"네, 그래요."

"알겠습니다. 오늘 입원하겠습니다."

요시하라 의사는 경험을 통해 이러한 환자를 일단 돌려보내면 일이 바쁘다는 등의 이유로 입원을 미루다가 치료시기를 놓친다는 것을 알고 있었다. 그래서 즉시 입원을 권한 것이다. 또한 다니오카는 의사의 설득에 진심이 담겨 있음을 확실히 느끼고 입원을 결심한 것이다.

그날로 입원해 정밀 검사를 받았다. 목의 종양은 암의 림프절 전이에 의한 진행성 암으로 금방 밝혀졌지만 원발소를 찾아내는 데는 일주일이나 걸렸다. 분명 인후암이었으나 병소가 MRI 화상으로 포착하기 어려운 부위에 숨어 있었기 때문이다

암의 원발소와 전이 범위는 밝혀졌지만 이제 치료법이 문제였다. 요시하라 의사의 설명에 의하면 인후의 병소를 하나도 남김없이 완전히 제거하려면 턱뼈의 일부를 들어내야 하고, 게다가 목의 림프절을 떼어낼 때의 영향으로 오른손을 쓰지 못하게 될 우려도 있었다. 그렇다면 다시는 만화를 그리기 힘들다는 뜻이었다.

"만화를 그릴 수 없게 되는 건 싫습니다. 거부합니다."

다니오카는 단호히 말했다. 만화 그리기는 그의 인생 자체이며 그가 살아가는 의미라는 것을 의사도 이해하고 차선책을 내놓았다. 그것은 림프절의 전이 병소만을 수술로 제거하고, 인두의 원발소는 방사선으로 태워 없애는 양면 치료법이었다. 그제야 다니오카도 순순히 받아들여 곧바로 치료를 개시했다.

마치코는 그 치료법으로 과연 암을 고칠 수 있는지 걱정을 떨쳐버릴 수 없어 남편 몰래 의사를 만나 자세한 이야기를 나눴다. 요시하라 의사는 결코 낙관할 수 없는 상태라고 밝히며 "죄송하지만 각오하고 계십시오. 근치는 어렵습니다" 하고 말했다. 미치코는 의사에게

간곡히 부탁했다.

"네, 알겠습니다. 하지만 저는 오래전 남편과 약속한 게 있어요. 남편이 '더 이상 암을 고칠 수 없는 지경이 되더라도 그것만큼은 말하지 마라. 고칠 수 없다는 말을 듣는 순간부터 병을 고치겠다는 마음도 없어질 테니까' 하고 말했기 때문에 그런 시기가 들이닥쳐도 절대 말하지 않기로 약속했어요. 비록 암은 낫지 않더라도 적어도 통증은 없도록 치료해 주세요. 그래서 되도록 오랫동안 만화를 그릴 수 있었으면 좋겠어요."

마치코의 호소에 귀를 기울이고 있던 의사는 통상 암의 통증을 억누르기 위해 쓰는 모르핀 성분의 진통제는 최대한 피하고 다른 진통제를 쓰겠다고 말했다. 모르핀 성분의 진통제를 쓰면 머릿속이 흐릿해져 참신한 발상이 떠오르지 않을 우려가 있기 때문이었다.

항암제 링거 주사와 영양 공급을 위해 두 달간 입원 치료를 받았다. 퇴원 후 도쿄 세타가야의 집에서 1개월을 지내다가 다시 입원해 병원에서 2개월을 보내는 식으로 투병 생활을 이어갔다. 집과 병원을 오가는 투병 생활 속에서도 다니오카는 결코 붓을 놓지 않았다. 병원에서는 침상 위에서 만화를 그렸고, 집에서는 2층 작업실에서 계속 만화를 그렸다.

암에 걸린 사실을 외부에 공표하지 않았다. 당시 만화를 연재 중인 주간지 《만화 선데이》의 편집자가 매주 원화를 받아가려고 집에 찾아왔기에 '비밀'을 약속하고 그쪽 출판사에만 암을 밝혔을 뿐 다른 출판사에는 모두 비밀에 부쳤다. 다른 출판사의 편집자가 원화를 받으려고 집에 찾아왔을 때는 마치코가 현관에 나가 그림을 건넸다. 매스컴에서 쓸데없는 소란을 피우는 것이 싫었기 때문이다.

'희망'이라는 버팀대

다니오카의 암은 일시적으로 잠잠해질 적도 있었지만 역시 진행을 멈추지 않았다. 암 판명 후 두 번째 맞이하는 새해의 설날 무렵에는 음식을 넘기기 어려웠다. 그럼에도 다니오카는 암을 이겨 내고 다시 일어서겠다는 희망을 잃지 않았다.

마치코에 따르면 다니오카가 힘든 투병 생활을 견딜 수 있었던 버팀대는 "나는 꼭 낫는다"는 '희망'이었다고 한다. 이런 희망을 끝끝내 놓지 않을 수 있었던 저력은 고교 시절부터 만화를 그려 얻은 수입으로 수업료를 내고 공부하는 등 지금까지 자신의 힘으로 온갖 고난을 헤쳐 나가면서 생긴 "나는 역경에 강하다"는 자신감을 갖고 있었기 때문이다.

1999년 3월 다니오카는 목에 구멍을 뚫어 기관을 절개한 자리에 튜브를 삽입한 상태로 집에 돌아왔다. 병원 의료진 중 한 사람이었던 여의사가 마치코를 따로 불러 "어쩌면 내년에는 벚꽃이 피는 걸 보지 못할 수 있습니다. 집에 돌아가 지내는 것도 이번이 마지막일 수 있습니다" 하고 말했다. 마치코는 남편이 퇴원해 집에 돌아온다는 기쁨은 일시에 사라지고 슬픔이 복받쳤다. 그러나 이내 마음을 가다듬고 집에서 온 힘을 다해 남편을 돌보겠다고 다짐했다.

하루하루가 지나면서 점점 음식을 넘기지 못하게 되었고, 따라서 영양실조로 급속히 쇠약해졌다. 그냥 가만히 앉아 지켜볼 수 없었던 마치코는 굳세게 마음먹고 남편에게 말했다.

"이러다간 영양실조로 쓰러지니 병원으로 돌아가요."

"음, 그래."

4월, 병원에 돌아가서도 다니오카는 병상에서 만화를 그리는 작업을 멈추지 않았다. 그러나 4월 말, 그것은 사망하기 한 달쯤 전으로 기관 절개로 말하기조차 힘들어진 다니오카는 마치코에게 필담으로 이야기를 전했다.

"눈이 이상해졌는지 그림의 선을 그리지 못하겠어. 테두리 선만이라도 당신이 대신 좀 그려 줘."

마치코의 눈에도 그림의 선이 예전과 달랐다. 다니오카 만화의 생명은 테두리 선을 포함한 모든 선의 독창성에 있었다고 한다. 아무렇게나 그린 듯한 그림의 선에는 다니오카 야스지만 그릴 수 있는 섬세한 숨결이 담겨 있었다. 그래서 단 한 번도 보조 작가를 두지 않고 반드시 자신의 손으로 그렸다. 이제 그 선을 그릴 수 없게 된 것이다.

마치코는 '마침내 만화를 그릴 수 없는 때가 왔다'고 생각하자 눈물이 쏟아지려고 했다.

"눈은 아주 소중하니 조금 쉬는 게 좋겠어요."

마치코가 슬픔을 감추고 가만히 말하자 다니오카는 고개를 끄덕였다. 만화를 연재하고 있던 각 출판사에 마치코가 전화를 걸어 "눈 검사를 하기 때문에 당분간 연재를 쉬겠습니다. 눈이 좋아지면 다시 시작하겠습니다" 하고 양해를 구했다.

그 이튿날 다니오카는 메모지에 필담으로 "뭐 괜찮아. 그래도 여기까지 왔으니까" 하고 적었다. 모든 사물이 희미하게 보여 글씨도 흐트러질 수밖에 없었다. 마치코는 남편의 허탈감을 보듬어 주듯 따뜻하게 말했다.

"네, 그걸로 충분해요."

이후 얼마 지나지 않아 의료진은 격통을 다스리기 위해 모르핀 성분의 진통제를 쓰기 시작했다. 그때부터 다니오카는 "허공에 붕 떠 있는 기분"이라며 꾸벅꾸벅 졸고 있을 때가 많았다.

1999년 6월 4일 오전 2시 10분 다니오카 야스지는 숨을 거뒀다. 모르핀 성분의 진통제를 쓰기 시작할 무렵 "굉장히 기분이 좋아" 하고 가느다란 목소리로 말했는데, 그것이 마지막 말이 되었다.

마지막 그림책

화가든 만화가든 자신만의 특색이 드러나는 화풍은 어떻게 형성되는 것일까? 여러 화가와 만화가의 살아온 길이나 젊은 날의 인생 역정을 살펴보면 화풍을 형성하는 결정적 요소로서 적어도 두 가지를 꼽을 수 있다.

하나는 유소년기에 시도 때도 없이 틈만 생기면 그림을 그려서 이상한 아이로 불릴 정도로 그림 그리기가 몸에 배어 저절로 형성된 화풍이다. 그림에 그어지는 선 하나하나에 화가의 숨결이 스며들 만큼 개성이 깃드는 것이다.

또 하나는 감수성이 예민한 청년시절에 평생의 인생관에 영향을 미칠 만한 사건을 경험하거나 영원히 잊지 못할 책이나 인물과의 만남을 통해서다.

만화가이자 그림책 작가였던 바바 노보루馬場のぼる가 지닌 화풍의 원천이야말로 바로 그것이었다. 바바는 어린 시절 종이만 눈에 뜨면 거기에 무엇이든 그렸고, 심지어 종이가 없으면 담벼락이나 창호지에도 그림을 그렸다고 한다.

1927년 아오모리 현 산노헤마치에서 태어나고 자란 바바는 태평양전쟁이 끝나자 고향에 돌아와 한동안 임시 교사로 근무했다. 전쟁 당시 해군항공대 소속 소년항공병 양성소에서 훈련을 받다 종전을 맞이한 것이다.

임시 교사를 그만두고 만화가의 뜻을 품고 도쿄에 간 바바는 교사 시절에 만난 천진무구한 아이들과의 즐거웠던 추억을 떠올리며 그 아이들을 위한 그림책을 그리겠다고 다짐했다. 이것이 만화가의 길로 들어서는 원점이 되었다.

정식으로 만화가가 되고 나서도 한참동안 경제적으로 어려웠지만 당시 한창 유행하던 선정적인 만화는 아무리 청탁을 받아도 절대 그리지 않았다. 바바의 만화는 《부우탄》, 《포코탄》 등 시골 아이들의 밝고 한가로운 일상이나 감성을 표현한 작품이 많았다. 성인 만화 분야에서도 《일본경제신문》에 14년간 연재한 〈바쿠 씨〉처럼 따스한 분위기가 감도는 작품이 대부분이었는데, 그건 역시 자신이 태어나고 자란 풍토의 공기가 작품 속에 배어 있기 때문이다. 지금까지도 어린아이들이 즐겨 보고 있는 《11마리 고양이》 시리즈는 그야말로 바바 스스로 그리고 싶어서 그린 그림책이었다.

이러한 창작 자세는 암에 걸려 투병하는 과정에서도 고스란히 드러나고 있다. 바바가 위암 판정을 받은 건 1993년 1월, 65세 때였다. 유일한 제자였던 마에가와 가즈오의 갑작스런 죽음을 계기로 난생처음 건강검진을 받았다. 건강했던 제자 마에가와가 급성 백혈병으로 사망한 것이다.

상당히 오래전부터 위장이 안 좋았지만 약한 모습을 보이기 싫어하는 성격도 작용해 가족에게도 전혀 언급하지 않았다. 위 내시경 검사에 대한 거부감도 병원을 찾지 않은 이유 중 하나였다. 그러나 마에가와의 빈소에서 만난 《11마리 고양이》 시리즈를 펴낸 그림책 전문 출판사 고구마샤의 대표 사토 히데카즈의 설득으로 일부러 오사카까지 찾아가 사토의 지인인 오사카경찰병원 원장 나카오 가즈야스 의사(당시)의 진찰을 받았다. 《11마리 고양이》를 고구마샤에서 출판한 이래 사토와 바바는 평생 믿음직한 친구가 되었다. 그런 친구였기에 빈소에서 사토에게 위장병을 털어놓게 되었고, 사토의 간곡한 권유로 마침내 병원을 찾은 것이다. 사토도 기꺼이 오사카까지 동행했다. 나카오 원장은 사토에게 위 내시경 사진을 보여 주며 "분명 암입니다"라고 선언하고 도쿄도립고마고메병원을 소개했다.

고마고메병원 의사가 바바에게 "위암입니다"라고 밝히자 바바는 "아, 그런가요" 하고 남의 일처럼 덤덤히 말했다. 옆에 있던 아내 우타코가 얼핏 남편의 얼굴을 살폈는데 전혀 동요하는 기색이 없어 그나마 마음이 놓였다고 한다.

며칠 후 2월에 고마고메병원에서 정밀 검사를 받았다. 대장에서도 상당히 커다란 암이 발견됐다. 바바는 위의 3분의 2와 대장의 환부를 도려내는 절제 수술을 받았다. 그때부터 2001년까지 8년 동안이나 험난한 투병 생활이 이어졌다.

거듭 입·퇴원을 되풀이하던 바바는 일단 집에 돌아오면 쉬지 않고 그림책 작업에 매달렸다. 암 판명 후 이듬해 1994년까지 완성한 그림책은 《알라딘과 마법 램프》, 《11마리 고양이 가루타 편》, 《라쇼몽의 도깨비》(모두 고구마샤 출간) 3권이다.

첫 수술 이후 2년 반이 지난 1995년 9월에는 폐에 전이된 암을 잘라 냈고, 같은 해 11월에는 간에 전이된 암의 병소를 잘라 냈다.

1996년 4월 《11마리 고양이》 시리즈의 여섯 번째 작품이 되는 《11마리 고양이 진흙탕 편》을 스스로 호텔방에 갇혀 작업에 심혈을 쏟았다. 여섯 번째 작품을 살펴본 사토는 이것이 《11마리 고양이》 시리즈의 마지막 그림책임을 직감했다고 한다.

"왜냐하면 이 시리즈를 읽어 보면 알겠지만, 5권까지는 11마리의 고양이와 어우러지는 동물이나 사람이 비극적으로 끝나거나 극적인 반전을 일으키며 끝난 적이 한 번도 없었습니다. 계속해서 이야기가 이어지는 내용이었기에 대단원이라고 할 만한 부분이 없이 끝나는 작품이었습니다. 그런데 여섯 번째 작품의 마지막 장면은 공룡 샤부와 고양이들의 대결로 대단원의 막을 내립니다."

바바 역시 그것으로 《11마리 고양이》의 이야기를 마무리 지으려고 했는지도 모른다.

잇사의 하이쿠에 곁들인 그림

1998년 5월 대장암이 재발하여 이번에는 오사카경찰병원에서 간의 상당 부분과 폐의 일부를 12시간에 걸친 대수술로 잘라냈다.

그 수술을 받기 며칠 전 바바는 불쑥 아내 우타코에게 말했다.

"아무래도 이상해."

"뭐가요?"

"평소 아무렇지도 않고 별다른 통증도 없는데 병원에만 가면 수술로 이것저것 막 잘라 내니 말이야."

"……"

"나 어쩌면 암에 걸리지 않은 건지도 몰라."

당시의 대화를 되돌아보며 우타코가 말했다.

"천성적으로 참 느긋한 사람이었죠. 의사가 분명히 암이라고 그렇게 나 말했는데도 자신을 환자라고 생각하지 않았어요. 날마다 누워서 지내면 어쩌나 하고 은근히 걱정했는데 거의 평소와 다름없이 생활했어요. 본인도 별로 아프지 않았나 봐요. 병시중하기 편한 암 환자였어요."

대수술 후 도쿄에 돌아와 집에서 요양했는데, 9월 고마고메병원에서 검진 결과 이번에는 새로 폐로 전이된 암 세포가 발견됐다.

"또 수술을 받는 건 싫다"고 강력히 거부하여 해가 바뀐 1999년 1월 항암제 투여를 개시했다. 그러나 탈모, 식욕 저하 등 부작용이 심해 항암제 치료도 중단했다. 이후 병원에 가지 않고 한방 치료를 택했다.

그로부터 2개월쯤 지난 3월 31일 '만화가협회'가 주최하는 전람회가 도쿄 마루젠백화점 화랑에서 열렸다. 만화가와 그림책 작가들이 저마다 좋아하는 하이쿠에 그림을 곁들여 출품하는 '명시의 세계를 그리는 전람회'였다.

바바는 그 전람회에 그림을 출품하고 싶어 사토에게 고바야시 잇사[6]의 하이쿠 작품집을 구해 달라고 부탁했다. 3천 수의 하이쿠가 실린 잇사의 하이쿠 시집을 우편으로 보낸 사토는 과연 바바가 어떤 하

6   고바야시 잇사小林一茶(1763—1828). 에도시대를 대표하는 하이쿠 시인.

이쿠 시구를 골라 그림을 그릴지 흥미진진했다.

전람회장에는 잇사의 하이쿠에서 10여 수를 골라 그림을 곁들인 바바의 작품이 걸려 있었다. 사토는 폐부를 찌르는 한 작품 앞에 멈춰 섰다.

허허벌판에 우두커니 서서 눈을 맞고 있는 말

잇사의 하이쿠와 함께 눈보라 속에서 추위를 견디며 꿈쩍도 하지 않고 서 있는 말이 그려져 있었다. 그림 속에는 자신의 생각을 담은 문장도 적혀 있었다.

말은 참을성이 강하다. 끝없이 몰아치는 눈보라 속에서 말 몇 마리가 서로 몸을 기대고 가만히 서 있다. 어딘가 눈발을 피할 만한 지붕 밑으로 움직이려고도 하지 않는다. 눈이 내릴 만큼 내리면 봄이 온다.

"눈을 맞고 서 있는 말은 바바馬場 선생 자신이 아닐까요? 그만큼 큰 수술을 여러 번 받았건만 또다시 폐에 암이 생겼습니다. 항암제 부작용이 너무 심해 견디기 힘들었지만 그래도 받을 만한 치료는 다 받았습니다. 그럼에도 암을 고치지 못한 바바 선생은 자신의 상태를 '눈보라 치는 겨울 벌판에서 눈을 맞고 서 있는 말'로 표현했다고 봅니다. 이미 죽음을 받아들이고 있었을 겁니다. 바바 선생이 그림 속에서 얘기한 '봄'은 하늘나라의 봄이 아닐까요?"

그런 생각에 잠긴 사토는 복받치는 울음을 참을 수 없었다. 눈물을 글썽이며 계속 이야기했다.

"바바 선생은 전시 상황에 전투기 조종사 양성소인 해군항공비행학교에 들어가 있었습니다. 당시 항공병으로 뽑히면 죽은 목숨이나 마찬가지였습니다. 아마 그때도 죽음을 각오하고 있었을 겁니다. 그런 의미에서 선생은 맑고 깨끗한 사람입니다. 암이 낫지 않는다고 허둥거리지도 않았고 안타까워하지도 않았습니다. 그것이 운명이라면 그것을 받아들이겠다는 자세로 마지막 순간까지 담담히 살았다고 생각합니다."

그해 1999년부터 이듬해 2000년까지 적극적 치료를 거부하고 "음식이나 한방 등으로 어떻게든 암을 고치겠다"는 길을 택한 바바는 체력이 서서히 떨어졌지만 집에서 꾸준히 작업에 임해 2년 동안《가마 군, 가로 군》등 그림책 3권을 출판했다. 그리고 2000년 가을부터, 결국 유작이 되는《포도밭의 파란 말》을 그리기 시작했다. 절판이 된 똑같은 제목의 그림책을 모두 다시 그려 완전히 새로운 작품으로 되살리는 작업이었다.

주인공 파란 말은 꿈속에서 본 포도밭을 찾으러 숲 속으로 들어가 우여곡절 끝에 정말로 포도밭을 발견한다. 함께 길을 떠났던 고양이에게 "이건 절대 비밀이야. 아무한테도 이야기하면 안 된다"고 당부하자 고양이는 "다 같이 먹으면 훨씬 맛있어" 하고 웃으며 말한다. 마지막 장면은 포도밭 앞에 나타나 심술을 부리는 늑대를 물리치고 숲 속의 동물들을 모두 불러 사이좋게 포도를 나눠 먹는 그림이다.

어느 날 아내 우타코는 작업실 앞을 지나가다 바바가 수채화 물감으로 그리고 있는 《포도밭의 파란 말》에 들어갈 그림 한 장이 문득 눈에 띄었다. 너무도 아름다운 빛깔로 물든 그림에 이끌려 작업실에 들어간 우타코가 말했다.

"정말 아름다운 색깔이 나왔군요."

우타코의 경탄에 바바도 기쁜 표정을 지었다. 그 색상에 만족한 바바는 그날 밤 우타코의 여동생에게 전화를 걸어 "언니에게 칭찬을 받았다"고 전했다고 한다. 그 그림은 전체적으로 보랏빛이 감도는 포도색으로 뒤덮인 장면으로, 한 그림책 작가는 "지금까지 한 번도 본 적이 없는 아름다운 색이다. 바바의 그림 중에서 가장 좋은 그림이라고 말할 수 있다"고 평가했다고 한다.

고구마샤의 편집담당자였던 세키다니 유코는 당시를 떠올리며 "바바 선생님은 그때 이미 마음이 투명해져서 그런 그림을 그릴 수 있었다"고 말했다.

파란 말이
올려다보는 구름

2000년 11월 겨울이 다가올 즈음부터 심상치 않은 기침을 하기 시작했다. 해가 바뀌자 기침은 더욱 심해졌고, 몸은 눈에 띄게 야위어갔다. 그런데도 계속 산책을 나가며 스케치를 했다. 부종도 나타나기 시작했다.

겨울에 접어든 12월 초 바바는 편집담당자 세키다니에게 《포도밭의 파란 말》은 올해 안에 완성하겠습니다" 하고 말했지만, 연말이 되자 "새해 설날까지"로 마감 날짜를 늦추었다. 몸 상태가 점점 나빠지면서 그림을 그리다 지쳐서 붓을 놓고 누워 있는 시간이 많아진 것이다. 작업 속도가 늦어지면서 작품 전체를 완성해 한꺼번에 넘기려는 계획을 바꿨다. 일단 원화 작업을 마친 그림이 서너 장쯤 모이면 세키다니를 집으로 불러 전달하는 방식을 취했다.

바바는 그림을 건네면서 "왠지 봄이 오지 않을 것 같은 기분이 듭니다……" 하고 중얼거렸다. 마지막 장면의 그림을 완성한 건 3월 말이었다.

이제 뒤표지에 들어갈 그림만 남아 있었다. 바바는 언제나 여운이 남는 상징적인 그림으로 뒤표지를 장식했다. 그러나 쇠약해질 대로 쇠약해진 바바에게 그것까지 그려 달라는 건 너무 가혹한 요구라고 생각한 사토는 뒤표지의 그림을 생략하거나 그림책 속에서 하나를 골라서 쓰겠다고 제안했다. 그러자 바바는 "안 그리겠습니다" 하고 잘라 말했다. 우타코에게도 "다른 장면의 그림을 빌려 쓰는 건 싫다"고 말했다. 세키다니는 바바의 강인한 정신력을 믿었기에 "그럼 꼭 그려 주십시오" 하고 부탁했다.

4월 3일 드디어 뒤표지 그림이 완성됐다는 연락을 받은 세키다니는 바바의 집으로 달려갔다. 우타코가 거실에서 세키다니를 맞이했다. 언제나 손수 그림을 건네주던 바바는 2층 침실에서 내려오지 못했다. 거실 탁자 위에 그림 한 장이 놓여 있었다.

그 마지막 뒤표지 그림의 인쇄를 서둘렀다. 3일 뒤 4월 6일 저녁에 교정쇄가 나왔다. 세키다니는 뒤표지를 포함해 32페이지짜리 그림책 전체의 교정쇄를 들고 오후 8시쯤 바바의 집을 방문했다. 1층에 놓인 침대에 누워 기다리고 있던 바바는 상반신을 일으켜 교정쇄를 받아 들고 하나하나 정성껏 살펴보았다. 그림을 살피는 바바의 눈을 보고 세키다니는 깜짝 놀랐다. 부종 탓인지 흰 눈자위가 젤리처럼 부풀어 올라 있었기 때문이다.

"선생님, 잘 보이세요?" 하고 세키다니가 조심스레 묻자 바바는 또렷한 말씨로 "괜찮아요. 잘 보입니다" 하고 대답했다. 그러고는 "이 그림은 약간 왼쪽으로 옮겨 주세요", "글자를 조금 안쪽으로" 등등 꼼꼼히 지적했다. 교정쇄 점검을 마친 바바는 한 그릇의 쌀죽과 성게 알젓으로 저녁밥을 먹고 "맛있다"고 말했다.

그리고 10시간 뒤 이튿날 오전 6시쯤 바바 노보루는 잠이 든 채 숨을 거뒀다.

유작이 된 《포도밭의 파란 말》의 뒤표지 그림에는 감동적인 의미가 깃들여 있다는 것을 사토가 발견했다. 파란 말이 올려다보고 있는 구름은 34년 전 1967년에 발표한 《11마리 고양이》 시리즈의 첫 그

림책 앞표지에 그렸던 고양이들이 바라보는 구름과 똑같은 모양새였
다.

사토는 이렇게 말했다.

"나는 그걸 보고 감동에 휩싸였습니다. 파란 말은 바바 선생 자체
로, 파란 말이 올려다보는 하늘은 바바 선생이 올려다보고 계셨던 하
늘나라입니다. 그 그림을 완성하고 3일 뒤에 돌아가셨으니 바바 선
생은 지금 하늘나라에서 편안히 쉬고 계실 거라는 생각이 들어 내 마
음도 조금은 편안해집니다. 바바 선생은 34년 전에 그린《11마리 고
양이》의 첫 번째 그림책 앞표지와 유작《포도밭의 파란 말》의 뒤표지
그림을 완벽하게 하나로 묶어 놓고 하늘나라로 떠났습니다. 이것이
바로 작가혼이겠죠."

전설을 남긴
만화가

노래는 오로지 고바야시 아키라의 노래밖에 듣지 않았고, 책은 오로지
도스토옙스키의《죄와 벌》과 마르크스의《자본론》밖에 읽지 않았다.

30여 가지의 직업을 전전하다 45세에 느닷없이 만화가로 데뷔해 1
천만 부가 넘게 팔린 엄청난 베스트셀러《나니와 금융도》전작 19권
을 남기고 58세로 세상을 떠났다. 이런 남자가 거품경제 붕괴로 엘리
트 지배계층의 만행이 드러나 일본 전체가 휘청거리면서 아수라장으

로 변했던 시대에 살고 있었다. 통쾌한 인간 기록이다.

만화가 아오키 유지青木雄二.

공산주의 국가 옛 소련이 무너졌어도, 경제학자조차도 마르크스를 거들떠보지 않아도, 이른바 지식인들이 마르크스 사상을 시대에 뒤떨어진 허황된 이론이라고 비웃어도 암으로 쓰러진 아오키는 병상에서도 책장이 너덜너덜해질 정도로 오직 한결같이《자본론》을 되풀이해서 읽었다고 한다.

어찌 보면 '시대착오'적인 삶의 방식으로 비칠 수도 있지만, 실로 아무나 흉내 낼 수 없는 매력적인 삶이 아닌가?

아오키가 고단샤의 만화 주간지《모닝》의 첫머리에 컬러판으로 연재한 〈나니와 금융도〉를 발표하며 혜성처럼 등장한 건 1990년이다. 45세였다. 상금 100만 엔이 탐나서 응모한 '만화신인상'에 입선한 나오키는《모닝》의 편집장과 만난 자리에서 애독서가 뭐냐는 질문에《죄와 벌》과《자본론》이라고 대답했다. '이 사람은 재밌는 만화를 그릴 수 있다'고 확신한 편집장의 감각은 역시 예리했다.

처음엔 5회 연재로 예정된 만화였으나 독자들의 열화 같은 요청에 따라 결국 7년간 장장 260회로 종지부를 찍었다. 대부분의 만화가는 이만한 인기를 얻으면 후속작을 내놓는 등 여러 방면으로 작업 영역을 확대하지만 아오키는 〈나니와 금융도〉의 연재를 끝내자마자 '만화가 졸업'을 선언하고 미련 없이 만화계를 떠났다. 이후 신문 등에 칼럼을 쓰고, 강연 활동을 했다.

잠도 제대로 잘 수 없는 만화가의 일을 계속하다가는 틀림없이 과로사로 죽을 수밖에 없다고 생각했기 때문이다. 끝없이 이어지는 밤샘 작업 그리고 과도한 음주와 흡연에서 벗어나고 싶었던 것이다.

칼럼이나 에세이 등에서 자본주의의 비정함을 직설적으로 신랄하게 비판했기 때문에 극우파의 표적이 되어 2000년 여름 늦둥이 첫 아들이 태어난 무렵부터 우익단체의 가두 선동 차량들이 매일같이 집 앞에 몰려와 '공산주의자 아오키 유지'를 확성기로 맹렬히 공격했다.

그런 와중에 아래턱 근처에서 구강암이 발견된 것이다. 절개수술은 성공했지만 얼굴 왼편의 절반이 신경마비가 되어 입가에 밥알이 묻어도 알아차리지 못하게 되었다. 아내 와카코에 따르면 암 진단을 받았을 때도, 수술 뒤 후유증이 나타났을 때도 아오키는 느긋했다고 한다. 그리고 "연일 집 앞에 들이닥쳐 확성기로 떠들어대는 극우파의 공격에 비하면 암은 오히려 가벼운 고통이다"라고 말했다고 한다.

수술 후 의사가 술과 담배를 끊으라고 경고했지만 담배는 아내 몰래 숨어서 피웠다. 저녁식사 후 남편의 모습이 보이지 않아 와카코가 집안을 둘러보면 아오키는 마당에 세워 둔 차 안에서 담배를 피우고 있었다. 차 안에 앉아 담배를 피우면서 담배연기를 빼려고 조금 열어놓은 차창 밖으로 언제나 고바야시 아키라의 노래가 흘러나왔다. 매사에 맺고 끊음이 분명한 빈틈없는 성격이었지만 어딘가 허술한 면도 있었다. 와카코는 숨어서 담배를 피우는 남편의 쓸쓸한 모습이 안쓰러워 그냥 모르는 척하고 돌아섰다고 한다.

2003년 3월 봄기운이 완연해진 무렵부터 아오키는 기침이 심해지고 고열에 시달리기 시작했다. 4월 말 병원에서 검사 결과 폐암이었다. 의사가 엑스레이 사진을 보여 주며 설명하자 아오키는 "아아, 네. 아아, 네" 하고 반응할 뿐 태연했다. 와카코는 눈앞이 캄캄해질 만큼 충격을 받았지만 아오키는 "확실하게 알려 주셔서 고맙습니다" 하고 남의 일처럼 말했다.

병원에 입원하여 항암제 투여와 방사선 치료를 동시에 받는데 부작용 탓으로 입맛을 잃어버려 도무지 음식을 입에 대지 않았다. 몸무게는 나날이 줄어들어 56킬로그램이었던 체중이 40킬로그램대가 되었다.

입원이 길어져 7월에 접어들었을 때 아오키는 와카코의 아버지 즉 장인과 전임 세무사를 병실로 초대했다.

"현재 나는 어느 정도의 재산이 있습니까?" 하고 세무사에게 물어 자신의 재산 상태를 파악한 후 이번엔 장인에게 말했다.

"장인 어르신의 따님은 사람이 좋아서 사기꾼한테 속아 넘어갈 수도 있습니다. 그러니 옆에서 잘 보살펴 주십시오. 아무래도 미리 말씀드리는 게 좋을 것 같아 먼 길을 오시라고 했습니다. 오늘 이렇게 일부러 찾아와 주셔서 정말 감사합니다."

그러고는 깊이깊이 머리를 숙였다.

이미 거기까지 각오하고 있었지만 아오키는 절대 안정을 취하라는 의사의 지시를 무시하고 수시로 침상에서 내려와 걷는 연습을 했다.

와카코는 그런 아오키를 이렇게 보았다.

"어떻게든 꼭 병을 고치겠다는 마음 그리고 이젠 틀렸다는 마음이 어지럽게 교차하고 있었던 것 같아요. 어쨌든 미리 최소한의 준비는 해 두려고 세무사도 부른 거겠죠. 마르크스의 책을 몇 번씩 읽으면서도 빨간 줄을 쳐 가면서 읽을 만큼 꼼꼼한 사람이었으니까요. '만일 내가 죽으면'이라는 말은 한 번도 입 밖에 낸 적이 없었어요. '언젠간 좋아질 거야' 하고 가볍게 말하며 미소 짓곤 했어요."

누구나 마음속에 갖고 있는 모순된 감정이나 생각이 죽음을 피할 수 없는 상황에 처하면 그대로 밖으로 드러나게 마련이다. 인간의 복잡한 내면을 남편의 언행에서 충분히 느낄 수 있었지만 와카코는 그저 가만히 귀를 기울이며 그대로 받아들였다. 죽음을 앞둔 환자를 돌보는 자세를 달리 배우지 않고도 올바로 터득하고 있었던 것이다.

마흔 살 이후로 노래는 오로지 고바야시 아키라의 노래만 듣고, 책은 오로지 《죄와 벌》과 《자본론》만 읽었다는 극단적인 외골수 아오키는 세상에서 보기 드문 사람이다. 병상에서도 빨간 줄을 쳐 가며 《자본론》을 탐독했다니 예사 인물이 아니다.

8월이 되자 아오키는 침상에서 몸을 일으킬 수도 없었고, 말을 할 수도 없었다. 거의 눈을 감은 채 온종일 누워 있었다. 9월 4일 아오키의 죽음이 임박했음을 감지한 와카코와 가까운 편집자들이 침상 주위에 빼곡히 둘러앉아 아오키의 젊은 시절 이야기, 고생하던 시절의 이야기 등 지난날을 되돌아보며 이야기꽃을 피웠다. 와카코가 문득 아오키의 얼굴을 보자 놀랍게도 눈을 뜨고 있었다. 와카코는 남편도 이야기 속으로 들어와 우정을 나누고 있다는 것을 알고 기쁨이 솟구쳤다.

"선생님, 듣고 계시죠?"하며 편집자들이 활기찬 목소리로 말을 걸었다. 비록 의식이 희미해져도 청각은 끝까지 살아 있기 때문에 가까운 사람들이 환자를 화제의 중심에 두고 화기애애한 대화를 나누는 것이야말로 환자의 마음을 평온하게 만들어 주고 평화로운 죽음으로 인도하는 훌륭한 호스피스 케어라고 한다. 와카코와 편집자들은 무의식중에 호스피스 케어의 진수를 실천한 것이다.

그 자리에 함께 있던 세 살배기 외아들 아키라가 불쑥 아버지의 손을 잡자 혈압계의 바늘이 화들짝 움직였다. 아오키는 아키라를 무릎에 앉혀 놓고 원고를 쓸 정도로 아들을 끔찍이 사랑했다. 혈압의 변화를 눈으로 직접 확인한 와카코는 "남편은 의식이 없는 상태에서도 아키라를 알아본 거예요" 하고 말했다.

밤이 깊어지면서 날짜가 바뀐 9월 5일 오전 2시, 아오키 유지는 조용히 숨을 거뒀다.

"초록색 그림물감을……"

일러스트레이터 마나베 히로시眞鍋博가 급사한 건 2000년 10월 31일. 68세였다. 위암이 폐로 전이돼 사망진단서에 적힌 병명은 '암성 림프

관증'이었다. 워낙 뒤늦게 발견한 탓에 위암 확진 판정을 받았을 때는 이미 뾰족한 치료법이 없어 진단에서 죽음까지 불과 2주일에 지나지 않았다.

그해 봄부터 심상치 않은 기침을 하기 시작했지만 병원을 싫어했기 때문에 치료를 차일피일 미루고 있었다. 그러나 과거에는 해마다 한 번씩 인간 도크에서 건강검진을 받은 적도 있었다. 당시 취재 업무로서 의료선진국의 첨단 치료법을 도입한 병원들을 둘러보면서 의료진의 활약에 탄복해 스스로 인간 도크에서 정기적으로 건강관리를 했다. 그런데 소설가 미우라 슈몬의 수필에서 '인간 도크 따위에 들어가 건강관리를 해 봐야 아무 짝에도 소용없다. 아무 효과도 없는 허튼 짓이다'라는 취지의 글을 읽고 나서 생각이 완전히 바뀌어 인간 도크는 물론이고 병원에도 발길을 끊은 것이다. 그렇게 10년이 흘렀다.

기침이 점점 심해졌기 때문에 마침내 게이오대학부속병원에 입원해 정밀 검사를 받았다. 가을이 깊어가는 10월 14일이었다. 그 하루 전날 아내 레이코와 함께 저녁 산책을 하다가 마나베는 뜬금없이 툭 말했다.

"어느새 나도 아버님이 돌아가신 나이가 됐군."

마나베는 하루도 거르지 않고 날마다 정해진 시간에 산책을 했다. 항상 제시간에 정확히 산책을 나왔기 때문에 동네 사람들은 마나베의 산책을 보고 시간을 어림잡을 수 있을 정도였다. 마나베는 산책뿐만 아니라 매사에 철두철미했다.

10월 19일 담당의사는 레이코에게 전화를 걸어 마나베의 검진 결과를 알렸다. 위암이 폐로 퍼진 상태로, 암세포가 폐 전체에 안개처럼 뒤덮여 있어 이미 손을 쓸 수 없다는 것이다. 의사는 "치료 방법이 있다면 본인에게도 밝히고 협력을 구하겠지만, 마땅한 치료 방법이 없으니 본인에겐 알리지 않는 게 좋겠습니다" 하고 말했다.

레이코는 두 아들이 출장에서 돌아오기를 기다렸다가 10월 13일 세 모자는 마나베 몰래 병원에 찾아가 의사를 만났다.

"너무 시간이 없군요. 2주일쯤으로 생각하고 계십시오."

의사의 설명은 충격적이었다.

어머니와 동행한 장남, 국립과학박물관 주임연구원으로 '공룡박사'인 마코토는 그때 구로사와 아키라 감독의 영화 〈살다〉가 떠올랐다고 한다.

구청에서 일하는 중년 사내가 위암에 걸려 시한부를 선고받고 죽기 전 자신이 세상에 살았던 징표를 남기려고 살풍경한 달동네에 어린이놀이터를 만들기 위해 필사적으로 뛰어다녀 우여곡절 끝에 완성하는 내용이다. 중년 사내가 진눈깨비 내리는 놀이터의 그네에 걸터앉아 혼자 노래를 흥얼거리는 장면으로 끝나는 영화다. 종전 직후에 나온 작품이지만 '암사癌死의 시대'가 된 21세기 일본 사회를 꿰뚫어 본 내용으로 오늘날 다시 보아도 깊이 공감할 수 있는 명작이다.

마코토는 이렇게 말한다.

"그렇다면 남은 날들을 어떻게 보내야 하는가? 하지만 2주일은 너무나 짧아 그 질문에 어떤 답도 떠오르지 않더군요. 만일 사실대로 말씀드리면 엄청난 충격을 받을 테니 아버지에게는 암을 숨기기로 하고, 어떻게든 큰 고비를 잘 넘기려고 했습니다. 현실적으로 그런 상황에선 도저히 진실을 밝힐 수 없다고 생각합니다."

마나베 본인에게는 진실을 밝히지 못하고 이런저런 임기응변으로 대처할 수밖에 없었던 가족의 고뇌다. 그런데 당시 마나베는 위독한 상태를 전혀 감지하지 못한 채 하루빨리 병원에서 나가고 싶어 "이런 데 오래 있다가는 없던 병도 생겨 정말로 환자가 된다"고 말했다.

10월 23일과 24일 이틀간 임시퇴원을 해서 집에서 묵었다. 언제 용태가 급변할지 모르는 긴박한 상황이었기에 가족은 교대로 24시간 내내 마나베 곁을 떠나지 않았다. 10월 25일 다시 병원에 돌아간 마나베는 이내 의식을 잃었다. 27일부터 줄곧 잠에 빠진 상태로 지내다 10월 31일 오후 깊이 잠든 채로 숨을 거뒀다. 의사가 말한 대로 '여명 2주일'이었다.

마코토는 "좀 더 오래 갔다면 '왜 병이 낫지 않느냐?'고 의문을 품기 시작했겠지만 그럴 만한 틈도 없이 저 세상으로 떠났습니다" 하고 말했다.

마나베는 과거 부친이 몹시 고생하다가 돌아가셨기 때문에 그런 식으로 고통스럽게 죽기는 싫다고 말했다고 한다. 언젠가 세토나이 카이에 떠있는 작은 섬에 세워진 암자에 갔을 때 마나베는 '며느리와 사이좋은 시어머니'라 불리는 지장보살상에 기도를 올렸다. 그러고는 그 시어머니는 너무 오래 살지 않고 덜컥 죽는 바람에 '며느리와 싸우지 않고 살고 싶다'는 소원이 이루어졌다며 감탄했다고 한다. 마나베도 그런 죽음을 원했는지도 모른다.

"남편은 지금 하늘나라에서 '어때? 가족들 고생시키지 않고 깨끗이 죽었지' 하고 자랑스러워하고 있을 거예요."

레이코는 마나베의 바람이 이루어졌다는 마음이 들어 깊은 슬픔에서 벗어나 일상을 되찾을 수 있었다고 한다.

마코토도 이렇게 말했다.

"아버지는 작업을 하다가 떨어뜨린 연필조차도 자기 손으로 줍지 않는 사람이었죠. 꼭 누군가를 불러서 주워 달라고 할 정도로 까다로웠는데, 마지막 길에서는 가족이나 주위 사람들을 전혀 힘들게 하지 않고 돌아가셨습니다."

마나베는 임시 퇴원하여 집에 돌아온 24일 밤, 언제나 그랬듯이 작업실에서 잠을 자다가 무슨 꿈이라도 꾸고 있는지 옆에 있던 레이코에게 잠꼬대 같은 말씨로 중얼거렸다.

"초록색 그림물감을 집어 줘. 지구가 사라진 시대를 초록색으로 그려 봐야겠어……."

작업에 몰입하면 한순간도 화판에서 눈을 떼지 않고 이처럼 누군가에게 명령하는 것이 마나베의 일상적인 습관이었다.

고도경제 성장기에 탁월한 상상력을 발휘해 과학 발전에 힘입어 탄생한 미래의 인공낙원을 그렸던 마나베는 막상 21세기가 눈앞에

다가오자 그런 이상적인 미래는 기대할 수 없다고 느꼈을 것이다. 그래서 무의식중에서도 '지구가 사라진 시대'의 이미지가 떠올라 서둘러 그림으로 표현하려고 자연을 상징하는 초록색의 그림물감을 달라고 했을 것이다. 그러고 보니 마나베가 본격적으로 활동하며 묘사한 작품세계는 밝은 미래의 설계도가 아닌 원폭의 공포에 사로잡힌 어두운 미래였다.

15장

생명의 대물림

엄숙한 죽음은
최대의 유산

세상을 떠난 이들의 마지막 삶의 여정을 더듬어 보면, 극히 당연한 일이지만 제각기 다른 '삶과 죽음'의 다양한 모습에 압도당할 수밖에 없다. 그 다양함이란 단지 겉으로 나타나는 여러 가지 모습을 일컫는 것이 아니다. 사람은 누구나 예외 없이 극히 개성적인 자신만의 고유한 삶을 살다 떠난다.

이 책에 등장하는 60여 명의 사람들뿐만 아니라 이들의 가족이나 지인을 만나 이야기를 나누면서 확신이라고 얘기해도 괜찮을 만큼 강력히 느낀 점은 죽음은 결코 끝이 아니라는 사실이다.

사람의 생명은 생물학적인 육체적 생명과 영성적인 정신적 생명,

그렇게 두 가지 측면을 갖고 있다. 일상생활 속에서 누군가의 죽음을 접했을 때 혹은 죽어가는 사람을 옆에서 지켜볼 때는 대개 생물학적인 육체의 죽음만 눈에 들어오기 쉽다. 개개인의 육체적 생명은 분명 죽음으로 끝난다. 하지만 영적으로 활동하는 정신적 생명은 사후에도 지난날 희로애락을 함께했던 가족이나 가까웠던 지인들의 마음속에서 줄곧 살아간다. 그렇게 끊임없이 다음 세대로 이어지고 또 이어지는 불멸의 생명 속에는 그 생명력의 주인공이 지상에서 살면서 남긴 모든 것이 고스란히 배어 있다.

이제 에필로그에서는 지금까지 소개한 사람들이 세상을 떠난 뒤에도 여전히 생명을 이어 가고 있는 모습을 기록하겠다.

도쿄 에도가와 구에 위치한 진언종 사찰로 '암을 봉인한 절(간후지테라)'이라고 명명했던 도센지의 승려 고 다카다 신카이의 뒤를 이어 주지스님을 맡고 있는 아내 다카다 쇼엔.

"이 세상에 태어난 이상 사랑하는 사람과 반드시 헤어져야만 할 때가 찾아옵니다. 그러나 비록 헤어지더라도 그 사람은 늘 가슴속에서 살아갑니다. 나는 승려로서 사랑하는 사람을 잃은 분들에게 그렇게 말할 수 있는 경험을 해 봤으니까요. 신카이 스님이 떠난 지 10년이 지났지만 생전에 함께했던 시간과 하나도 다름없이 지금도 여전히 함께 지내고 있는 것 같습니다. 앞으로도 내내 그럴 것 같습니다. 부부의 연을 맺고 1년 뒤 암에 걸려 7년간 앓다가 돌아가셨습니다. 괜히 결혼을 했다고 후회한 적도 있었습니다. 그런데 이제는 그것이 거역할 수 없는 운명이었다는 생각이 저절로 듭니다. 신카이 스님의 존재는 내 마음속에서 점점 더 커지고 있습니다. 신카이 스님이 돌아가시고 3년쯤 지났을 때 나는 유방암에 걸렸습니다. 하지만 전혀 두렵지 않았습니다. 신카이 스님이 돌아가시는 모습을 옆에서 똑똑히 지켜보았기 때문입니다. 누구나 맞이하는 죽음은 인생길의 통과점입니다."

죽음을 순순히 받아들인 다카다 신카이 스님의 마지막 모습이 쇼엔 스님의 가슴속에 자연스럽게 깊이 새겨진 것이다. 이것이 곧 '생명의 대물림'이 아닌가. 그렇다면 '죽음은 인생길의 통과점'이라는 말의 의미가 무엇인지 어렴풋이 느껴진다.

나라 야쿠시지 관주였던 고 다카다 고인 스님의 외동딸 다카다 쓰야코는 말한다.

"생전에 아버지는 설법 등에서 '엄숙한 죽음이 최대의 유산'이라고 자주 강조했습니다. '유산이란 금은보화, 서화나 골동품, 동산과 부동산 등 여러 종류가 있겠지만 그런 물질적인 유산은 혈육끼리 다툼을 일으키게 만드는 씨앗이다. 그래도 좋겠는가? 다툼의 씨앗을 남겨 놓는 게 유산인가? 유산은 그런 것이 아니다. 그런 티끌 같은 물질은 하루아침에 이슬처럼 사라져 버릴 수 있다. 그러나 '엄숙한 죽음'은 후손들의 마음속에 깊이 새겨져 길이길이 이어질 것이다' 이러한 아버지의 말씀은 시간이 지날수록 더욱 생생하게 다가옵니다. 그 '엄숙한 죽음'은 반드시 장엄하거나 거룩하다는 의미는 아니라고 봅니다. 그것은 한 사람, 한 사람의 '개성적인 삶과 죽음'으로서 '지나온 삶과 다가오는 죽음'을 모두 의젓하게 받아들이는 자세라고 생각합니다. 그런 의미에서 '엄숙한 죽음'은 앞으로 살아갈 후손들에게 인생길의 올바른 방향을 알려 주는 최대의 유산으로 남는 겁니다."

부모 자식 사이에
맺힌 갈등

만화가 데즈카 오사무의 딸로 광고기획 연출가인 데즈카 루미코는 〈아버지 데즈카 오사무에 인정받고 싶어서〉라는 제목의 수필(《신초45》 2000년 6월 호) 속에 이렇게 썼다.

중학교에 들어간 뒤부터 다시는 만화를 그리지 않았다. '개구리 자식은 개구리'라든가 '아버지가 만화가니까' 따위의 말이 너무나 듣기 싫었기 때문이다. 거기에다 사춘기의 반항심까지 겹쳐서 어지간히 부모님 속을 썩였다. 밴드부에 들어가 연주 활동을 한답시고 공부도 하지 않았다. 매일같이 남자친구와 놀러 다니다가 밤늦게 집에 들어왔다. 엄마와 마주치기만 하면 싸웠다. 내가 24살 때 아버지가 돌아가셨다. 그때까지 내내 그랬다.

지금 되돌아보니 나는 '데즈카 오사무'라는 존재에 반발하면서도 마음속으로는 아버지에게 어떻게든 인정받고 싶어 엉뚱한 방식으로 발버둥친 것 같다. 아버지를 너무너무 좋아해서 꼭 인정받고 싶었지만 마음을 잡지 못하고 계속 방황했다. 그러다 광고회사에 들어가 일하면서 지난 잘못을 만회하고 싶었는데 그때 이미 아버지는 죽음을 앞두고 계셨다.

평론가 야마모토 시치헤이의 외아들인 시인 야마모토 요시키는 아버지에게 물려받은 마지막 선물을 이야기했다.

"아버지는 학도병으로 전쟁터에 끌려가 필리핀 밀림 속에서 생사를 넘나드는 체험을 했고, 그 끔찍한 기억을 평생 가슴에 안고 살았습니다. 나는 상상도 할 수 없는 엄청난 사건이죠. 그래서인지 그 사건 자체에 압도당해 나는 아버지 앞에선 움츠러들 수밖에 없었습니다.

사람은 누군가를 정말로 사랑하면 때로는 그 사람과 싸우지 않으면 안 됩니다. 사실 아버지는 내가 쓰러뜨려야만 하는 최초의 적이었습니다. 아버지와 대등해지고 싶다는 마음도 간혹 강하게 일어나곤 했습니다. 아버지가 '무장 해제'를 하고 인간 대 인간의 입장에서 나를 대우해 주기를 바란 적도 있었습니다. 그런 아픔과 슬픔 그리고 희망 속에서 살아가야만 하는 운명을 타고난 것이 바로 '아들'입니다.

아버지가 암으로 돌아가시기 전날 밤 나는 아버지의 항문에 손가락을 넣어 변을 파냈습니다. 그때 비로소 아버지와 대등해졌다는 느낌이 들었습니다. 그리고 한 인간의 죽음을 똑바로 들여다볼 수 있었습니다. 나는 그 순간 빛을 보았습니다. 분명 아버지도 그 빛을 보았을 겁니다. 그것은 아버지와 큰 교감을 나누면서 얻은 위대한 선물입니다. 죽음을 초월하는 연대감이 무엇인지를 알게 되었습니다."

한 사람의 죽음은 세상에 남겨진 사람들에게 화해를 선사한다고 알폰스 데켄은 말했다. 그 '화해'란 단순히 서로 사이가 좋아진다는 뜻이 아니다. 거기에는 앞으로 살아갈 사람들의 삶의 자세를 바로잡아 주는 귀중한 교훈이 담겨 있다.

사후에도
꺼지지 않는 생명

죽음 이틀 전, 눈 내리는 조용한 아침에 우연찮게 라디오에서 흘러나오는 바흐의 〈마태 수난곡〉 전곡을 병상에서 들었던 작곡가 다케미쓰 도루의 아내 아사코는 남편이 타계하고 1년 6개월 뒤 1997년 9월에 도쿄 오페라시티 오프닝 콘서트에서 오자와 세이지 지휘로 '사이토 기념 오케스트라'가 연주하는 〈마태 수난곡〉을 들었다. 이 연주회는 다케미쓰가 병들기 직전 오페라시티의 예술 감독에 취임했을 때 기획한 것이다. 그러나 드디어 연주회가 열리는 날, 이미 다케미쓰 도루는 망자였다.

아사코는 말한다.

"오페라시티 오프닝 콘서트의 테마는 '희망, 평화, 기도'였습니다. 그래서 다케미쓰는 〈마태 수난곡〉을 고른 겁니다. 그런데 자신은 죽기 이틀 전에 라디오에서 흘러나오는 〈마태 수난곡〉을 들었고 그의 사후

1년 6개월 뒤에 다케미쓰가 생전에 기획했던 〈마태 수난곡〉을 나는 딸과 함께 들었습니다. 늘 느끼지만 우연이란 참으로 신비합니다."

다케미쓰의 음악은 지금도 여기저기서 계속 연주하고 있고, 그때마다 나도 초대받아 그이의 음악을 들으러 갑니다. 물론 다케미쓰가 옆에 없어 슬프지만, 그이가 만든 수많은 음악이 남아 있기 때문에 외롭지 않습니다. 죽음은 결코 끝이 아니라고 생각합니다."

앞에서도 밝혔듯이 그야말로 인생은 끊임없이 이어지고 또 이어지는 '의미 있는 우연'으로 이루진다는 생각을 떨쳐 버릴 수가 없다.

러시아어 동시통역사이자 작가 요네하라 마리의 여동생 이노우에 유리는 언니의 죽음 뒤에 찾아온 자신의 심적 변화를 이렇게 이야기한다.

"불같은 성격의 언니는 어린 시절부터 가족이나 주위 사람들을 힘들게 했기 때문에 머리도 좋고 재능도 있었지만 어디서나 귀찮은 존재였습니다. 그러다 암으로 투병하는 언니의 마지막 모습을 지켜보면서 나는 비로소 언니의 속마음을 엿볼 수 있었습니다. 너무나 인간적인 언니의 순수함을 인정할 수밖에 없었습니다.

언니가 죽은 뒤로 내게도 조금씩 변화가 생겼습니다. 무언가 말하고 싶을 때는 너무 앞뒤를 재지 않고 분명히 말할 수 있게 됐습니다. 이건 어디까지나 상대적인 비교인데, 언제나 언니는 하고 싶은 말은 확실히 하는 시원시원한 사람이었고, 나는 흔히 말하는 '착한 순둥이'로 앞에서는 우물거리고 뒤에서는 떠드는 소심한 사람이었습니다. 형제나 자매는 서로 반면교사가 될 적이 많다고 하는데, 어쨌든 알게 모르게 그런 관계로 맺어진 언니가 죽은 뒤부터 나는 비로소 언니의 좋은 점을 본받기 시작한 겁니다. 이제부터는 더욱 확실하게 나를 표현하며 살고 싶습니다. 요네하라 마리 언니처럼."

이 또한 죽음이 가져다준 '화해'가 아닌가.

논픽션 작가 구로누마 가쓰시의 아내 가오리는 지금 앞을 바라보며 밝은 얼굴로 씩씩하게 살아가고 있다.

"결혼 18주년 되는 해에 남편의 죽음을 맞이했습니다. 너무 일찍 찾아온 사별이었습니다. 아들한테 본격적으로 아버지의 존재가 필요해질 무렵 갑작스레 떠났기 때문에 상당히 걱정했는데, 그래도 아들은 별일 없이 무난히 성장했습니다. 이제 고등학생이 된 아들은 무언가 뿌듯한 일이 생길 때마다 '아버지도 좋아하실 거야' 하고 말합니다. 남편은 생전에 청소년 범죄 피해자를 돕는 모임에서 활동하면서 이런 이야기를 자주 했습니다.

'이 모임에 나오는 사람들은 어처구니없는 청소년 범죄로 자식을 잃었다. 그런 쓰라린 고통에 짓눌려 자포자기의 심정으로 인생을 포기하는 건 누구라도 간단히 할 수 있지만, 그런 절망감 속에서도 또 다른 피해자를 막으려고 활동하는 건 쉬운 일이 아니다. 그렇지만 그렇게 활동하면서 필사적으로 발버둥 쳐야 비로소 고통에서 벗어날 수 있고, 무언가 인생의 가치도 발견할 수 있다.'

세월이 흐를수록 자꾸만 되살아나는 남편의 말입니다. 힘들 때마다 남편이 남긴 말을 되새겨 봅니다."

불의의 사고로 어린 자식을 잃은 어떤 어머니의 말이 떠오른다.

"그냥 가만히 앉아 있으면 고통에서 벗어날 수 없습니다. 필사적으로 발버둥 쳐야만 살아갈 힘을 얻을 수 있습니다."

이것이 온갖 고통을 치른 후에 찾아낸 '치유'의 길이었다.

죽은 남편의 존재감

미쓰비시 중공업에서 일했던 기술자 가와베 류이치는 호스피스 병동에서 41세로 생애를 마감했다. 그가 71일간 지낸 개인병실의 방문에 날마다 호스피스 그림일기 《116뉴스》라는 벽신문을 만들어 붙였던 아내 다카코는 한동안 남편을 잃은 상실감에 힘겨운 나날을 보냈다. 식욕이 없어 아무것도 먹지 못했고, 며칠씩 잠을 이루지 못했고, 밑도 끝도 없는 불안과 공포에 휩싸여 온종일 전깃불을 끄지 못하고 지냈다. 그러다 도저히 견디기 힘든 날에는 남편과의 마지막 추억이 새겨진 성 요한 사쿠라마치병원 호스피스 병동을 찾아가 간호사 등 낯익은 의료진과 이야기를 나눴다.

그런 어느 날 다카코는 주간지 《아에라》에 실린 특집기사 〈삶과 죽음〉을 읽었고, 그 속에 나오는 "배우자의 죽음은 인생 최대의 스트레스다"라는 문장을 만났다. 실로 공감했다고 한다.

남편의 1주기가 다가올 무렵 다카코는 성 요한 사쿠라마치병원의 호스피스 전문의 야마자키 후미오에게서 뜻밖의 제의를 받는다. 호스피스 병동에서 남편과 함께 지낸 마지막 날들을 한 권의 책으로 써 보라는 권유였다. 야마자키는 의사의 시점으로 살펴본 호스피스에 대한 자신의 생각도 그 책 속에 밝히겠다고 했다.

다카코는 기억을 되살려 글을 쓰면서 호스피스에서 보낸 날들이 얼마나 큰 의미가 담겨 있었는지 알게 되었다. 그리고 그 글쓰기는 자신의 그리프 워크(grief work, 슬픔을 치유하는 작업)가 됐다고 한다. 마침내 《가와베 가족의 호스피스 그림일기, 사랑하는 생명을 떠나보낼 때》라는 제목의 책이 출간되었고, 다카코는 전국 각지의 독자로부터 수많은 편지를 받았다. 그 편지를 읽으면서 다카코는 자신의 마음을 정리하고 또 치유할 수 있었다.

책이 나오고 몇 달 뒤 커다란 무지개가 뜬 날, 다카코의 눈앞에 남편이 나타났다. 다카코는 엉겁결에 "여보!" 하고 소리치며 손을 뻗어 남편의 몸을 만졌다고 한다.

"그때 남편의 존재감을 느꼈고, 지금도 나를 지켜 주고 있다는 생각이 들었습니다."

다카코는 지금 야마자키 의사가 새로운 개념의 '호스피스 케어'를 실천하기 위해 고가네이 시에 설립한 '케어 타운 고다이라'에서 자원봉사자로 활동하고 있다. 케어 타운 고다이라는 말기 암 환자를 위한 재가 호스피스 진료소로, 암 환자의 어린 자녀들을 돌보는 놀이방 시설도 갖추고 있다. 다카코는 정기적으로 그곳을 찾아가 아이들에게 그림책을 읽어 주고 있다. 또한 유아교육 전문가로 도쿄도립교육연구소에서 일한 경험을 살려 '소중한 생명'을 주제로 학교나 관공서 등에서 강연도 하고 있다. 그렇게 활발히 활동하면서 스스로 큰 힘을 얻는다고 한다.

투명한 기억

배우자를 떠나보낸 이들의 삶, 그 사별 후의 삶은 가족관계나 개개인의 성격 등에 따라 각양각색이다. 사랑하는 사람을 잃은 이들은 지난날을 되돌아보며 망자와의 추억을 새로운 삶의 길잡이로 삼기도 한다.

프랑스 문학자 시부사와 다쓰히코는 숲이 우거진 전원마을 기타가마쿠라의 산자락에 자리한 집에서 살았다. 그가 생전에 살던 집을 찾아갔을 때, 그의 아내 류코는 시부사와의 서재와 서고를 보여 주었다. 사후에도 그대로 보존돼 있는 동서고금의 희귀한 책자와 각종 특이한 수집품을 둘러보며 댄디즘 작가 시부사와의 내면세계를 엿볼 수 있었다. 시부사와 문장의 독특한 분위기도 저절로 떠올랐다.

시부사와 부부는 '우차'라고 이름 붙인 토끼를 키웠다. 그 토끼는 서재를 돌아다니며 사전이나 잡지 등을 자주 갉아먹었기에 류코는 시부사와에게 "역시 프랑스 문학자 집안의 토끼답군요" 하고 말했다. 그러면 시부사와는 벙긋 웃었다. 류코는 그런 날들을 되돌아보며 이야기했다.

"'두 사람의 생활'이었기 때문에 그가 떠난 뒤의 상실감은 정말이지 이루 말할 수 없을 만큼 컸습니다. 그렇지만 절대로 '마이너스 사고'는 하지 않았고, 우울증에 걸리지도 않았습니다."

시부사와가 원고지에 만년필로 쓴 육필 원고는 대부분의 작가가 그렇듯이 삭제, 가필, 지시사항 등이 많았기에 류코는 원문에서 어긋나지 않도록 신중을 기해 청서한 최종 원고를 편집자에게 넘겼다. 시부사와는 "내 글씨와 최대한 비슷한 모양새로 써 달라"고 주문했기에 류코는 남편의 글씨체를 본떠 옮겨 적었다. 그러는 사이에 류코의 글씨는 시부사와의 글씨와 구분하기 어려울 정도로 똑같아졌다. 시부사와 사후에 그의 육필 원고 상당수가 고서점에 돌았는데, 그것은 거의 다 류코가 청서한 원고였다.

'두 사람의 생활'이란 그만큼 부부가 하나가 되어 밀도 짙은 시간을 보냈다는 것을 의미한다.

생전에 마지막 단행본이 된 《플로라 소요逍遙》의 집필 원고 역시 류코가 청서를 했다. 그 이야기의 끝부분에 주인공 소녀 플로라가 등장하는 장면이 있다.

"꽃을 묘사한 글이었습니다. 그냥 평이한 문장이었지만 그가 추구했던 문학이 증류수처럼 배어 나오는 아름다운 글이었습니다. 무엇보다도 문장에는 리듬감이 살아 있어야 한다고 언제나 강조했는데, 그 마지막 작품을 청서하면서 그것이 무슨 뜻인지 어렴풋이 느꼈고,

나도 모르게 자꾸만 눈물이 나왔습니다. 그 문장의 투명함은 곧 마음의 투명함이었다고 생각합니다."

시부사와가 살던 집에서 류코를 만난 건 그가 세상을 떠난 지 20년이 지난 2007년. 그만큼 세월이 흘렀는데도 류코의 가슴속에 여전히 살아 있는 시부사와의 모습은 증류수처럼 맑고 투명한 것이다.

에너지가 넘쳐났던 정열적인 건축가 나가오 요리코의 남편 에비네 데쓰오는 아내의 사후 1개월 뒤 잡지 《부인 공론》(1998년 9월 호)에 실린 대담에서 이렇게 말했다.

언제나 지나치리만큼 자신감이 넘쳤지만 병이 점점 깊어지면서 간혹 약한 모습을 드러내기도 했습니다. 물론 여전히 움츠러들지 않고 당차게 살아갔지만, 아무래도 예전에 비하면 상당히 주위를 둘러보며 소소한 일에도 마음을 쓰는 자상한 사람이 되었습니다. 만일 암을 떨쳐 내고 다시 일어섰다면 분명 나가오는 강인함과 부드러움을 두루 갖춘 멋진 여성으로 거듭났을 겁니다. 그런 나가오와 언젠가 다시 한 번 꼭 만나고 싶을 뿐입니다.

살아생전에 나가오만큼 거대한 업적을 남긴 여성 건축가는 드물다. 같은 건축가로서 아내 나가오를 높이 평가하는 에비네는 이런 이야기도 했다.

"나가오가 이 세상에 존재했다는 것 자체가 기적이었다고 생각합니다."

그 개성적인 삶을 끝까지 인정하며 그 강렬한 존재감에 압도당했다는 에비네는 사랑하는 아내 나가오와 보낸 날들을 '기적'이라고 표현했다.

어느 누구라도 부부로 맺어지는 인연은 하나의 기적인지도 모른다. 그런 부부의 사랑이 사후에도 식지 않는다면 실로 기적이 아닐 수 없다. 정말로 깊은 사랑을 나누었던 사람은 살아 있는 한 언제까지라도 기억 속에서 사라지지 않는다. 그것은 아름답고 투명한 기억이라고 말할 수 있다.

떠나보낸
자식의 '삶'을 산다

부모는 자신보다 먼저 세상을 떠난 자식을 가슴속에 묻는다는 말이 있다. 그만큼 큰 슬픔과 아픔을 안겨 주는 죽음이다.

29세로 타계한 장기 기사 무라야마 사토시의 어머니 도미코는 이렇게 말한다.

"눈을 감기 직전에 사토시가 '어머니는 앞만 보면서 잘 살아가실 수 있어요' 하고 말했어요. 그런 말은 여태껏 한 번도 한 적이 없었죠. 대체 무슨 뜻이 담긴 말인지 요새도 곰곰이 생각할 때가 많아요. 정말이지 참 착한 아이였는데……. 사토시는 29세로 세상을 떠났지만 지금도 가족들을 찾아와 계속해서 얘기를 건네고 있어요. 언제나 저를 지켜보며 '어머니, 저는 괜찮으니 아무 걱정 말고 힘차게 살아가세요' 하고 다정하게 말하는 것만 같아요. 그래서 내가 열심히 잘 살아야 사토시도 기뻐할 거라는 생각이 들어요. 모든 형제들도 그 아이 덕에 비로소 하나가 된 것 같아요."

아버지 무라야마 노비치는 이렇게 말했다.

"사토시가 매일같이 생각납니다. 자식에 대한 막연한 그리움이 아닙니다. 뭐라 딱히 말할 수 없는 묘한 감정입니다. 사토시는 분명 내 아들이지만 왠지 이제는 내 아들 같지가 않아요. 사토시는 내가 모르는 길을 나보다 먼저 걸어가고 있는 것 같아요."

26세로 세상을 떠난 아테네올림픽 여자투포환 국가대표선수 모리 지나쓰의 어머니 가요코의 그리움 속에는 애절한 모정이 배어 있다.

"지금 내가 할 수 있는 건 오직 지나쓰를 떠올리고 기억하는 것뿐입니다. 내가 살아 있는 한 앞으로도 줄곧 그것밖에는 달리 할 일이 없습니다. 평생 잊지 못할 거예요. 집안의 불단에 놓인 아이의 영정을 바라보며 날마다 이런저런 이야기를 합니다. '오늘 엄마가 먹은 거니까 지나쓰도 먹어 봐' 하고 딸아이 영정 앞에 음식을 올릴 적도 많아요. 그래야 마음이 편안해져요. 언젠가는 나도 딸아이가 있는 곳으로 갈 테니 거기서 지나쓰를 다시 만났을 때 부끄럽지 않은 엄마가 되고 싶어요. 그러기 위해 죽는 날까지 열심히 살아갈 거예요.'

내 속에
살아 있는 아내

"어느덧 세상을 떠난 지 10년이 흘렀지만, 아내는 내 속에 언제나 살아 있습니다. 세월이 아무리 흘러도 그럴 겁니다."

배우 나카다이 타쓰야는 먼저 이렇게 말한 뒤 연출가이자 배우였던 아내 미야자키 야스코가 남긴 인생 교훈을 담담히 이야기했다.

"직업상 대본이 마음에 들지 않아도 선뜻 거절하지 못하고 돈 때문에 우왕좌왕할 적이 있습니다. 그럴 때면 주위에서 아까운 기회를 놓치지 말고 대충 받아들이라고 부추기는 사람도 있지만 야스코만큼은 전혀 달랐습니다. 무조건 싫은 배역은 절대 맡지 말라고 단호히 말했습니다. 그래서 나는 지금까지 배우로 계속 일할 수 있는 겁니다. 부부이자 동료였던 야스코 덕분입니다."

이제는 영화계도 효율주의가 지배하는 냉혹한 경제사회인데 이런 현실 속에서 예술지상주의를 추구하며 살아가기는 어렵다. 그럼에도 나카다이 타쓰야는 금전에 연연하지 않고 '싫으면 절대 하지 않는다'는 철칙을 지키고 있다. 그것은 '연출가 미야자키 야스코'의 '눈과 목소리'가 언제나 나카다이의 마음속에 살아 있기 때문이다.

야스코가 생전에 남긴 글 '넘쳐나는 행복은 조잡할 뿐이다. 슬픔은 마음속 깊이 촘촘히 스며드니 아름답다'에 대해서도 나카다이는 깊은 의미를 부여한다.

"행복하게 살아가는 사람은 오직 자신의 행복에 취해 있기 때문에 남의 슬픔이나 아픔은 헤아리기 어렵습니다. 본래 영화배우라는 건 하루아침에 벼락부자가 될 수도 있고 또한 쫄딱 망할 수도 있는 직업인데, 만일 잘 나갈 때 마음가짐을 올바로 다스리지 못하면 그런 '허망한 행복'에 빠지기 십상입니다. 그렇지만 슬픔이 뭔지 아는 사람은 다릅니다. 다른 사람을 생각할 줄 압니다. 인간은 누구나 결국엔 죽고, 인생이 그리 길지 않다는 걸 확실히 알아차리면 결코 함부로 살 수 없을 겁니다. 머지않아 자신이 죽는다는 걸 인정하고, 거기에 맞추어 살아가면 지금까지 봐 왔던 꽃도 사람도 훨씬 더 아름답게 보일 겁니다. 사람의 좋은 점만 보이고 나쁜 점은 보이지 않을 겁니다. 이런 뜻이 담긴 글이라고 생각합니다."

그리고 덧붙여 말했다.

"아내는 '갑자기 죽지 않고 암에 걸려 다행'이라고 말했습니다. 비록 병에 걸렸지만 당분간 가족과 함께 지내며 이런저런 계획도 세울 수 있다고 기뻐했습니다. 암에 걸린 자신의 운명을 한탄하지 않고 마지막 순간까지 꿋꿋이 살아갔습니다. '괴롭다'거나 '아프다'는 말은 한 번도 꺼낸 적이 없습니다. 강인한 정신력으로 암을 이긴 겁니다."

죽은 사람은 앞으로 살아갈 사람들, 즉 아직 세상에 남아있는 사람들에게 '새로운 삶'을 헤쳐 나갈 힘과 용기를 준다. 사랑하는 사람을 떠나보낸 이들의 이야기를 들어 보면 저절로 그런 생각이 든다.

가족의 소중함

작가 모리 요코가 호스피스 병동에 들어간 날부터 가족들은 거짓말처럼 친밀해지기 시작했다. 그날 이전까지만 해도 어머니와 세 딸은 아주 냉담한 사이였다. 게다가 자매들끼리도 사사건건 부딪치며 우애라곤 전혀 없었다. 그런데 모리의 임종을 지키기 위해 온 가족이 호스피스 병실에 함께 묵으면서 비로소 서로 속마음을 터놓고 이야기를 나누며 화기애애한 날들을 보낼 수 있었다. 이는 모리에게 큰 기쁨을 안겨 주었다. 세 자매는 다시금 하나가 되었다.

"엄마가 돌아가신 지 어느새 10년이 넘었군요. 역시 가족이란 얼굴을 맞대고 함께 보내는 시간을 가져야만 가까워질 수 있어요. 어린 시절, 아버지가 직접 만든 무쇠난로 앞에 모여 앉아 이야기꽃을 피우던 가족들을 떠올리면 마음이 따뜻해져요. 엄마가 기쁜 얼굴로 저녁밥을 짓는 모습도 정말 아름다운 추억으로 남아 있어요. 그렇게 가족과 함께 지낸 평범한 날들이야말로 값을 매길 수 없는 최고의 행복이었다는 걸 이제야 겨우 깨닫게 됐어요.

엄마의 장례식을 마치고 우리 세 자매는 또다시 뿔뿔이 흩어져 자신의 생활로 돌아갔어요. 그런데 신기하게도 이제는 전혀 외롭지 않아요. 왜냐하면 호스피스 병실에서 다함께 지내면서 우리는 하나가 됐다는 걸 확신했기 때문이죠. 엄마의 마지막 시간이 우리 세 자매를 하나로 묶어 준 거예요. 그 소중한 기억들을 함께 나눌 수 있으니

이제 우리는 한 가족이라고 자신 있게 말할 수 있어요."(《부인공론》 2005년 3월 호)

인테리어 코디네이터인 장녀 무라이의 이야기 속에는 가족의 소중함이 절절히 배어 있다. 죽음은 '용서와 화해'의 드라마를 만들어 낸다.

혼다 미나코의 노래

나는 지금 이 원고를 쓰면서 혼다 미나코가 부르는 〈어메이징 그레이스〉를 듣고 있다. 혼다의 마음속에 깊이 빠져들고 싶기 때문이다.

데뷔 당시부터 마지막 순간까지 줄곧 혼다의 매니저였던 다카스기는 이렇게 말했다.

"투병 10개월간 나는 하루도 빠짐없이 혼다를 만나 희망과 용기를 북돋아 주려고 애썼습니다. 언제나 내일을 준비하자고 강조한 거죠. 그런데 거꾸로 내가 혼다에게서 희망과 용기가 무엇인지 배운 것 같습니다. 병상에서도 강인한 어조로 이렇게 말했습니다. '나는 노래하기 위해 태어났어요. 사람들 마음속에 울려 퍼지는 노래를 부를 거예요. 무대에서 살다 무대에서 죽고 싶어요' 그리고 이런 말도 했습니다. '저는 태양을 굉장히 좋아해요. 제 자신이 태양이 되고 싶을 정도예요. 노래를 통해 사람들에게 환한 빛을 선사하는 태양이 되고 싶어요' 하며 혼다는 끝까지 희망과 용기를 잃지 않았습니다."

혼다 미나코가 부르는 〈어메이징 그레이스〉를 들으며 '희망과 용
기'의 의미를 되새겨 본다. 〈어메이징 그레이스〉가 이렇게 내 마음속
에 울려 퍼지고 있으니 혼다 미나코는 지금도 살아 있다.

마음을 담은 의술

'환자의 입장에 선 의료'가 의학의 기본 윤리이며 가장 바람직한 의
술이라고 외친 의학자 나카가와 요네조는 '죽음은 자연의 섭리'라고
명쾌하게 말했다.

의사인 장남 나카가와 아키라는 아버지의 뜻을 존중한다.

"예로부터 '의술은 인술仁術'이라는 말도 있듯이 아버지는 의학에
서도 의료인의 정신성을 중시했습니다. 그래서 '마음을 담은 의술'을
베풀자고 호소한 겁니다. 거기에다 각종 '기계'에 의존하는 의료 환
경을 우려했고, 그런 의료 장비에 매달려 객관주의로 치우치는 의료
인에 저항감을 갖고 있었습니다."

나카가와가 남긴 말년의 어록에는 아무래도 죽음에 관한 내용이
많다. 평소 "육체는 죽어도 정신은 죽지 않는다"고 입버릇처럼 얘기
한 나카가와의 생사관을 엿볼 수 있는 어록을 하나 소개한다.

"죽음이란 그렇게 거창한 것도 아니고 두려운 것도 아닙니다. 죽음
은 우리 모두에게 일어나는 일입니다."

나카가와의 아내 도미코는 이렇게 말했다.

"그이는 '한 사람이라도 듣는 사람이 있다면 달려가겠다'며 강연 요청을 모두 받아들이고 규슈에서 홋카이도까지 전국 방방곡곡을 돌았습니다. 가끔 저도 따라간 적이 있는데, 그이는 사람들 앞에선 아주 쾌활하고 씩씩했지만 숙소에 돌아오면 말 한마디도 못할 정도로 기운을 잃고 쓰려져 내내 잠만 잤습니다. 그런데도 더 많은 사람들에게 자신의 이야기를 전하려고 병든 몸으로 지팡이를 짚고 어디든 찾아갔습니다. 그이는 산에 나무를 심는 마음으로, 죽음을 두려워하지 않고 계속해서 강연 활동을 했다고 생각합니다."

문화인류학자 요네야마 도시나오는 암에 걸린 뒤부터 무슨 일이든 다 "괜찮다"고 말했다. 그 '괜찮다'고 말하던 목소리는 지금도 아내 도시코의 기억 속에 선명히 남아 있다.

"집에서도 병실에서도 무슨 일이든 다 그저 '괜찮다'고 말했어요. 무엇을 물어봐도 '괜찮다'고 되풀이했지요.

'힘들지 않아요?'

'괜찮아.'

'어디 아픈 데는 없어요?'

'괜찮아.'

'혹시 어디 연락할 데는 없어요?'

'괜찮아.'

언제나 이런 식이었죠. 혼수상태에 빠져 있을 때 미국에 살던 딸아이가 달려왔어요. 그때도 뜬금없이 혼잣말로 '괜찮아, 괜찮아' 하고 중얼거렸어요. 전혀 괜찮지 않은 상황인데도……. 그러고 나서 이틀 뒤에 숨을 거뒀는데, 결국 '괜찮아, 괜찮아'가 마지막 말이 됐어요. 거기에는 허물어져 가는 자기 자신을 추스르고 다스리려는 마음도 담겨 있었을 거예요. 되돌아보면 그이는 평생을 그렇게 살아온 것 같아요. 어떤 상황에서도 물 흐르듯 순리를 따르면서 '괜찮아, 괜찮아' 하면서 온갖 어려움을 이겨 낸 거예요. 그리고 가족이나 주위 사람들을 안심시키고 편하게 해 주려고 그랬는지도 몰라요. 워낙 고지식한 사람이라 그것 말고는 달리 가족의 마음을 달래 줄 방법을 몰랐을 테니까요."

그리고 도미코는 이런 말도 덧붙였다.

"남편은 문화인류학자로서 온갖 종교에 대해 연구했어요. 그런데 자신은 어떤 신앙도 갖지 않았어요. 그래서 지금까지도 남편의 유골은 이렇게 집안에 모셔 놓고 있어요. 언젠가 나도 죽으면, 남편 유골과 함께 뿌려 달라고 했어요. 그것이 내 마지막 소원이죠. 그때까진 이렇게 늘 함께 있을 거예요."

종교가 없는 이들의 죽음

종교가 있든 없든 누구나 죽음은 피할 수 없다. 신앙에 의지해 죽음의 골짜기를 담대히 지나가는 사람도 있다. 그렇다면 신앙이 없는 사람이 죽음과 맞닥뜨렸을 때 마음의 힘이 되는 것은 무엇일까?

물론 개개인에 따라 다르겠지만 앞서 소개한 작가나 예술가·학자·만화가·실업가의 경우 마지막 순간까지도 자신만의 고유한 일에 몰입해 열정을 불태웠다. 다시 말해 표현활동에 자신을 바친 것이다. 이들은 무언가를 만들어 내는 일에 온 힘을 쏟으면서 살아 있음을 실감할 수 있었다.

'병은 의사에 맡기고 나는 소설을 쓴다'고 딱 잘라 말한 소설가 이노우에 야스시의 '죽음을 받아들이는 자세'에 대해 차남 이노우에 다쿠야는 이렇게 이야기한다.

"아버지는 입원 중에도 퇴원 후에도 아프다거나 힘들다고 말한 적이 한 번도 없었습니다. 그런 말을 꺼낸다는 자체가 아버지의 미의식에 어긋나는 행위였을 겁니다. 사람들 앞에서 괴로워하는 모습을 드러내는 건 부끄러운 짓이라고 했으니까요.

정말로 고통스러워하는 모습을 두 번 보았는데, 돌아가시기 직전 가슴의 통증을 호소할 때와 숨을 쉬기 힘들어졌을 때뿐입니다. 아무튼 아주 강한 사람이었습니다.

역시 아버지답다는 생각이 들었던 것은 끝까지 종교에 의지하지 않았기 때문입니다. 본래 종교를 믿지 않았기에 언제나 이성적으로 죽음과 마주하고 있었습니다. 작품 속에선 종교를 소재로 삼기도 했지만 정작 개인적으로는 사후 세계나 구원, 기적 등에 아무 관심도 없었습니다. 지나치게 종교에 빠진 맹신자나 초자연적인 현상을 믿는 광신도를 경멸하기도 했습니다. '인간은 죽을 때가 되면 죽고, 죽으면 끝이다'는 생각으로 살다가 담담히 죽음을 받아들였습니다.

암 판정을 받고도 글쓰기를 멈추지 않았지만, 결국 쓰고 싶은 글을 다 쓰지 못하고 떠났습니다. 병실에서도 유작이 된 '공자'를 계속해서 썼고, 마지막 순간까지 시를 썼습니다. 신문기자 시절의 이야기도 쓰고 싶다고 했지만 아쉽게도 손을 대지 못하고 눈을 감았습니다. 그렇게 큰 병에 걸려서도 힘차게 살아갈 수 있었던 건 '글쓰기'라는 일이 있었기 때문입니다."

위기나 위험에 처했을 때 종교에 귀의하거나 신앙심을 갖는 것은 결코 이율배반적인 행위가 아니라고 생각한다. 이는 오히려 자신의 나약함을 솔직히 인정하는 겸허한 고백일 수도 있다. 그러나 지난날 전쟁 당시의 일본인, 특히 남성 지식인 중에는 종교에 귀의하는 것을 '비과학적인 미신' 혹은 '고통을 얼버무리려는 위선'이라고 매도하는 사람이 많았다.

나는 어떤 특정 종교는 갖고 있지 않지만, 인간의 능력이나 과학으로는 설명할 수 없는 위대한 존재 혹은 위대한 힘에 경외감을 품고 있다. 이는 분명 종교심이라 말하고 싶고, 언제까지라도 그런 종교심을 갖고 살아가고 싶다.

나는 어떠한 기성 종교도 부정하지 않으며, 특정 종교에 경도된 사람을 편견의 눈으로 보지도 않는다. 무신론자나 종교가 없는 사람을 경멸하지도 않는다. 시골에서 태어나고 자란 나는 어린 시절부터 대지에 감사하며 하늘을 우러러 두 손 모아 기도하는 법을 배웠다.

누군가가 종교를 부정한다고 해서 죽음을 단순한 소멸로 보지는 않을 것이다.

이미 앞에서 소개한 일화인데, 이노우에 다쿠야는 아버지 이노우에 야스시의 임종 무렵에 대해 다시 한 번 언급했다.

"별세하기 하루 전날 아버지는 누이동생에게 '임종이란 바로 이런 거야. 에도시대에 지은 책에도 이런 장면이 적혀 있으니 나중에 찾아서 읽어 봐라' 하고 말했다고 합니다. 실로 대단한 정신력이죠. 자신의 죽음까지도 객관적으로 지켜봤으니까요. 자신의 죽음을 관찰할 수 있을 만큼 냉정했기 때문에 소설도 쓸 수 있었다는 생각이 듭니다."

아버지와 아들의 갈등

종교가 없는 사람의 극히 개성적인 죽음은 가족에게 무엇을 남기는지 살펴보았다. 야마모토 나쓰히코와 시라이시 이치로는 문필가였다.

세상의 허례허식을 해학과 풍자가 넘치는 글로 통렬하게 비판했던 작가 야마모토 나쓰히코는 진행 암 말기에서도 펜을 잡기 위해 오른손에는 결코 링거 주사바늘을 꽂지 않았다. 그런 고집스러움은 가정에서도 그대로 드러났다. 한마디로 '절대 군주'로서 아내와 자식들의 어떤 말대꾸도 용납하지 않는 독불장군이었다.

장남 야마모토 이고(전《포커스》편집장)는 청소년 시절 즉 사춘기로 접어들면서 단지 아버지에게 반항하기 위해 일부러 말썽을 피우고 다녔다고 한다. 아버지가 서재에서 글을 쓰고 있으면 가족들은 숨소리도 내지 못할 정도로 집안은 무거운 공기에 짓눌렸다. 그래서 이고는 일부러 큰소리로 만화책을 읽었고, 텔레비전 야구 중계방송의 볼륨을 높였다. 거기에다 싸움질로 경찰서도 뻔질나게 드나들었다. 그런 아들을 아버지는 수치스러워했고, 아들은 그런 아버지를 미워했다. 아무리 세월이 흘러도 아버지와 아들의 갈등은 좀처럼 풀리지 않았다. 소통이 막힌 우울한 관계였다. 그래서인지 아버지의 죽음을 받아들이는 아들의 자세도 남달랐다.

"지금까지 봤던 암 환자 중에서 아버지는 가장 평안한 투병 생활을 했다고 생각합니다. 별로 죽음을 두려워하지도 않았고, 별달리 감정의 기복도 없었습니다. 결코 어떤 종교나 신앙에도 의지하려고 하지 않았습니다. 그렇게 죽음을 맞이하는 아버지를 지켜보며 마음이 무거웠지만 그렇다고 무언가 특별한 감정은 일어나지 않았습니다. 편집인이라는 직업상 무엇이든 객관적으로 바라보는 습성이 붙은 탓인지도 모릅니다. 여하튼 큰 고통 없이 아버지는 87세로 눈을 감았으니 천수를 누리고 떠난 축복받은 죽음이라는 생각이 듭니다."

그리고 이렇게 덧붙였다. 아버지에 대한 상찬이었다.

"아버지는 마지막 순간까지도 훌륭한 작가로 살았고, 앞으로도 작품을 통해 계속 살아 있을 겁니다. 내 마음속에서도, 독자들의 마음속에서도."

암세포는 악마나 다름없기에 반드시 처치해야 한다는 발상 자체를 혐오하며 방사선 치료를 거부했던 해양 역사소설의 개척자인 작가 시라이시 이치로. 그렇지만 소설가인 장남 가즈후미는 어떻게든 현대 의학으로 아버지의 암을 치료하려고 애썼다. 그런 특이한 대립으로 인해 부자관계 역시 남다른 갈등을 겪을 수밖에 없었다.

말기 암을 앓고 있던 시라이시 이치로의 남다른 투병 생활은 이미 3장 '인생의 미학'에서 소상히 밝혔으나 장남 가즈후미의 이야기를 조금 더 보충한다.

"아버지는 '죽을 때는 죽고, 살 때는 산다'고 거듭 강조했지만, 가족 입장에서는 무책임한 소리로밖에 들리지 않았습니다. 적극적으로 이런저런 치료를 권했지만 무덤덤한 태도로 확답을 하지 않았기에 왠지 비겁한 방관자로 비칠 정도였습니다. 정말이지 너무 답답하고 울화통이 터질 적도 많았습니다. 언젠가는 '살고 싶은지 죽고 싶은지'를 확실히 밝히라고 소리친 적도 있는데, 그래도 아무 말 없이 그저 멍하니 천장만 보고 누워 있었습니다. 암에 대한 견해 차이로 아버지와 몹시 다투기도 하며 숱한 갈등을 겪었는데, 이제 와서 생각하면 내가 너무 미숙했기 때문입니다.

만일 내가 암에 걸리면 어떻게 될까? 아마 나도 아버지처럼 적극적으로 치료하지 않을 것 같습니다. 다시 말해 아버지의 선택을 그대로 따를 것 같습니다."

시라이시 이치로의 인생관이나 생사관은 '인간성의 회복'을 호소한 의학자 나카가와 요네조의 사상과 일맥상통한다.

오늘날 현대 의학은 너무도 과학주의에 치우친 나머지 중장비나 다름없는 각종 의료 기계에 의존하는 경향이 점점 심해지고 있다. 조만간 의료 활동을 펼치는 로봇까지 등장할지도 모른다. 실로 심각한 문제가 아닐 수 없다.

'깨끗한 죽음'이라는 유산

거듭 강조하건대 죽음이란 실로 개성적인 것이다.

이제 끝으로, 야마모토 나쓰히코나 시라이시 이치로와는 극히 대조적인 방식으로 죽음을 맞이한 사람에 대해 쓰겠다.

국제정치학자 고사카 마사타카는 대장암 진단을 받은 뒤 불과 3개월 만에 타계했다. 생전의 마지막 날들을 교토의 시모가와 신사 옆에 자리한 자택에서 보냈는데, 어린 시절부터 늘 봐 왔던 아오이 축제가 열리는 날(5월 15일)밤에 조용히 숨을 거뒀다.

고사카 마사타카가 운명하기 3일 전, 아오이 축제를 앞두고 야세미카게야마八瀬御蔭山로 산신령을 모시러 가는 고풍스런 행렬이 우아한 궁중음악을 연주하며 집 앞으로 천천히 지나갔다. 해마다 펼쳐지는 교토의 유서 깊은 행사였다. 동생 고사카 세쓰조는 병석에 누워 있는 형이 2층 침실에서 내다볼 수 있도록 창문을 활짝 열었다.

"형, 아악雅樂 소리가 들리죠?"

그러자 마사타카는 눈을 감은 채 아무 말 없이 고개를 끄덕였다. 눈가에 눈물이 번졌다.

어린 시절 두 형제는 시모가모 신사 근처에 펼쳐진 '다다스 숲'에서 마음껏 뛰어 놀았다. 마사타카는 그 다다스 숲의 정령이 언제나 자신을 지켜주고 있다고 믿으며 살았다. 그리고 사후에 자신의 영혼은 다다스 숲으로 돌아가 쉬고 싶다고 했다.

"형은 자신은 물론이고 인간은 누구나 나약한 존재라고 했습니다. 플라톤이나 칸트가 정치에 뛰어들지 않았듯이 정치는 정치가에 맡기고 학자는 어느 정도 거리를 두고 지켜보며 '정치의 길'을 제시해야 한다고 했습니다. 그리고 학문이든 사업이든 지나친 적극성은 오히려 해롭다며 모든 면에서 유연성을 갖추라고 했습니다. 아마 암을 치료하는 과정에서도 내내 그런 마음을 품고 있었을 겁니다. 달관이랄까, 체념이랄까 매사에 무심해 보였지만 거기에는 강인한 정신력이 깃들어 있었습니다. 하룻밤 몰아치는 비바람에 흔적도 없이 져 버리는 벚꽃처럼 깨끗이 죽고 싶다고 말했습니다. 누구에게나 반드시 찾아오는 죽음을 어수선하게 맞이하고 싶지는 않다고 했습니다. 형은 우연찮게도 아오이 축제 날 밤에 조용히 세상을 떠났습니다. 나도 형처럼 깨끗하게 죽고 싶습니다."

차분히 투병 생활을 하다 62세에 눈을 감은 고사카 마사타카는 장차 가족들이 뒤따르고 싶은 '깨끗한 죽음'이라는 값진 유산을 남겼다.

새로운
라이프스타일

- 사자死者를 찾아가는 여행은 생자生者를 찾아가는 여행이다.
- 죽음을 찾아가는 여행은 삶을 찾아가는 여행이다.
- 죽음을 떠올리고 죽음을 사색하는 근본적인 이유는 어떻게 사느냐를 생각하기 위해서다.

저마다 개성이 넘치는 한 사람, 한 사람의 죽음을 성심성의껏 살펴보면서 스친 생각이다.

이노우에 야스시나 야마모토 나쓰히코처럼 '사람은 죽으면 끝'이라고 생각하는 사람은 드물었다. 분명 사람은 죽으면 사회에서도 가정에서도 모든 활동을 멈춘다. 바로 육체의 죽음이다. 하지만 그렇다고 정신적인 생명까지 사라지는 건 아니다. 인간의 생명 속에는 육체적인 목숨과 정신적인 목숨이 동시에 존재한다고 적어도 나는 믿는다.

사랑하는 사람을 먼저 떠나보낸 사람들은 하나같이 입을 모아 이야기한다. 죽은 사람은 지금도 여전히 마음속에 살아 있다는 것이다.

확실히 죽음은 끝이 아니다. 나는 이를 더욱더 적극적으로 밝혀내 새로운 '정신적 생명의 라이프스타일' 혹은 '영혼의 라이프스타일'이라 명명하고 그 중요성을 널리 알리고 싶다. 경제 고도 성장기에 유행했던 '라이프스타일'은 오늘날엔 적용하기 어렵다. 사람은 태어난 순간부터 꾸준히 상승세를 타고 올라가 중년기에 정점을 찍은 뒤 서서히 하향 곡선을 그리며 내려와 마침내 죽음에 이른다는 이론이었다. 여기에선 주로 인간의 체력이나 생산성, 사회적 활동을 지표로 삼았기 때문에 '정신 생활' 혹은 '정신성'은 거의 고려하지 않았다.

그러나 인간의 정신 생활에 큰 의미와 가치를 부여한다면 인생의 후반기야말로 진정으로 삶의 질을 높일 수 있는 시기다. 그동안 살아온 경험을 통해 더욱 성장할 수 있기 때문이다. 그리고 그것은 후손들에게 소중한 유산으로 남는다는 사실을 명심하자. 그러므로 정신적 생명은 결코 육체의 죽음으로 사라지지 않고 사후에도 끊임없이 생명력을 발휘한다.

죽음을 배우는 것은 삶을 배우는 것이다. 그런 의미에서 죽음 뒤의 삶을 뜻하는 신조어 '사후생死後生'을 깊이 생각한다면 우리는 죽음을 한결 수월하게 받아들일 수 있고 아울러 죽음을 앞둔 삶의 품격도 높아질 것이다.

차례에 55인의 이름이 나온다. 모두 암으로 죽은 사람이다. 저자는
이들의 마지막 자취 즉 암에 걸려 죽음에 이르는 과정을 촘촘히 짚어
가는데, 그건 죽음의 모습이라기보다 오히려 삶의 모습이다. 죽음 앞
에서 하루하루 죽어가는 모습이 아니라 죽음 앞에서도 하루하루 살
아가는 모습이다. 결국 누구나 살아온 만큼 살아가는 법이고, 죽어가
는 모습에서 살아온 모습이 낱낱이 드러날 수밖에 없었다. 책 말미에
적힌 '죽음을 찾아가는 여행은 삶을 찾아가는 여행'이란 말에 전적으
로 수긍한다.

　　각계각층에서 일가를 이룬 이들 55인은 일본에선 대체로 익숙한
이름이겠지만 아무래도 우리에겐 대다수가 낯선 이방인이다. 또한 이

들에 얽힌 유명한 사건이나 일화도 그쪽에선 굳이 설명할 필요가 없겠지만 우리 입장에선 생소한 내용이 많았다. 그런 대목에는 주석을 달았고, 그때마다 오류를 범하지 않고 알기 쉽도록 전달하기 위해 여러 자료를 입체적으로 대조하며 나름 노력했다. 그러다 덤으로 본문에선 다루지 않은 흥미진진한 이야기를 발견하고 따로 충분히 살펴보기도 했다. 순전히 개인적인 호기심으로 만화가 아오키 유지가 쓴 책을 구해서 읽었고, 다카라즈카 가극단 공연도 구경했다.

이 책을 절반쯤 옮겼을 때 어머니가 쓰러졌다.

구순이 넘은 어머니는 별다른 조짐도 없이 갑자기 곡기를 끊고 시름시름 앓아누웠다. 사흘을 지켜보다 병원을 찾았다. 혈액검사 결과 종양 수치가 지나치게 높다고 CT촬영을 권했다. 그야말로 뼈와 가죽만 남은 어머니의 가냘픈 몸을 부둥켜안아 커다란 금속 원통 속에 들여놓았다. 사진 판독을 마친 의사는 십중팔구 담낭암이라며 당장 대학병원으로 옮겨 정밀 검사를 받으라고 했다.

나는 서두르지 말고 깊이 생각해 보자고 스스로 다독였다. 그건 이 책을 번역하며 여러 '죽음의 과정'을 보았기에 생긴 마음가짐이었다. 책에 나오는 이런저런 장면을 떠올리면서 크게 고심하지 않고 대학병원 대신 요양병원을 택했다. 수술은 둘째 치고 무엇보다도 갖가지 검사에 시달리게 하고 싶지 않았다. 그래서 1년 전 어머니가 한동안 지냈던 요양병원에 연락을 했고 마침 빈자리가 있었다. 당시 일평생 처음으로 병원에 입원한 어머니는 말 그대로 기사회생하여 집에 돌아왔기에 또다시 그런 기적이 일어나기를 바랐다.

그러나 이번에는 달랐다. 시간이 지날수록 점점 더 나빠졌다. 식음을 전폐하고 내내 잠들어 있었다. 어떤 상황에서도 튜브를 통해 주입하는 유동식은 원치 않는다고 애당초 부탁했으므로 영양 공급원은 단지 포도당 수액뿐이었다. 그 수액에 항생제를 섞어 투여한다고 했다. 그럼에도 곧 패혈증이 나타나 어머니의 손과 발은 까맣게 변하기 시작했다. 손끝에서부터 타들어가는 시커먼 무늬는 나날이 넓어졌다. 이젠 다만 통증이나 고통만 없어도 충분하다는 생각이 들었다.

담당 여의사는 순수한 배려 차원에서 여명을 일러주었다. 그렇지만 어머니는 계속 살아 있었고, 이후에도 몇 번 더 예후는 빗나갔다. 그만큼 어머니의 생명력은 강했으나 이미 의사도 가족도 모두 속수무책이었다. 그렇게 한 달이 지나갈 즈음 나는 병실에 들른 의사에게 불쑥 말했다.

"어서 일어나시라고 빌어야 하나요, 그만 떠나시라고 빌어야 하나요?"

전혀 준비한 질문이 아니었다. 그저 무력감에서 비롯된 어깃장일 뿐이다.

여의사는 아무 말 없이 가만히 미소 지었다. 그때 나는 문득 속으로 이렇게 빌었다.

'어머니, 아직 추우니까 꽃필 때 떠나세요.'

단 한 번도 얼굴을 찌푸리지 않고 고요히 떠나가는 어머니가 정말로 고마웠고, 본문에서 한 스님이 얘기한 '엄숙한 죽음은 최대의 유산'이라는 말뜻을 헤아릴 수 있었다. 언젠가 내가 안절부절못하고 허둥거릴 때 수간호사가 해 준 말도 잊지 못한다.

"아무 걱정 마세요. 어머니에게도 가족에게도 가장 좋은 날을 택해 떠나실 거예요."

역시 숱한 죽음을 생생히 지켜본 진짜 경험자만이 던질 수 있는 일침이었다.

3월 28일 꽃 피는 봄날 아침에 어머니는 조용히 눈을 감았다. 이제 일주기가 멀지 않았다. 앞으로 또 어떤 죽음과 마주치면 아마 이 책을 다시 열어 볼 것이다. 그리하여 또다시 위로받고 특별한 희망과 용기를 얻을 것이다. 그런 의미에서도 저자에게 감사드리며 아울러 이 책에 등장하는 고인들의 명복을 빈다.

저자 야나기다 구니오는 '암과 죽음'을 다룬 각종 논픽션 이외에도 《희생》,《뇌 치료 혁명의 아침》 등 '의료와 인간'의 관계를 파헤친 책을 비롯해 《격추 대한항공기 사건》,《끝없는 원전 사고와 '일본병'》, 《신칸센 사고》 등 대형 참사나 재난에 대한 문제작을 끊임없이 발표한 기록문학 작가다. 치밀한 자료조사와 담백하고도 건조한 문장을 바탕으로 정교한 구성력이 돋보이는 80권이 넘는 단행본을 펴냈고, 그 작품성을 인정받아 오야소이치 논픽션상, 고단샤 논픽션상, 기쿠치칸상, 문예춘추 독자상 등 굵직한 문학상을 두루 수상했다. 또한 권위를 자랑하는 시바료타로 문학상, 요시가와에이지 문화상의 심사위원을 맡고 있으며 생명의 소중함을 일깨우기 위한 각종 강연에도 적극 나서고 있다. 그간 다양한 소재로 수많은 걸작을 발표한 이력에 비추면 우리에겐 별로 소개되지 않은 작가다. 이제 《암, 50인의 용기》를 통해 그의 진가가 드러날 것이다.

2017년 초봄
파주에서 옮긴이

암, 50인의 용기

초판 1쇄 발행 | 2017년 3월 27일

지은이	야나기다 구니오
옮긴이	김성연
책임편집	박소현
디자인	이미지

펴낸곳	바다출판사
발행인	김인호
주소	서울시 마포구 어울마당로5길 17(서교동, 5층)
전화	322-3885(편집), 322-3575(마케팅)
팩스	322-3858
E-mail	badabooks@daum.net
홈페이지	www.badabooks.co.kr
출판등록일	1996년 5월 8일
등록번호	제10-1288호

ISBN 978-89-5561-919-5 03830